剑来

24

新酒等旧人

◎ 烽火戏诸侯 著

浙江文艺出版社
Zhejiang Literature & Art Publishing House

第一章
自由和远游

　　刘叉背剑佩刀，好似一位大髯游侠，来到灰衣老者身边，问道："城墙上那些字，不去动了？"

　　半座剑气长城，已经落入蛮荒天下，很快就会被这位托月山大祖完整炼化，又可补上一分大道。

　　灰衣老者笑道："留着吧，浩然天下的山上神仙，不知敬重强者，我们来。"

　　剑仙绶臣御剑而至，恭敬道："托月山百剑仙，都已经安排妥当。有些不在谱牒上的剑修，因为小有战功，对此不太满意，被我斩杀三个才罢休。"

　　离真在内的数位甲申帐剑仙坯子，也赶来凑热闹。

　　离真笑道："臭毛病就不能惯着。绶臣剑仙杀得好。"

　　除了离真，背篓、雨四、涓滴，还有那个换了一副崭新皮囊的女子剑修流白，都齐聚此地。

　　在归属蛮荒天下的城头之上，他们这拨资质最好的天才剑修，纷纷各寻一处，温养飞剑，尽可能汲取一分远古剑仙的精粹剑意，增加自身剑运。那些无迹可寻的剑仙之意气，最为纯粹。后世习剑者，若与之剑道契合，便得机缘。万年以来，来此游历的外乡剑修可得；先前战场上，蛮荒天下的妖族剑修中，也一样有幸运儿获得。

　　为了帮助这托月山百剑仙，大妖已经开始处理战场，免得过多浸染剑运，妨碍那拨天之骄子的大道前程。何况城头之下厮杀惨烈的战场遗址，还有大用处，可以挪去倒悬山旧址那边，用来改变浩然天下的一地天时。

离真提议道："若是有谁在浩然天下斩杀一位飞升境，就可以在城墙北面，刻下一字，如何？"

灰衣老者点头道："可以。"

刘叉笑道："会很难看。"

离真轻轻跺脚，道："老祖都只能将其炼化，却无法将此物收入囊中吗？"

传闻当年道祖还曾骑牛由此过关，去往蛮荒天下游历四方。

灰衣老者笑着摇头："陈清都做不到，我也做不到，剑气长城可断可碎，唯独不可收入袖，就像剑仙可死，唯独不可辱。当然这里边还有很多的老故事。总之如果不是陈清都要以剑开天，举城飞升，送走剑修，就算是我倾力出手，全力针对陈清都和剑气长城，也要废掉蛮荒天下极多的山河和气运。那就得不偿失了，非我所愿。"

离真双手抱住后脑勺，眺望对面城头，只是那个家伙已经远去，不然他要好好跟隐官大人打声招呼，攀攀交情。

"没关系，咱们在此练剑，一个个破境，再去浩然天下问剑。"

绶臣说道："那座倒悬山也飞升离去了，只是有那道老二的一道法旨开路，又有白玉京三位城主亲自出手接引，儒家文庙也未拦阻，故而十分顺利。"

刘叉沉声道："陈清都的剑，也就是不曾落在战场上。不然就算大祖出手，我们的战损，依旧会极为巨大。"

离真哀叹道："前辈，你这叫长他人志气灭自己威风。"

刘叉都懒得跟这种货色言语半句。

流白来到师兄绶臣身边，轻声问道："那人怎么回事？"

绶臣摇头道："得问大祖。"

灰衣老者望向流白，笑道："这位隐官大人，合道剑气长城了。又用上了缝衣之法，承载许多个搜山图前列的真名，所以与蛮荒天下相互压胜，当下处境，比较可怜。此后再无什么阴神出窍远游和阳神身外身，三者已经被彻底熔铸一炉，简而言之，花掉了半条命。身为文圣一脉的关门弟子，儒家本命字，也成了奢望。至于当下为何是这副模样，是陈清都要他强行合道的缘故，虽然体魄不支，但问题不大，一旦跻身山巅境，便有希望恢复本来面貌。除此之外，陈平安本身应该是得到了剑气长城的某种认可，不仅仅是承载真名那么简单。一般剑仙，仅有境界，反而无法合道。"

绶臣微微心定。这位大祖今天显然心情不错，不然不会言语这么多。

涅滩一时无言。那么个可怜兮兮的家伙，怎么好像都不用他们报仇了？

少年小心翼翼瞥了眼流白姐姐。

流白神色复杂，轻声问道："可杀吗？"

刘叉摇头道："杀之不尽，杀之不绝。因为敌手已经不是什么陈平安，而是半截剑气长城。"

绥臣瞥见那黑影拽下玉璞境妖族的一幕,疑惑道:"仙人境?"

刘叉摇头道:"合道之后假玉璞。一人独占半截剑气长城,占尽天时地利人和。"

一人一袭灰色长袍,来到城头崖畔,正是龙君。

他曾经与陈清都、观照一起问剑托月山。

龙君沙哑开口道:"只要将此地剑运攫取完毕,那半截剑气长城,就是无源水无本木,有机会击碎。"

灰衣老者点头道:"如鲠在喉,还很碍眼。"

一个扎羊角辫儿的小姑娘,一个跳跃,从大地之上直接跃到城头之上,来到那龙君身边。

小姑娘手里边拖拽着极长的绳索,先后捆绑着两颗煞气浓郁的大妖头颅,所以她登上城头的过程中,头颅不断磕碰城墙,如数次擂鼓。

旧隐官一脉的两位剑仙,洛衫和竹庵御剑尾随其后,飘然落地。

离真笑嘻嘻道:"咱们这是看猴戏吗? 那个陈平安都不在这边了。"

少年话音刚落,那个黑影一闪而至。

萧愻则一拳递出,打得那个黑影当场粉碎。

然而,下一刻黑影凝聚原地,虽然完全看不清面容,但依稀流露出一种讥讽神意。

萧愻每一拳威势,远远大过寻常剑仙飞剑的倾力一击。

甲申帐剑仙坯子都不得不各自后退,远离那个一身气势惊人的著名疯子,尤其是体魄尚且孱弱的流白,还需要被师兄绥臣护在身后。

灰衣老者微笑道:"别打了,再打下去,白白帮他砥砺体魄,让他跻身了山巅境,说不定会有点小麻烦。这家伙本来就是故意勾引你出拳。"

萧愻只是出拳不停,将一位蛮荒天下主人的言语当作耳旁风。

最后实在打得无聊了,萧愻这才收起拳头,问道:"为何不拦着我?"

灰衣老者说道:"我不是陈清都,没那么多专门用来约束强者的规矩。对于你这种巅峰强者,托月山十分珍惜。"

萧愻一抖手中绳索,两颗头颅高高跳起,重重砸在城头之上:"我在那老鼠洞里边,用两只飞升境大妖的身躯,打造了一座王座,位置有点高。"

灰衣老者笑道:"很好。只要周密和刘叉不介意,无所谓。"

刘叉说道:"我无所谓。"

灰衣老者说道:"那个阿良就先别去管了,用整个托月山镇压着,不是那么容易破开的。"

刘叉点头道:"以后得闲了,找他喝酒去。"

灰衣老者笑道："你们剑客的风采，旁人羡慕不来。"

萧愻说道："没劲，我自个儿耍去。"

她跃下城头，却没有继续拖拽着那两颗飞升境大妖的头颅，嫌烦，就留在了城头上，反正也没谁敢动。

一路前行，那座城池已经拔地而起，众多剑仙宅邸也都沦为废墟。

什么都没了。

萧愻所过之处，潮水汹涌般的妖族大军，自行退让。

不然会死的。

那道位于倒悬山旧址的旧大门，被曜甲和金甲神将撕扯得越来越巨大。至于率先进入浩然天下的仰止和绯妃，皆因亲水而开始为蛮荒天下妖族大军的集结之地铺路。更有数目众多的搬山之属妖物，辅佐这两只王座大妖，将一座座炼化的袖珍山头，砸入大海之中，再由那妖族修士铺设山根，使得那些袖珍山头蓦然作变巍峨山岳，成为一处处极为稳固的立足之地。然后还需要打造出三条道路，分别去往距离此地最近的婆娑洲，以及西南扶摇洲和东南桐叶洲。

其余几只王座大妖，也先后去往天幕，去找那位坐镇儒家圣人的麻烦。

抱剑汉子始终坐在一旁拴马桩上，不过拴马桩挪到了原先小道童的蒲团处。

有妖族修士朝地上吐了口唾沫，咧嘴大笑，什么狗屁大剑仙，见过战死的，见过战场上给大妖们打退了的，还真没见过一剑不出乖乖守大门的货色。

大剑仙张禄对此视而不见。

结果这个妖族被正大摇大摆跨过大门的萧愻，随便一拳打烂头颅，金丹和元婴一起爆裂开来，殃及门口一大片妖族，好一场无妄之灾。

远处一位军帐督战官瞥见那个罪魁祸首之后，却假装什么都没有发生。

萧愻来到拴马桩那边，丢出一坛来自蛮荒天下某个世俗王朝的好酒，张禄接过酒坛，揭了泥封，嗅了嗅，称："好酒。"

萧愻问道："张禄，不跟我一起去瞅瞅？婆娑洲、桐叶洲、扶摇洲，随便你挑，咱俩一起找酒喝去，那边的仙家酒酿特别多。"

张禄笑道："哪儿也不去，就在这边看着好了。我这个人天生惫懒，做什么都提不起精气神。以前辛辛苦苦修行破境，也就是为了能够增加些寿命。隐官大人，你记得每破一座宗门，就帮我寄些酒水回来。"

萧愻埋怨道："屁事不干，还要我给你送酒，恁大架子。"

张禄微笑道："懒人多福。"

萧愻皱着眉头问道："我那弟子，去哪了？"

张禄打趣道："这个我还真不清楚，隐官问隐官去嘛。"

萧愻懊恼道:"见他就烦,见面先赏了他几十拳,那小子记仇,估计问不出来了。"

张禄揉了揉下巴。

当年那个背剑匣穿草鞋的少年,离开了倒悬山又回来,然后就当了个隐官。在那之后,陈平安就再没有从他这边的旧门往来于剑气长城和倒悬山春幡斋。陈平安不傻,张禄也不傻,陈平安希望张禄能够改变主意,才故意用这种方式提醒张禄,而张禄假装什么都不知道,这又何尝不是一种提醒。

这道大门,有没有张禄,都一样;剑气长城和蛮荒天下,有无张禄这位大剑仙,也还是一样。最后春幡斋剑仙邵云岩来了这边,与他喝了一顿酒,确定了张禄的想法之后,就跟随陆芝离去,邵云岩与陆芝,都未问剑张禄。

当初那场十三之争,张禄输了,技不如人,张禄没什么怨气。在更早的剑气长城的战场上,杀来杀去,生生死死,张禄也无所谓。最后张禄以戴罪之身,负责驻守大门,对浩然天下还真有些怨气。从主动要求来此看门之时,张禄就早早预见到了今天的光景。

萧愻问道:"离这里最近的,是那个'宗'字头大门派,雨龙宗?"

张禄笑道:"晚了,已经有一只王座大妖捷足先登。"

萧愻皱眉道:"那个喜欢剥人面皮的娘娘腔?"

张禄点头道:"雨龙宗女子修士比较多。"

萧愻说道:"算了,回头陈淳安离开南婆娑洲自己找死的时候,我送他一程。"

张禄痛饮一口酒水,惋惜道:"真正杀陈淳安的,是万夫所指。"

一个腰系养剑葫的俊美男子,落在了雨龙宗一尊神像之巅,两根手指拧转着鬓角一缕发丝,微笑道:"要挑花眼了。"

万年之后,灰衣老者故地重游,再次来到浩然天下。

他悬在高空,大笑道:"浩然天下,一切仙人境、飞升境,所有得道之士,听好了!你们行走得太慢了,从无大自由!已在山巅,就该天地无拘束,不然修道登顶,岂不是个天大笑话?修什么道,求什么真,得什么不朽长生?如那青壮男子,偏要被规矩约束,日复一日,年复一年,步步如那老汉老妪,蹒跚行走于人间。以后天下就会只有一座,无论人族还是妖族修士,言语自由,修行自由,厮杀自由,生死自由,大道自由!"

张禄感慨道:"乱世真的来了。"

萧愻嗤笑道:"强者自由的世道来了。"

约莫两年前。

浩然天下还是那个太平岁月万万年的浩然天下。

一行三人,离开东宝瓶洲旧大骊王朝版图,已经在海上御风万里之遥,依旧离着那座中土神洲极远。

三人正是顾璨、柳赤诚，和那位跌境上瘾的龙伯老弟，柴伯符。

可怜堂堂元婴修士，如今就只是个观海境修士了。

其实刚到骊珠洞天旧址的槐黄县小镇时，柴伯符还是个被柳赤诚一巴掌拍到龙门境的练气士，后来被那位瞥了一眼，不知为何，就又莫名其妙直直跌到了洞府境，这一路远游御风，柴伯符咬牙辛苦修行，好不容易才爬回了观海境。

破境之后，柴伯符没有半点喜悦之情，反正一个不小心，就要还回去的，也从来没谁愿意给他个稍微凑合些的理由。

跨洲赶路一事，如果不去乘坐仙家渡船，单凭修士御风而游，耗费灵气不说，关键是太过冒险。海中凶物极多，一个不慎，就要陨落，连个收尸机会都没有，只说那吞宝鲸，连岛屿、渡船都可入腹，并且它们天生就有炼化神通，吃几个修士算什么。至于修士，一入腹中，如同置身于小天地牢笼，还怎么逃出生天？

再者，在广袤汪洋之上，杀人越货，夺人钱财宝物，神不知鬼不觉，远比在陆地上来得安稳。这类买卖，是典型的三年不开张，开张吃三年。

故而即便金丹、元婴修士，凡夫俗子眼中所谓的陆地神仙，都不愿如此吃力不讨好。当然，那些本就是奔着挣钱去的，两说。

毕竟，浩然天下海域辽阔，犹胜九洲陆地版图，除了岛屿仙家，也有诸多财路，由不得修士不涉险。例如，芦花岛的采珠客，所采蚌珠，尤为贵重。再者，陆地上的帝王将相、公侯之家，对龙涎一物的需求就极大，永远是有价无市的行情。虬蛟之属，以及众多蛟龙后裔，皆有龙涎可以炼制为香，只是分出个三六九等的品秩、价钱。

除了龙涎，龙鱼异物腹中多有宝珠，这类宝珠，因为先天汲取月华之光，故而往往明如月之照耀，可以烛室，更能在煞重之地，持之开道，驱散鬼魅，还可以炼化为避水珠、避尘珠等仙家宝物，是修道之人闭关之时的极佳辅佐之物，用以洁净天地灵气，帮助凝神清心。

当然，真正的机缘，还是海外仙山多秘阁遗迹，一旦被练气士得手，就是金山银山一般的巨大财富，而且比起陆地之上的仙家府邸遗址，争夺更少，不至于有太多势力纠缠其中。即便有些仙府难打开，禁制多，往往至多两三家相互知根知底的山头结盟，将其悄然收入囊中，攫取瓜分其中的天材地宝。

一路沉默寡言的顾璨突然问道："师父已经很久没有现身了。"

比起顾璨御风远游的疲惫不堪，身穿一袭扎眼粉红道袍的柳赤诚，其御风之姿，显得十分风流写意。

不过最辛苦的还是那位龙伯老弟，只是柳赤诚不上心，顾璨不在意，无人怜悯。

柴伯符也乐得这两个不搭理自己。一个没心没肺，一个心狠手辣，愿意当自己不存在就要烧高香了。

柳赤诚笑道："我那师兄是天上人，见不着他很正常。在白帝城，你的那些师兄师姐，百年不见自己师父一面，都不奇怪，若是百年之内见着了好几次，反而提心吊胆，担心自己已经不是自己。"

柴伯符一想到那人，便觉得修行路上，这点苦头算不得什么，只要能成为白帝城的谱牒弟子，哪怕是给顾璨这小狼崽子当个亲传弟子，都认了！

关于顾璨在白帝城的辈分问题，一直是个谜。

顾璨面对那人，一直执弟子礼。

可那人，以及柳赤诚，又好像将顾璨当作了小师弟，也没个明确说法。柳赤诚也经常师弟、师侄乱喊。

顾璨神色淡然，随口问道："师父是在海上访友？"

柳赤诚嗤笑道："开什么玩笑，有谁值得师兄登门拜访的。出海访仙，访个屁的仙，师兄他就是天底下最有仙气之人。寻访白帝城的山上神仙，每年都多如过江之鲫，就只能乖乖站在大水之畔抬头看天，有几个能够去往彩云间滞留片刻？更别谈师兄独居的白帝城了。"

顾璨疑惑道："师叔们，还有那些师兄师姐，都不在白帝城修行？"

柳赤诚恍然，忘记与顾璨说些白帝城的状况了，于是一巴掌拍在身旁龙伯老弟的额头上，打得后者直接坠入水中。

柳赤诚笑着解释道："偌大一座白帝城，除了师兄，就只有些担任侍者女官的傀儡，神不神仙不仙人不人鬼不鬼的。其余像我们这些师弟师妹，还有各自的嫡传弟子，都在彩云之上各有修行洞府。比如我，就有座名动天下的琉璃阁。所以事实上，真正的白帝城，从来就只有一位修道之人，就是你师父，我师兄。其余任何人，都是师兄的累赘。"

顾璨点头道："厉害。"

柳赤诚放声大笑道："师兄作为天下公认的魔道中人，若是不厉害，一座白帝城，能够在中土神洲屹立不倒？"

一只落汤鸡飞回天上，不敢怒不敢言。

柳赤诚轻轻拍打少年容貌的柴伯符的额头，赞叹道："这么大一脑门，都能当晒谷场了。"

柳赤诚突然咦了一声，神色关切道："龙伯老弟，怎的耳鼻淌血了。"

柴伯符抹去血迹，对那个装傻的罪魁祸首，挤出笑脸道："不打紧。"

三人在一处岛屿星罗棋布的海域落脚，此地灵气淡薄，还有那山水枯燥之意，不宜开山建府修道。

顾璨飘落在地,轻轻吐出一口浊气,问道:"这海外岛屿若是够大,会有土地公坐镇吗?"

柳赤诚抖着两只大袖子,白眼道:"没有,就算有,也要饿死。大大小小的山水神祇,一旦没了善男信女的香火供奉,所谓的金身不朽,就是个笑话。"

顾璨环顾四周,问道:"这大海之中,是不是会有类似江水正神的亲水存在,虽然是那淫祠神灵,却能在海中雄踞一方?比如靠近倒悬山的那条蛟龙沟,就有众多蛟龙之属聚集盘踞,不是宗门胜似宗门。"

据说那蛟龙沟,若是能够低头一眼望去,碧水澄澈,蛟龙之属如丝线悬空游弋。

柳赤诚摇头道:"顾璨,你既然成了白帝城嫡传,就不用考虑这些无聊事了。打得过的,打杀了便是;打不过的,只管自报名号。"

顾璨说道:"习惯使然。"

在顾璨离家之前,朱敛找到了州城的那座顾府,手持一只炭笼,说是物归原主。

顾璨犹豫了一下,还是接过炭笼,当时披狐皮符箓的鬼物马笃宜,以及修行鬼道秘法的曾掖,就在顾璨家中做客。

朱敛当时笑着说了句古怪言语,说自己很乐意下山一趟,只是山中多有琐碎事缠身,就不登门叨扰顾公子了。

因为山主说过,顾璨什么时候返回家乡,就将此物还给他。

前提是顾璨身边带着曾掖和马笃宜,如果没有,炭笼就留在落魄山好了,以后都当没有这回事。

顾璨就拎着炭笼,送了一段路程,将那位佝偻老人一直送到街角处。

后来顾璨回到家中书房,那个师父现身,从炭笼当中,揪出一条灵智似未开的小泥鳅,嗤笑一声,又丢回炭笼。

顾璨当时面无表情。

后来顾璨离乡,也没有将炭笼带在身边,只是请马笃宜和曾掖,将它送去了一座位于大骊京城以北的山神府。

顾璨娘亲劝说他亲自去趟北方,说你爹如今是品秩很高的山神府君了,那座山神庙,先前可是旧大骊大岳山君的神仙府邸,还刚刚被提拔为北岳披云山的储君之地,就等同于官场上的官升一品,搁在大骊朝廷,怎么都该算是个侍郎老爷了,哪里是什么郡守、督造官能比的,怨不得你爹不回来看你,他职责重大,不可擅离职守,何况山上规矩多,山水相冲什么的古怪忌讳实在太多,所以你作为儿子,既是访亲,又可道贺,怎么都该去一趟的。

顾璨沉默不语,只是不肯点头。

妇人便暗自饮泣,也不愿再劝说什么,拿绣帕伤心抹泪之余,偷偷瞥了眼儿子的脸色,便真的不敢再劝了。

大海之滨,出现了那个人。

柴伯符心头一紧,大气都不敢喘了。

柳赤诚也不太愿意凑过去。师兄是神人,远观就好。

顾璨独自御风去往那边,发现这位白帝城城主蹲在海边,掬起一捧水。

顾璨疑惑道:"这是?"

白帝城城主说道:"斗量海水。"

顾璨又问道:"意义何在?"

白帝城城主笑道:"一定要有意义吗?"

他松手起身。

片刻之后,顾璨依稀见到一望无垠的海面上,突兀出现了一匹白马,踏波而行,风驰电掣,拖拽出一条极长的流彩莹光。

只见马背之上,有一副赤色甲胄,跟随马背起伏不定,甲胄内里却无人身。

这一骑往岛屿这边而来,到近处时骤然停下马蹄,当一骑静止不动之后,好像海水都随之凝滞。

柳赤诚按捺不住,来到师兄和顾璨身边,微笑道:"运气不错,能够在茫茫大海,遇见一位南海独骑郎,此事无异于大海捞着针了。"

顾璨不曾听说什么南海独骑郎,却见到那骑多出一杆金色长枪,枪尖直指岛屿,似乎在询问来历。

然后一瞬间,南海独骑郎便收起了长枪,拨转马头,疾驰而去。

顾璨发现身边白帝城城主已经消逝不见。

柳赤诚笑道:"渌水坑那只大妖要惨了。火龙真人强行破不开的禁制,换成师兄,就能够长驱直入。"

顾璨问道:"师父是与那渌水坑大妖有仇,还是斩杀大妖,纯粹为了积攒功德?"

柳赤诚说道:"别去瞎猜,师兄做事,随心所欲。"

顾璨皱眉不语。

柳赤诚幸灾乐祸道:"你的心境,被陈平安的道理压胜太多,小心惹恼了我那师兄。"

顾璨置若罔闻。

三人在这座岛屿略作休憩,柴伯符好不容易积攒了点灵气,就又开始跟随两人一起赶路。

昔年元婴境时,洞府窍穴如那豪门宅邸,灵气如那满堂金玉,取之不尽用之不竭,可以肆意挥霍,如今小门小户的,真阔气不起来了。

水路迢迢无穷尽，路过一处，柳赤诚大喜，道："顾璨啊顾璨，你小子真是个有大福缘的，跟着你逛荡，不缺奇遇。先见南海独骑郎，如今又见此处。"

柴伯符如堕云雾，视野所及，大海茫茫，并无玄妙。

柳赤诚挥手破开迷障之后，顾璨视野中出现了一座岛屿，寸草不生，山石嶙峋。

柳赤诚笑道："是座歇龙石，会随水迁徙，并不扎根。上古岁月，曾有四座，被打碎一座，炼化一座，青冥天下那座岁除宫的鹳雀楼外，一条大水中央，也有一座，以秘法将其稳固，浩然天下就只剩下这里了。此石太大太沉，仙人都挪不动，倒是可以驱使搬山之属，一点一点挪窝，不过没谁敢，毕竟是有主之物，此地算是渌水坑那位的禁脔，那家伙可不是易与之辈。与精通水、火两法的火龙真人，都能打个天翻地覆，不过是略逊一筹，这才退去海底老巢。换成是我，与那火龙真人为敌，只有束手待毙的份儿。不过也有些仙家修士，会跟在歇龙石身后，要是运气好，能捡到些从山崖滚落入海的珍稀龙涎，就是一大笔横财。"

古语有云，龙潜渌水坑，火助太阳宫。

曾是远古水神避暑行宫之一的渌水坑犹在，可那座太阳宫却不知所踪，据说是被彻底打碎了。

顾璨凝神望向那座歇龙石。

山上并无任何一条疲惫蛟龙之属盘踞。但是禁制一开，气象横生，山水交接处，似有浓稠状异物从岸上流淌入海，芳香扑鼻。山上偶有一点灵光绽放，稍纵即逝，似有颗颗宝珠坠落石缝间。

柳赤诚笑道："怕什么，凑近了去看啊，我师兄都杀进渌水坑了，又有我在旁护道，你到底怕个什么？你应该想着怎么将此物收入囊中啊，别忘了咱们白帝城彩云间，有那黄河之水天上来，更有那鲤鱼跳龙门的壮阔景象，你小子若是搬了此物过去，作为歇脚地，多少水族会念你的大道恩情？"

顾璨说道："远观即可，一件身外物，贪图所谓的香火情，只会耽误我修行。"

柳赤诚无奈道："你看那修行路上，多少得道之人，也仍会拣选一两事，或醇酒或美人，或琴棋书画，用来消磨那些枯燥乏味的光阴岁月。"

顾璨说道："那就等我得了道再说。"

柴伯符小心翼翼说道："似乎无人看管这座歇龙石，那么些天材地宝，天予不取？"

山泽野修出身，如果见了钱都不眼开，那叫眼瞎。

何况柴伯符修行水法大道，腰间那条螭龙纹白玉腰带，以及上边悬挂着的一长串玉佩、瓶罐，也都是没有机缘获得的龙王簏的替代之物。

柳赤诚推了柴伯符一把，笑眯眯道："龙伯老弟，你去。顾璨带来的福缘，我铆足劲开的门，你轻松捡宝，事后如何分账，顾璨说了算。都是老朋友了，想必顾璨不会亏待了你。"

柴伯符悻悻然，三人一起，他胆气很足，毕竟靠山是那白帝城，可若是自己单独一人，他可不敢登上那歇龙石。

顾璨说道："去吧。"

柴伯符膝盖一软，结果被柳赤诚抓住脖子，随手一丢，砸在那歇龙石之巅。

抖搂完一身尘土碎屑，柴伯符头皮发麻，老子哪怕是元婴之时，也只敢尝试着去捕捉一条小蛟或小虬，这会儿直接掉入一处蛟龙老巢，算怎么回事？

话是这么说，少年面容、身段的龙伯老弟，循着宝珠转瞬明灭的痕迹，一个饿虎扑羊，跃出十数丈，从石缝间刨出一颗枣核大小的宝珠，柴伯符愣在当场，双手使劲一搓，搓去那颗宝珠的些许污垢尘土，轻轻哈了一口气，以水法牵引宝珠灵光，宝珠顿时绽放光芒，四周水汽弥漫，沁人心脾，柴伯符凝神端详手中异宝，神色雀跃，喃喃道："果真是虬珠，品秩极高，卖给帝王做冠冕，一枚谷雨钱打底！若是作为龙女仙衣湘水裙的点睛之物，女修们多半愿意掏两枚谷雨钱。如果来个十数颗，打造那水法重宝'掌上明珠'手串，听说最被上五境的女仙青睐……"

远处柳赤诚啧啧道："好一招饿狗吃屎，就是瞧着恶心了点。"

柴伯符开始大肆搜刮山中宝珠，就连那山崖不同地段的石材质地，都一一叩击过去，仔细确认了一番。

顾璨说道："野修道路不好走，其中的艰辛困顿，不足为外人道。"

柳赤诚笑道："这是同病相怜？"

顾璨摇头道："在说个事实。"

柳赤诚问道："事后分账，多分点给龙伯老弟？"

顾璨还是摇头："半点不给。"

柳赤诚哈哈大笑。

顾璨问道："既然有那海上仙师凭借山上秘术，寻觅歇龙石求横财，现在禁制一开，会不会很快有人赶来？"

柳赤诚笑道："多半是有的。"

顾璨闻言后御风去往歇龙石。

柳赤诚与他并肩而游，道："三千多年前，蛟龙之属，还是司职风调雨顺、水旱丰歉的显赫存在，常去往大陆播云布雨，归来时疲惫不堪，往往在此半途休歇，纳凉驱暑，休养精神。据说，动辄有千百条疲龙盘踞其上。不过反正我是没亲眼见过。师兄见过。"

顾璨说道："道家有部《太上洞渊经》，曾经详细记载了一百一十六位龙王之名，以及各自职责所在、所具神通。"

柳赤诚点头道："六月六，市井百姓晒伏，龙宫也会晒龙袍。世间各处水府的龙女，往往会选择在这一天上岸，拣选情郎，多是露水姻缘，运气好些的男人，还可以入赘龙宫。可惜喽，如今世人再无此艳福。"

顾璨问道："歇龙石不会开了门就任由外人予取予夺吧？"

柳赤诚摇头道："当然不可能，渌水坑会专门让一位捕鱼仙驻守此地，玉璞境修为，又近水，战力不俗，只不过有我在，对方不敢妄动。再者，这些宝珠、龙涎，渌水坑还真看不上眼，说不定还不比岸上一些灵器品秩的奇巧物件来得讨喜。渌水坑每逢百年，都会举办避暑宴，这些水中之物，渌水坑恐怕早已堆积如山，时日一久，任其珠黄再舍弃。"

两人飘落在歇龙石一处山崖顶部，顾璨蹲下身，伸手触及岩石，尽可能熟悉此处地理。

柳赤诚感慨道："把这个世道想得简单了，人心人性，单薄如白纸，也就那么回事。可要想得复杂了，就是自讨苦吃，学问无穷尽，以有涯求无涯。你学谁不好，非要学他陈平安。"

顾璨说道："这个世道，一个柳赤诚十个柳赤诚一百个柳赤诚，都是一个鸟样，但是有没有他，大不相同，至少对我来说是如此。"

柳赤诚不愿与顾璨过多评价陈平安，容易被记恨。便突然笑道："有拨仙师大驾光临，哟呵，还有两位漂亮姐姐。"

顾璨瞥了眼柳赤诚。

柳赤诚讥笑道："这要是还有那万一，我以后每天给龙伯老弟做牛做马！"

而那个龙伯老弟，还在山上四处寻宝，勤勤恳恳，却注定一枚雪花钱也挣不着。

荀渊，姜尚真，这玉圭宗新旧两位宗主，联袂离开山头，来到了桐叶洲中部的大泉王朝边境。

双方都遮掩气息，落下身形后，徒步走向那座狐儿镇附近的客栈。

荀渊啧啧道："竟然愿意自去一尾。异哉。"

姜尚真懊恼道："不承想浣溪夫人就在我的眼皮子底下，都没能瞧见，罪过罪过，该死该死。"

荀渊说道："九尾天狐，最是擅长隐匿气息。早前我一样没能察觉，不过大伏书院那边，是早就发现蛛丝马迹了的，所以当年君子钟魁才会到此常驻。"

姜尚真瞥了眼尚在远处的小客栈，笑道："野外酒肆有三好，美妇人，酒客少，土酿烧。"

荀渊也流露出些许缅怀神色，抚须而笑："俏寡妇，蒙汗药，长板凳，小尖刀。"

这两位新旧宗主，自然都是很有些故事的。

一位飞升境和一位仙人境，同时落脚大泉王朝，如此兴师动众，当然是为了确定那位浣溪夫人的真实想法。

能够为我玉圭宗所用，那是最好。所以荀渊才会带上这个姜尚真。与女子打交道，简直就是姜尚真打从娘胎起就有的天赋神通。

荀渊突然改变主意："我先去趟大泉京城。"

姜尚真无所谓，在老宗主缩地山河之后，他从咫尺物当中取出一把油纸伞，走了没几步，就乌云密布，下起了淅沥小雨。

撑伞而行，行走之间，身上法袍宝光流转，换成了青衫样式。

读书人，艳遇多，不骗人。

店外悬挂着破旧招子。

姜尚真有些怀念那座藕花福地了，不知好友陆舫如今是否解了心结。

一个坐在厨房帘子门口的驼背老人，正在抽旱烟吧唧嘴，瞧见了进了屋收着伞的客人，眯了眯眼。

一个瘸拐的年轻伙计正在擦桌子，有些讶异外头那条土狗的打盹儿，嘀咕了句"客人到了，也没个报信，真可以宰了炖肉"。只是瞥见客人手中的油纸伞，再看了眼外边的朦胧雨幕，又骂了句"这变脸的天气"。面朝客人，年轻伙计立即换了一副笑脸："这位客官，是要打尖，还是住宿？咱们这儿的青梅酒、烤全羊，那可是一等一的好，价格公道，只是酒分三种，喝了半年酿不亏，喝了三年酿不想走，喝了五年酿，天下再无酒。"

姜尚真直接要了一坛五年酿、一只烤全羊，佐酒小菜，每样都来上一碟。

年轻伙计眉开眼笑，驼背老人掀开帘子去了灶房。

在年轻伙计拎酒上桌的时候，姜尚真笑问道："听说你们这儿不太平，小镇那边有脏东西？"

年轻伙计愣了愣，记起好些年前的那段岁月，笑道："客官是说狐儿镇啊，没啥脏东西了，如今安稳得很。再说边上就是挂甲军镇，阳气多旺的一地儿，所以当年狐儿镇闹鬼，也没死个人。客官问这个作甚？"

姜尚真伸手指了指自己，说道："瞧不出来？"

年轻伙计试探性道："不缺钱？"

姜尚真笑道："我是山上修道之人，哪里有妖魔作祟就往哪儿去。"

年轻伙计眼睛一亮，道："修道之人？会神仙法术？会不会穿墙术，不如现在穿一个试试看？"

姜尚真摸了摸额头，说道："仙家法术，不宜显露，法不轻传嘛。"

年轻伙计顿时没了兴致。屁话一通，等于没讲。

何况年轻伙计还真没见过自个儿往脸上贴金的神仙。

这家伙瞎扯可以，敢不付账，一刀砍死。

姜尚真问道:"客栈掌柜呢?"

年轻伙计越看那家伙越像个坑蒙拐骗的,已经开始盘算对方身上那件衣服能典当多少钱,嘴上说道:"老板娘今早就去了狐儿镇,还没回呢。那边有庙会,热闹,不过看这鬼天气,估摸着老板娘今儿会早回。客官要是住店,准能见着。"

酒足饭饱后,姜尚真打着饱嗝,轻轻拍打肚子,转头望去。

门口那边有个美妇人,从狐儿镇借了把油纸伞,一路小跑回来,身穿团花黄底对襟衫子,脚踩一双绣花鞋,正在门槛上蹭掉鞋底泥土。

姜尚真招手道:"九娘九娘,这儿坐。"

妇人疑惑道:"我们认识?喝过酒的客人,如你这般模样好看的,我可都记得。"

姜尚真笑眯眯道:"你不认得我,我却认得你九娘,我跟陈平安是好兄弟。我叫周肥。"

妇人笑眯起眼,一双水润眼眸,狐媚狐媚的,喊了声周大哥,她快步跨过门槛,将油纸伞丢给远处的店伙计,自己坐在桌旁,倒了一碗酒,一饮而尽,道:"周大哥好生见外,该喊一声弟媳妇的。"

没有的事,大可以随便掰扯。真有的事,往往藏在心里头,自己都不愿去触碰。

姜尚真微笑道:"终究还是不如九娘'见外'啊。"

妇人疑惑不解。

姜尚真叹了口气:"我别名姜尚真。九娘断了一尾,所以哪怕身在狐儿镇,也未能察觉到我这位仙人的踪迹。"

姜尚真随即笑眯眯道:"浣溪夫人,不如九娘喊着亲呢。"

一瞬间,天地寂静。

妇人身后八尾摇晃,眼神冷冽,再无半点醉醺醺的媚态,问道:"不知道姜宗主远道而来,是要杀妖,还是捉妖?"

姜尚真端起酒碗,轻轻碰一下九娘身前的酒碗,抿了口酒,回答道:"如果是我家荀老儿单独登门,九娘你这么问是对的。"

妇人皱眉道:"姜宗主有话请直说。"

姜尚真放下酒碗,说道:"荀老儿的意思,是要你答应当我玉圭宗的供奉才罢休,我看还是算了,不该如此唐突佳人,九娘就当去我玉圭宗做客了。何时真正天下太平了,适宜主人卖酒客人喝酒了,九娘不妨再回这边做生意。我可以保证,到时候九娘离开玉圭宗,无人阻拦。若是九娘愿意留下,潜心修行,重归天狐,那是更好。"

这只九尾天狐,或者说浣溪夫人,冷笑道:"我若是不答应呢?"

姜尚真说道:"死。"

她面容模糊起来,随后又清晰起来,却再不是九娘的脸庞。

姜尚真视线没有偏移,就那么盯着她那脸庞,摇头笑道:"你这种狐魅神通,对我,对陈平安,都是不太管用的。"

她缓缓恢复为"九娘"的面目,说道:"姜尚真,我可以跟你去往玉圭宗,但是你必须答应我三件事。"

"第一,隐瞒我的身份,除你和苟渊之外,玉圭宗上上下下,不许有第三人知晓我的根脚。"

"应该的。"

"第二,三爷和小瘸子,必须安置好,他们不去玉圭宗。"

"可以,玉圭宗的下宗真境宗在东宝瓶洲,就当出趟远门游山玩水。至于大泉京城,还是别去了。"

"最后,我要去趟大泉京城。"

"乐意至极。我在那边有个老熟人。"

磨刀人,刘宗。

她问道:"我如何能够信你?"

姜尚真理直气壮道:"我是陈平安的朋友啊。"

这一天,九娘关了客栈,与姜尚真一起去往大泉京城。

大泉王朝,京城皇宫内,有女子斜靠廊柱,潸然泪下。

实无冶荡蛊惑事,实非不端狐媚人。

只是整个大泉王朝的士林文坛,都不愿意放过她,屡禁不绝的坊间私刻艳本书籍,更是不堪入目。

这些饱读圣贤书的男人,就只知道欺负一个女子吗?

差不多在年轻隐官刚被丢往牢狱、初次遇到缝衣人捻芯之时,裴钱要远游了。

还是师父不在身边的那种出远门,真会离家千万里的。

一大清早,陈暖树和周米粒就开始帮着裴钱收拾物件,周米粒扛着金色小扁担,询问要不要一起捎上,遇上急需银子的时候,可以先抵押给当铺,手头有钱再赎回来就是,不过黑衣小姑娘没忘记提醒裴钱,以金换银,有溢价的,可不能被当铺掌柜糊弄了。裴钱口头嘉奖了一番,拧着小米粒的脸颊,说看把你机灵的。不过裴钱没答应,说自己身上钱财够用了,拿着金扁担走江湖不像话,容易招人眼红嫉恨。

裴钱这次出远门,与李槐结伴游历北俱芦洲,约定在小镇杨家铺子那边碰头,然后一起去往牛角山渡口,乘坐披麻宗的那条跨洲渡船,可惜自家那条龙舟——翻墨渡船,去不了北俱芦洲那么远的地方。

老厨子从祖师堂钱库里边取出一枚小暑钱、三百枚雪花钱,交给裴钱,把裴钱吓了一跳，只收了几枚雪花钱，毕竟是师父和落魄山的家底，借多了不好。老厨子说不是借，是给，任何一位落魄山弟子，每次出门远游，都会有一笔神仙钱压钱袋子，按照少爷的说法，可以招财运。

裴钱说我是开山大弟子，能一样吗？

委实是她担心自己拿多赔多，老厨子昧良心给了她个"赔钱货"的绰号，知道他这些年喊了多少次吗？七十二次了！

何况她这些年跟着师父吃香的喝辣的，外加处处收人礼物，她又勤俭节约，是个出了名的抠搜鬼，其实积攒下来不少私房钱，比如这次为了远游，就专门备好了一小包金叶子、一包碎银子。

师父赠送的行山杖，如今住着剑仙周澄姐姐赠送的那团金丝，老厨子专程请来魏山君瞧了，说没问题，是好事，无需如何炼化，多耍几套疯魔剑法就行了。

还有大白鹅打造的小竹箱，竹刀竹剑也都带了，只是裴钱没敢悬佩腰间，毕竟不在自家山头，师父和小师兄都不在身边，她胆子不够大，担心被误认为是正儿八经的江湖人，万一起了不必要的冲突，别人见自己年纪小，可能骂骂咧咧几句也就罢了，可若是瞧见了她的竹刀竹剑，一定要江湖事江湖了，非要与自己过过招怎么办，与人切磋个锤儿嘛。

裴钱去了趟山巅的山神庙，跟山神老爷道一声别。

陈暖树和周米粒当着小跟班，如今裴钱个子蹿得快，越发显得她们俩是小姑娘了。

山神老爷名叫宋煜章，槐黄县编撰的县志里边有写，只是篇幅不长，只记载宋煜章当过好些年的窑务督造官，严格意义上说，当年师父在龙窑当窑工学徒，宋督造还管着师父好些年。

裴钱知道宋山神一直与落魄山关系不太好，而且还跟老厨子、魏山君的关系闹得很僵。但是师父曾经对她说过，宋山神生前是一位忠臣粹儒，死后为神，也是庇护一方的英灵。天底下不是所有与落魄山不对付、不投缘的人，都是坏人。

裴钱重新回到竹楼那边，在二楼门口站了一会儿。

小米粒起先要跟着裴钱去二楼，却给暖树拦下了，拉着去了崖畔石桌那边嗑瓜子。

裴钱走下二楼，在竹楼和石桌之间的地面上，铺有额外的两条小路，路程不长。

师父当年远游北俱芦洲，总计得了三十六块青砖，去往剑气长城之前，就铺出了六条小路，每条小路嵌着间距不等的六块地砖，用来帮助纯粹武夫练习六步走桩。师父一开始的意思是，师父自己，她这位开山大弟子，老厨子，郑大风，卢白象，岑鸳机，一人一条小路。

后来大白鹅觉得委屈，师父就将他那条小路送给了大白鹅。

裴钱这条小路，就在师父和小师兄共有的那条小路一旁，当邻居。

老厨子那条送给了曹晴朗,说虽然不是纯粹武夫,但是偶尔练习一下武把式,也可以静心。

郑大风也没收下青砖,送给了那个练拳也认真,却更喜欢看书的少年元来。

卢白象那条送给了大弟子元宝。

岑鸳机虽然在小院里边铺了一条青砖小路,却还是喜欢上山下山练习六步走桩。

北边是那座落魄山藩属之地的灰蒙山,没落魄山高,却比落魄山地盘大,水土也迥异于落魄山。

在那边只有三人,有个说不来小镇方言、只会讲大骊官话的外乡公子哥,复姓独孤,真实名字不知,化名邵坡仙。他身边跟着个形影不离的婢女,叫蒙珑,心气很高。还有个名叫石湫的姐姐,性子温柔,内心更柔,裴钱当然更喜欢后者。

最西边的拜剑台,一个叫崔嵬的男人在那边练剑,不爱说话,从不下山。张嘉贞和蒋去,倒是偶尔会去骑龙巷铺子帮忙。

崔嵬是位金丹瓶颈剑修,来自剑气长城,是大白鹅带回来的。裴钱如今很清楚一位金丹地仙剑修,在东宝瓶洲山上的分量。

秀秀姐的龙泉剑宗,"宗"字头的仙家,阮师傅先后收了两拨弟子,目前也才一位金丹举办了开峰仪式,而且那个董谷,还不是什么剑修。

当然这是秀秀姐不喜欢出风头的缘故。

但是崔嵬每次在老厨子那边都很客气,客气到了敬重,甚至是忌惮的地步。也是怪事一桩。老厨子是往你崔嵬饭碗酒坛里下过砒霜、泻药了,还是咋的?

虽说老厨子确实是将那位绣花江水神娘娘,拾掇得有些惨了,可崔嵬身为金丹剑修,好像根本用不着如此拘谨。

刘重润,带着书简湖珠钗岛迁过来的祖师堂嫡传弟子们,与落魄山租借了鳌鱼背,双方关系很融洽。

裴钱对这位刘姨,那是很仰慕的,听老厨子说她可是名副其实的长公主殿下,垂帘听政,这种裴钱以往只能在书上看看的事情,都真做过。

刘重润前些年还亲自当了龙舟渡船的管事,转手售卖春露圃那边带来牛角山的仙家货物,这位刘姨,讲义气,很敬业,贼赚钱!

听暖树说,落魄山钱库每个季度都能收到一大笔神仙钱,数量仅次于牛角山渡口与魏山君的那笔分账收入,比起骑龙巷那两家铺子,实在是挣钱太多太多。裴钱有些时候去骑龙巷那边,见着石柔,就忍不住要长吁短叹,她替石柔腻得慌,怎么当的压岁铺子掌柜。

而且每次逢年过节,暖树都会走门串户,去龙泉剑宗神秀山,去灰蒙山、拜剑台,当然还有鳌鱼背,登门送礼,都是些落魄山特产,礼轻情意重,鳌鱼背的姐姐们也会还礼。

裴钱都会跟着暖树一起，以前小米粒也跟着一起凑热闹，只是如今胆子比针眼小，就爱待在落魄山上不挪窝，每次还非要找借口，不是崴脚就是牙疼，后来那颗不爱想事情的小脑壳儿，估计是真疼了，就偷偷跑去找了趟老厨子，结果得了一大张纸，上边写满了一大串的借口理由，什么翻皇历今日水属大妖怪不宜远游登山，可把小米粒开心坏了，每天问着暖树姐姐今儿咋还不下山串门嘞？

裴钱有天将那页纸张偷偷藏起来，每天睡觉前都会瞧上一瞧的小姑娘，便傻眼了，急得她连霁色峰祖师堂那边的广场，整条落魄山登山主道，外加大大小小的僻静小路，都找了个遍，大半夜的，黑衣小姑娘瞪大眼睛，使劲瞧着脚下道路。裴钱"好心帮忙"，小米粒又不敢说自己到底丢了什么，反正裴钱就跟着周米粒一路逛荡，别看小米粒两条小短腿儿，跑得还贼快。最后周米粒眼泪吧嗒，与裴钱说咱们再找一遍吧，只是小米粒很快就改口，说舵主你要是困了就先睡，我自个儿找去，路熟得很哩。

裴钱便一手掐诀，一脚跺地，胡说八道了一通急急如律令，然后轻喝个"敕"字，手腕一拧，手中便多出了那张纸。

一脸错愕、张大嘴巴的小米粒，先是使劲鼓掌，然后蹦跳起来，一把抓过纸张藏入袖中，回家路上，叽叽喳喳，围着裴钱乱转，询问这是哪门子神仙术法啊，咋个这么灵验，喊不喊得来铜钱来家里做客？要是可以的话，那有请舵主大展神通，将山主一并敕令回家算了。

黄湖山里边有条大蛇，以前陈灵均经常去那边游玩，酒儿姐姐的师父，老道贾晟，原本离开了草头铺子，去黄湖山结茅修行，听说莫名其妙就破境了，按照陈灵均的说法，老道人高兴得可劲儿在湖边长啸，吵得鸟雀离枝无数，鱼儿潜水入底。

贾道长来落魄山的时候，老厨子给了一笔道贺的喜钱，老道推托了数次，说使不得使不得，又不是结金丹，都是自家人，不用如此破费。

裴钱眼尖，瞅着老厨子打算顺水推舟不送红包的时候，那目盲老道却好似开了天眼似的，抢先一步，收下了装有两枚小暑钱的红包，抚须而笑，念叨着"盛情难却、盛情难却"。

裴钱深吸一口气，对两个好朋友说道："你们别送了啊。"

裴钱一手持行山杖，一手攥住竹箱绳子，一路飞奔，高高跃起，跳崖而去。

山风在耳边呼啸，坠落过程当中，裴钱想着自己什么时候，才能够从落魄山一步跨到北边的灰蒙山。

少女打了个哈欠。

双膝微屈，重重落地，尘土飞扬。

方才拳架一缩，少女蹲在了地上，一手五指指尖，轻轻抵住地面，那些刚刚震荡而起的尘土，便立即乖乖返回地面。

熟能生巧,不值一提。

朱敛来到石桌旁,魏檗随后现身。

小米粒在崖畔使劲挥手,也不管山脚的裴钱瞧不瞧得见自己的告别。

陈暖树在忧心书箱里边一袋袋的溪涧小鱼干、瓜子、糕点,裴钱在路上够不够吃。

朱敛揉着下巴道:"才六境武夫,走那么远的路,实在很难让人放心啊。还跟陈灵均路线不同。"

魏檗无奈道:"才?"

朱敛笑了起来。

陈暖树和周米粒纷纷给魏山君行礼。

魏檗笑着点头。

周米粒低头往袖子里掏了半天,才递给魏山君一小把瓜子,便有些难为情。待客不周,待客不周了啊。

她可是落魄山右护法,副舵主,哑巴湖大水怪,昔年骑龙巷护法,兼自封的压岁铺子五掌柜,周米粒是也!

魏檗忍住笑,摆摆手,说算了。

陈暖树告辞离去,继续忙碌去,落魄山上,琐碎事情还是很多的。周米粒就扛着小小金扁担,一路嗑着瓜子,虽然担心舵主的江湖之行,但是她这个副舵主也没法嘞。

在两个小丫头走远后,魏檗继续先前的话题:"有李槐在,问题不大。何况走着走着,裴钱可能就跻身金身境了。咱们还是担心那些不长眼的江湖武夫、魑魅魍魉吧。反正裴钱的学武练拳,我是看不懂了,完全不讲道理。"

朱敛说道:"家中晚辈远游在外,长辈总要担心吃不饱穿不暖的。不过呢,事非经过不知难,也该裴钱自己走一走江湖了。"

魏檗说道:"真要这么不放心,不然你跟着?落魄山这边,我帮你照看便是。"

朱敛搓手道:"免了免了,魏兄还是全心全意筹办夜游宴吧,好不容易找到一座储君之山,没理由不大办一场。你看那中岳山君晋青,不就办得风生水起?"

魏檗一想到这个就心累,问道:"你觉得除了北岳辖境内的山水神灵不得不来,如今还有哪个练气士愿意来?"

如今大骊王朝的山上,开始广为流传一个谐趣说法,北岳辖境,尽是砸锅卖铁的声响。

魏檗突然说道:"那个同时身负国运、剑道气运的邵坡仙,你要是愿意,我可以帮忙牵线搭桥。放心吧,晋青也是个藏得住事情的,何况对朱荧王朝又念旧。说不得晋青在关键时刻会帮落魄山一把,并且是不计代价、不求回报的那种出手。"

朱敛摇头道:"有些事情,为达目的,手段可以不讲究,可有些事情,为人还是要厚道些。"

魏檗点头道:"朱兄弟做人,确实通透。"

朱敛呸了一声,骂骂咧咧:"通透个屁,我这会儿是站着说话不腰疼,那个小王八蛋,敢算计落魄山,我是看在少爷和石柔姑娘的情谊上,才忍着那对主仆。可真要有个万一,为了落魄山,你看我不让邵坡仙脱层皮!"

魏檗就当什么都没听见。

朱敛伸出双指,揉着嘴角两边。

真要有个大意外蹿出来,终究远水不解近渴。

拜剑台那位金丹瓶颈剑修崔嵬,关键时刻,落魄山不是不可以动用,只是崔嵬在跻身元婴之前,宜静不宜动。

那个朱荧王朝的亡国余孽,化名邵坡仙的剑修,则更加不适合抛头露面,不然就等于落魄山往大骊宋氏的脸上,甩大嘴巴子了。

卢白象,隋右边,魏羡,三位纯粹武夫,又各有道路要走。

大风兄弟不在山头了。

岑鸳机,元宝元来姐弟,这三个武夫坏子,太过年轻,还有很长的路要走。

何况他们比起高出一辈分的卢、隋、魏三人,无论是资质还是性情,差距还是不小。

朱敛挠头嘻嘘道:"咱们落魄山的底子,还是不够厚啊。为了座莲藕福地,更是捉襟见肘。一想到暖树丫头,将三份过年红包钱都偷偷还我,她们仨小丫头,只留下了个红包信封,我就心疼,心疼啊。你是不知道,连装钱那个小气鬼,都开始带着暖树和小米粒,一起悄悄归拢家当了,哪些是可以搬家去往落魄山库房的,哪些是可以晚些再挪窝的,都分门别类列好了。"

朱敛跺脚道:"我愧对少爷,没脸去霁色峰祖师堂上香啊。"

魏檗伸手抚额道:"行了行了,我再办一场他娘的夜游宴还不成? 我这山君就铁了心不要脸了还不成吗?"

朱敛抓住魏檗手臂,道:"魏兄高义!"

魏檗无奈道:"贼船易上不易下啊。"

魏檗突然皱眉道:"清风城谍子。小鼻涕虫。撼山拳?"

朱敛问道:"是有人与你这位山君烧香祈福?"

魏檗点头道:"三炷香,前边两炷香是寻常物,我没理睬,最后一炷香是上等山香,又有这三个说法,我便上心了。"

朱敛笑道:"多半是顾璨埋藏多年的一颗棋子了,觉得时机已至,才来拜山头。巧了,我正想去清风城许氏那里碰碰运气,总这么被人恶心,也不是个事,也该我恶心恶心别人了。"

魏檗说道:"不急,我先去会一会此人。"

朱敛笑道:"有劳有劳,回头我帮你跟暖树讨要瓜子去。"

魏檗化作一缕清风,转瞬即逝。

朱敛望向天空,天欲雪的光景,喃喃道:"诗思在灞桥风雪驴背上,好久不曾吟诗了。诗思一直在,风雪常有,就是没驴子啊,即便有了,也该是裴钱牵走去往江湖。"

朱敛会心一笑。等到下次少爷返乡,估计就更不愿意给裴钱喂拳了吧。

李槐收拾家当,就很简单了,背了个大竹箱,瓶瓶罐罐的,干粮咸菜。那些珍藏宝贝都没带,江湖里边,鱼龙混杂,还是收敛着为妙。

去药铺与老头告别,杨老头送了套行头给李槐,一件青衫长褂,一件竹纱似的玩意儿,一枚没有铭文的玉牌,一双靴子。

李槐一开始没想收,铺子生意冷清得有点过分,老头子苦哈哈挣点钱不容易,估摸着这么多年,也没积攒下什么家底。

爹不在铺子,郑叔叔也远游他乡了,苏店和石灵山这两个新收的弟子,一样离开了。李槐实在不放心,哪里好意思再收老头子的东西。

只是老头说你李槐不要,没关系,劳烦你送给前边屋子柜台后边的家伙。

李槐差点急眼了,如果不是身为儒家弟子,必须讲点读书人风范,斯文几分,外头那个鼻子不是鼻子眼睛不是眼睛的家伙,李槐真想套麻袋揍一次。

裴钱是第一次来杨家铺子,第一次见着了杨老头。

少女恭恭敬敬坐在对面的长凳上,身姿已经开始抽条儿,略显纤细消瘦,皮肤微黑,确实不是一个多好看的姑娘。

方才裴钱刚进后院,就见着杨老头坐在台阶上,李槐蹲在一旁,伸手勒住杨老头的脖子,不知道李槐在嘀嘀咕咕些什么。

裴钱牢记师父教诲,若非必要,不许擅自窥探他人心境。

杨老头望向那位少女,缓缓道:"这条长凳,齐静春坐过,你师父也坐过。"

坐姿端正的裴钱轻轻点头。

结果李槐一巴掌拍在杨老头脑袋上,道:"装神弄鬼瞎摆谱,年纪大点了不起啊,吓唬我朋友啊!啊?"

裴钱瞪了一眼李槐。

李槐立即摸了摸老头子的脑袋,帮着捋了捋发丝。

杨老头早已习惯,根本不当回事。当然也只有李槐是唯一的例外,换成天君谢实、剑仙曹曦之流来试试看?

杨老头说道:"你们可以动身了。"

李槐和裴钱一起走向竹帘那边,李槐转头说道:"老头子,我买了一大袋子上好木炭,在偏屋放着了,大冬天的,别不舍得啊,又不花你的钱。"

杨老头点点头。

裴钱微微弯腰,抱拳致礼。

杨老头又点点头。

今年今月今日。

夜幕中,剑气长城的半截城头之上。

不知何时,那个黑影身形逐渐清晰几分,一双金色眼眸,依旧最为扎眼,身上飘荡着一件鲜红袍子,腰间悬佩一把狭刀。

这半截剑气长城,已经不再有找死的妖族攀附,或是御风掠过。

所以那些画卷剑仙都已暂时隐匿。

黑影就一直在城头之上来回逛荡,倏忽而来,骤然离去,了无痕迹。

此刻黑影摘下斩勘,来到断口处的城头崖畔,拄刀而立,俯瞰大地,脚下依旧有那不计其数的妖族大军,浩浩荡荡往北而去。

他收起视线,抬头望去。

如今的蛮荒天下,唯有两轮月了。

我还好,只是不知道那些远游人,是否都平平安安。

终于从桂花岛返回老龙城，在那城外岛屿缓缓靠岸，此次归途，还算一帆风顺，让人如释重负。

魏晋一行三人离开圭脉小院，魏晋背剑在身后，米裕佩剑，腰系一枚酒葫芦，韦文龙两手空空，下船去往老龙城。在岛屿和老龙城之间铺设有一条海上道路，桂花小娘金粟在师父桂夫人的授意下，一路为三位贵客送行，带着他们去往老龙城另外一处渡口，到时候会更换渡船，沿着走龙道去往东宝瓶洲中部。

在老龙城海上、陆地的两座渡口之间，是隶属于孙氏祖业的那条百里长街。

原本兼着桂花岛管事的范家首席供奉，金丹剑修马致，想要喊辆马车，给魏晋婉拒了，说步行即可。

金粟对风雪庙神仙台的这位年轻剑仙，打心底里十分敬仰，先是问剑北俱芦洲天君谢实，然后赶赴剑气长城杀妖，如今才返回。

魏剑仙作为东宝瓶洲历史上最年轻的上五境神仙，当之无愧。金粟可以断言，魏晋此次从剑气长城游历归来，一回到风雪庙，肯定会为风雪庙赢得极大声势。

早年曾流传一些小道消息，不知真假，但是被传得很悬乎，说魏晋在剑气长城的城头上，得以结茅修行，潜心养剑，那可是独一份的待遇，与那剑气长城的剑术最高者，当起了邻居，大小两座茅屋，传闻魏晋经常会被那位老神仙指点剑术。

这可是为整个东宝瓶洲练气士赢得了好多的谈资，每次谈及此事，皆与有荣焉。如今一洲修士，每每谈及剑修，必然绕不开风雪庙魏晋。

我们东宝瓶洲是浩然天下九洲中最小者,可是我们的同乡人魏晋,在那剑仙如云的剑气长城,不一样是出类拔萃?

甚至有仙师开始觉得神诰宗天君祁真一旦飞升,或是长久闭关再不理俗事,那么下任一洲仙家执牛耳者,极有可能就是魏晋。一旦魏晋跻身仙人境,成为东宝瓶洲历史上首位大剑仙,时来天地皆同力,等到一洲剑道气运随之凝聚在身,大道成就,更是不可限量。

至于魏晋那两个不知来历的朋友,金粟只能算是以礼相待,据说都是距离金丹地仙只差一步的得道之士。在圭脉小院,金粟偶尔陪着桂夫人与三人一起煮茶论道,也发现了些细微差异,姓韦的客人比较拘谨,不善言辞,但是对东宝瓶洲的风土人情极感兴趣,难得主动开口询问,都是问些老龙城几大家族的经营方向、挣钱路线方面的,似是商家子弟。

反观那个皮囊极好,好似书上谪仙人的米公子,好像万事不上心。

道路两侧,被山上修士打造出一处类似荷花浦的形胜之地,故而道路熙攘,人头攒动,游客众多。

米裕行走其中,恍惚从天上走入人间的花间客,谪仙人。

金粟即便早已心有所属,对那孙嘉树是痴心一片,也不得不承认,只说姿容一事,这位米公子,真是神仙中的神仙。

路上多有少女、妇人,明眸流彩,忍不住多看几眼那米裕,不知不觉,看荷花浦美景的便少了,看那位翩翩公子的更多。

神仙何处,烧丹傍井,试墨临池。荷花十里,清风鉴水,明月天衣。

米裕呢喃着这两句从晏家铺子扇面上看到的语句,浩然天下的读书人,文采确实好。

而且这浩然天下,如果不谈人,只说各处风景,确实比剑气长城好太多了。

这还没到老龙城,就有此景了。

此刻走在路上,韦文龙以心声感慨道:"这里就是隐官大人和魏剑仙的家乡啊。"

无需魏晋如何提醒,"隐官"这二字称呼,都是个不大不小的忌讳,不宜放在嘴边时时念叨,韦文龙哪怕忍不住提起,也只能是心声言语。

魏晋笑道:"如果不是远游别洲,偌大个一洲之地,难谈家乡。"

而魏晋不但对东宝瓶洲无甚挂念,事实上就算是对风雪庙,也没什么归属感。

金粟伸手指向老龙城上空,为两个外乡人介绍道:"以前我们老龙城有座云海,传闻是不低于半仙兵品秩的远古仙人遗物,乘坐云上渡船,俯瞰可见,身在城中,便瞧不见了,只是不知为何,前些年云海兀突消失,如今成了一桩山上奇谈,好些山上练气士专程赶来确定消息真假。"

韦文龙下意识开始盘算一件半仙兵,在东宝瓶洲的估价。

米裕神色自若,以心声与魏晋笑道:"你们东宝瓶洲,有这么多吃饱了撑着的人?"

魏晋对米裕印象本就不差,加上与大剑仙米祐、岳青都是相逢投缘的好友,故而他与米裕相处,平时言语皆不见外,答道:"这种话,剑气长城任何一位剑仙都可以说,唯独你米裕没资格阴阳怪气,醉卧云霞,假扮神仙中人,糊弄外乡女修,一大堆的情债糊涂账。"

米裕哈哈笑道:"哪壶不开提哪壶,活该你魏剑仙打光棍。东宝瓶洲如今才几个剑仙?堂堂剑仙,还如此年轻,竟然没几个红颜知己,我真不知道是东宝瓶洲的仙子们眼神不好,还是你魏晋不开窍,难不成每次行走山上山下,都往脑门上贴一张纸条,上边写着'不爱女子'四个字。来来来,魏剑仙休要腼腆,咱们都是自家人了,速速将那纸条取出,让我和韦兄弟都开开眼,长长见识……"

魏晋笑道:"真没有此纸条,让米剑仙失望了。"

金粟知道三人在以心声言语,只是不知聊到了什么事情,如此开心。

一辆马车停在道路中央,在桂花岛停岸之后,走下一位年纪轻轻的高冠男子,腰悬一枚"老龙布雨"玉佩。

是老龙城少城主,符南华。

见到魏晋一行人之后,他低头抱拳道:"晚辈符南华,拜见魏剑仙。"

魏晋点头道:"就不去城中做客了,要赶路。"

如果不是身边还站着桂花岛金粟,魏晋可能都不会开口言语半句,在江湖中,魏晋可以与那些武林莽夫相谈甚欢,但是唯独对山上人,从来不假辞色,懒得套近乎。

符南华侧身让出道路,微笑道:"绝不敢叨扰魏剑仙。晚辈此次慕名而来,其实已经很失礼了。"

走出那条海上道路后,一行人御风前往下一处渡口。

米裕啧啧道:"魏晋,你在东宝瓶洲,这么有面子?"

魏晋笑道:"骂人?"

到了渡口那边,不知道谁率先认出了风雪庙剑仙,一时间喧哗不断,等到魏晋落地后,行人纷纷为这位剑仙让出道路。

在剑修不多的东宝瓶洲,一位地仙剑修,就足可被誉为"某某剑仙"了,更何谈魏晋这位名副其实的上五境剑仙?

所以远处的行人,在指指点点,离着魏晋近些的,都在主动行礼。

米裕又道:"骂你的人,有点多啊。"

魏晋无奈道:"米裕,消停点啊,不然登上渡船后,中途寻一处僻静山水,离了船,切磋剑术一场?"

米裕笑道："我又不傻,同样是玉璞境,我只打得过春幡斋邵剑仙,可打不过风雪庙魏剑仙。"

韦文龙更无奈,你们两位剑仙前辈,切磋就切磋,扯我师父做什么。

三人与金粟告辞,登上一艘渡船。

不像那深居简出的魏晋,米裕依旧跟乘坐桂花岛远游一样,不太愿意缩在屋内,如今喜欢时常在船头那边俯瞰山河,与一旁韦文龙笑道："原来浩然天下,除了岛屿,还有这么多青山。"

大雪时节,渡船路过一处山上门派。

高崖重楼,仙家馆阁,鳞次栉比,若是凭栏远望,奇松怪柏,几抹翠色在雪中,直教人挑起眼帘,这份仙家景致,几个私家能有?

对面山崖,有青衫长髯客,临崖而立,又有八九位神仙人,弈棋观棋,不知谁是主谁是客。

低头看着这份异乡独有的人间美景,剑仙米裕,似哭非哭,似笑非笑。

魏晋难得走出屋舍,来到米裕身旁,说道："你自己都说了,在这东宝瓶洲,没几个剑仙,你大可以游历一番,去饮过美酒,再跟上渡船便是。"

米裕已经恢复正常神色："算了,都没有仙子女修,去了也无甚意思。"

魏晋点头道："云霞山,清风城许氏的狐国,大骊京畿北边的长春宫,女修较多。"

米裕笑骂道："老子是风流,又不是色坯!"

与年轻隐官相处了,耳濡目染多矣的韦文龙,冷不丁小声道："此事存疑。"

魏晋会心一笑。

米裕竖起拇指,心情大好,道："这话说得……有咱们隐官大人几分风采!"

米裕突然问道："'种橘子去',是什么典故? 有故事可讲?"

魏晋一头雾水,摇头道："不知。"

米裕摇摇头,道："魏兄,学问不行啊。"

魏晋不以为意,返回屋内继续温养剑意。

韦文龙则去渡船那边购买山水邸报了。

米裕独自趴在栏杆上,一想到很快就可以去落魄山混吃等死,以后还有那传说中的镜花水月可看,心情就越发好了。

只是不晓得为何隐官大人要反复提及镜花水月一事,而且每次与自己提及此事,笑容都格外……真诚。

这是李槐第一次跨洲远游,先前在那牛角山渡口登上了渡船,英灵傀儡拖拽渡船于云海中,风驰电掣,每逢暴雨,电闪雷鸣,那些披麻宗炼化的英灵傀儡,如披金甲在身,照耀得渡船前方如有日月牵引大舟行进,李槐百看不厌,因为住处没有观景台,便经常去往船头赏景,每次都一惊一乍的。

裴钱住在隔壁,不爱出门,她至多是趴在窗户那边,看那些光怪陆离的天上异象,李槐几次劝她一起去船头,裴钱总说她走过了千山万水,什么稀奇古怪没见过,反而郑重其事地提醒李槐一人出门,小心点,不要主动惹事,可也不用怕麻烦上门,真要有意外,她会帮忙去苏管事那边知会一声的。

李槐看着老成持重的裴舵主,一边在略显狭窄的屋内走桩练拳,一边说着老气横秋的江湖言语,心中大为佩服,于是很是心诚地说了些好话,结果被要开始抄书的裴钱,打赏了个"滚"字。

披麻宗与落魄山关系深厚,元婴修士杜文思,被寄予厚望的祖师堂嫡传庞兰溪,两人都担任落魄山的记名供奉,不过此事并未大肆渲染,而且每次渡船往返,双方祖师堂,都有大笔的钱财往来,毕竟如今骸骨滩、春露圃一线的财路,几乎囊括整个北俱芦洲的东南沿线,大大小小的仙家山头,众多买卖,其实暗中都跟落魄山沾着点边。落魄山坐拥半座牛角山渡口,每次披麻宗跨洲渡船往返骸骨滩、老龙城一趟,会有将近一成的利润分账,落入落魄山的钱袋,一年一结,这是一个极有分寸的分账数额,需要出人出力出物的披麻宗、春露圃,以及双方的盟友、藩属山头,总计占据八成,北岳山君魏檗,分去最后一成利润。

所以落魄山和位于北俱芦洲最南端的披麻宗,双方可谓既有君子之交,也有实打实的利益捆绑,交情一事,若是能够落在账本上,并且双方都能挣钱,随着生意做大,还能不反目,那么这份交情就真的很牢靠了。

渡船老管事专门拿出了两间上等屋舍,款待两位贵客,结果那个姓裴的少女一问价格,便死活不愿住下了,说换成两间寻常船舱屋舍就可以了,还问了老管事临时更换屋舍会不会很麻烦,上等房间空了不说,还要连累渡船少掉两间屋舍。

老管事是做惯了买卖的,早已练就一双火眼金睛,见她心诚,并非客套,便直言不讳,说来东宝瓶洲做生意的山上仙师,因路途遥远,只要有好屋子可住,都不差那点神仙钱。尤其是那大骊京畿附近的仙家子弟,如今都爱去北俱芦洲游历一番,一个比一个出手阔绰,所以不愁价格高的屋子没人住。但是这种钱,披麻宗还真无所谓挣不挣。

然后那少女加了一番言语,说前辈好意真的心领了,只是差价实在太大了,如果他们占着两间上等房间,得害披麻宗少赚两枚小暑钱呢,她是出门来吃苦的,不是来享福的,若是被师父知晓了,肯定要被责骂。所以于情于理,都该搬家。

老管事便笑着给了那少女一枚"小暑"木牌,说是凭借此牌,可以在那渡船上的仙家铺子虚恨坊,购买价值一枚小暑钱的物件。

老管事不给裴钱拒绝的机会,倚老卖老,说不收下就伤感情了,少女说了句"长者赐不敢辞",双手接过木牌,向这位披麻宗辈分不低的老元婴,鞠躬谢礼。

原来这位渡船老管事姓苏,单名一个"熙"字,是披麻宗的一位老元婴,虚恨坊掌柜姓黄,名神游,双方是当了将近三百年邻居的老友。

其实裴钱和李槐登船没多久,两个闲来无事的好友,就聊到了两个孩子,老元婴说比起先前那个叫陈灵均的,裴钱年纪不大,却要老练多了,只是不知道价值一枚小暑钱的渡船木牌,她会如何使用。

黄掌柜乐不可支,一登船就能从渡船这边挣了枚小暑钱的客人,可不多见,关键还能再挣份人情。顺便帮着那个陈灵均说了几句好话,觉得那小子不错,混熟了再跟那家伙聊天,挺得劲。

闲聊之外,黄掌柜还有个正经问题,询问老友那落魄山是不是瞧不起自己的小本经营,不然为何自己说要在牛角山开设店铺,落魄山明明空着不少铺子店面,却说晚些再谈此事,只是口头答应,一定为自己留下一座地理位置最好的店铺?苏管事笑着宽慰好友,说那个年轻山主不在山头,代为主持事务的朱敛,不管出于什么原因,没有让虚恨坊在牛角山开设分店,肯定有他们自己的考量,可不是瞧不起你黄掌柜和虚恨坊,落魄山这点门风还是有的,绝非什么趋炎附势之徒,那朱敛,待人接物,滴水不漏,更不是什么眼窝子浅的短视之辈。

好友话是这么说,道理其实也都知道。可被拒绝一事,难免令黄掌柜心中郁郁,只说如今落魄山跟咱们刚认识陈平安那会儿相比,可是越发家大业大了,那年轻人又久不在自家山头,以后落魄山会不会变成那些骤然富贵便忘乎所以的仙家山头,不好说啊。

从北俱芦洲的春露圃,一直到东宝瓶洲的老龙城,这条财源滚滚的无形路线之上,除了最早四方结盟的披麻宗、春露圃、披云山和落魄山,逐渐开始有老龙城的范家、孙家加入其中,此外还有一个叫董水井的年轻人,随后是三个大骊上柱国姓氏的将种子弟,大渎监造官之一的关翳然,大骊龙州曹督造、袁郡守,暂时也都只以个人名义,做起了只占据极小份额的山上买卖。

事实上,披云山原本可以获利更多,只是魏大山君匀给了落魄山。

黄掌柜也没想着真要在牛角山如何挣钱,更多还是相信那个年轻人的品性,愿意与蒸蒸日上的落魄山,主动结下一份善缘罢了。北俱芦洲的修道之人,江湖气重,好面子。这些年里,黄掌柜没少跟各路朋友吹嘘自己,慧眼独具,是整个北俱芦洲最早看出那年轻山主绝非俗子之人,这一点,便是那竺泉宗主都要不如自己。所以越是如此,黄掌柜便越是失落。生不带来死不带去的神仙钱,都只是好像借住在人之钱袋的过客,对于一个大道无望的金丹境而言,多挣少挣几个,小事而已,可能不能跟人蹭酒喝吹牛皮,有比这更大的事吗?没有的。

一天，两个好友又开始喝酒，虚恨坊一个管着具体生意事务的妇人，过来与二老言语，苏熙听完之后，打趣笑道："那两个孩子是收破烂的吗？你们也不拦着？虚恨坊就这么靠黑心挣钱？亏得我只给了一枚小暑木牌，不然你虚恨坊经此一役，以后是真别想再在牛角山开店了。"

黄掌柜无奈道："我这不是怕节外生枝，就根本没跟菱角提这一茬。主要还是因为坊里刚好到了一甲子一次的库存清理，翻出了一大堆的老旧物件，好多其实是糊涂账，老朋友还不上钱，就以物抵债，许多只值个五十枚雪花钱的物件，虚恨坊就当值一枚小暑钱收下了。"

那个被掌柜昵称为"菱角"的虚恨坊管事妇人，一下子就知晓了轻重利害，已经有了补救的法子，刚要说话，那位德高望重的苏老却笑道："不用刻意如何，这样不也挺好的，回头让你们黄掌柜以长辈身份，自称与陈平安是忘年交，送出价值一枚小暑钱的讨巧物件，不然那个叫裴钱的小姑娘是不会收的。"

说到这里，老人对着那菱角随口问道："买了一大堆破烂，有没有捡漏的可能呢？"

妇人苦笑着摇头，道："咱们坊里有个新招的伙计，挣起钱来六亲不认，什么都敢卖，什么价格都敢开。咱们坊里的几位掌眼师父，眼力都不差，那两个孩子又都是挑最便宜的入手，估计就这么买下去，等他们下了船，别说一枚小暑钱，能保住十枚雪花钱都难。到时候咱们虚恨坊只怕是要被骂黑店了。"

黄掌柜神色古怪。

妇人莞尔一笑，知晓俩老的关系，她也不怕泄露天机："那新伙计，还被咱们黄掌柜誉为一棵好苗子来着，要我好好栽培。"

原来今天裴钱精神抖擞，手持那枚小暑木牌，带着李槐去了趟虚恨坊，李槐更加兴高采烈，说："巧了，翻了皇历，今天宜买卖，让我来让我来！"

两人先去看了师父提过的那对法剑，一饱眼福，反正买是肯定买不起的，那雨落和灯鸣，是上古仙人道侣的两把遗剑，破损严重，想要修缮如初，耗资太多，不划算。师父乘坐渡船的时候，法剑就是镇店之宝之一了，这不如今还是没能卖出去。

今天的虚恨坊物件格外多，看得裴钱眼花，只是价格都不便宜，果然在仙家渡船之上，钱就不是钱啊。

李槐言之凿凿，说自己只买便宜的，原本还有些犹豫的裴钱，就干脆将那木牌交给了李槐，让他碰碰运气。

李槐双手合掌，高高举起，手心使劲互搓，嘀咕着："天灵灵地灵灵，今天财神爷到我家做客……"

裴钱就比较放心了。

一只仙人乘槎青瓷笔洗。十枚雪花钱。

瞧着挺有仙气,这烧瓷功夫,一看就炉火纯青,不差的。我李槐家乡何处?岂会不晓得瓷胎的好坏?李槐眼角余光发现裴钱在冷笑,担心她觉得自己花钱马虎,还以手指轻轻敲击,叮叮咚咚的,清脆悦耳,这一看一敲一听,眼手耳三者并用,频频点头,表示这物件不坏不坏,一旁年轻伙计也轻轻点头,表示这位买家,人不可貌相,眼光不差不差。

一幅古旧破败卷轴,摊开之后,绘有狐狸拜月。五枚雪花钱。在这虚恨坊,这么便宜的物件,不多见了!

年轻伙计在旁感慨道:"不出意外的话,客官应该又捡漏了。瞧瞧这幅蒙尘已久的画卷,虽然灵气半点也无,但是就凭这画工,这纤毫毕现、足可见那狐魅根根须发的落笔,就已经值五枚雪花钱。"

一只紫檀嵌金银丝纹文房盒,附赠一对小巧玲珑的三彩狮子。十五枚雪花钱。裴钱难得觉得这笔买卖不算亏,文房盒类似多宝盒,打开之后大大小小的,以量取胜。裴钱对于这类物件,一向极有眼缘。

一捆用一根红绳捆得结实、再打结的黄纸符箓,一尺高,符箓太多,折叠多年,已经凹凸不平,只有首尾两张可以瞧见符箓图案、品秩。按照虚恨坊那伙计的说法,只要里边的百余张符箓,其中半数都有首尾两张符箓的品秩,就稳赚不赔。这还是早年一位落魄的渡客,囊中羞涩,不得已低价典当给了渡船,约好了百年之内,就会赎回,结果这都多少年了,前不久虚恨坊清理库存,这些符箓才得以重见天日。按照掌眼师父的估价,光是那根不知材质的红线,光凭那绳子的韧性,就好歹能值个一枚雪花钱。

最后虚恨坊要价三十枚雪花钱,给李槐以一种自认为杀人不眨眼的架势,砍到了二十九枚,极有成就感。

裴钱在李槐身边,一直冷眼旁观,看着捧着一大捆符箓很高兴的李槐,和卖出了符箓有一笔抽成,更高兴的虚恨坊伙计。

李槐随便拎着那捆厚重符箓的红绳,轻声与裴钱邀功道:"一听就是有故事的,赚了赚了。"

裴钱没好气道:"故事?市井坊间那些卖狗皮膏药的,都能有几个祖宗故事!你要是愿意听,我能当场给你编十个八个。"

李槐一脸错愕。

裴钱将李槐拉到一旁,道:"李槐,你到底行不行?可别乱买啊。整整一枚小暑钱,没剩下几枚雪花钱了。我听师父说过,好些南边入手的山上物件,到了北俱芦洲大渎以北,运作得当,找准卖家,价格都有机会翻一番的。"

李槐一愣,心想我就没有乱买东西的时候啊。从来只看眼缘不问价格的,反正买得起就买,买不起拉倒。得手之后,也从没想过要出手换钱啊。

李槐有些心虚，拍胸脯保证道："我接下来肯定仔细瞅瞅！"

气得裴钱一巴掌拍在李槐脑袋上，骂道："敢情之前你都没好好掌眼过目？"

李槐哭丧着脸，道："那咱们把这几件还给虚恨坊？"

裴钱是个出了名的小气鬼，小心眼，喜欢记仇，真要赔钱，他李槐可担待不起，所以李槐说今天不如就这样吧。不承想裴钱怒道："你傻不傻，今儿咱们来虚恨坊买东西，靠的是自己的眼力，凭真本事挣钱，若是买亏了，虚恨坊那边若是不知晓咱们落魄山弟子的身份倒好说，如果知道了，下次再来花销剩余的雪花钱，信不信到时候咱们肯定稳赚？可是咱俩挣这混账的几枚几十枚雪花钱，亏的却是我师父和落魄山的一份香火钱，李槐你自己掂量掂量。"

所以裴钱按住李槐的脑袋，让他花完一枚小暑钱。

裴钱在这之后，一直双手环胸，板着脸冷眼看着李槐。

李槐战战兢兢，又买了几样物件。

回了裴钱屋子那边，大小物件都被李槐小心翼翼搁在桌上，裴钱摊开一本崭新的账本，一拍桌子，道："李槐！瞪大狗眼看清楚了，你用什么价格买了哪些废品，我都会一笔一笔记账记清楚。如果我们返乡之时，都折在手里了，你自己看着办。"

李槐着急得双手挠头。

裴钱一斜眼，李槐立即放下手，默默告诉自己，千万不能露怯，不然万一买着了真货，也要被裴钱当成假的，自己这趟远游才刚刚出门，总不能一直被裴钱穿小鞋，所以李槐坐在椅子上，对着那青瓷笔洗轻轻呵气，仔细摩挲起来，对笔洗之上那位乘槎仙人偷偷言语道："老哥老哥，争点气，一定要争气啊，可以不挣钱，千万不能赔本。一旦让裴钱赔了钱，你家李槐大爷就要完蛋了。有缘千里来相会，百年修得同船渡，其余的兄弟姐妹们，咱们都讲点江湖义气，好聚好散，善始善终，和气生财……"

李槐高高举起笔洗，底款极怪，不刻国号年号，而是一句古篆诗词，"乘槎接引神仙客，曾到三星列宿旁"。

李槐说道："这句诗词，在书上没见过啊。"

裴钱一边记账一边说道："你读过多少书？"

李槐无言以对。

裴钱放下笔，公私分明道："如果做亏了买卖，不全算你的过错，我得占一半。"

李槐如释重负。

裴钱想了想，拿过那捆符箓，开始试图解开那根红绳打着的死结，不承想还有点吃力，她费了老半天的劲，好不容易才解开结，将那根竟然长达一丈有余的红绳放在一旁，关于符箓材质，裴钱不陌生，她先抽出头尾两张黄纸符箓，都是最寻常的符纸，不是那仙师持符入山下水的黄玺纸张，不然光凭这一大捆黄玺纸，都不谈什么孕育符胆一点灵光的完整符箓，就已经很值钱了，几枚小暑钱都未必拿得下来，哪里轮得到他们去买。不过符箓出自练气士手笔，倒是真。

结果裴钱再抽掉头尾两张符箓，一下子抹开那捆符箓之后，就开始目瞪口呆了。

一个晴天霹雳砸在李槐头上，大有出师未捷身先死之委屈，怎的这些外乡人，还是山上当神仙的，都没家乡人的半点淳朴呢？

一大捆符箓，除了先前四张画符了，其余全是一文不值的空白符纸。

裴钱小声念叨着果然果然，山上买卖，跟昔年南苑国京城大街小巷的市井买卖，其实是一个德行。

裴钱双手使劲揉脸片刻，最后哀叹道："算了，说好了各占一半，记在我账上。"

重新摊开账本，虽然提笔写字，但是裴钱一直转头死死盯住李槐。

李槐小心翼翼问道："去虚恨坊骂街去？"

裴钱咬牙切齿道："人家又没强买强卖，骂个锤儿！"

裴钱合上账本，背靠椅子，连人带椅子一摇一晃，自言自语道："天上掉馅饼的事情，果然没有的。"

裴钱一说起馅饼，李槐就有些伤感，因为有些想念自家的猪肉白菜馅饺子了，还有水芹荠菜馅的，哪怕无肉，也好吃。

一想到自己这趟出门，还没到北俱芦洲呢，就已经背上了半枚小暑钱的天大债务，李槐就更伤感了。

裴钱说道："行了行了，那枚小暑钱，本就是天上掉下来的，这些物件，瞧着还凑合，不然我也不会让你买下来，老规矩，平分了。"

一件仙人乘槎青瓷笔洗，一幅狐狸拜月画卷，一只附赠一对三彩狮子的紫檀木文房盒，一张仿落霞式古琴样式的镇纸，一方仙人捧月醉酒砚，一只暗刻填彩的绿釉地赶珠龙纹碗。

说实话，能够在一条跨洲渡船的仙家店铺，只用一枚小暑钱，买下这么多的"仙家器物"，也是不容易的。

裴钱趴在桌上，端详着那古琴镇纸，李槐在看那幅狐狸拜月图，两人不约而同，抬起头对视一眼，然后一起咧嘴笑起来。

桌上这些兴许不太值钱的物件，当然不谈那捆已经被裴钱丢入书箱的符纸，他们其实都很喜欢啊。

到了骸骨滩渡口，下船之前，裴钱带着李槐去与苏管事和黄掌柜分别告辞。

黄掌柜笑呵呵地拿出了一份临别赠礼，说别推辞，我与你师父是忘年好友，理当收下。裴钱却无论如何都没要，只说以后等虚恨坊在牛角山渡口开新店了，她先力所能及送份小小的开门礼，再厚着脸皮跟黄爷爷讨要个大大的红包。黄掌柜笑得合不拢嘴，答应下来。

不但如此，裴钱还取出暖树姐姐准备的礼物，是用披云山魏山君栽种的青竹的一枚枚竹叶做成的精致书签，分别送给了渡船上的两位老前辈。

竹叶上边写有些诗词内容，不是大白鹅写的，就是老厨子写的，裴钱觉得加在一起，都不如师父的字好看，凑合吧。

所幸两位老人都笑着收下了，如出一辙，都是扫过一眼后还多看几眼的那种，裴钱原本还挺担心他们当面收下转身就丢的，看样子，不太会了。

上山下水，先拜神仙还是先烧香，师父没叮嘱过裴钱，但是她跟着师父走过那么远的江湖，不用教。所以裴钱没有先去壁画城，而是直接带着李槐去了木衣山。

待客之人，还是披麻宗的那位财神爷，韦雨松。

竺泉这次凑巧在山上，就来见了陈平安的开山大弟子。

同样是身背竹箱手持行山杖，先前那个叫陈灵均的青衣小童，瞧着鬼头鬼脑的，虽不讨厌，却也不算太过讨喜。

可是眼前这个微黑瘦瘦的少女，竺泉瞅着就很顺眼了。

女子也好，小姑娘也罢，长得那么好看做啥子嘛。

这个叫裴钱的少女，就很不错。

竺泉细致问过了裴钱与那李槐的游历路线。

按照少女的说法，与陈灵均前期大致相似，都是由骸骨滩往东南而去，到了大渎入海口的春露圃之后，就要截然不同了。陈灵均是沿着那条济渎逆流而上，而裴钱他们却会直接北上，然后也不去最北端，中途会有一个折向左边的路线更改。至于接下来去往春露圃的那段路程，裴钱和李槐不会乘坐仙家渡船，只徒步而走。但是木衣山附近的骸骨滩一带风光，两人还是要先逛一逛的。

李槐对这些没意见，再说他有意见，就有用吗？舵主是裴钱，又不是他。

北俱芦洲雅言，因为周米粒的关系，裴钱早已十分娴熟。

比起别洲，北俱芦洲的雅言通行一洲，故而在言语一事上，让外乡人省心省力许多，只是北俱芦洲的某些风俗人情，又很不让外乡人省心就是了。

还有哑巴湖周边几个小国的官话，裴钱也早已精通。

真要用心学事情了，裴钱一直很快。

只是跟在师父身边，陈平安却要她干什么都慢些，抄书慢些，走路慢些，长大慢些。

竺泉难得这么有耐心听完一个小姑娘的言语。

哪怕在自家祖师堂议事，也没见她这位宗主如此上心，多是盘腿坐在椅子上，单手托腮，哈欠不断，不管听懂没听懂，听见没听见，都时不时点个头。山上掌律老祖晏肃，披麻宗的财神爷韦雨松、杜文思这拨披麻宗的祖师堂成员，对此都习以为常了。因着前些年做成了与东宝瓶洲那条线路的长久买卖，竺泉信心暴涨，大概终于发现原来自己是做生意的奇才啊，所以每次祖师堂议事，她都一改陋习，斗志昂扬，非要掺和具体细节，结果被晏肃和韦雨松联手给"镇压"了下去，尤其是韦雨松，直接一口一个他娘的，让宗主别在那边指手画脚了，然后将她赶去了鬼蜮谷青庐镇。

下山之前，竺泉一定要给裴钱一份见面礼。

跟在渡船那边一样，裴钱还是没收，自有一套合情合理的措辞。

如果是在师父身边，只要师父没说什么，收礼就收礼了。但是师父不在身边的时候，裴钱觉得就不能这么随意了。

竺泉便认了裴钱当干女儿，不给裴钱拒绝的机会，直接御风去了骸骨滩。

留下面面相觑的裴钱和李槐。

随后，两人下山去了山脚那座壁画城。

八幅神女图的福缘都没了之后，只剩下一幅幅没了生气、彩绘的白描画像，于是壁画城就成了大大小小的包袱斋齐聚之地，越发鱼龙混杂。

在这边，裴钱记得还有个师父口述的小典故来着，当年有个妇人，直愣愣朝他撞过来，结果没撞着人，就只好自个儿摔了一只据她说"价值三枚小暑钱的正宗流霞瓶"。

只是这次裴钱没能遇到那位妇人。

其实当年听师父讲这路数，裴钱就一直在装傻，那会儿她可没好意思跟师父讲，她小时候也做过，比那愣子妇人可要老到多了。不过不能是一个人，得搭伙。大的那个，得穿得人模狗样的，衣衫洁净，瞧着得有股实门户的气派；小的那个，大冬天的最简单，无非是双手冻疮满手血。一旦碎了物件，大的一把揪住路人不让走，小的就要马上蹲地上，伸手去胡乱扒拉，这里血那里血的，再往自己脸上抹一把，动作得快，然后扯开嗓子干号起来，得撕心裂肺，跟死了爹娘似的，如此一来，光是瞧着，就很能吓唬人了。再嚷嚷着，这是祖传的物件，这是要跟爹一起去当铺贱卖了，换来给娘亲看病的救命钱，然后一边哭一边磕头，若是机灵些，可以磕在雪地里，脸上血污少了也不怕，再用手背抹脸就是了，一来一去的，更管用。

如果不是冬天，那就要吃点小苦头了，裴钱那会儿吃过一次苦头，就再不答应做那活计了，跑去别处讨生活了。道理很简单，她那个时候，是真吃不住碎瓷割手的疼啊。再说了，不是冬天就没积雪，磕头不疼啊？

有个原先管着那片腌臜营生的老师傅，在裴钱跑了之后，还怪惋惜来着，因为后来他有次遇到了裴钱，说她其实是块好料，哭的时候比较真，真跟哭丧似的，一双眼珠子又大，哭起来后，满脸假的泪珠子，混着手背冻疮抹在脸上的鲜血，那张小脸蛋，好像就只剩下那么双大眼睛了，能骗得人不忍心。

当时听着那家伙的夸人言语，裴钱脸上笑嘻嘻应承着，肚子里却在骂人，说破天去,有用吗?能当饭吃啊?你这个老不死的东西,倒是给我几枚铜钱啊。

那个曾经将很多裴钱的同龄人打瘸腿脚的老家伙,裴钱最后一次遇到,却是真的死了。就死在南苑国京城的一条陋巷里边,大冬天的,也不知是给人打死的,还是冻死的,也有可能是被打得半死,再冻死的,谁知道呢。反正他身上也没剩下一枚铜钱,裴钱趁着京城巡捕收尸之前,偷偷搜过,她知道的。记得当年自己还骂了句"做了鬼,也是穷鬼"。

李槐问道:"想什么呢?"

裴钱摇头笑道:"没想什么啊。"

只是想师父了。

想那个让当年的裴钱走到今天这个裴钱的师父了。

在风雪夜走入风雪庙群山之中,景色绝美。

夜深雪重,时闻松柏断枝、竹折声。

自始至终,魏晋都没有飞剑传信风雪庙祖师堂,至于风雪庙神仙台,就更没必要,因为魏晋是神仙台的一脉单传,山中旧有府邸建筑,只设置了一层象征性的山水禁制,只求一个不至于坍塌也无需外人打扫而已,根本不去聚拢灵气,不求藏风聚水。

先前哪怕到了风雪庙地界,魏晋依旧没有要与师门打招呼的意思,径直入山上坟,魏晋在神仙台敬酒之后,就会立即离开,自然不会想着去那祖师堂坐一坐。

风雪庙景色极好,神仙台更是冠绝风雪庙,是名动一洲的形胜之地,山中多千年高龄的古松巨柏,今夜雪满青山,就有数位高士卧眠松下,应该是风雪庙别脉山头的修道之士,来此赏雪,乘兴而来又不愿就此离去,便干脆开始就地修行。遇到了魏晋,一位白衣胜雪的松下逸士,没有出声,只是起身遥遥行礼。

魏晋视而不见。

倒是米裕一个外乡人,笑着与那位松下神仙挥手作别。这让后者很是吃不准这位风姿卓绝的年轻公子,到底是何方神圣,竟然能够与魏晋同行入山。要知道魏晋来上坟,最厌烦路途中有人与他寒暄客套,更别提携朋带友一起来神仙台做客了。

魏晋不喜欢聊风雪庙旧事,没关系,米裕身边有个到处购买山水邸报的韦文龙,这位春幡斋账房先生,点检搜寻秘录,真是一把好手。如今他比东宝瓶洲谱牒仙师都要了解东宝瓶洲的山上各家族谱了,所以米裕也就知道了风雪庙这座东宝瓶洲兵家祖庭之一,分出六脉,后来自立门户的阮邛,如今与隐官大人是同乡,就曾是绿水潭一脉,给风雪庙留下了那座长距剑炉,与旧师门属于典型的好聚好散,风雪庙算是龙泉剑宗的半个娘家。阮邛是东宝瓶洲第一铸剑师,曾因为铸剑一事,与水符王朝的大墨山庄起了冲突,大墨山庄那位剑仙被风雪庙拘押五十年,如今还是阶下囚。

偶尔韦文龙与米裕聊起风雪庙文清峰和大鲵沟的众多小道消息,例如大鲵沟一脉的秦氏老祖,与那长春宫的某位太上长老,年轻时候结伴游历江湖,很有说法,只是遗憾未能结成神仙眷侣。

魏晋实在忍不住,随口问一句,真有这回事吗?

韦文龙便有理有据,说历史上有哪几份山水邸报可以相互佐证,再者长春宫每次开峰或是破境典礼,风雪庙别脉多是派遣嫡传去往大骊恭贺,大鲵沟的秦氏老祖哪次不是亲自前往?

魏晋无言以对,他与那大鲵沟一脉所谓陆地神仙之流的修道之人,从没说过一句话,岂会知道这些。

更奇怪的是,那一摞摞几十几百年前的山水邸报,韦文龙每天在那边翻来翻去,也不厌烦,还要做些摘抄笔录,经常断言哪些山头是打肿脸充胖子,每次举办宴席都要硬着头皮,刳去一层家底油水,又有哪些山头明明日进斗金,却喜好韬光养晦,偷偷发财,一直在夯实家底。

山上还有几拨携带仙家瓷碗的文清峰童子童女,得了师命,专程来神仙台,以秘术、宝物拣选雪花,酿造寒酥酒,雕琢顷刻花,前者用来款待客人,后者可以作为赠礼。这采雪一事,大有讲究,多拣选崖畔古松虬枝搁放瓶瓶罐罐,不同的时辰,又有不同的雪花采集之处。山上仙家事,对于凡夫俗子而言,确实是一桩天上事了。

这些孩子,见到了那个在风雪庙辈分极高的魏晋,都没有打招呼,并非不愿,实不敢也。

不过人人一脸欣喜,这位大名鼎鼎的魏剑仙魏祖师终于返乡回山了。

魏晋先前面对那位松下地仙,好似眼高于顶,完全瞧不上眼,遇上了风雪庙这些孩子,却都会说一句差不多的言语,大致意思无非是记得莫要传信给你们长辈,神仙台此地多悬崖峭壁,采雪不易,多加小心。

等到魏晋一行人愈行愈远,就有采雪童子蹦跳起来,大声嚷嚷着"魏剑仙与我说话了"。很快便有孩子与他争执,"魏祖师是与我言语才对"。稚子争吵声,与风雪声做伴。

米裕转头看着魏晋,笑问道:"风雪庙的口碑风评,山上山下,不一直都挺好的,你为何怨气这么大?"

魏晋没有开口的意思。浩然天下的仙家山头,家家有本难念的经,真要计较了,未必涉及明确的大是大非,可要让人半点不计较,终究心关难过。

米裕便说道:"文龙啊。"

韦文龙以心声言语道:"东宝瓶洲山水邸报所载内容,处处有讲究有规矩,不太敢肆意谈及风雪庙这类大山头的家事,风俗民情与我们剑气长城,很不一样。尤其是魏剑仙破境太快,又是神仙台的一棵独苗,而风雪庙的炼师,喜好云游四方,且抱团,与那真武山兵家修士的投军入伍，极有可能分属不同王朝、阵营，大不相同，所以山水邸报的撰写，只敢记录风雪庙修士下山历练之时的斩妖除魔，关于魏剑仙，至多是写了他与神诰宗昔年金童玉女之一的……"

魏晋咳嗽一声。韦文龙立即闭嘴。

到了坟头那边，魏晋上香之后，取出三壶酒，一壶剑气长城的竹海洞天酒，一壶倒悬山黄粱酒铺的忘忧酒，一壶老龙城的桂花酿。

魏晋蹲在坟头，喃喃自语，倒了三壶酒在身前。

一行人离开神仙台，下山途中，来了个御剑之人，貌若童子，正是风雪庙老祖。

魏晋抱拳致礼，那位老祖也未劝阻魏晋留在山中，只说了些与魏晋有关的宗门事务。

风雪庙老祖最后主动谈及当年一事，正阳山和风雷园的剑修之争，地址选在神仙台之巅，当时未曾与身在江湖的魏晋打招呼，是风雪庙做事不妥当了。

魏晋摇摇头，说神仙台终究是风雪庙一脉，这种事情，没什么妥当不妥当的，理当如此才对。

双方就此别过，毫不拖泥带水。

在一行三人离开神仙台后，稚童模样的风雪庙老祖，御剑来到一棵古松虬枝上，收起长剑，举目远眺，似有忧虑。

大鲵沟一脉的秦氏老祖现身在旁，轻声问道："魏晋能够活着返回山头，一身剑仙气象更重，几乎到了藏都藏不住的地步，是天大吉兆，老祖为何不喜反忧？"

童子抬了抬下巴道："魏晋身边两人，你看得出深浅吗？"

大鲵沟秦氏老祖说道："那个相貌一般的，是位金丹地仙，不假吧？"

童子点头。

秦氏老祖说道："至于那个长得比魏晋还好看许多的，恕我眼拙，可就看不出了。"

童子说道："先前你离得远，对方见我御剑而至，瞬间流露出了一丝敌意，当时对方剑意十分惊人，不过收敛极快，浑然天成，这就更加不容小觑了。"

秦氏老祖疑惑道："老祖是名副其实的剑仙，可不是正阳山那几个藏头藏尾的元婴，在自家山头，也需忌惮几分？"

能与剑仙为伍者，都简单不到哪里去。

童子沉声道："且不谈对方是不是深藏不露的得道之人，我真正忌惮的，是此人流露出那一丝敌意之后，魏晋的态度是无所谓，很正常，不拦着。你要知道，魏晋不管表面上如何与风雪庙疏离，骨子里还是极其尊师重道之人。但是当那外乡人对我风雪庙展露敌意之后，魏晋的这种表现，你就不觉得奇怪吗？"

秦氏老祖小心翼翼问道："莫不是从那边来的某位剑……仙？"

秦氏老祖随即啧啧称奇："如此好看的剑仙，不敢置信，不敢置信啊。这魏晋也真是的，肥水不流外人田，也不知道拉着朋友去我那大鲵沟坐坐。"

童子感叹道："不管了，对方那份稍纵即逝的敌意，似是针对我剑修身份而来的，不是针对整个风雪庙，这就够了。关于此事，你听过就算。"

秦氏老祖点点头。

童子笑呵呵道："小秦，我现在已经不关心那人身份到底如何，只是担心你这张大嘴巴会八面漏风啊。今天是与某位云游剑仙于风雪夜相谈甚欢，明天是与剑仙一见如故，成了拜把子兄弟，后天那剑仙就是你们大鲵沟的乘龙快婿了。"

大鲵沟秦氏老祖满脸悻悻然。

离开风雪庙山头之后，这场大雪委实不小，千里天地，皆风雪茫茫。

三人没有刻意拔高身形，选择御风远游风雪中，魏晋御剑，同是剑仙的米裕却喜欢更慢些的御风，美其名曰照顾韦兄弟。

天地大，神仙少，一路远游无人影。

韦文龙笑道："咱们离着落魄山不算太远了。"

米裕嬉皮笑脸道："你是隐官大人钦定的落魄山祖师堂人选，我却悬乎，到时候你记得罩着点兄弟啊，别当了供奉就翻脸不认人，对昔年兄弟每天吆五喝六的。"

韦文龙苦着脸道："米剑仙说笑了。"

按照既定方案，魏晋会将米裕和韦文龙送到落魄山，然后韦文龙就在那边落脚了，米裕却应该乘坐跨洲渡船，去北俱芦洲太徽剑宗。以米裕的境界修为，以及太徽剑宗与剑气长城、年轻隐官与新任宗主刘景龙的两份香火情，米裕在太徽剑宗成为祖师堂成员，合情合理。

只是米裕听说魏晋要去趟北俱芦洲，再次问剑天君谢实，就让魏晋捎个口信给太徽剑宗，他米裕厚脸皮讨要个不记名供奉，若是为难，切莫为难，答应了此事，是情分，不答应才是本分，他米裕还真没脸一定要太徽剑宗点这个头。言语之间，不全是自称"绣花枕头"的米裕的戏谑言语，米裕对那太徽剑宗，确实敬重。

魏晋不太喜欢肯定或是否定他人之人生，米裕是位货真价实的玉璞境，所谓的花架子，那是与剑气长城战力拔尖的那拨剑仙比较，何况米裕又不是三岁小孩了，所以既然米裕如此坚持，魏晋就答应了下来。韦文龙说落魄山与披云山各占一半的牛角山渡口，除了有北俱芦洲的跨洲渡船停靠，还有一条从事远游商贸的翻墨渡船，对外未曾泄露真正归属，暂任管事是昔年书简湖珠钗岛的岛主刘重润，她是一个覆灭大王朝的公主出身，那个王朝密库曾有龙舟、水殿，皆是山上重宝，想必那条翻墨渡船就是其中的龙舟了。

如果魏剑仙不嫌耽误赶路，他们三人可以乘坐这条渡船赶赴牛角山，韦文龙也希望多看几眼渡船的人流状况，以及沿路渡口的装货卸货情形。

魏晋没有异议，米裕当时更是摩拳擦掌，雀跃不已，到家了到家了，总算找着靠山吃喝不愁了。

那条翻墨渡船最南端的停岸渡口，位于东宝瓶洲中部偏北的黄泥坂渡，渡口名称实无半点仙气可言，名字由来，已经无据可查。离着黄泥坂渡最近的一处相邻渡口，也好不到哪里去，名为村妆渡。村妆渡有一座女修居多的仙家山头，渔歌山，修行水法，女修多貌美，渔歌山早已将村妆渡改名为绿蓑渡，只是所有山上修士都不领情，言谈之间，还是一口一个"村妆渡"。

所以渔歌山女修的出门历练，与那无敌神拳帮仙家弟子的下山游历，双方的心中悲愤，有异曲同工之妙。

临近黄泥坂渡，魏晋又遇到了一拨与风雪庙世代交好的仙师，魏晋没理睬，一位老仙师便扯开嗓门大声喊，魏晋只好停下御剑，不过三言两语打发了他们。

一位孑然一身的剑仙，从无任何开宗立派的想法，需要考虑什么人情世故？

何况那些只差没吃闭门羹的山上仙师，与魏晋分开之后，无论是师门长辈还是晚辈，都不觉得魏晋有半点不近人情，反而觉得魏剑仙这等做派，才符合山巅修士的剑仙气度。能够与魏剑仙言语一二，足可与外人自夸几句。

自然又要被米裕调侃一番魏剑仙的人脉广、面子大、够威风，顺带着再把春幡斋的邵剑仙，也拎出来晒晒太阳。

因为越来越多的山水邸报记载魏晋返乡一事，魏晋就在黄泥坂渡口跟米裕他们分道扬镳，魏晋既不乘坐那条翻墨渡船，也未登上披麻宗跨洲渡船，而是选择御剑直奔北俱芦洲。

等有谁拦得住他的御剑，再来谈什么寒暄客套。

登上那条翻墨渡船，船上待人接物的那些仙子妹妹，都很年轻，境界兴许不高，但是笑脸真美。

米裕这会儿就很有回家的感觉了。

隐官大人，诚不欺我。

韦文龙还是老规矩，先跟渡船购买山水邸报，新旧都要。

一次渡船之外有群鸟飞过，不但如此，还有一拨身披彩衣的云霞山女修，骑乘各类仙禽，与渡船同行了百余里路程。

韦文龙对那云霞山并不陌生，从此山运往老龙城、再去倒悬山的云根石，在春幡斋的账本上记录颇多。

韦文龙便离开最寻常的一间船舱屋舍。难为米剑仙了，与他一般的住处，不过算不得简陋，虽不豪奢，却也素雅别致，屋内许多装点门面的字画珍玩，翻墨渡船显然都是用了心的,处处的精巧小心思。如女子手持纨扇半遮容貌,亭亭玉立于树下,不是什么大家闺秀,可小家碧玉亦有别样风韵。韦文龙来到船头渡客集聚处,听着看客们讲述关于云霞山诸位仙子的师承、境界。

再远处,韦文龙就看到了米裕正斜靠栏杆,与一位不是渡船女修的女子练气士言笑晏晏,不认识的还以为两人是一起下山游历的神仙眷侣。而那女修,也是个娇媚全在脸上、腰肢上的,与米裕谈到高兴处,便伸手轻拍米裕一下,唯独一双眼眸,不太喜欢正眼看人,偶有人路过,她都是斜眼一瞥,且只看法袍、玉带、珠钗佩饰等物,十分精准且老道。之所以如今她那眼中仿佛只有米裕,想必也是眼光先从头到脚过了一遍,估摸着米裕是某个当了冤大头的谱牒仙师,值得攀交。

若是年轻隐官在此,估计就要来一句狗改不了吃屎,一骂骂俩。

不过韦文龙很快又觉得不太会,年轻隐官对待世人世事,极宽容。

韦文龙一直不太理解的是米剑仙。米裕看待女子,其实眼光极高,为何与各色女子都可以聊,关键还能那般诚挚,好像男女间所有打情骂俏的言语,都是在谈论大道修行。

米裕瞧见了韦文龙,伸手一指,与那女子笑道:"椒兰姐姐,我先前与你说过的,风流倜傥、师门显赫、家缠万贯的韦大公子,就在那儿,瞧见没,我此次出门远游,一切开销就都靠他了,别看韦公子年纪轻轻,可是位洞府境的神仙老爷了。我打算以后先给韦公子打杂帮忙,将来好混个谱牒身份。"

女子顺着米裕手指,瞧见了那个木讷汉子韦文龙,她笑着点头,附和几句,此后与米裕的言语,就少了几分殷勤,最后很快找个由头离开。

皮囊再好看的男子,也扛不住是个山下小门户里边出来访仙的半吊子废物啊。

韦文龙见米裕招手,便离开人群,来到米裕身边。

米裕趴在栏杆上,与一位骑乘白鸾之属的云霞山女修使劲招手,后者掩嘴娇笑,与一旁同门窃窃私语起来,然后越来越多的女修望向翻墨渡船这边。

韦文龙心声言语道:"米剑仙,记得使用化名。"

他韦文龙寂寂无名,除了在春幡斋内部,在倒悬山也名声不显,所以无此必要,可米裕作为一位名气远胜实力的剑仙,还是要注意些。

米裕摘下养剑葫濠梁,喝着桂花小酿,道:"真当我是傻子啊。"

韦文龙道歉道:"是我多嘴了。"

米裕笑道:"道什么歉,真当我是傻子,我都不生气,更别谈你是好心。"

米裕拍了拍韦文龙的肩膀,道:"文龙啊,以后在我这边,别这么拘谨了,没必要,多生分。"

韦文龙越发拘谨。

米裕重新趴在栏杆上,以心声说道:"韦文龙,在春幡斋那些年,你是凭真本事赢得了隐官大人,还有晏溟和纳兰彩焕的认可,所以你千万别这么瞧不起自己,退一步说,你若是如此,那我米裕又该如何自处?"

韦文龙有些不知所措。

米裕也不强人所难,道:"算了,该如何如何,你怎么轻松怎么来。"

韦文龙好奇问道:"米剑仙,为何这一路北上,隐官大人和他的落魄山,都没什么名气的样子? 尤其是隐官大人,连那北俱芦洲和东宝瓶洲两边各自评选出来的年轻十人名单,隐官大人都没有上榜。不但如此,处处仙家渡口,各色修道之人,哪怕谈及隐官的家乡,也至多是聊那北岳披云山和魏山君的夜游宴,为何东宝瓶洲好像从没有过隐官这么个人?"

韦文龙越说越疑惑:"哪怕隐官如今才而立之年,上次去咱们那边的时候,也是二十多岁的人了,以隐官的本事,东宝瓶洲山上岂会半点不知? 如果我没有记错的话,隐官刚到剑气长城,就可以连过三关,连赢了齐狩和庞元济这些天之骄子,这等实力,在这小小的东宝瓶洲,难道不该是与魏剑仙当年差不多的名声?"

米裕说道:"他不欲人知便不可知。他想要让人知,便不可不知。"

韦文龙深以为然。只说那中土神洲的林君璧返乡之后是什么光景,通过跨洲渡船,春幡斋还是有所耳闻的,清一色的赞誉,从儒家文庙的学官书院,到中土神洲的"宗"字头仙家,再到邵元王朝的朝野上下,林君璧一时间可谓时来天地皆同力。

不过米裕又道:"真正的原因,是他觉得到了剑气长城,不在家乡了,反而可以真正做到无所顾忌。"

韦文龙小声道:"潜龙在渊。"

有朝一日,狮子搏兔亦用全力。

米裕说道:"文龙啊,凭借这份天赋,你到了落魄山,我敢保证你一定混得开!"

韦文龙问道:"米剑仙为何有此说?"

米裕笑道:"隐官大人,不经常念叨一句'以诚待人'嘛。"

韦文龙点头道:"在理。"

米裕转头看着韦文龙,道:"文龙啊,你没有女人缘,不是没有理由的。你连隐官大人的一成功力都没有。"

韦文龙惭愧道:"那是当然。隐官大人持身极正,又善解人意,与人相处,处处将心比心,还能够克己复礼,讨许多女子喜欢也正常。"

米裕笑骂道:"他娘的你也是个有本命神通的,好一个人生何处不是落魄山。"

韦文龙这位落魄山的未来财神爷,一头雾水。

龙舟渡船在牛角山停岸后,米裕找到了刘重润,用无比娴熟的东宝瓶洲雅言微笑道:"刘管事,我这人的真名,不值一提,江湖绰号'没米了'。刘管事,我很快就是落魄山的谱牒仙师了,以后咱们常走动啊。"

刘重润不知道此人为何要说些没头没脑的言语,所以敷衍客气了几句,登船即是客,做买卖,伸手不打笑脸人。

对方真要是去落魄山祖师堂烧香拜挂像的谱牒子弟,还好说,人情往来,不着急一时。不过刘重润总觉得眼前男子,长得也太好看了点,自家鳌鱼背那边,可都是些年纪不大阅历不深的女子,以后得悠着点了。到时候可别出什么乌烟瘴气的幺蛾子,要是只因为眼前这个言语不着调的男子,鳌鱼背里应该好好修行的诸位弟子,跟闺阁怨妇似的挂念他,或是干脆如泼妇妒妇一般争吵不休,那她刘重润估计能被气个半死。

韦文龙站在一旁,心中百思不得其解,米剑仙这一路,对翻墨渡船的女修,好像都很疏远,没任何搭讪,哪怕有渡船女修主动与他言语,米裕也敬而远之。

米裕和韦文龙入乡随俗,步行去往落魄山。

绕路走正门,路过悬崖山脚处,米裕停下脚步,笑道"有意思有意思"。

韦文龙只看出那一大片地面存在着些填坑痕迹,仰头望去,问道:"米剑仙,是几位纯粹武夫的跳崖玩耍?该有金身境了吧?"

米裕摇头道:"是同一人,而且未到金身境。"

韦文龙也摇头,却道:"深浅不一,差距不小,不该是同一人。若是同一人,时日久了,大坑痕迹又不该如此明显。总不能是这么短的时间,接连破境。隐官大人也做不到的。"

米裕问道:"咱们打个赌?"

韦文龙使劲摇头道:"不赌,跟账本打交道的人,最忌赌。我不能辜负隐官大人和师父的嘱托。以后在此山上,必须大事小事,事事恪守本分。"

米裕也无所谓。

至于为何韦文龙想岔了,很简单,境界不够。

他米裕的玉璞境,终究还是玉璞境,又不是假的。

到了落魄山正山门那边,米裕和韦文龙面面相觑。

看门的是个少年郎,听说两人是山主朋友之后,记下了"韦文龙""没米了"两个名字就放行。

然后米裕和韦文龙刚刚登山没走几步台阶,就发现一个手指高矮的小家伙,一路飞奔上台阶,唉声叹气,不耽误手脚飞快摆动。

韦文龙与米剑仙轻声解释,这是浩然天下的香火小人儿,不是所有富贵门庭、山水祠庙都会有的,比较稀罕。

小家伙一次次爬上台阶,很辛苦的,无异于翻山越岭。

只是没法子，舵主不在山头，规矩还在，所以它每次登门做客落魄山，都只能乖乖从正门入。

它路过那两个客人的时候没抬头，等高出两人十几级台阶后，才转身站定，双手叉腰道："你们知不知道我是谁？"

大概是觉得自己无礼了，赶紧放下叉腰双手，作揖行礼，这才抬头自报名号，说自己是龙州城隍阁的香火大爷，坐第二把交椅，兼骑龙巷右护法，不知是第几把交椅了，反正也是有椅子可坐的，今天就是到这边点卯当差来了。

然后这个香火小人儿郑重其事地重复了先前那个问题。

韦文龙不知如何作答。瞧着挺古灵精怪一小家伙啊，难道这就是隐官大人所谓拜山头的江湖黑话？

米裕跨上几步台阶，蹲下身，笑眯眯道："听说过，怎么没听说过，我是落魄山山主的跟班，听他说起过骑龙巷的右护法，任劳任怨，十分称职。"

这个家在龙州城隍阁的香火小人儿一脸震惊，无比艳羡道："你竟然认得咱们落魄山的山主大人？我都还没见过他老人家呢，我跟前任骑龙巷右护法现任落魄山右护法周米粒的舵主大人裴大人她的师父山主大人，隔着好多好多个官阶呢。我还专门请示过裴舵主，以后有幸在路上遇见了山主大人，我可不可以主动打招呼，裴舵主说我必须在山门那边点卯凑足一百次，才勉强可以。"

竹筒倒豆子，小家伙报了一连串官衔，都不带半点喘气的。

米裕笑容灿烂，瞧瞧，这就是自家落魄山的独有门风了。去个锤儿的北俱芦洲嘛。

然后有个姑娘，从山上练拳走桩而下，见到了两人也没打招呼，只是专心练拳往山门去。

韦文龙觉得这落魄山，处处都暗藏玄机。不愧是隐官大人的修道之地。

那些被人跳崖踩出来的大坑，看大门的翻书少年，爬台阶的香火小人儿，心无旁骛的练拳女子……

米裕伸出手，道："站在肩头，捎你一程。"

香火小人儿摇头道："别，心不诚，容易被裴舵主记账，米粒大人可是很铁面无私的。"

小家伙继续爬山登高。

米裕和韦文龙随后慢慢登山，很快就跑来了两个小姑娘，一个粉裙一个黑衣，后者扛着根金色小扁担。

韦文龙有些服气了。

陈暖树带着周米粒一路跑下台阶，与米裕、韦文龙站在同一级，然后陈暖树鞠躬道："欢迎两位贵客。先前风雪庙魏剑仙路过此地，与魏山君提及此事，山上屋子都已经收拾好了。"

魏檗现身一旁，以心声微笑道："暖树，米粒，你们别管了，我来负责待客便是。"

两个小姑娘也不与魏山君见外，告辞离去。

魏檗说道："魏剑仙只说有两位贵客要登门，具体身份，不曾细说，不知能否告之？"

米裕笑道："剑气长城，米裕。倒悬山春幡斋邵云岩嫡传弟子，韦文龙。按照隐官大人的意思，我们随时可以成为落魄山谱牒子弟。"

关于山君魏檗，年轻隐官言语不多，但是分量极重，"大可以放心交心"。

所以韦文龙紧随其后，取出了一封算是家书的密信，交给这位东宝瓶洲北岳山君。

魏檗拆开密信之后，烟霞缭绕书信，看完之后，放回信封，神色古怪，犹豫片刻，笑道："米剑仙，陈平安在信上说你极有可能死皮赖脸留在落魄山……"

米裕心知不妙，正要胡说八道一番，实在不行就只好撒泼打滚了。

魏檗继续道："信上说愿意留下就留下吧，先当个不对外公布的记名供奉，委屈一下米大剑仙。"

米裕松了口气，笑道："米裕与魏大山君很有善缘了，一登山就是个天大的好消息。"

魏檗笑着点头，实则心中震惊万分，陈平安在信上关于米裕的描述，很简单，剑气长城剑修，玉璞境瓶颈，可信任。

一位玉璞境瓶颈的剑仙。

魏檗转头对那韦文龙笑道："韦文龙，从今天起，你就是落魄山管钱之人了，随后暖树会与你交接所有账簿。"

说到这里，魏檗略微停顿，说道："我有个不情之请，哪怕交接了账簿，还希望以后你不要拦着暖树翻阅账簿，并非是信不过你，而是落魄山上，一直是暖树管着大大小小的钱财往来，从无半点差错，只是如今生意做大了之后，落魄山确实应该有个专门管钱做账的，毕竟暖树事务繁重，我与朱敛都不愿她太过劳心劳力。当然，这些都不是陈平安信上言语。你若是因此而心生芥蒂，那就是陈平安看错了人，以后返回落魄山，就该是他自责了。"

魏檗最后说道："都是自家人了，所以我才不说两家话。"

韦文龙笑道："管账一事，首重'分明'二字，哪有一人独占账簿、见不得光的道理。魏山君无需多想。"

魏檗会心一笑，点头道："不愧是陈平安寄予厚望的人。别的不说，挣钱管钱一事，陈平安的眼光和本事确实极好，能让他由衷佩服之人，肯定不差。以后就有劳了。"

韦文龙抱拳点头。

从这一天起，米裕和韦文龙就算是在落魄山扎根了。

韦文龙的住处,就成了落魄山的账房。

陈暖树在交出所有账簿之后,就再没有管过钱财一事,至多是需要钱财支出了,再去请韦先生批准,每次都会带上一张纸,详细记录每笔钱财的开销缘由、去处。不但如此,应该是担心登门次数一多,就会耽搁了韦先生的大事,所以往往一些琐碎支出,都会由她和周米粒垫钱,凑成了一张纸,再来与韦先生对账。

韦文龙倒是不觉得此事厌烦,而是有些不好意思,虽然在山上没待几天,却也知道了陈暖树每天忙碌,真是从早到晚都有事情可做的。韦文龙便只好主动询问那个小姑娘,喜不喜欢记账算账,粉裙小姑娘点点头,有些难为情。

韦文龙便将落魄山账务分成了两份,牛角山渡口、翻墨渡船在内的大钱往来,归他,落魄山的日常账务,继续归她,但是所有大生意的账务往来,小姑娘都可以学,不懂就问。

韦文龙到了落魄山,俨然已经是落魄山的账房先生了。

倒是米裕每天就是闲逛,身后跟着那个扛扁担的小米粒。

米裕也不好说那剑气长城的事情,不过总算知道了隐官大人的酒铺,为何会卖一种取名为哑巴湖的酒水了。

原来是因为这个小姑娘的缘故。

米裕是真不觉得山上的日子枯燥,而是有趣得很,每天身边有个周米粒,半点不闷。

今天米裕陪着周米粒在崖畔石桌那边嗑瓜子,听着小米粒说着她闯荡江湖的一个个小故事,堂堂一位剑仙,却听得津津有味。

那个香火小人儿又来山上点卯了,很殷勤,在石桌上跑来跑去,打理归拢着瓜子壳。

落魄山上的大管家朱敛,魏檗私底下说是下山远游了。

米裕心中了然,至于那个朱敛模样的符箓傀儡,米裕早就一眼看穿了。

今天周米粒的江湖故事,从昨天的红烛镇,说到了冲澹江、玉液江和绣花江,详细说了哪条江水有哪些好去处,最后让"玉米前辈"一定要去冲澹江和绣花江要要,就是那两处的水神庙水香贵些,可以从咱们附近的铁符江水神庙购买,划算些,反正都是烧水香,不犯忌讳的,两位水神大人都比较好说话嘞。米裕笑问道为何少了那条玉液江,小米粒立即皱起了稀疏浅淡的眉毛,说:"我讲过的啊,没讲过吗? 玉米前辈你忘了吧,不可能嘞,我这脑壳儿是出了名的灵光唉,不会没讲的。"小姑娘见玉米前辈笑着不说话,就赶紧使劲挥手,说三条江水都不着急去游玩,以后等装钱和陈灵均都游历回家了,再一起去要,可以随便要。

那个香火小人儿憋了半天,闷闷道:"去个锤儿的玉液江,那个坏婆娘,害得米粒大人差点……"

周米粒急眼了，一巴掌拍下，拱起手背，将那小家伙覆住，然后趴在桌上，抬起手掌些许，瞅着那个香火小人儿，她皱着眉头，压低嗓音提醒道："不许背后说是非。"

然后小姑娘抬头哈哈笑，又伸手捂住嘴，含糊不清道："玉米前辈，明儿我翻翻看皇历，如果宜出门，我带你到隔壁的灰蒙山耍去，那边我可熟！"

米裕一笑置之，只是记住了那条玉液江。

转头望去，是个不速之客。不算陌生，也不熟悉。据说此人如今觍着脸在拜剑台那边修行。

什么金丹、元婴剑修，若非漂亮女子，米裕在剑气长城都懒得正眼看。

毕竟米裕被人诟病的，是剑仙当中的剑术高低，是兄长米祐摊上了这么个挥霍天赋、不知进取的弟弟，甚至都不是杀妖一事的战功。事实上，在跻身上五境之前，米裕无论是城头出剑，还是出城厮杀，都是纳兰彩焕和齐狩那个杀妖路数，是当之无愧的前辈。

而崔嵬一个剑气长城的金丹剑修，早早跑路到了浩然天下，有什么资格让他米裕看一眼？

所以不等崔嵬开口言语，米裕就说道："死远点。"

周米粒有些慌张，小声道："玉米前辈，别这样啊，崔前辈是咱们自家人，很好的。"

米裕笑眯眯点头，然后转头对一言不发的崔嵬说道："那就请你滚远点。"

周米粒双臂环胸，有些生气。落魄山上，可不许这么讲话的。

米裕只好举起双手，笑道："好好好，崔兄，请坐请坐，嗑瓜子。"

崔嵬默默坐下，以心声问道："米剑仙，我师父他老人家？"

米裕说道："你有脸问，我没脸说。"

崔嵬点点头，起身黯然离去。

米裕站起身，摘下腰间濠梁养剑葫，站在崖畔，慢慢饮酒。

是不是该趁着自己还不是落魄山正儿八经的谱牒仙师，先砍死几个跟落魄山不对付的玉璞境？不谈倾力一剑的威势，只说隐匿形迹、飞剑袭杀一事，米裕其实还算比较擅长，虽说不好跟隐官大人和那绶臣相提并论，但是比起一般的剑仙，米裕自认不会逊色半点。

米裕低头笑着望去，原来是周米粒扯了扯他的衣袖，她踮起脚尖，掏出一把瓜子，高高举起。

米裕蹲下身，接过瓜子后，轻声笑道："小米粒，在我家乡，好多人都听说了哑巴湖大水怪的故事，就是这个'好多人'里边，又有好多人不在了，比较可惜。而那个崔前辈连我都不如，所以我对他比较生气。"

周米粒使劲皱着眉头，然后使劲点点头，表示自己绝对没有不懂装懂。

小姑娘最后陪着这位自称"玉米"的剑仙,一起坐在悬崖旁,小姑娘觉得他的名字真好,与自己都有个"米"字,缘分哪。

所以周米粒将瓜子都给了米裕,她的小脑袋和肩头一晃一晃,笑道:"告诉你一个小秘密,我一直在等好人回来哦,比如我去山门那边蹲着,就说看岑鸳机憨憨练拳,去山顶栏杆上站着,就说去跟山神老爷聊天,还有在这边坐着,就说看云海鸟儿路过家门口,所以裴钱和暖树姐姐到现在都不知道这个事情哩。"

米裕嗯了一声道:"原来是这样啊,你要是不说,我肯定也不知道。"

小姑娘有些米粒大小的忧愁:"他怎么还不回家嘞?你的家乡再好,也不是他的家乡啊。"

米裕说道:"是啊,谁知道呢。"

第三章
江湖见面道辛苦

魏檗邀请米裕去披云山之巅的大山君府邸做客。

那委实是一处风水宝地,当之无愧的神仙洞府,占地极大,宛如园林,无任何修道之人,也无凡夫俗子,雪压松梢去扑鹿,水仙山魅多精神。

魏檗最后带着米裕来到一座被施展障眼法的高台,名莹然。

魏檗平时就喜欢在此独坐,饮酒赏景,四面八方尽收眼底。

莹然台上,唯有几张雪白蒲团,别无他物。

时值夜月初升,雪色与月色共争妍媸,群山之外,不同方位,依稀可见龙州城池、槐黄县城、红烛镇三处各有灯火,如雪地之上搁放大小不一的三盏灯火,直教神仙哪怕身在山上府邸,也不忍哈气,唯恐吹灭月下灯。

米裕摘下那枚暂时没机会送出手的濠梁养剑葫,喝了口酒,环顾四周夜景,感叹道:"确实是个好地方,人杰地灵。托韦文龙的福,来的路上,我就知道了骊珠洞天好些隐官大人的同龄人,出去之后都很出彩。真武山的马苦玄,书简湖的顾璨,大骊藩王宋睦。至于那个刘羡阳,我在剑气长城还见过他几面,很了不起,刘羡阳的那把本命飞剑,在剑气长城,都算稀罕的了。"

魏檗自嘲道:"水土好,是当然的,终究不是所有山神府君,都能接连举办这么多场夜游宴的。北岳辖境之内,砸锅卖铁声响不断,家中也得有锅铁不是?"

米裕哈哈大笑,这位在东宝瓶洲位高权重的北岳山君,比想象中要更风趣些。这就好,若是个迂腐古板的山水神灵,就大煞风景了。

喝过一大口酒，米裕收敛笑意，道："隐官大人说过，如果不是魏山君庇护，落魄山没有今天的家业，不然拿得到手也接不住，反而是一桩祸事。"

魏檗说道："同理，若非陈平安，我魏檗当不上这大岳山君。落魄山借势披云山，披云山一样需要借势落魄山，只是一个在明，一个在暗。"

一个"可以放心交心"，一个"可以信任"，所以双方接下来的交谈，都很坦诚。

魏檗与这位剑仙详细聊了落魄山的近忧和远虑，米裕则与山君说了剑气长城的形势。至于隐官大人的事情，米裕没有多说。

魏檗一番斟酌之后，将一些不该聊却可以私底下说的内幕，一并说给了米裕听。

米裕最终有些无奈："一团乱麻，处理起来，好像不是一两剑砍死谁的问题了。"

魏檗摇头道："既然陈平安近期注定无法返乡，那么落魄山的待人接客，就又不一样了，一味韬晦并非上策，至于出剑与否，何时出剑，对谁出剑，得看朱敛的决断。"

米裕点头道："隐官大人对那朱敛十分敬重。我听他的吩咐便是了。"

对于朱敛，未见其人，久闻其名。

魏檗实在是忍不住，问道："米剑仙，冒昧问一句，你为何对陈平安如此敬重？"

米裕纠正道："是敬畏才对，我是个不愿动脑子的懒散货色，对于聪明到了某个份儿上的人，一向很怕打交道。说句大实话，我在你们这浩然天下，宁肯与一洲修士为敌，也不愿与隐官一人为敌。"

既然米裕有所保留，魏檗就不好多问陈平安在剑气长城的具体事迹和各种境遇，一位玉璞境瓶颈的剑仙，始终称呼陈平安为"隐官大人"，已经很能说明问题了。

魏檗感慨道："我知道陈平安一定会成长起来，但是怎么都没想到会这么快。"

米裕不太想谈这个，问道："为何喝酒要把栏杆拍遍？"

魏檗笑道："无人酬答，自得其乐。"

米裕点头道："果然魏山君与隐官大人一样，都是读过书的。"

一年逢好夜，万里见月明。

魏檗说道："米剑仙，我有一事相求，若是答应，可能会消磨米剑仙一年半载的光阴。至于落魄山这边，我会盯着。"

米裕说道："但说无妨。"

魏檗说道："长春宫会有一拨谱牒仙师南下游历，很快就会途经红烛镇，五人当中，境界最高者不过龙门境，但是如今东宝瓶洲中部地带，还是有不少亡国修士仇视大骊。长春宫在几次夜游宴当中，出手尤其大方，我想要还上一份人情。她们此次游历较远，需要离开北岳地界，与其赊欠中岳山君晋青一份人情，还不如以朋友身份，有劳米剑仙出门一趟。"

米裕玩笑道："我正好熟悉一下东宝瓶洲的风土人情，先前陪着魏晋北上，到处都是溜须拍马,想要清清静静喝个花酒都难。"

魏檗说了此次"护道"的大致情况,然后交给他一份早就准备好的关牒,米裕翻开一看,余米,大骊龙泉郡人氏。米裕会心一笑,余米,好名字。

除此之外,魏檗还交给米裕一根树枝,上面几片绿叶,青翠欲滴,魏檗说道:"此为连理枝之一,真要有急事,连我都无法处理,我便燃烧另外一半,米剑仙手中的连理枝就会枝叶枯萎,一返回北岳地界,再燃烧手中连理枝,我就可以立即现身,送米剑仙返回落魄山。"

米剑仙一并收入袖里乾坤当中。

魏檗欲言又止。

米裕哈哈笑道:"放心放心,我米裕绝不会拈花惹草。"

毕竟魏晋曾经说过,长春宫是女修扎堆的仙家门派。而落魄山,早就建有一座档案密库,长春宫虽然秘录不多,远远不如正阳山和清风城,但是米裕翻阅起来也很用心。韦文龙进入落魄山之后,因为携带有一件恩师剑仙邵云岩的临别赠礼方寸物,里边皆是关于东宝瓶洲的各国典故、文史档案、山水邸报节选,所以一夜之间落魄山密库的秘录数量就翻了一番。

魏檗无奈道:"陈平安在信上说了,要我不用担心米裕的为人,只需要担心米裕的那张脸。"

米裕感慨道:"知我者隐官也。我这人是不坏的,容易坏事的,其实就只是这张脸。"

说到这里,米裕大笑道:"魏兄,我可真不是骂人。"

身边这位山君,亦是一等一的美男子。

魏檗想起某人,忍住笑,不愿搭这话茬,转而说道:"若是米剑仙不觉得麻烦,落魄山有朱敛精心缝制的几张面皮,可供米剑仙选择。"

米裕是一位千真万确的剑仙,何况还来自剑气长城。不管米裕与陈平安的关系如何,不管米裕与落魄山如何融洽,魏檗都愿意,也需要以礼相待。

米裕点头道:"小事。"

随后一天,有五位长春宫修士,乘坐披麻宗跨洲渡船到达牛角山渡口,其中一位红烛镇船家女出身的年轻女修士,眉眼秀气。小名衣衫,本名依山,由于是贱籍出身,姓氏已经弃而不用,在长春宫祖师堂谱牒上,改名为终南,传闻她之所以依旧没有选用姓氏,也没有跟随恩师姓氏,是因为以后等她跻身金丹客,大骊太后就会亲自赐予国姓"宋"。

她如今是洞府境,境界不高,但是在一行人当中辈分最高,因为她的传道之人,是长春宫的那位太上长老,而长春宫曾是大骊太后的结茅避暑之地,所以在大骊王朝,长春宫虽然不是"宗"字头仙家,却在一洲山上颇有人脉声望。那位此次领衔的观海境女修,还需要喊她一声师姑,其余三位女修,年纪都不大,与终南的辈分更是相差悬殊。

牛角山渡口,昔年有包袱斋打造的一系列仙家建筑,后来连同渡口一并转让给了披云山和落魄山,长春宫便要了两间铺子,贩卖一些长春宫独有的仙家物件,类似北俱芦洲的彩雀府,铺中以适宜女修穿戴的法袍、佩饰居多。

铺子掌柜是位中年妇人,亲自迎接师妹终南,身边还站着一位玉树临风的中年男子,气度卓然,面带笑意。

掌柜笑语晏晏,介绍说这位余米,是披云山的客卿之一,家族老祖与魏山君有旧。

妇人再以心声与同门言语,余米不过修行一甲子,就已经是观海境,是位类似剑师的炼师,精通剑符,故而战力不俗。更重要的是,余米早年在江湖上,曾与魏剑仙偶然相遇,有幸同桌喝酒,虽然双方关系一般,算不得什么魏剑仙的知己好友,可到了风雪庙,还是勉强可以说上话的。此次余米刚好也要南下游历访仙,可以同行。毕竟他是披云山的客卿,虽是不记名的末等客卿,属于从未参加过夜游宴的那种散修,可观海境骗不得人,再者披云山如今才几个客卿?余米境界越不算高,就越能够证明此人家族与大山君魏檗的关系不浅。

余米此人,既自身与魏剑仙相识,家族祖上又和披云山有一份深厚的香火情,出门在外,便有资格来谈照应一事了。

那位龙门境老妇人,深以为然,就答应了此事,不过小心起见,还是让店铺掌柜飞剑传信长春宫,仔细阐明此事。委实是小师姑终南在长春宫太过特殊,若是长春宫那边的坐镇老祖觉得余米此人不宜同行,那就只能中途作罢,哪怕不小心恶了双方关系,也不能贪图那点一位观海境外人护道的小便宜。

想到这里,老妇也有些无奈,如今长春宫所有地仙,都悄然离开山头,好像都有重任在身,但是每一位地仙,无论是祖师堂老祖还是长春宫奉、客卿,对外无论是道侣还是嫡传,都没有泄露只言片语,此去何处,所作为何,都是秘密。所以此次终南四人第一次下山游历,就只能让她这个龙门境护道了,不然最少也该是位金丹地仙带头,若是不愿让弟子太过松懈,难有砥砺道心的预期,那么也该暗中护送。

一番攀谈,此后余米就跟随一行人步行南下,去往红烛镇。虽说龙泉剑宗铸造的剑符,能够让练气士在龙州御风远游,却是有价无市的稀罕物,长春宫这拨女修,唯有终南拥有一枚价格不菲的剑符,还是恩师赠送,所以只能徒步前行。

何况对于修道之人,这点山水路途,算不得什么苦事,位居大骊最高品秩的铁符江水神庙,魏山君的龙兴之地棋墩山,都可以顺道游览一番。

铁符江因为水土极佳的缘故,哪怕是寒冬时节,两岸依旧风和日丽,杂树花开,景色宜人。故而游人如织,去往水神庙敬香祈福、许愿还愿的香客络绎不绝。

加上龙州地界已是一处游览胜地,又有仙家渡口牛角山,尤其是披云山接连举办多场夜游宴的缘故，这十多年来多有山上仙家频繁往来，所以来此烧香的老百姓和富贵人家，对长春宫这一行仙子，并不太过新奇，只有些稚童指指点点，嚷着"仙子、仙子姐姐"，家中长辈多有忌讳，担心惹恼了那拨山上修道的女神仙，却见那些年轻仙子个个笑容温柔，其中两个，还与孩子们挥手，便只是让孩子们小声些，莫要大声喧哗，却也不拦着孩子们的叽叽喳喳了。

米裕其实知道魏山君的用意，为那女子护道是真，让他这位剑仙更多体会东宝瓶洲的山下风土习俗，更是真。

魏檗的好意，米裕很是心领，而且隐官大人一直推崇入乡随俗，无非是有样学样，米裕自认还是能做到的。

只是唯一不习惯的地方，就是这异乡，剑气太少，剑修太少，剑仙更少。

这边的安稳日子，太好了，好到了让米裕都觉得是在做梦，以至于不愿梦醒。

所以米裕摘下养剑葫，痛饮了一口落魄山储藏许多的米酒酿。

当下米裕脸上所覆脸皮，颇为英俊，虽然无法媲美米裕真容，但是也算一副当之无愧的好面容了。

所以与身边长春宫女修相遇其实没多久，不过是大山之中走到这江水之畔，米剑仙便觉得有两位妙龄女子的眼神，要吃人。

黄昏时分，骑龙巷的压岁铺子那边，那个屁股好像钉死在板凳上的目盲道人贾晟，好不容易絮叨完了自己破境的不易、五雷正法又精进几分、草头铺子的生意还算不错、自家两个弟子没出息但是还算有孝心，见那石老哥哑口无言，应该是自惭形秽了，这才尽兴而去了隔壁。石柔去关铺子打烊，昨天是这样，今天是这样，估摸着明天还是差不多，石柔都不明白一个跌跌撞撞跻身观海境的老道士，与自己攀比个什么劲儿？真有本事，倒是到落魄山上找人抖搂风光去啊，找你那好哥们陈灵均，或是找裴钱啊。

石柔去了厢房住处，正屋那边，没人住，但石柔还是空着。她这会儿关了门，偷偷打开抽屉，一一取出妆镜、胭脂水粉，不敢假公济私，都是她该得的薪俸，而且逢年过节，落魄山都会发个几枚雪花钱的红包，在山上兴许不算什么，在市井却不算小钱，所以桌上大小物件，都是石柔用自家私房钱买来的。

作为身披一件仙人遗蜕的女鬼，其实石柔无需睡眠，只是在这小镇，石柔也不敢趁着夜色如何勤勉修行，至于一些旁门左道的鬼祟手段，那更是万万不敢的，不然找死不成？到时候都不用大骊谍子或是龙泉剑宗如何，自家落魄山就能让她吃不了兜着走，何况石柔自己也没这些念头，石柔对如今的散淡岁月其实挺满意的，日复一日，好像每个明日总是一如昨天，除了偶尔会觉得有点枯燥，以及压岁铺子的生意实在一般，远远不如隔壁草头铺子的生意兴隆，石柔其实有些愧疚。

石柔掐诀，心中默念，随即"脱衣"而出，变成了女鬼真身。

那副遗蜕依旧端坐椅上，纹丝不动，就像一场阴神出窍远游。

石柔恢复真容之后，一身彩衣，长裙大袖，身姿婀娜，宛如当年被琉璃仙翁拘押时的模样。

能够如此"远游"，还要归功于裴钱，是她从大白鹅小师兄那边，帮石柔讨要了这道"出门"小术法，但是裴钱提醒自己，至多一炷香，久了容易回不去的，她到时候可就不管了，只要大白鹅不在，她想管也没法子嘛。那个白衣少年笑呵呵加了一句，如果回不去，先一巴掌拍个半死。不是喜欢照镜子吗？此后魂魄锁死在镜中看个够。虽然当时崔东山被裴钱训斥了一通，但是石柔不敢不当真。

石柔轻轻拿起一把梳子，对镜梳妆，镜中的她，如今瞧着都快有些陌生了。

这只女鬼轻轻哼唱一首古老歌谣。

"形若槁骸，心若死灰，真其实知，不以故自持。媒媒晦晦，无心而不可与谋。彼何人哉……"

龙泉郡升为龙州后，辖下青瓷、宝溪、三江和香火四郡，主政一州的封疆大吏，是黄庭国出身的刺史魏礼，上柱国袁氏子弟袁正定担任青瓷郡太守，骊珠洞天历史上首任槐黄县令吴鸢的昔年佐官傅玉，已经升任宝溪郡太守。其余两位郡守大人，都是寒族和京官出身，据说与袁正定、傅玉这两位豪阀子弟，除政务外，素无往来。

现任窑务督造官曹耕心，继续当他那衙署内外都没架子的督造老爷，每天不是饮酒就是去买酒的路上，依旧与稚童们嬉戏，被妇人们调戏，与汉子们称兄道弟。

槐黄县的文武两庙，分别供奉祭祀袁郡守和曹督造的两位家族老祖。

不但如此，如今东宝瓶洲最少有半洲之地，家家户户张贴门神，正是袁、曹那两位有大功于大骊宋氏的中兴名臣画像。

州城之内的那座城隍阁，香火鼎盛，那个自称曾经差点活活饿死、被同行们笑话死的香火小人儿，不知为何，一开始还很喜欢走门串户，耀武扬威，传闻被城隍阁老爷狠狠教训了两次，被按在香炉里吃灰，却依旧屡教不改，当着一大帮位高权重的城隍庙判官冥官、日夜游神的面，在香炉里蹦跳着大骂城隍阁之主，指着鼻子骂的那种，说你个没良心的王八蛋，老子跟着你吃了多少苦头，如今好不容易发迹了，凭真本事熬出来的苦尽甘来，还不许你家大爷显摆几分？大爷我一不害人，二不扰民，还兢兢业业帮你巡狩辖境，帮你记录各路不被记录在册的孤魂野鬼，你管个屁，管个娘，你个脑壳儿进水的憨锤子，再絮絮叨叨老子就离家出走，看以后还有谁愿意对你死谏……

那个据说被城隍阁老爷连同香炉一把丢出城隍阁的小家伙，事后偷偷将香炉扛回城隍阁，之后依旧喜欢聚拢一大帮小狗腿子，成群结队，对成了拜把子兄弟的两位日夜游神，发号施令，"大驾光临"一州之内的大小郡县城隍庙，或是在夜间呼啸于大街小巷的祠堂之间,只是后来不知怎的就突然转性了,不但遣散了那些帮闲,还喜欢定期离开州城城隍阁,去往群山之中的某地,实则苦兮兮点卯去,对外却只说是寻亲访友,风雨无阻。

今天小雨渐沥,一个不辞辛苦的香火小人儿,手持一把树叶"小伞",一路奔跑到了落魄山山门口。

小家伙跑到元来那边,老气横秋道:"元来啊,最近半月,读书练拳可还勤勉?"

一直坐在檐下看书的少年点头笑道:"还好。"

落魄山访客极少,元来看书累了就走桩,走桩累了就翻书。偶尔再看看练拳走桩路过山门的岑姑娘,一天的光阴,很快就会过去,至多就是偶尔被姐姐埋怨几句。

小家伙笑嘻嘻道:"上山途中,我若是见着了岑姑娘,要不要帮你问候一声啊?"

元来无奈道:"不敢劳驾右护法大人。"

小家伙随手丢了那把树叶"小伞",双手负后,在泥泞地面绕圈散步,皱眉叹气道:"切记切记,我只是骑龙巷右护法,官场上,称呼不能乱来的,要是周护法在场,你不就一下子得罪了两个大官? 如果是在真正的公门修行,你还这么称呼,会害死人的。元来,你还是太年轻,以后一定要慎重啊。作为暂时帮大风兄弟看守山门的人,虽说无官无品,可到底是落魄山的门面人物,待人接物,学问多着呢,光看书怎么成。"

耐心听完小家伙的絮叨,元来笑道:"记住了。"

学问又不只在书上,香火小人儿的这番言语,不也是道理,哪怕言者无心,听者有意就行了。大风前辈叮嘱过自己,仔细看好别人的言行举止,就是顶好的山上修行,莫要做个聋子瞎子,白白浪费了落魄山的风水。

那个小家伙开始名副其实地爬山。

到了竹楼那边的崖畔,瞧见落魄山右护法大人正坐在崖畔发呆。

小家伙与周米粒说了点卯一事,还说千万别忘记让暖树姐姐记在账本上,然后好奇问道:"我那位玉米大哥呢?"

周米粒托着腮帮,说道:"下山忙正事去喽。"

小家伙恼火道:"怎么当的兄弟,都不知道与我打声招呼再出门,无情无义,这样的混账兄弟,给我一箩筐都不要。"

周米粒伸手为小家伙遮挡风雨,笑呵呵道:"咋个不长个儿嘞?"

小家伙一板一眼道:"护法大人教训得是啊,回头属下到了衙门那边,一定多吃些香灰。"

小姑娘低头弯腰,伸手在嘴边,压低嗓音说道:"装钱说过,溜须拍马,最要不得,我们落魄山从来不兴这一套的,这是从她师父起就有的家风门风山风。"

小家伙恍然大悟,使劲点头:"山主老爷有远见! 舵主大人武功盖世! 右护法大人也丝毫不差了，随便言语，就是金玉良言，不愧是每天背着金扁担的，若是再来一块玉佩，那还了得，书院的君子贤人都当得！右护法大人，等到山主老爷或是裴舵主回了家，我一定要当那骨鲠忠臣，铁骨铮铮谏言一番，为右护法大人求来一块玉佩……"

小姑娘歪着脑袋，使劲皱着疏淡的眉毛，总觉得哪里有些不对劲，然后一下子想明白了，嘿嘿笑了起来。

香火小人儿也自知口误了，铁骨铮铮这个说法，可是落魄山大忌！

周米粒伸出双手挡在嘴边，哈哈大笑。

小家伙也跟着开心笑起来，咱们这位右护法大人，淑女得很嘛。

彩衣国胭脂郡城，结伴南下游历东宝瓶洲的一对年轻男女，拜访过了渔翁先生，告辞离去。

还好道号为渔翁先生的吴硕文，刚刚与他两个弟子赵树下、赵鸾兄妹二人，从老龙城、新南岳游历归来没多久，不然远道而来的两位客人此次登门造访，估计就要失之交臂了。

一场小雨刚停歇，年轻女子头戴帷帽，年轻男子则背着一顶斗笠，与老儒士道别之后，离开了小巷。

正是谢谢和于禄。

书院朋友当中，时下除了他们二人不在大隋京城的山崖书院做学问，林守一也早早离开，只说要去见识大渎开凿，李槐与裴钱则去北俱芦洲游历了，就连李宝瓶从大骊京城返回书院后，也与数十位同窗学子跟随茅山主，一起远游中土神洲的礼记学宫，所以当年一起远游大隋求学的人里边，加上最早离开书院的崔东山，如今竟是一个人都不在大隋京城了。关于远游中土神洲学宫一事，茅山主征询过于禄、谢谢两人的意见，谢谢得了崔东山的一封书信，婉拒了老夫子，谢谢委实是怕那白衣少年到了骨子里，崔东山对她的任何一个吩咐，都是法旨一般的存在。

于禄也对中土神洲的文庙、学宫书院没什么念想，就干脆陪着谢谢一起南下，免得谢谢独自出门发生意外。在于禄看来，以谢谢的性情，她暂时依然只适宜待在山中修行，不宜独自远游。

所以到最后，昔年同伴当中，好像这次就只有李宝瓶去了中土神洲。

他和谢谢，一个金身境武夫，一个龙门境练气士，各自都在瓶颈期。

于禄是由于太少与人厮杀搏命、磨砺武道，因此哪怕早早成为七境武夫，但是一直破不开金身境瓶颈。

先前在落魄山，于禄私底下向朱先生请教一番，受益颇多，所以就有了这趟游历，打算将东宝瓶洲那几处古战场遗址逛一遍。

而谢谢则是之前被困龙钉约束多年,一定程度上伤及了大道根本,这些年一直在小心翼翼地修补体魄,但这都不是最关键的,真正阻滞谢谢破境的,还是她的心魔太重,心结多死结。宗门被毁,家国破灭,之后沦为刑徒遗民,中途被昔年大骊娘娘的妇人,将困龙钉以秘术打入三魂七魄,大伤元气,最后又遇上了性情叵测的崔东山,离乡之后,境遇可谓坎坷至极,不然以谢谢堪称出类拔萃的修道资质,如今应该是一位金丹地仙了。

于禄和她当下的瓶颈,刚好是两个大关隘,尤其对于战力而言,分别是纯粹武夫和修道之人的最大门槛。

纯粹武夫一旦跻身远游境,就可以御风,再与练气士厮杀起来,与那金身境是一个天一个地。

至于一位练气士,能否结为金丹客,意义之大,不言而喻。

卢氏王朝作为历史上大骊宋氏的宗主国,曾经是东宝瓶洲毋庸置疑的北方霸主,而谢谢在年幼之时,就被师门当作一位未来的上五境修士去栽培。

于禄作为昔年卢氏王朝的太子殿下,对于自家的山上事,还是有些了解的,关于谢谢,一直流传着一个说法,说她相较于神诰宗贺小凉,只差福缘一事。

但是如今两人,似乎已是天壤之别。

贺小凉是北俱芦洲的一宗之主,玉璞境,大道可期,北俱芦洲大剑仙白裳曾言,会让贺小凉此生无法跻身飞升境。言下之意是说,除非这位大剑仙出剑拦阻,不然清凉宗宗主贺小凉,是注定要成为飞升境大修士的。

反观谢谢,如今却连金丹修士都不是。

于禄是散淡之人,可以不太着急自己的武学之路慢悠悠,谢谢却最为要强好胜,这些年她的心情,可想而知。

街巷拐角处,谢谢回头看了眼小巷,小声说道:"那赵鸾是不是……"

于禄微笑道:"别问我,我什么都不知道,什么都没看出来。"

谢谢瞪了眼这位身负半国武运的亡国太子,道:"你除了装傻扮痴,还会什么?"

于禄笑呵呵道:"不会了。"

谢谢说道:"那赵鸾修行资质太好,吴先生神色间流露出来的忧虑,不是没有道理的,他是该帮着赵鸾谋划一个谱牒身份了。吴先生别的不说,这点气度还是不缺的,不会因为恋着一份师徒名义,就让赵鸾在山下一直如此挥霍光阴。既然赵鸾如今已经是洞府境,要成为一位谱牒仙师不难,难的是成为大仙家门派的嫡传弟子,比如……"

说到这里,谢谢直愣愣盯着于禄,要论想事情周全些,还是于禄更擅长,她不得不承认。

于禄接话说道:"云霞山或是长春宫,又或者是……鳌鱼背珠钗岛的祖师堂。云霞山前途更好,也契合赵鸾的性情,可惜你我都没有门路;长春宫最安稳,但是需要请求魏山君帮忙；至于鳌鱼背刘重润，就算你我，也好商量，办成此事不难，但是又怕耽误了赵鸾的修道成就，毕竟刘重润她也才是金丹。如此说来，求人不如求己，你这半个金丹，亲自传道赵鸾，好像也够了，可惜你怕麻烦，更怕画蛇添足，到头来帮倒忙，注定会惹来崔先生的不快。"

谢谢愤懑道："绕来绕去，结果什么都没讲？"

于禄笑道："最少知道了不做什么，不算我白讲、你白听吧。"

谢谢不再言语，与于禄争辩，很无聊。

相比谢谢的心思都放在那个姿容出彩、资质更佳的赵鸾身上，于禄其实更关注一心练拳的赵树下。

谢谢说道："那赵树下说他与陈平安有五十万拳的约定，如今还差十八万拳，你是武夫，可曾看出赵树下的拳意多寡？"

于禄说道："确实不多。"

谢谢皱眉道："算不算是把拳给练死了？"

于禄摇头道："也不能这么讲。"

谢谢疑惑道："陈平安既然先前专程来过此地，还教了赵树下拳法，当真就只是给了个走桩，然后什么都不管了？真不像他的作风。"

于禄笑道："放心吧，陈平安肯定有自己的打算。"

谢谢说道："是去落魄山？"

于禄摇摇头："未必。"

夜幕中，于禄带着谢谢在彩衣国和梳水国接壤处的一座破败古寺歇脚。

谢谢摘下帷帽，环顾四周，问道："这里就是陈平安当年跟你说的'夜宿此地，必有艳鬼出没'之地？"

于禄点燃篝火，笑道："要骂男人都不是好东西就直说，我替陈平安一并收下。"

于是谢谢酝酿好的一番措辞，都没了用武之地。

于禄横放行山杖在膝，开始翻阅一本文人笔札。

谢谢双手抱膝，凝视着篝火，道："如果没有记错，最早游学的时候，你和陈平安好像特别喜欢守夜一事？"

于禄轻声笑道："不知道陈平安如何想的，只说我自己，不算如何喜欢，却也不曾视为什么苦差事。唯一比较烦人的，是李槐大半夜……能不能讲？"

谢谢说道："你讲，我听了就忘。"

于禄说道："李槐胆子小，虽与我不算太熟，但若是我守夜，也会拉着我去远处。若是被他美其名曰'放水'的事情，还好说，速战速决；若是'施肥'，既不愿我靠太近，又怕我离着太远，时不时还得问我一声在不在，答一声，他就继续忙他的，有次我实在是烦了他，就没回答，结果他提着裤子哭喊着找人，见我站在原地后，又提着裤子骂骂咧咧回去，画面比较……不堪回首。好在那会儿李槐还是个屁大孩子。"

谢谢直截了当道："真恶心。"

于禄丢了一根枯枝到火堆里，笑道："那会儿宝瓶是心大，每次陈平安守夜，哪怕天塌下来，有她小师叔在，她也能睡得很沉，你与林守一当时就已是修道之人，也易心神安宁，唯独我一向睡眠极浅，就经常听李槐追着陈平安问，香不香，香不香……"

谢谢说道："算了，我求你还是换个话题吧。"

于禄用树枝轻轻拨弄着篝火边缘，初春时分的树枝多湿气，爆裂之声时常响起，树枝也会渗出水珠，若是入秋后的枯朽树枝，易燃烧且无声。

于禄满脸笑意，自顾自说道："陈平安就会回答一句，要是乡野菜圃就好了，不过容易招来犬吠。"

谢谢翻了个白眼。

于禄抬起头，望向谢谢，笑道："我觉得有趣的事情，不止这么一件，那次游学路上，一直有这样鸡毛蒜皮的琐事。所以也别怨李槐与陈平安最亲近，我们比不了的，林守一都不能例外。林守一只是嘴上不烦李槐，但是心里不烦的，其实就只有陈平安了。"

谢谢气笑道："我怨这个作甚?!"

于禄望向古寺大门那边，大门吱呀而开，春寒料峭，一阵穿堂风越发瘆人，有一双沾染泥泞的绣花鞋跨过门槛。

那双绣花鞋的主人，是个杏眼圆脸的豆蔻少女，手持灯笼赶路。

于禄笑了起来，吃一堑长一智，这位梳水国四煞之一的小姑娘，有长进。

少女身后跟着个梳高椎髻的冷艳女子，身材高挑，好似大家闺秀与婢女深夜迷路了。

那少女瞥了眼于禄横放在膝的行山杖，寻常的绿竹材质，但是瞧着就是让她眼皮子直跳，她突然停下脚步，问道："这位公子，认不认得陈平安呀?"

于禄笑着点头："好像还真认得。"

真名叫韦蔚的少女一跺脚，转身就走。

那高挑女子更是跟着仓皇而逃，显然怕极了那个名叫陈平安的青衫剑客。

一夜无事。

于禄和谢谢，先是拜访了一处山清水秀之地，后又去了一趟梳水国的剑水山庄。

最后在朱荧王朝边境的一处战场遗址，在一场浩浩荡荡的阴兵过境的奇遇中，他们遇到了可算半个同乡的一对男女，杨家铺子的两个伙计，昵称为胭脂的年轻女子武夫苏店，和她身边那个看待世间男子都像防贼的师弟石灵山。

石灵山这趟出门，每天都战战兢兢，就怕那个王八蛋郑大风一语成谶，他要喊某个男子为师姐夫。因此石灵山憋了半天，只好使出郑大风传授的杀手锏，在私底下找到那个相貌过于英俊的于禄，说自己其实是苏店的儿子，不是什么师弟。结果被耳尖的苏店一拳打出去七八丈远，可怜少年摔了个狗吃屎，半天没能爬起身。

米裕很快就摸清楚这拨长春宫姐妹的大致底细了。

都是她们自己娓娓道来，根本不用米裕如何旁敲侧击。

那个改名为终南的清秀女子，依旧喜欢别人称呼她为衣衫，刚刚跻身的中五境，所以才有此次出门游历。

其余三位女修，与终南是同龄人的，叫楚梦蕉，出身大骊京畿的一户书香门第，传闻祖宅有个学问渊博的"翰林鬼"，担任家塾先生，故家族之内多有登科子弟。因为被关老尚书亲口誉为"雅鬼"，它才得以以鬼魅之身久居京城。

叫林彩符的少女，出生当天，其母夜梦卖端午彩符者登门赠符，言说与林家祖辈相视莫逆，阴德庇护，当受此符。于是少女就有了此名。

还有个名叫韩璧鸦的少女，出身大骊将种门庭，只不过祖辈官当得不大，最高不过巡检，只是家族庭院内的藤花，却是京师花木最古者之一，烂漫开花时如紫云垂地，香气扑鼻，惠泽一街，与大骊京城报国寺的牡丹和关老尚书书房外的一棵青桐齐名。

她们三人都尚未跻身洞府境。

在东宝瓶洲，中五境的神仙，哪怕只是洞府境，也是很金贵的金枝玉叶、神仙中人了，而在那些藩属小国境内，洞府境、观海境的精怪鬼魅，已是大妖、凶鬼。

至于那个龙门境老妪，则自幼便是长春宫的谱牒仙师出身。

长春宫太上长老这一脉的女子练气士，并不忌讳男女情爱一事，反而将其视为修道路上必不可少的历练之一。

她们此行南下，既然是历练，自然不会一味游山玩水。

终南"衣锦还乡"之后，就要去大骊藩属黄庭国边境的黄花郡云山寺，劾治一只画妖。寺内客舍墙壁上，悬有一幅历史久远的彩绘古画，每逢月夜，屋内无人，月光透窗在壁，画中人便会缘壁而行，如市井间的灯戏。画妖经常月夜作祟，虽不伤人，但是有碍古寺风评，所以云山寺向大骊礼部求助，长春宫便领了这桩差事。

之后，需要在一个已经归顺大骊宋氏的覆灭小国云水郡，帮助一位与长春宫大有渊源的老神仙兵解。

再去旧朱荧王朝地界，帮助一位战死沙场的大骊武将，引导其魂魄归乡。

最后还有一桩秘事，是去风雪庙神仙台购置一小截万年松，此事最为棘手，老妪都不曾与四位女修细说，跟"余米"也说得语焉不详，只是希望他到了风雪庙，能够帮忙婉言缓颊一二，米裕笑着答应下来，只说尽力而为，自己与那神仙台魏大剑仙关系实在平平，若是魏剑仙凑巧身在神仙台，还能厚着脸皮斗胆求上一求，若是魏剑仙不在神仙台山中修道，他"余米"只是个侥幸登山的山泽野修，真要遇着了什么大鲵沟、绿水潭的兵家老神仙们，估计见面就要胆怯。

老妪也直言此事万万不敢强求，余道友愿意帮忙说一两句好话，就已经足够。

她们此次南下历练，大抵就是这么四件事，有难有易。若是路上遇上了机缘或是意外，更是磨炼。

有了余米这位家世深厚的观海境修士，老妪已经安心几分。

到了商贸繁华的红烛镇，终南独自去了那处家乡水湾。

对于昔年的一名船家少女而言，那处水湾与红烛镇，是两处天地。

一名贱籍出身的船家女，连红烛镇的岸边道路都不可涉足，一旦违例，就是罪加一等，直接流徙到大骊边关担任役夫，下场生不如死。

米裕等人下榻于一座驿馆，凭借长春宫修士的仙师关牒，不用任何钱财开销。

米裕到了红烛镇客栈之后，瞥了眼棋墩山之巅，摇摇头，不承想这位魏山君，也是位痴情种，与自己是实打实的同道中人啊，难怪投缘。

临近黄昏，米裕离开客栈，独自散步。

虽然与那几位长春宫女修同行没几天，米裕却发现了许多门道，原来同样是谱牒仙师，光是出身，就可以分出个三六九等，嘴上言语不露痕迹，但是某些时刻的神色却藏不住。比如那小名叫衣衫的终南，虽然辈分最高，可因为昔年是贱籍出身的船家女，又是少女岁数才去的长春宫，所以楚梦蕉、林彩符、韩壁鸦三人，便在心中与她划出了一条界线，和她们岁数相差不大的"师祖"终南，先前邀请她们一起去往那处小船画舫齐聚的水湾，她们就都婉拒了。

此举看似好心，又何尝不是有心。

米裕停步，缓缓转头，这时出门赏景、"凑巧"相逢的楚梦蕉三人，方才察觉到了米裕的停步，她们便开始侧身挑选一间扇铺的竹扇。

聪明些的，转头快；可爱些的，转头慢。

米裕便走上前去主动打招呼，之后与她们一同赏景。

美人美景，都不辜负。

反正他已经确定了魏山君偷偷悄悄心心念念之人，不是她们。

昔年的棋墩山土地，如今的北岳山君，身在神仙画卷里，心随飞鸟遇终南。

夕阳西下。

米裕回头看了一眼影子，然后向她们请教那山上修士捕风捉影的仙家术法是不是真的，若是当真有此事，岂不是很吓人。

与人言语时，野修余米，眼神流连处，从不厚此薄彼，不会怠慢任何一位姑娘。

可惜魏晋没能真正领教米剑仙的这份本命神通。

在红烛镇连接观水街和观山街的一条小巷,有间名声不显的小书铺。

一位身穿黑衣的年轻公子,今天依旧躺在藤椅上,翻看一本大骊民间新版刻出来的志怪小说,墨香淡淡,

这位化名李锦的冲澹江水神,其藤椅旁边有一张花几,几上摆放一只出自旧卢氏王朝制壶名家之手的茶壶,紫砂小壶,样式朴拙,据说真品当世仅存十八器,大骊宋氏与东宝瓶洲仙家各占一半,有"宫中艳说、山上竞求"的美誉。一位来此看书的游学老文士,眼前一亮,询问掌柜能否一观茶壶,李锦笑言买书一本便可以,老文士点头答应,小心提起茶壶,一看题款,便大为惋惜,可惜是仿品,若是别的制壶名家,兴许是真,可既然是此人制壶,那就绝对是假的了,一间市井坊间的书铺,岂能拥有这么一把价值连城的好壶?不过老文士在出门之前还是掏钱买了一本善本书籍,书铺小,规矩大,概不还价,古籍善本品相皆不错,只是难谈实惠。

李锦收了钱,丢入柜台抽屉,继续躺着享清福,一边饮茶一边翻书。

如今只要是个旧大骊王朝版图出身的文人,哪怕是科举无望的落魄士子,也完全不愁挣钱,只要去了外边,人人不会落魄。东抄抄西凑凑,大多都能出书,外乡书商专门在大骊京城的大小书坊,排着队等着,前提条件只有一个,书的序文,必须找个大骊本土文官撰写,有品秩的官员即可,若是能找个翰林院的清贵老爷,只要先拿来序文以及那方至关重要的私印,先给一大笔保底钱财,哪怕内容稀烂,都不担心财路。不是书商人傻钱多,实在是如今大骊文人在东宝瓶洲,真是水涨船高到没边的地步了。

李锦原本一看那序文,就没什么翻书的念想了,是个大骊礼部小官的手笔,粗通文墨而已,不承想后边文章,反而是出人意料的好,于是便记下了作者的名字。

这位不务正业的冲澹江水神老爷,还是喜欢在红烛镇这边卖书,至于冲澹江的江神祠庙那边,李锦随便找了个性情老实的庙祝打理香火事,偶尔一些心至诚以至于香火精粹的善男信女许愿,给李锦听到了心声,他才会权衡一番,让某些不过分的许愿一一灵验。可要说什么动辄就要飞黄腾达、进士及第,或是天降横财、富甲一方之类的,李锦就懒得搭理了。他只是个夹着尾巴做人的小小水神,不是老天爷。

李锦找了一些个溺死水鬼、吊死女鬼,担任水府巡视辖境的官差,当然都是那种生前冤屈、死后也不愿找活人代死的,若是与那冲澹江或是玉液江同行们起了冲突,忍着便是,真忍不了,再来与他这位水神诉苦,倒完了一肚子苦水,回去继续忍着,日子再难熬,总好过早年未必有那子孙祭祀的饿死鬼。

李锦唯一真正上心之事,是辖境之内那些祖荫厚重或是子孙是读书种子的大小门户,以及那些节妇、贤人,有些需要扶持一把,有些需要照拂几分,还有那些个积善行德

却体魄孱弱的凡夫俗子,则需要李锦以山水神灵的某种本命神通,以一两盏大红灯笼在夜幕中为他们引路,防止被孤魂野鬼的某些煞气冲撞了阳气。这些极有讲究的大红灯笼,也不是任何练气士都能瞧见的,地仙当然可以,不是金丹、元婴却擅长望气的中五境修士也行,只不过就像一国境内,神灵数量得看国运多寡、山河大小,这些大红灯笼,也要看神灵品秩高低,绝非什么可以随手送人的物件,一些个市侩些的山水神祇,也会给予一些富贵门户便利,只要不过分,不被邻居同僚告发,或是不被上司山君、城隍阁申饬,朝廷礼部那边就都不会太过计较。

李锦前些时候,就亲手将两盏灯笼,分别悬在了一位出身贫寒的市井少年的身后和家宅门外。前面一盏灯笼,会与之形影不离,昼没夜显,污秽阴物见之,则自行退散,不但如此,李锦还在灯笼内的灯烛之上,写下了"冲澹江水神府秘制"的字样,意思就很浅显了,这是他李锦亲自庇护之人。不管是鬼魅还是练气士,有谁胆敢擅自动摇少年心魄,稍稍坏了少年的读书前程,那就是跟他这位冲澹江水神做大道之争。

有些山水神灵,会专门在文气文运一事上下苦功夫,对待辖境内的读书人,最为青睐,一旦光耀门楣,这拨为官的读书种子,就可以载入地方志,可以帮助家乡的山水神灵,在礼部功德簿上添上一笔。有些则选择武运,至于忠烈、孝义等等,庇护一方的神灵都可以视为某个选择。

所以说做人难,做鬼做神灵,其实也不容易。

其中又以做了鬼禁忌更多,稍有差错便会犯忌,惹来冥司胥吏的责罚,荒郊野岭的还好点,在州城大镇的市井坊间,那真是处处雷池。越是国祚绵长的山河之中,神灵越是权大威重,鬼魅越是不敢随便作祟,除了山水神祇和文武庙,更有大小城隍庙阁,再加上那些学塾道观寺庙,以及高门豪宅张贴的门神,污秽鬼物寻一处立锥之地都难,更别谈鬼物之间又有各种荒诞不经的欺凌事,与阳间那些腌臜事,其实没什么两样。

功德彰显,正人自威,鬼魅退散,绕道而行,从来不是什么虚妄之语。

铺子生意冷清,李锦有些想念这些年常来照顾生意的两个熟客了,前有大风兄弟,后有朱老弟,人家买书,那叫一个豪爽,半麻袋一麻袋买去的那种。

与朱敛相熟,还要归功于玉液江那场风波,之后朱敛就常来这边买书。

虽说那位玉液江水神娘娘事后没有被大骊礼部问责,但是显而易见,在大骊礼部祠祭清吏司是落了档案的。大骊的吏部考功司,兵部武选司,与这礼部祠祭清吏司,三司主官,正五品而已,位不高权却重,尤其是礼部祠祭清吏司,具体管着大骊所有山水神灵的功过考评,更是重中之重,故而被山上视为"小天官"。清吏司郎中大人与李锦是熟人,前不久微服私访三江辖境,来书铺这边坐了一会儿叙旧,之所以能够劳驾这位郎中大人亲临红烛镇,当然是因为那个玉液江水神娘娘捅出的娄子,比天大了。

作为玉液江水神的同僚,李锦谈不上幸灾乐祸,倒是有几分兔死狐悲,即便当了一江正神,不还是这般大道无常,终年忙忙碌碌不得闲。

当然李锦美梦成真当上了江水正神后,因为野心不大,还算悠闲。若是李锦想着百尺竿头更进一步,将冲澹江提升到那铁符江一般品秩,与那杨花一样晋升头等水神,可就有得忙了。

李锦合上书籍,随手丢在胸口,开始闭目养神。

有些怀念与那位朱老弟的言谈,撇开身份和立场,双方其实话语十分投机,李锦甚至愿意让朱老弟躺在藤椅上,自己站在柜台那边。

记得朱敛曾笑言:"我信佛法未必信僧人,我信道学未必信儒士,我信圣贤道理未必信圣贤。"

落魄山朱敛,确实是一位难得一见的世外高人,不只拳法高,学问也是很高的。

有客登门,李锦睁开眼睛,抬手提起茶壶喝了一口,慵懒道:"随便挑书,莫要还价。"

李锦瞥了一眼,除了那个笑眯眯的中年男子,其余三位法袍、发簪都在表明身份的长春宫女修,道行深浅,李锦一眼便知。

身为掌握一地气数流转的一江正神,在辖境之内精通望气一事,是一种得天独厚的本命神通,眼前铺子里三位境界不高的年轻女修,运道都还算不错,仙家缘分之外,三女身上分别夹杂有一丝文运、山运和武运,修道之人,所谓的不理俗事、斩断红尘,哪有那么简单。

唯独那个中年面容的男子,李锦全然看不透。

如逢真人,云中依稀。

李锦心中微微讶异,很快就有了决断,那就干脆别看了,若对方真是地仙之流,一地神灵如此窥探,便是一种无礼冒犯。

这就像面对一位类似朱敛的纯粹武夫,在朱敛四周出拳不停,呼喝不断,不是问拳找打是什么?

米裕没有对任何一位女子如何过分殷勤言语,时时刻刻止乎礼。

女子在女子身边,脸皮是多么薄,与多位女子朝夕相处,一旦稍稍有了取舍痕迹,男子往往到头来竹篮打水一场空,至多只得一美人心,与其他女子从此同行亦是陌路矣。

当然,米剑仙没有什么非分之想,他此次出门,还是要做正事的。

在那黄庭国边境的黄花郡,劾治那云山寺画妖,长春宫女修们信手拈来。壁画女子,不过是一个洞府境的女鬼,也会去往长春宫,米裕在一旁瞧着养眼,云山寺十分感激,地方官府与长春宫攀上了一份香火情,皆大欢喜。

倒是那个名叫云水郡的小地方,深山野林的一处石室峭壁当中,那个龙门境瓶颈的"老神仙",让米裕有些大开眼界,世间竟有修道之人,把自己给修出个皮囊即是阴魂囚牢的存在,老修士不知为何身嵌石壁间,苦不堪言已经数十年,长发如藤蔓曳地,肌肤已与木石无异,这等可怜下场,十分罕见,之所以沦落至此,只因得了一份白日冲举真卷,却是小半残篇,修行误入歧途。这就是山泽野修的无奈之处,哪怕既有仙骨,又有仙缘,只要是仙缘不够,又不得山上明师指点,便难以破境。

老修士被困多年,形神憔悴,魂魄皆已几近腐朽,只得托梦一位山野樵夫,再让樵夫捎话给当地官府衙门,希冀着飞剑传信给长春宫,助其兵解,若是事成,传信之人,必有重酬。

米裕很识趣,自己终究是外人,就没有靠近那石壁,说是去山脚等着,毕竟光是那部被老神仙言之凿凿说成"只要有幸补全,修行之人,可以直登上五境"的道法残卷,就是许多地仙梦寐以求的仙家道法。

之所以知晓这些秘事,当然是因为米裕施展了掌观山河的神通,不过只是看看而已,若是垂涎这点机缘,也太羞辱他米裕了。

长春宫那位老妪,早有准备,从木匣当中小心翼翼取出一把法宝品秩的短剑,再以长春宫独门秘法,手刃了那位老神仙,再将后者魂魄收入一件仙家重宝玉雕勾龙之中,此物是上古蜀国的帝王陵墓之物,一次探寻仙府遗址,被长春宫某位祖师收入囊中,最能温养魂魄。

所谓的兵解转世,当然是托词,转世修行一事,哪有那么简单。一个小小龙门境,还不值得长春宫如此对待,老修士也没那份境界和根骨,因此没资格来谈什么维持一点本性灵光的兵解转世,没了那点至关重要的本性真灵,即便投胎转世,也注定一辈子无法开窍记起前生事了。

作为交换,将那份道法残卷赠予长春宫祖师堂的老修士,以后可以在长春宫一个藩属门派,以鬼物之姿和客卿身份继续修行,将来若成金丹,就可以升为长春宫的记名供奉。

米裕坐在山脚一棵大树的枝干上,优哉游哉喝着养剑葫内的米酒酿,越发感受到浩然天下一个寻常仙家门派的忙。

既要与各地官府、仙家客栈、神仙渡口、山上门派打交道,见人说人话,见鬼说鬼话,见了神仙说不沾烟火气的仙家语,还要人人勤勉修行,年纪大的,得为晚辈们传道授业解惑,既要让晚辈成材,又不能让晚辈见异思迁,转投别门……累人,真是累人。

米裕有些理解隐官大人为何会是隐官大人了。

因为隐官大人是精通此道的个中好手,年纪轻轻,却已是最拔尖的那种。

其实那老妪与各方人士的言谈,在米裕这个自认门外汉的旁观者眼中,还是瑕疵颇多。比如与山上前辈好言好语之时,她那神色,尤其是眼神,明显不够真诚,远远没有隐官大人的那种发自肺腑,水到渠成,那种令人深信不疑的"前辈你不信我就是不信前辈你自己啊";而本该与山上别家晚辈和煦言语之时,她那份骨子里流露出来的倨傲之气,收敛得远远不够,藏得不深;至于本该硬气言语之时,老妪又话语稍多了些,脸色故作生硬了些,让米裕觉得措辞有余,震慑不足。

顺利解决了兵解一事,在山脚重逢,老妪心情不错,大概与米裕先前的识趣远去,不无关系。

在那之后,她们去了一座崭新武庙,为那位战死武将的英灵,取出一件山上秘制甲胄,让英灵披挂在身,夜间就可以行走无碍,魂魄不受天地间的肃杀罡风吹拂,至于白昼之时,武将英灵就会化作一股青烟,隐匿于老妪所藏的一只书院君子亲笔楷书"内坛郊社"款双耳炉当中,然后让终南亲自点燃一炷香,过山时燃山香,渡水时点水香,始终让终南手捧香炉,极少御风,最多就是乘坐一艘仙家渡船,点燃一炷云霞山秘制的云霞香。

那位英灵哪怕夜间赶路,依旧沉默寡言,在几位年轻女修眼中,米裕好像也少了许多言语。

自古猛将,悍劲之辈,死后刚毅之气难消,就可称为英灵。

长春宫修士此次就是引导英灵去往大骊京畿之地的铜炉郡,英灵先担任一地社公,若是礼部考核通过,不用几年就可以补缺县城隍。

在这次游历期间,只有两个小小的意外。一次是在一处郡城当中,遇到鬼物作祟,三名猎户接连被魇,终日浑浑噩噩,一到晚上,就梦游一般离家相聚,相遇之后,就站在原地互相批颊,城隍爷和土地公也都束手无策。

老妪便让"师姑"终南设法坛,牒雷部,请神将。结果成功拘押来了一只观海境的老狐仙,狐魅老翁哀号不已,撕心裂肺地向这帮女仙师诉苦,说那猎户捕杀了它几十个徒子徒孙,这笔账该怎么算,若不是它拦阻儿孙们报仇,三个猎户早死了,甩几百个耳光,难道过分吗?

老妪懒得与那狐魅废话,就要以雷法将其镇杀,不过终南好说歹说,才息事宁人,那桩恩怨就此作罢。她不忘对那老狐训诫了一番,希望其以后好好修行,小心安置狐窟住处,切莫再轻易被市井樵夫猎户寻见了。老妪却不太满意,将那老狐狠狠训斥了一通,老狐只得畏畏缩缩,说自己会给些银子,对那三户人家补偿一番。终南欲言又止,见了老妪的脸色,不敢再多言语。最后她还被老妪私底下训斥了几句,说对待这些山精鬼魅之流,不可如此软弱心肠。

米剑仙从头到尾,只是冷眼旁观,坐在栏杆上喝着酒。

若是隐官在此,大概不会是这么个结果吧。

不过那个叫韩璧鸦的小丫头,倒是让米裕有些刮目相看,她以心声嘀咕了一句,老狐认错就够了,给个屁钱。

米裕听了个真切,毕竟是剑仙嘛。

再就是在远离炊烟的山野之中,她们遇到了一位出门游历散心的大骊随军修士,是个女子,腰间悬佩大骊边军制式战刀,不过卸去了甲胄,换上了一身袖子窄小的锦衣,墨色纱裤,一双小巧绣鞋,鞋尖坠有两粒珠子,白昼不显光芒,夜间犹如龙眼,熠熠生辉,在山巅处一座观景凉亭,她与长春宫女修相逢。

女子当时一脚踩在一跪地山神的后背上,可怜山神正在诉说境内的一桩仙师秘事,她则仰头饮酒,见了那拨长春宫女修,一抹嘴,将空荡荡的酒壶丢到了崖外,她以拇指指向别处,意思很明显,此地已经有主了,劳烦诸位去往别处。

老妪皱眉不已,长春宫有一门祖传仙家口诀,可炼朝霞、月色两物。每逢十五,尤其是子时,都会选取灵气充沛的高山之巅,炼化月色。

而此山此处,无疑是今夜修行最佳之地。

去了别处,今夜炼化月色、明早炼化朝霞两事,就都要大打折扣。

那女子一脚踹开那刚刚在礼部谱牒入流的山神,后者立即遁地而逃,绝对不掺和这种神仙打架的山上风波。

真正让老妪不愿退让的,是那女子随军修士的一句言语,你们这些长春宫的娘们,沙场之上,瞧不见一个半个,如今倒是一股脑冒出来了,是那雨后春笋吗?

不但如此,女子还抬起头,自言自语了一句更加火上浇油的话,也没下雨啊。

米裕站在一旁,面无表情,心中只觉得顺耳极了,听听,很像隐官大人的口气嘛。亲切,很亲切。

最后这场风波终没有酿成祸事,原因很简单,那女子修士见那老妪脸色铁青,也不废话,说双方切磋一番,她撇开大骊随军修士的身份,也不谈什么文清峰弟子,没必要分生死、伤和气,只需要任何一方倒地不起即可,只是记得谁都别哭着喊着回师门告状,否则就没劲了。

老妪一听说对方出自风雪庙文清峰,立即没了火气,主动赔礼道歉。

那女子大概是觉得更没劲了,直接御风离开凉亭。

米裕一眼望去,这般女子,有那么点家乡酒水的滋味了。

之后老妪带着终南在内的女子,在凉亭之内修行吐纳。

米裕再次独自远去。

在别处山头林间,躺在古树枝干之上,独自饮酒。

取出一张山水敕令之属的黄纸符箓,以些许剑气点燃符箓再丢出。

很快那位小山神就现身,在树底下,口呼仙师。

米裕问了缘由,哑然失笑,原来是邻近一处水府河伯,一贯喜欢强纳女鬼为妾,有女鬼投牒土地庙无果,反被土地泄密给河伯,差点被当场鞭杀,女鬼继续投牒县城隍庙,那河伯也是跋扈惯了的,竟然直接扯住那女鬼头发,一路拖拽到城隍庙之内,要当着城隍爷好友的面,鞭杀女鬼,刚好那女修士路过撞见,兴许是受限于大骊制定的山水律法,她只能将此事通报礼部,却很难亲手打杀河伯、土地和城隍,所以她今夜才来此山头散心,将可怜山神一并迁怒了,理由是渎职。

米裕想起一事,问道:"若是有军功傍身,按照大骊边军律例,不是可以拿来换取头颅的吗? 看那女子,积攒的战功好像不会少。"

那山神小心措辞道:"那位女仙师,战功确实多,在沙场上攒下了一份偌大名声,好像连某位大骊巡狩使都曾对她亲口嘉奖,此事连小神都有所耳闻,不过听说她都让给朋友了。"

米裕坐在树枝上,挥手笑道:"山神老爷只管自己压压惊去。"

米裕自言自语道:"真是一位好姑娘啊。"

米裕做悚然状,猛然转头望去。

不远处的树枝上,有个佩刀女子,亭亭玉立。

米裕沉默片刻,笑问道:"那女鬼?"

那女子一言不发,米裕只得自己喝酒。

她冷笑道:"与那长春宫女修同行之人,也好意思背剑在身,假扮剑客游侠?"

米裕笑道:"实不相瞒,我与魏大剑仙见过,还一起喝过酒。"

女子愣了愣,按住刀柄,怒道:"信口开河,胆敢侮辱魏师叔,找砍?!"

米裕无奈,那魏晋是睁眼瞎吗? 这般女子,都瞧不见?

米裕只得摆手求饶道:"当我鬼迷心窍了,姐姐莫要生气,我哪能认识魏大剑仙,我一个喝市井米酒酿的山泽野修……"

那女子冷声道:"魏师叔绝不会以修为高低、家世好坏来区分朋友,请你慎言,再慎言!"

女子显然不愿再与此人言语,一闪而逝,如飞鸟掠过处处枝头。

米裕躺回树枝,心情好转几分。

最后长春宫女修一行人,到了风雪庙山门,只是那个余米却说有事离开一段时日,双方相约于一座仙家渡口会合。

米裕还真有事,去彩衣国胭脂郡找到了那位渔翁先生,表明的身份当然是落魄山记名供奉余米,还带了一封魏大山君的亲笔手书,又说了几件能够让师徒三人相信他身份的陈年往事。

因为年轻隐官让韦文龙捎给魏檗的那封信上,提及一事,如果他米裕最终选择留在落魄山,就让米裕去胭脂郡找到师徒三人,让他们先去落魄山,到时候米裕再陪同三人一起去往北俱芦洲,让赵树下去狮子峰,找李二前辈练拳,让赵鸾去彩雀府修行,吴老先生可以去云上城做客。在这期间,米裕可以看情况决定,要不要帮忙指点赵树下已经获得口诀的剑气十八停。

做这些事情,米裕十分乐意,就像回到了避暑行宫,或是春幡斋。

不然只是在落魄山,每天舒心惬意是不假,可心里终究还是有些空落落的。

将师徒三人送到了那条翻墨渡船之上,米裕找了刘重润后,这才去往风雪庙附近的那座仙家渡口。

不承想到了相约时辰,长春宫修士还未露面,米裕等了半天,只得以一位观海境修士的修为,御风去往风雪庙山门那边。

结果她们碰巧离开山门,老妪神色郁郁。

她们此行最重要的事情,就是向风雪庙神仙台购置一小段万年松,因为长春宫一位大香客的女眷,急需此物治病,那位香客权势煊赫,如今已经贵为大骊巡狩使,这个武职是大骊铁骑南下之后新设立的,被视为武将专属的上柱国,连同曹枰、苏高山在内,如今整个大骊才四位。而这位巡狩使的女眷所患的疑难病症,山上仙师坦言,唯有以一片神仙台万年松入药,才能治愈,否则就只能去请一位药家的上五境神仙了。

但是很不凑巧,那位大将军与真武山关系极好,与风雪庙却极其不对付,所以就将此事托付给长春宫,做成了,重谢之外,就是一桩细水长流的香火情;做不成,长春宫自己看着办。

大骊王朝,或者说如今的整座东宝瓶洲,山上已经半点不像山上。

而风雪庙那棵名为长情的万年松,生长在神仙台崖畔,枝叶高出山脊,根却一路蔓延至涧底,依附山根,浸染水运,所以入药有奇效,皮厚寸余,剥开之后,色如琥珀,入药有奇效。尤其是女子,无论是消息灵通的山下权贵女眷,还是山上的女子仙师,人人需要,可惜人人求不得。道理很简单,万年松在神仙台,而神仙台之事,得问剑仙魏晋才行,哪怕是风雪庙老祖,相信都没脸为了一片万年松,向魏晋开口讨要。

还好长春宫太上长老与大鲵沟秦氏老祖有旧,不然休想做成此事,毕竟这根本不是多少神仙钱可以解决的事情。老妪本以为事情为难,至少还有回旋余地,不承想到了风雪庙大鲵沟,那秦氏老祖一听说是此事,立即变了脸,态度极为坚决,斩钉截铁地说此事绝对不成,奉劝那位老妪,别痴心妄想了。

米裕与那些长春宫女修碰头后,只说自己去风雪庙试试看,碰碰运气。

当然不是为了长春宫,而是觉得既然那万年松如此值钱,自己身为落魄山一分子,不砍个一大截,好意思回家?

反正当时与魏晋一起路过那棵万年松,魏晋提了一嘴,说此树若是生长在文清峰、绿水潭,倒是可以省去自己不少麻烦。

米裕熟门熟路到了神仙台之后,就开始掰树枝,掰断了一根树枝,说好事成双,又掰下一根,又说三才兼备,在米裕念叨着四象齐聚时,有女子急匆匆御风而至,双方可算熟人，刚刚返回师门没多久的女子，一记刀罡劈砍在米裕身侧，只是不承想那个自称山泽野修之人不知是不是做贼心虚，竟然一头撞在刀光之上，然后坠入悬崖，等到女子要御风去救人，已经寻不见任何踪迹。

女子往返山崖、山谷数次，仍是找不见那个莫名其妙就消失的家伙，等她一头雾水返回那棵万年松畔，风雪庙老祖，大鲵沟一脉的秦氏老祖，以及她所在文清峰一脉的祖师，三人都已经齐聚山巅，恩师与她笑言，不用理会此事此人了。女子忍不住问道，那人果真认识魏师叔？

大鲵沟秦氏老祖笑眯眯道："有搞头啊。"

文清峰的女祖师冷哼一声。

貌若稚童、御剑悬停的风雪庙祖师，以心声与两位祖师堂老祖说道："此人当是剑仙无疑了。"

米裕偷偷溜出风雪庙之后，只说自己面子不够，但是乘坐渡船在牛角山靠岸之前，却将一片万年松偷偷交给了那个韩璧鸦，说是路上捡来的，不花钱，说不定就是那万年松了。

少女说："你骗人吧？"

不过她手中那片古松，入手极沉。

米裕笑眯眯地说："是不花钱骗人呢，还是万年松骗人啊？"

少女喜欢说话，却不太爱笑，因为生了一对小虎牙，她总觉得自己笑起来不太好看唉。

与余米前辈分别之时，看着那个潇洒远去的背影，她才偷偷地笑了。

东宝瓶洲中部那条尚未彻底开凿完毕的渎水之畔，白衣少年骑在一个孩子身上，身边跟着从书简湖急匆匆赶来的林守一。

崔东山跳落在地，从林守一手中接过那二十四枚竹简，环顾四周，喃喃低语道："辛苦了。"

在这之前，几个"齐"字，已经到手。

而一封解契书，也从剑气长城来到了东宝瓶洲。

崔东山扯开嗓子嚷嚷道："辛苦了！"

他曾经调侃过一句柳清风与李宝箴的重逢，见面道辛苦，毕竟是江湖。

如今哪怕整座浩然天下，都算一个江湖，可先生何在？

第四章
年轻人的小故事

大泉王朝的京城厴景城下了大雪后,是世间少有的美景。

厴景城多华美建筑,道观寺庙星罗棋布,故而美景不在下雪时,而在化雪时,必须登高赏雪,俯瞰此城,宛如一处五彩琉璃仙境,流云漓彩,莹澈无瑕。

姜尚真和浣溪夫人就在化雪之时,进入了这处人间仙境。只是世间美景如美人,仿佛经不起长久细看。姜尚真刚刚入城,就已经没了兴致,妇人则是心有牵挂,也对景色无甚观感。

姜尚真弄了一份关牒,名字当然是用周肥。这可是一个大有福运的好名字,姜尚真恨不得把玉圭宗谱牒上的名字都换成周肥,可惜即便当了宗主,还有个俨如太上宗主的荀老儿,容不得姜宗主如此儿戏,老头子真是半点不晓得老马恋栈不去惹人厌的道理。

浣溪夫人依附九娘,则不用如此麻烦,她本就有边军姚家子弟的身份,父亲姚镇,老将军当年下马卸甲,转为入京为官,成为大泉王朝的兵部尚书,只是听说近两年身体抱恙,已经极少参与早朝、夜值,年轻皇帝专程请数位神仙去往中岳山君府、埋河碧游宫帮忙祈福。老尚书之所以有此殊荣,除了其本身就是大泉军伍的主心骨,还因为孙女姚近之如今已是大泉皇后。

入城后,一身儒衫背书箱的姜尚真,用手中那根青竹行山杖,笃笃笃戳着地面,如同刚刚入京见世面的外乡土包子,微笑道:"九娘,你是直接去宫中探望皇后娘娘,还是先回姚府问候父亲,见见女儿? 若是后者,这一路还请小心街巷游荡子。"

浣溪夫人是九娘，九娘却不是浣溪夫人。

她被荀渊感叹一声"异哉"的自断一尾，其实就在姚近之身上，早已与这位大泉皇后魂魄相融，庇护着姚近之这个身具气运的晚辈。除此之外，也是浣溪夫人有心做给大伏书院看的一种决然姿态，断去自身大道的最根本一尾，从仙人跌境为玉璞，若是以后世道大乱，她一样会置身事外，两不相帮。

妇人头戴幂篱，遮掩面容，轻声问道："姜宗主最多可以在京城待几天？"

姜尚真说道："叙旧，喝酒，去那寺庙，领略一下墙壁上的《牛山四十屁》。逛那道观，找机会偶遇那位被百花福地贬谪出境的曹州夫人，顺便看看荀老儿在忙什么，事情茫茫多的样子，给九娘一旬光阴够不够？"

妇人施了个万福，道："谢过姜宗主。"

两人就此分道，看样子九娘是要先去姚府探亲，姚老尚书其实身体健朗，只是姚家这些年太过蒸蒸日上，加上众多边军出身的门生弟子，在官场上相互抱团，枝叶蔓延，晚辈们的文武两途，在大泉庙堂都颇有建树，加上姚镇的小女儿嫁给了李锡龄，李锡龄父亲，也就是姚镇的亲家，昔年是吏部尚书，虽然老人主动避嫌，已经辞官多年，可毕竟是桃李满朝野的斯文宗主，更是吏部继任尚书的座师，所以随着姚镇入京主政兵部，吏、兵两部之间，相互便极有眼缘了，姚镇哪怕有心改变这种颇犯忌讳的格局，亦是无力。

只说老尚书的孙子姚仙之，如今已经是大泉边军历史上最年轻的斥候都尉，因为历次吏部考评、兵部武选，姚仙之得的都是溢美之词，加上姚仙之确实战功卓著，皇帝陛下更是对这个小舅子极为喜欢，故而姚镇便是想要让这个心爱的孙子在官场走得慢些，也做不到了。

倒是孙女姚岭之，也就是九娘的独女，自幼习武，资质极好，她比较例外，入京之后，经常出京游历江湖，动辄两三年，对于婚嫁一事，极不上心，京城那拨鲜衣怒马的权贵子弟，都很忌惮这个出手狠辣、靠山又大的老姑娘，见着了她都会主动绕道。

姜尚真看着那个姗姗远去的婀娜身影，微笑道："这就很像男子送妻子归宁省亲了嘛。"

随后姜尚真一路问过去，好不容易才找到一间名声不显的小武馆，这间十几年前开设的武馆，馆主叫刘宗，在武馆林立的大泉京城，属于二三流的身手，一旦有同行聚会，共同商议某位外乡拳师能否开馆，如何安排三位馆主去问拳试探斤两，刘宗都只能敬陪末座，事后每次问拳，刘宗也多是打头阵，因为刘宗肯定输，属于先卖给外乡人一个面子。

久而久之，京城武林，就有了"逢拳必输刘宗师"的说法，如果刘宗不是靠着这份名声小有名气，姜尚真估计靠问路还真找不到武馆地址。

两个替武馆看门的男子，一个青壮汉子，一个干瘦少年，正在清扫门前积雪，那汉子见了姜尚真,没搭理。

少年到底还为武馆营生考虑几分,打量着眼前这个游学书生装扮的男子,好奇问道:"这位先生,是要来我们武馆学拳不成?"

姜尚真笑道:"我在城内无亲无故的,所幸与你们刘馆主是江湖旧识,就来这边讨口热茶喝。"

少年笑了起来,倒是个实诚人,便要将这个书生领进门,小武馆有小武馆的好,没有太多乱七八糟的江湖恩怨,外乡来京城混口饭吃的武林好汉,都不稀罕拿自家武馆练手,毕竟赢了也不是什么值得夸耀的事,而且就老馆主那好脾气,更不会有仇家登门。

一旁大雪天也没穿棉袄的精壮汉子,先前扫雪还无精打采的,突然瞧见了两位邻近女子路过武馆门前街道,便轻喝一声,肌肉鼓胀,一个气沉丹田,双膝微蹲,不断旋转起来,一时间武馆门口雪屑无数,两位女子羞恼不已,低声骂了几句,快步跑开。

书生一个蹦跳,躲过扫帚,结果路滑,落地后没站稳,摔在地上。那汉子大笑不已,也懒得道歉,反而笑话这读书人下盘不稳腿无力,这可不行啊,莫不是媳妇给野汉子拐了,气又气不过,打又打不过那厮,便要来学拳吃苦?

少年有些着急,听说读书人最好面子,而且还是馆主的客人,不能这么随便羞辱。万一是个有功名的,或是来这边参加会试的举人老爷,到时候闹到衙门那边去,武馆可就要吃不了兜着走了。

好在书生像是任人拿捏惯了的软柿子,笑道:"不是学拳,吃不住苦。"

这番动静,惹来那两位女子频频回眸,掩嘴娇笑,哪来的书呆子,学什么拳脚功夫,都长得那么好看了,媳妇也舍得偷别家汉子去?

姜尚真被少年领着去了武馆后院。

磨刀人刘宗,正在走桩,缓缓出拳。

刘宗实在是天生就输在了"卖相"一事,头发稀疏,长得歪瓜裂枣不说,还总给人一种猥琐粗鄙的感觉。拳法再高,也没什么宗师风范。

只是当年在那藕花福地,刘宗与南苑国国师种秋、谪仙人陈平安三位纯粹武夫,却曾经化敌为友,并肩作战。

刘宗还与当时已经修成仙家术法的俞真意对敌。

打不过是真打不过。

姜尚真笑道:"刘老哥,还认得同乡人周肥吗?"

刘宗立即停下拳桩,让那少年弟子离开,坐在台阶上:"这些年我多方打听,桐叶洲好像不曾有什么周肥、陈平安,倒是剑仙陆舫,有所耳闻。当然,我至多是通过一些坊间传闻,借阅几间仙家客栈的山水邸报,来了解山上事。"

姜尚真环顾四周,道:"既然都是金身境瓶颈了,为何还要蜷缩此地,昔年藕花福地磨刀人的英雄意气,都给浩然天下的仙气给消磨殆尽了?"

刘宗嗤笑道:"不然?在你这家乡,那些个山上神仙,动辄搬山倒海、翻云覆雨,尤其是那些剑仙,我一个金身境武夫,如何消受得起?拿性命去换些虚名,不值当吧。"

姜尚真摘了书箱当凳子坐下,道:"大泉王朝历来尚武,在边境上与南齐、北晋两国厮杀不断,你要是依附大泉刘氏,投身行伍,砥砺武道,岂不是两全其美?只要成功跻身了远游境,便是大泉皇帝都要对你以礼相待,到时候离开边关,成为守宫槐李礼之流的幕后供奉,日子也清净的。李礼当年'因病而死',大泉京城很缺高手坐镇。"

刘宗摇头道:"做人总不能做一个连死法都没得选的可怜人。按照你的说法,我当初在藕花福地,就可以随便找个皇帝投靠了。如今日子是清苦了点,不过很自在。反正习武一事从未落下,该是刘宗的远游境,慢些来,终究会来。"

姜尚真点头道:"难怪会被陈平安敬重几分。"

刘宗笑问道:"那位小剑仙,是别洲人氏吧?不然那么年轻,在这桐叶洲名气肯定不会小,他如今混得如何了?"

姜尚真想了想:"不好说啊。"

至于这个磨刀人,当然没说真话,甚至可以说几乎全是在瞎扯,不然姜尚真也不会从玉圭宗的繁杂谍报当中,看到"刘宗"这个名字。事实上,刘宗离开藕花福地之后,没少出风头,与练气士多次厮杀,如今不但是金顶观的不记名供奉,还是大泉先帝刘臻亲自挑选出来的扶龙人之一,为了保证新帝能够顺利登基,不惜将手握北边军权的大皇子刘琮软禁在京"养病",刘宗正是藩王府的看守人,可谓当今天子的心腹。

一个老江湖的自保之术,姜尚真可以理解,毕竟春潮宫周肥,在藕花福地江湖上的名声确实不算好。

之前闲聊,也就是姜尚真实在无聊,故意逗弄刘宗而已。

比如陈平安在狐儿镇九娘的客栈,曾经与三皇子刘茂起了冲突,不但打杀了申国公高适真的儿子,还亲手宰了御马监掌印魏礼,与大泉昔年两位皇子都是死敌,陈平安又与姚家关系极好,甚至可以说申国公府失去世袭罔替,刘琮被软禁,三皇子刘茂、书院君子王顾的事情败露,当今天子最终能够顺利脱颖而出,都与陈平安大有渊源,以刘宗的身份,对这些宫闱秘闻不说一清二楚,肯定早就有所耳闻。

刘宗在那边胡说八道,姜尚真听着就是了。

刘宗输就输在了不知道眼前的周肥,竟然会是整个桐叶洲山上的执牛耳者。

哪怕曾经确实听说剑仙陆舫好友之一,是那玉圭宗姜尚真,但是刘宗打破脑袋都不会想到一位云窟福地的家主,一个上五境的山巅神仙,会愿意在那藕花福地虚耗甲子光阴,当那春潮宫宫主,一个轻举远游、餐霞饮露的神仙,偏去泥泞里打滚好玩吗?早年从福地"飞升"到了浩然天下,刘宗对于这座天下的山上光景,已经不算陌生,这里的修道之人,与那俞真意一般都是断情绝欲的德行,甚至见识过不少地仙,还远远不如俞真意那般真心问道。

刘宗感慨道:"这方天地,确实千奇百怪,记得刚到这里,亲眼见那水神借舟、城隍夜审、狐魅魇人等事,在家乡如何能想象得到?难怪会被那些谪仙人当作井底之蛙。"

姜尚真笑道:"这些神神怪怪,见多了也就那么回事。反倒是那上梁之日诞生拆梁人,拗着性子多看几年,更有趣些。"

刘宗不愿与此人绕太多弯子,直截了当问道:"周肥,你此次找我是做什么?招揽帮闲,还是翻旧账?如果我没记错,在福地里,你浪荡百花丛中,我守着个破烂铺子,咱俩可没什么仇隙。若你顾念那点老乡情谊,今天真是来叙旧的,我就请你喝酒去。"

姜尚真说道:"喝酒就算了,我这人只喝美酒,你这武馆生意,能挣几个银子?放心吧,我真不是冲你来的,此次与朋友一道远游屦景城,凑巧听说了'刘宗'这个名字,就想要碰碰运气,不承想还真是你。看来当下我运气不错,趁着运道正隆,今夜就去寻访曹州夫人,看看能否一睹芳容。刘老哥要不要与我携手夜游?有刘老哥这副尊荣衬托,小弟我便更有希望获得曹州夫人的青睐了。"

刘宗捻须而笑:"周老弟风采依旧啊。"

姜尚真微笑道:"看我这身读书人的装束,就知道我是有备而来了。"

刘宗笑问道:"当真就只是一位过路客?"

姜尚真点头道:"所以劳烦刘老哥收起袖中那把剔骨刀,这般待客之道,吓煞小弟了。"

终于临近那座中土神洲,柳赤诚这一路都出奇地沉默,歇龙石之事过后,柳赤诚就是这副半死不活的模样了。

柴伯符内心深处,已经对柳赤诚佩服得五体投地。

若说顾璨那小崽子,是个处处有福缘之人,柳赤诚与自己就是货真价实的同道中人了。

当初在那歇龙石,柴伯符忙着在山上捡宝,尽显山泽野修本色。不料急匆匆赶来了一大帮修士,谱牒仙师和山泽野修都有,分为几个大小山头,御风悬停,都是奔着突然失去禁制的歇龙石而来。柴伯符也不怕事,柳赤诚开了禁制却不关门,任由外人被异象牵引而至,自然是有恃无恐,哪怕不提柳赤诚的玉璞境修为,光是白帝城的名号,就够他们三人横着走了。更何况那人就在渌水坑,真要有事,相信不会见死不救,毕竟还有顾璨这个刚收的嫡传弟子。

然后歇龙石之上,就在柴伯符身边,突然出现一位竹笠绿蓑衣的老渔翁,肩挑一根青竹,青竹上挂着两条穿腮而过的淡金色鲤鱼。

正是柳赤诚嘴里的那位渌水坑捕鱼仙,渌水坑的南海独骑郎有好几位,捕鱼仙却只有一个,历来行踪不定。

柴伯符刚要起身,对这位修行路上的前辈聊表敬意,被老渔翁瞥了一眼,柴伯符立即纹丝不动。

老渔翁对那些闻风而动的练气士挥挥手,示意这座歇龙石,不是他们可以觊觎的。

一个大道亲水的玉璞境捕鱼仙,身在自家歇龙石,四面皆海,极具威慑力。

若是歇龙石没有这个老渔翁坐镇,只是盘踞着几条行雨归来的疲惫蛟龙之属,这拨喝惯了海风的仙师,凭借各种术法神通,大可以将歇龙石狠狠搜刮一通,历史上渌水坑对于这座歇龙石的失窃一事,都不太在意。可捕鱼仙在此现身赶人,就两说了。海上仙家,一叶浮萍随便飘荡的山泽野修还好说,有那岛屿山头不挪窝的大门派,大多亲眼见过,甚至亲身领教过南海独骑郎的厉害。

所以谱牒仙师权衡过利弊后,纷纷对那老渔翁行礼告辞,其余野修瞥了眼那些流淌入大海的珍稀龙涎,都有些不舍。

捕鱼仙便戟指一人,海中龙涎迅速聚拢,激荡而起,将一位距离歇龙石最近的山泽野修包裹其中,当场闷杀,尸体消融。

柳赤诚的心思不在捕鱼仙身上,谱牒仙师识趣离去,野修们惴惴跑远,最后只剩下两名女子,依然御风悬停远处。

一个瞧着柔柔弱弱的年轻女子,不是那种让人一见倾心的惊艳姿容,但是耐看,很耐看。身边跟着一只双眸各异的小狐魅,金丹境。比起自家龙伯老弟,那还是要强上一筹的。

顾璨始终一言不发。

那位老渔翁不知为何,更是沉默,神色不定。

柳赤诚便忍不住问道:"这两位姑娘,若是信得过,只管登山取宝。"

然后柳赤诚对那姿容绝美的狐魅微微一笑,后者眨了眨眼睛,然后躲到了年轻女子身后。

那年轻女子还真不客气,就带着婢女模样的小狐魅,落在了歇龙石之上。

她让狐魅在原地等着,独自登山。

柳赤诚便去往小狐魅那边,笑道:"敢问姑娘芳名,家住何方?在下柳赤诚,是个读书人,东宝瓶洲白山国人氏,家乡距离观湖书院很近。"

那少女后退几步,怯生生道:"我叫韦太真,来自北俱芦洲。"

这个身穿一袭粉色道袍的"读书人",也太怪了。

柳赤诚脸色惊讶,眼神怜惜,轻声道:"韦妹妹真是了不起,从那么远的地方赶来啊,太辛苦了,这趟歇龙石游历,一定要满载而归才行,这山上的虹珠品秩很高,最适合当作龙女仙衣湘水裙的点睛之物，再穿在韦妹妹身上，便真是相得益彰了。如果再炼制一只'掌上明珠'手串，韦妹妹岂不是要被人误会是天上的仙女？"

韦太真既不羞恼，也不生气，只是说道："柳先生，你再这样，我家主人会生气的。"

柳赤诚指了指地面，双方还距离七八步远，笑道："我对韦妹妹发乎情止乎礼，那位姑娘不会生气的。"

韦太真说道："我已经被主人送人当婢女了，请你不要再胡言乱语了。况且主人会不会生气，你说了又不算的。"

柳赤诚抬起袖子，掩嘴而笑："韦妹妹真是可爱。"

韦太真说道："你再这样，我就要对你不客气了。"

柳赤诚放下袖子，笑眯眯道："韦妹妹与柳哥哥客气什么。"

柴伯符百无聊赖地蹲在捕鱼仙一旁，只觉得柳赤诚这家伙真是禀性难移，先前在东宝瓶洲北游路上，也是见着个漂亮女子，不管是山上女修，还是市井女子，就一定要凑上去言语调笑几句，关键是柳赤诚这个色坯光说不做，到底图个什么？

歇龙石之巅，顾璨终于开口笑道："好久不见。"

李柳点头道："还好。"

顾璨点点头，忍不住笑了起来。

因为顾璨想起了一些小时候的事情。

他当年除了当陈平安和刘羡阳的跟屁虫，其实也喜欢自己一个人四处瞎逛荡，遇上年纪大、力气大的无赖货色，只能跑远了，再嘴臭几句，而小镇最西边那个破宅子里一个叫李槐的同龄人，是顾璨当年少数能够欺负的可怜虫之一。李槐骂也骂不过自己，打架更不是自己的对手，而且李槐有点好，不太喜欢跟家里人告状，所以顾璨时不时就去那边玩耍。后来有次大雪天，四下无人，他往李槐衣领里塞雪球的时候，给李槐姐姐撞见了，结果顾璨就被那个瞧着瘦弱的李柳，提着一条腿，脑袋朝地，当成扫帚，把她家门口的雪给扫干净了，然后李柳随手将顾璨丢在地上。顾璨晕头转向爬起身，跑远了之后，才对那李柳大骂不已，说回头就要喊陈平安来欺负你，小娘们，到时候让陈平安骑在你身上往死里揍，看以后谁敢娶你……

顾璨问道："听说你去北俱芦洲了？"

李柳嗯了一声。她看着歇龙石山脚那边的柳赤诚。

顾璨以心声言语道："是白帝城城主的小师弟，你小心点。柳赤诚虽然嘴贱，却也不会真做什么。"

李柳瞥了眼顾璨："你倒是变了不少。"

顾璨笑道："也还好。"

在那之后，顾璨也悚然一惊，下意识御风拔高数丈。

因为李柳一跺脚，整座歇龙石就瞬间碎裂开来。

不是缓缓下沉入海，而是整座山头直接破碎，刹那间，浩然天下就失去了这座属于渌水坑的歇龙石。

韦太真一个摇晃，赶紧御风悬停空中。

替渌水坑镇守此地的捕鱼仙竟是什么都没说。

柴伯符差点被吓破胆。

柳赤诚呆呆转头，望向那个年轻女子。

李柳问道："想死吗？"

柳赤诚委屈道："我师兄在不远处。"

李柳问道："哦？那我帮你将郑居中喊来？"

白帝城城主，真名郑居中，字怀仙。

只是一座浩然天下，有几个敢对这位魔道巨擘直呼名讳？

柳赤诚立即摇头道："不用不用，我有事，得走了。"

柳赤诚扯开嗓子喊了一声龙伯老弟，说咱们该赶路了，柴伯符咽了口唾沫，战战兢兢站起身，小心翼翼御风远去。

顾璨与李柳抱拳告别，就此离去。

到底是同乡人，顾璨对李柳并无太多忌惮，哪怕她一脚踩碎歇龙石，顾璨依然没有太多心境涟漪。

于是歇龙石旧址之上，就只剩下那位捕鱼仙，等到柳赤诚三人远去，老渔翁跪下身，伏地不起，颤声道："渌水坑旧吏，拜见……"

李柳皱眉，打断老渔翁的言语："你带着所有的南海独骑郎，去北俱芦洲济渎辅佐南薰水殿沈霖，她会是新任灵源公，但是境界不够。"

老渔翁依旧不敢起身，高声道："小吏领旨！"

李柳伸手一抓，已经粉碎沉海的歇龙石，聚拢为一颗珠子，被她收入袖中。

在老渔翁身形消散之后，韦太真来到李柳身边，轻声问道："主人？"

李柳说道："先去渌水坑，郑居中已经在那边了。"

只是李柳此后御风去往渌水坑，依旧不急不缓，突然笑道："早些回去，我弟弟应该到北俱芦洲了。"

韦太真轻轻点头。

于是李柳便一把抓住狐魅肩头，瞬间就置身于渌水坑当中。

渌水坑，宛若一座宫城，琼楼玉宇，殿阁无数。

白帝城城主站在一座主殿外的台阶顶部，身边站着一个身材臃肿的宫装妇人，见着了李柳，轻声问道："城主，此人真是？"

被称作城主的男子笑道："你不该炼化这座渌水坑作为本命物的。"

李柳步步登高，宫装妇人突然涨红了脸，双膝微屈，等到李柳走到台阶中部，妇人膝盖几乎已经触地，当李柳走到台阶顶部，妇人已经匍匐在地。

李柳一脚踩在那只飞升境大妖的脑袋上，与那男子说道："又见面了。"

白帝城城主笑道："真打算这辈子就是这辈子了？"

李柳望向远处，依旧脚踩那只飞升境大妖的头颅，点头道："都要有个了断。"

晴空万里，大日高悬。

一个青衣小童和一个黑衣少年，从济渎一起御风千里，来到极高处俯瞰大地，这是大源王朝藩属小国的一处地界，此地旱灾酷烈，已经接连数月无雨水，树皮被食尽，流民四散别国，只是老百姓离乡背井，又能够走出多远的路程？故而多在半路饿死，白骨盈野，死者枕藉，惨绝人寰。

黑衣少年疑惑道："你原路返回来找我，就是为了让我看这般景象？"

背竹箱、持竹杖的青衣小童，有些闷闷不乐，道："你就说能不能帮我这个忙吧？我没有什么盛水的法宝，搬不来太多济渎之水，一旦我频繁往返于此地和济渎，擅自搬运渎水，水龙宗肯定要拦阻。李源，我在这里就只有你这么个朋友，你要是觉得为难，我回头搬运渎水，你就假装没看到。"

少年无奈道："这是你现在需要去管的事情吗？我的好兄弟，走江一事，比天大了，我求你上点心吧。"

青衣小童咬了咬嘴唇，说道："若是没瞧见那些人的可怜模样，我也就不管了，可既然瞧见，我心里不得劲。若是我家老爷在这里，他肯定会管一管的。"

说话的正是沿着济渎由东往西游历的陈灵均，和与他一见投缘的济渎水正之一，李源。

双方已经在凫水岛那边，斩鸡头烧黄纸，算是拜把子的好兄弟了。

先前游历途中，陈灵均因为要勘验大渎两岸的山水地理，就稍稍远离大渎之水，不承想越远离济渎，就越惨不忍睹，烈日炎炎，沿途禾稻枯焦，山野之中，几乎不见半点绿意，江河、水井皆干涸殆尽，地方官员几乎都放下一切政务，或带人掘井，或磕头祈雨，然后陈灵均在路上遇到了一群逃难的流民，在一棵枯树之下，稍稍躲避烈日灼烧，其中有个枯瘦如柴的小女孩，被双目无神的娘亲抱在怀中，奄奄一息，嘴唇干裂，只能咿呀呜咽。

以没心没肺著称于落魄山的陈灵均，唯独见不得小姑娘这副模样。

救下小姑娘他们之后，陈灵均就重返龙宫洞天，喊了李源一起来到这边。

李源正色道："你就不好奇，为何此国君臣无法求得仙师行云布雨，为何无法从济渎那边借水？我告诉你吧，此地干旱，是天时所致，并非是什么妖魔作祟、炼师施法，所以按照规矩，一国百姓，该有此劫，而那小国的君主，千不该万不该，前些年因为某事，惹恼了大源王朝皇帝陛下，此地一国之内的山水神祇，本就先于百姓遭了灾，山神稍好，众多水仙，都已大道受损，除了几位江神水神勉强自保，好些河伯、河婆如今下场更惨，辖境无水，金身日夜如被火煮。如今根本就没外人敢擅自出手，帮忙解围，不然崇玄署云霄宫随便来几位地仙，运转水法，就能够下一场场甘霖，而那位君主，原本其实与水龙宗南宗邵敬芝的一位嫡传是有些关系的，不一样喊不动了？"

济渎横贯北俱芦洲东西两端，曾有三座大渎祠庙，邻近春露圃的下祠早已破碎，上祠被崇玄署杨氏掌握，中祠名义上是被水龙宗炼化为祖师堂，事实上真正的主人，还是香火水正李源。

陈灵均握紧手中行山杖，沉声道："我不管这些，走江不成，我家老爷至多骂我几句，可如果这次昧着良心见死不救，以后我就算走江成功，一样没脸回家。"

陈灵均开始喃喃低语，似乎在为自己壮胆："要是给老爷知道了，我就算有脸赖着不走，也不成的。我那老爷的脾气，我最清楚。反正真要因为此事惹恼了大源王朝和崇玄署杨氏，大不了我就回了落魄山，讨老爷几句骂，算个屁。"

李源疑惑道："陈平安为了你走江一事，筹划得如此周密仔细，结果你就这么半途而废，都还没正式走江，就灰溜溜返回家乡，到时候他真是只骂你几句？"

陈灵均嘿嘿笑道："说不定还要夸我几句。"

李源神色凝重起来，说道："兄弟，别怪我给你泼冷水，先与你说些老皇历的事情，你知道了，想清楚了，再做决定。布雨一事，远古真龙就有无数鲜血淋漓的前车之鉴，一着不慎，就会被拘押到斩龙台上，轻则抽筋剥皮，重则砍掉龙爪，拘押元神受那千百年酷刑，再被贬谪为人间的江河小神，甚至还有那领斩刑的可怜虫，被剁掉头颅，直接抛尸投水。此国干旱，并非人祸，是受劫难，你又无本地神灵的山水谱牒身份，一旦强行干涉，就会沾染极重因果，哪怕崇玄署对你睁一只眼闭一只眼，都对你以后的走江大有影响，天劫只会更重，试想一下，化龙之前，你就敢以蛟龙之属的小小水族之身擅改天数，给你走了江化了龙，岂不是只会更加肆无忌惮？老天爷不拾掇你拾掇谁？"

陈灵均病恹恹道："别劝我了，我现在怕得要死，你这兄弟当得不仗义，明知道我不会改变主意，还这么吓唬我。"

李源叹了口气："行吧行吧，只会有福同享的兄弟不是真兄弟，得看敢不敢有难同当，走，我这未来龙亭侯，带你去见一见那位未来的济渎灵源公！只要她肯点这个头，此事就算被崇玄署杨氏神仙们记恨在心，问题还是不大。至于水龙宗那边，孙结和邵敬芝，我这小小水正还是能够摆平的。"

陈灵均大喜，然后好奇问道："未来的济渎灵源公？谁啊？我要不要准备一份见面礼?"

真要能够办成此事,就算让他交出一只龙王篓,也忍了!

李源嬉笑道:"就是南薰水殿内,那位被你夸得花枝乱颤的沈霖姐姐嘛。"

花枝乱颤当然是李源信口开河,陈灵均一口一个沈霖姐姐真好看,倒是千真万确。

陈灵均不敢置信,看了眼脚下大地,道:"你莫要诓我,这一来一回……"

陈灵均沉默片刻,继续道:"可能就会死好多人的。"

李源收敛笑意,说道:"既然有了决定,那咱们就兄弟齐心,我借你一块玉牌,可用水法装下寻常一整条江水正神的辖境之水,你只管直接去济渎搬水,我则直接去南薰水殿找那沈霖,与她讨要一封灵源公旨意,她即将升任大渎灵源公,是板上钉钉的事情了,因为书院和大源崇玄署都已经得知消息,心领神会了,唯独我这龙亭侯,还小有变数,如今至多能在水龙宗祖师堂摆摆谱。"

李源将一枚"三尺甘霖"交给陈灵均,先行御风远游,返回龙宫洞天。

陈灵均手持玉牌,去往济渎大水畔的僻静处,偷偷跃入水中,开始以本命水法,将渎水悄悄装入玉牌。

李源先去了趟水龙宗祖师堂,告知他此次亲自搬水行雨,水龙宗与崇玄署直说便是,宗主孙结笑着点头。

李源瞪大眼睛:"他娘的,你还真直说啊? 就不怕我被杨老神仙找上门来活活砍死?"

孙结笑道:"崇玄署云霄宫再强势,还真不敢如此行事。"

李源揉了揉下巴,道:"也对,我与火龙真人是勾肩搭背的好兄弟,一个小小崇玄署算什么,敢砍我,我就去趴地峰抱火龙真人的大腿哭去。"

李源随后匆匆赶到了南薰水殿,拜访即将成为自己上司的水神娘娘沈霖,有求于人,难免有些扭捏,不承想沈霖直接给出一道法旨,钤印了"灵源公"法印,交给李源,还问是否需要她帮忙搬水。

李源手持法旨卷轴,震惊道:"沈霖,你升任灵源公在即,就不怕横生枝节,与大源王朝和崇玄署杨氏交恶?"

他那兄弟陈灵均是个心比天大的,一听说水神娘娘与自家老爷是旧识,加上李源也确实给了些不该有的暗示,比如挤眉弄眼说了句"你懂的,那南薰水殿女主人的姿容、气度,都是极好极好的,自古水仙之流,最是爱慕读书人,你家老爷又是个年轻有为的俊哥儿",李源伸出两根拇指,轻轻触碰,所以陈灵均当时就信以为真了,搂着李源的肩膀,说:"我懂我懂,走走走,我去瞅瞅我家老爷的小夫人到底是怎么个模样。"

到了南薰水殿,陈灵均果真半点不把自己当外人,加上当时又不知沈霖将会是大渎灵源公,所以与那水神娘娘十分不见外。按照道理,性情贤淑的沈霖,对陈灵均这条别洲水蛇的观感，虽说差不到哪里去，却也绝对好不到哪里去。如果陈灵均不是个青衣小童，估计南薰水殿以后就不会对陈灵均开门了。在当时李源看来，没关系，反正有自己在龙宫洞天，兄弟陈灵均哪里需要计较沈霖一个娘们的喜不喜欢。

这会儿沈霖微笑反问道："不是那大源王朝和崇玄署，担心会不会与我交恶吗？"

李源竖起大拇指，道："巾帼不让须眉！这话说得让我服气！"

等到李源离开龙宫洞天，陈灵均已经现出真身，携带玉牌，开始行云布雨。

千里山河，毫无征兆地乌云密布，然后骤降甘霖。

不少见此异象御风赶来的当地练气士，都纷纷对那条云中青蛇，作揖致谢。

李源发现陈灵均对于行云布雨一事，似乎十分生疏，便出手帮忙梳理云海雨幕。

一个时辰之后，李源坐在一片云上，陈灵均恢复人身，来到李源身边，后仰倒下，疲惫不堪，仍是与李源道了一声谢。

沉默许久。

李源看着被一场滂沱大雨润泽的人间山河，抚掌而笑道："大旱河草黄，飞鸟苦热死，鱼子化飞蝗，水庙土生烟，小龙蜿蜒出，背负青碧霄，洗去千里赤……"

陈灵均已经坐起身，举目远眺大地，怔怔出神。

他一直就是这个人，嘴上喜欢硬气言语，做事也从来没分没寸，所以做成了布雨一事，开心是当然的，不会有任何后悔。可也担心将来沿着济渎走江一事，因此受阻于大源王朝，或是在春露圃那边增加大道劫数，导致最后走江不成，到那时不知道自己如何面对朱敛，还怎么与裴钱、暖树、米粒她们吹嘘自己？就像朱敛所说，只差没把吃饭、拉屎的地方——标注出来了，这要是还无法走江化龙，他陈灵均就可以投水自尽，淹死自己了。

所以陈灵均想，要是那个天底下最老好人的老爷，在自己回落魄山之前已经返乡，就好了。

有老爷在落魄山上，到底能让人安心些，做错了，大不了被他骂几句，万一做对了，年轻老爷的笑脸，也是有的。

何况陈灵均还惦念着老爷的那份家底呢，就自家老爷那脾气，蛇胆石肯定还是有几颗的。他陈灵均用不着蛇胆石，但是暖树那个笨丫头，棋墩山那条黑蛇，黄湖山那条大蟒，都是需要的。老爷小气起来不是人，可大方起来更不是人啊。

陈灵均一个蹦跳起身，得继续赶路了。

李源说道："沈霖那道法旨，还有我那玉牌，你都先带在身上，万一有大源王朝不长眼的东西拦路，你就拿出来。下次走江来此，再还不迟。"

陈灵均犹豫了一下，还是点头。

没办法，陈灵均这会儿就已经在害怕那崇玄署突然冒出一个仙风道骨的老道士，然后一巴掌拍死自己了。

陈灵均决定先找个法子，给自己壮胆践行，不然有点腿软，走不动路啊。

想了半天，与那李源问道："你是不晓得我家老爷，那可是天下有数的武学大宗师，我与老爷学了些许皮毛，要给你瞧瞧，省得你以为我吹牛。"

李源举起手，道："别，算兄弟求你了，我怕辣眼睛。"

不承想陈灵均已经开始抖搂起来，一个金鸡独立，然后双臂拧转向后，身体前倾，问道："我这一手大鹏展翅，如何?!"

李源没好气道："眼已瞎。"

陈灵均哈哈大笑，背好竹箱，手持行山杖，飘然远去。

李源盘腿而坐，没有转头，冷笑道："崇玄署小天君来得这么快？怎的，要找我兄弟的麻烦？你要是敢对陈灵均出手，就别怪我水淹崇玄署了。"

一位年纪轻轻的黑衣书生手持折扇，抬脚走上白云，腰间系挂有一只黄绫小袋子，云霓光彩流溢而出，十分扎眼。

此人坐在李源一旁，以合拢折扇轻轻敲击手心，微笑道："李水正想多了，我杨木茂与那陈好人，那是天下少有的患难之交。只可惜鬼蜮谷一别，至今再无重逢，甚是想念好人兄啊。"

李源疑惑道："陈好人，好人兄？是那陈平安？"

书生恍然道："我与陈好人是平辈兄弟，李水正又与陈灵均是结拜兄弟，哎哟，我岂不是白白高出李水正一个辈分了？"

李源笑呵呵道："小天君开心就好。"

书生说道："雨龙摆尾黑云间，背负青天拥霄碧。"

李源怒道："咋的，斗诗?!"

书生笑道："与李水正斗诗，还不如去看陈灵均打拳。"

与那陈好人钩心斗角，才最有意思。

李源突然幸灾乐祸道："小天君，你这次在年轻十人里，名次还是垫底啊。"

书生点头道："垫底好，有盼头。"

北俱芦洲出自琼林宗的一份山水邸报，不但选出了年轻十人，还选出了邻居东宝瓶洲的年轻十人，只是北俱芦洲山上修士，对于后者不感兴趣。

刘景龙因为成为了太徽剑宗的新任宗主，自然不在最新十人之列。不然太不把剑宗当回事了。琼林宗担心砥砺山附近的山头，会被太徽剑宗的剑修削成平地。

老面孔居多，第一人雷打不动依旧是林素。

野修黄希，武夫绣娘，这对砥砺山差点分出生死的老冤家，依旧上榜了。

已经是远游境瓶颈的杨进山，崇玄署小天君杨凝性，水经山仙子卢穗。

其余两人，都是众望所归，唯独一个女子，让人猜测不已，就是横空出世的狮子峰嫡传弟子，李柳。

至于那个被贺小凉重伤的徐铉，其实上榜不难，但是琼林宗不敢将其入评，毕竟徐铉如今已经沦为整个北俱芦洲的笑柄。

至于那东宝瓶洲，除了年轻十人，又列有候补十人，这一大堆人名，估计会让北俱芦洲修士看得犯困。

什么马苦玄，观湖书院大君子，神诰宗昔年的金童玉女之一的高剑符，云林姜氏庶子姜韫，朱荧王朝一个梦游中岳的少年，神人相授，得了一把剑仙遗物，破境一事，势如破竹……

书生啧啧笑道："竟然没有好人兄，琼林宗这份邸报，实在让我太失望了。"

李源有些摸不着头脑，陈平安到底是怎么招惹上这个小天君的。就陈平安那傻乎乎的烂好人脾气，该不会已经吃过大亏了吧？

书生说道："我要看好戏去了，去见一见那位魏剑仙的风采，就不陪李水正晒太阳了。"

李源说道："崇玄署到底怎么个意思？"

书生笑道："我是杨木茂，如何晓得崇玄署的想法。"

李源怒道："你贱不贱？好好一个小天君，怎么变成了这个鸟样！"

书生大笑一声，御风远游。

真正能够入得北俱芦洲修士眼的东宝瓶洲"年轻一辈"，其实就两人，大骊十境武夫宋长镜，风雪庙剑仙魏晋，两人确实年轻，都是五十岁左右。对于山上修道之人而言，以两人如今的境界而论，可谓年轻得令人发指了。

一位是大骊宋氏"太上皇"一般的存在，一位已是实打实的剑仙，再丢入年轻十人之列，确实太不合适。

琼林宗倒是不怕一位东宝瓶洲的玉璞境剑修，但是魏晋游历过剑气长城，在那边驻守多年，想必与太徽剑宗宗主刘景龙、掌律老祖黄童，浮萍剑湖郦采，就都不会陌生了。这种香火情，不是酒桌上的推杯换盏能够赢得的。

况且在北俱芦洲修士眼中，天下剑仙，只分两种，去过剑气长城的豪杰，没去过剑气长城的窝囊废。

哪怕是那个身为北地第一的大剑仙白裳，私底下，一样会被北俱芦洲修士暗暗嘲讽。

所以对于风雪庙剑仙魏晋，哪怕是毫无关系的琼林宗，依旧愿意敬重几分。

至于魏晋是如何回报这份敬意的，更是十分北俱芦洲了。

跨洲问剑天君谢实。

一名女子在桐叶洲北部悄然登岸，在桐叶宗找到了在一处水边结茅修行的外乡剑仙，左右。

如今北俱芦洲的所有"宗"字头仙家，玉圭宗、扶乩宗、太平山，都在大兴土木，桐叶宗也不例外。

她见到左右之后，自称长命，来自牢狱，以后会在落魄山修行。

左右听过了她关于小师弟的那些讲述，只是点头，然后说了两个字："很好。"

长命欲言又止。

左右站在水边，道："等到此处事了，我去接回小师弟。"

长命面有苦色，果然果然，被隐官大人料中了，只得小声说道："主人与我说过，万一前辈有此想法，就希望前辈……"

左右摆摆手，道："谁是师兄谁是师弟？没个规矩。"

长命哑口无言。

左右记起一事，趁着当下犹有一点闲暇工夫，说道："我去趟埋河，就不送你了。"

左右直接御剑远去。

长命对此也无可奈何，离开桐叶宗，去往东宝瓶洲。

夜幕中，大泉王朝蜃景城内，姜尚真正与那位曹州夫人相谈甚欢，她赏月色，姜尚真赏绝色。

这位一本牡丹出身的曹州夫人，真是名副其实的国色天香。今夜不虚此行。

极高处，如有雷震。

姜尚真凝神望去，是那剑仙路过，大笑起身，与曹州夫人告罪一声，御风化虹而去，视蜃景城护城大阵如无物。

那位曹州夫人半晌没回过神，这个谈吐风雅的穷酸书生，不是说自己是一位进京赶考的士子吗？因为囊中羞涩，只能厚颜借住道观？

片刻之后，被一剑劈到地面的姜尚真，悻悻然抖落尘土，偷偷返回蜃景城，重回道观，与曹州夫人赔罪不已。

曹州夫人眼神幽怨，手捧心口，道："你到底是谁？"

男人举杯，轻声笑道："我不问夫人是不是天上客谪落人世，夫人却要问我姓名，岂不是让我这凡夫俗子越发俗气了？"

曹州夫人哀叹一声，挥袖道："去去去，没有一句正经言语，不敢与你吃酒了。"

姜尚真站起身，作揖离去，只是将那行山杖落在了酒席间。曹州夫人倒也没提醒。

一道剑光落在埋河畔的碧游宫之前，与那女鬼门房说道："与你家水神娘娘通报一声……"

不等左右说完，正吃着一碗鳝鱼面的埋河水神娘娘，早已察觉到一位剑仙的突兀登门，因为担心自家门房是鬼物出身，一个不小心就可能被剑仙嫌弃碍眼而剁死，她只得缩地山河，瞬间来到大门口，腮帮鼓鼓，嘴里含糊不清、骂骂咧咧跨过府邸大门，剑仙了不起啊，他娘的大半夜打搅自己吃宵夜……见到了那个长得不咋的的男子，她打了个饱嗝，然后大声问道："做啥子？"

左右笑道："我叫左右，是陈平安的师兄。"

埋河水神娘娘先是呆若木鸡，然后两眼放光，一巴掌拍在自己脸上，真不是做梦！

文圣老爷的弟子，真是一个比一个英俊啊！

东宝瓶洲中部的大渎之畔。

崔东山正在翻看一本书，柳清风在一旁吃着一只略显冷硬的粽子，细嚼慢咽。

崔东山合上书，将那本新鲜出炉、大肆版刻的书籍，递给柳清风道："借你瞧瞧。"

柳清风接过书籍，一边吃着粽子一边翻书，起先看书翻页极快，毕竟序文实在是行文平平，粽子倒是吃得依旧很慢。

柳清风似乎看到精彩处，笑了起来，翻书慢了些，是讲一对好朋友的山水故事，年龄不算悬殊，差了七八岁，都是陋巷贫寒出身，年纪小的那个，最后去了一处名为馨竹湖的地方，反而率先走上修道之路。而一条巷子、年纪更大的少年，离乡之时，还是个刚刚学拳的武夫。一个名叫顾忓，一个名为陈凭案。顾忓小小年纪，到了野修如云的馨竹湖，就强掳了许多妙龄女子，担任自家府邸的开襟小娘，要送给那个他视为兄长的陈凭案，后者已是馨竹湖十友之首。

故事大致分为两条线，齐头并进，顾忓在馨竹湖当混世魔王，陈凭案则独自一人，离乡游历山水。最终两人重逢，已经是武学宗师的陈凭案，救下了滥杀无辜的顾忓，最后给出了些世俗金银，装模作样潦草地举办了几场法事，试图堵住悠悠之口。做完之后，年轻武夫就立即悄然离开，顾忓更是从此隐姓埋名，消失无踪。

最后还是一个仙家宗门，联手一支驻守铁骑收拾残局，为那些枉死之人举办周天大醮和水陆道场。

崔东山笑问道："看完之后，观感如何？"

柳清风反问道："最初撰写此书、版刻此书的两拨人，下场如何？"

崔东山说道："非死即伤。"

柳清风点头道："分寸拿捏得还算不错，若是赶尽杀绝，太过斩草除根，就当山上山下的看客们是傻子了。既然那位饱读诗书的年轻武夫，还算有些良知，并且喜好沽名钓誉，自然不会如此暴虐行事，换成是我在幕后谋划此事，还要让那顾忓行凶，然后陈凭案现身拦阻前者，只是不小心露出了马脚，被侥幸生还之人，认出了他的身份。如此一来,就合情合理了。"

"不是合情合理,是合乎脉络。"

"在山水邸报上,最早推荐此书的仙家山头,是哪座?"

崔东山笑道:"是个不入流的山上小门派,专门吃这碗饭的,已经脚底抹油跑路了,当然也有可能被杀人灭口,做得比较隐蔽,暂时查不出来。说实话,我其实懒得去查。"

柳清风感慨道:"话说回来,这本书最前边的篇幅,短短数千字,写得真是朴实动人。好些个民间疾苦,尽在笔端。山上仙师,还有读书人,确实都该用心读一读。"

各种乡俗,娓娓道来,田垄守夜争水,少年上山砍柴烧炭,背篓下山,与市井富家翁在门口讨价还价,被后者呵斥退下台阶,少年接过那串铜钱之时,手心多老茧。

隆冬苦寒时节,少年上山采药挣钱,双手冻疮开裂,采药之时小心翼翼,免得沾染血迹,卖给山下药铺之时贱了价钱。

开篇文字不过寥寥数语,就让人对少年心生怜悯,其中又有一些奇绝文字,更是让男子心领神会,例如书中描写那小镇风俗"滞穗",是说那乡野麦熟之时,孤儿寡母便可以在割麦村夫之后,拾取残剩麦子,哪怕不是自家麦田,农家也不会驱赶,而割麦的青壮村夫,也都不会回顾,极具古礼古风。

妙处在书上一句,少年为寡妇帮忙,偶一抬头,见那妇人蹲在地上的身影,便红了脸,赶紧低头,又转头看了眼旁处饱满的麦穗。

这一抬头,一低头,一转头,只一句,便将一位劳苦少年既淳朴又懵懂且复杂的心思情思写活了。

开篇之后的故事,估计无论是落魄文士,还是江湖中人,或是山上修士,都会喜欢看。因为除了顾忱在馨竹湖的肆无忌惮,大杀四方,还写了那陈凭案此后奇遇连连,一连串大大小小的际遇,环环相扣,却不显突兀,如深山之中拾得一部老旧拳谱,出门游历偶遇世外高人,拳法小成之后又误入仙家府邸,学得一门上乘术法,出拳杀人,处处占据大义,跋山涉水中遇见妖魔鬼怪,皆是出拳果决,酣畅淋漓,大有意气风发的少年豪杰气概。

与不少山神水仙更是一见投缘,其中又有与那些红颜知己在江湖上的萍水相逢,与那娇憨狐魅的两相情愿,为了帮助一个美艳女鬼沉冤昭雪,大闹城隍阁,等等,也写得极为别致动人。好一个怜香惜玉的少年有情郎。

关键是对那少年游侠儿一路山水游历的勤勉好学,着墨颇多。在这之后,才是馨竹湖的那场重头戏了。险象环生,一波未平一波又起,终于成功从山泽野修手中救下已犯众怒的顾忱,在这期间,年轻武夫智计百出,又有仙家术法傍身,因祸得福,机缘巧合得到一枚养剑葫,更有两位仙子暗中帮忙照拂,甚至不惜与师门反目,足以让翻书的看客们大呼过瘾。

柳清风突然意识到手中还拿着小半粽子,囫囵吃下。

馨竹湖，书简湖。馨竹难书。

顾忏，忏悔之忏。谐音顾璨。

陈凭案。谐音陈平安。

书的末尾写道："只见那年轻游侠儿，回望一眼馨竹湖，只觉得问心无愧了，却又难免良心不安，扯了扯身上那好似儒衫的青衣襟领，竟是久久无言，百感交集之下，只得痛饮一口酒，便失魂落魄，就此远去。"

好一个落魄远去，堪称绝妙。

至于那位年轻游侠是就此返乡，还是继续远游江湖，书上没写。

柳清风轻轻拍打着那本合上的书籍，突然问道："若是陈平安有机会翻看此书，会如何？"

崔东山想了想，说道："读到好文字好诗句，说不定还要摘抄笔录。看完之后，估计只会觉得那个陈凭案太可笑，太不聪明谨慎，哪里像他了。恨不得替那位捉刀客修改一番。"

柳清风又问："如果能够亲眼见到那个写书人？"

崔东山摇头道："以前我知道答案，如今不确定了。"

柳清风难得打破砂锅问到底一回："是以前会一拳打杀，如今见过世间真正大事，则未必，还是以前未必，如今一拳打杀？"

崔东山后仰倒去，嬉皮笑脸道："天晓得唉。"

柳清风将书籍还给崔东山，微笑道："看完书，吃饱饭，做读书人该做的事情，才是读书人。"

崔东山却在笑过之后，开始在柳清风一旁滚来滚去。

柳清风无奈道："以崔先生的手段，彻底禁绝此书，不难吧？"

崔东山只是在地上撒泼打滚，大袖乱拍，尘土飞扬。

柳清风揉了揉额头。

崔东山坐起身，双手笼袖，耷拉着脑袋，道："其实我半点不生气，就是有些……"

柳清风补上一句："失望。"

崔东山摇摇头："错了。恰恰相反。"

崔东山抬起一手，双指并拢，轻轻举起，道："愿为夜幕暗室的一粒灯火，照彻万里尘埃千百年。"

埋河水神将那仰慕已久的大剑仙左右领进门，绕过一堵与埋河水运牵连的影壁，穿廊过道，到了大堂那边，一个老厨子刚从灶房返回，手持一只小碟，装着刘家铺子的朝天椒，重油熬煮过了，鲜红鲜红，一股子辣味，老厨子结结巴巴问道："娘……娘，朝天椒还……还要吗?"

先前水神娘娘嫌弃今夜的油爆鳝鱼面不够劲,就让老厨子去炒一碟朝天椒,不承想还没等着,剑仙就驾临碧游宫了。

她瞥了眼老厨子手里边的小菜碟,看了眼桌上的那盆油爆鳝鱼面,最后转头望向身边的剑仙左右,她怪难为情的。

难得吃一顿宵夜,就给撞见了。早知道就换个小碗。

左右说道:"水神娘娘只管继续吃宵夜,我不着急返回桐叶宗。吃完之后,我再说正事。"

瞅瞅,什么是平易近人的剑仙,什么是温良恭俭让的读书人?眼前这位文圣老爷的嫡传,就是了。她只觉得文圣一脉的读书人,咋个都这么善解人意?

她试探性地问道:"给左先生也来一碗?"

左右在一旁落座,看了眼桌上的那只大盆,道:"不用。"

"那就劳烦左先生等我片刻,天大地大肚皮最大,哈哈。"

她说完了客气话,就不再客气,从老厨子手中接过那菜碟,倒入面条中,手持筷子一通搅,然后开始埋头吃宵夜,习惯性将一只脚踩在椅子上,突然想起左先生就在一旁,赶紧端正坐好,每三大筷子,就拿起桌上酒壶,抿一口碧游宫自家酿造的酒水,酒水烈,再搭配上朝天椒,每次喝酒之后,个子矮小的水神娘娘便要闭上眼睛打个激灵,痛快痛快,胡乱抹一把脸上汗水,继续吃那"碗"鳝鱼面。

碧游宫没那乱七八糟的繁文缛节,谈不上规矩森严,比如老厨子到了大堂就再没走,理由充分,等水神娘娘用完餐,他要带走碗碟。

一些个埋河溺死水鬼出身的碧游宫女官、丫鬟侍从,也都小心翼翼攒簇在门外两侧,毕竟一位剑仙可不常见,过来沾一沾剑仙的仙气也好。她们都不敢喧哗,只是一个个瞪大眼睛,打量着那位坐在椅上闭目养神的男子。原来他就是那位两次"莅临"桐叶宗的左先生啊。用自家水神娘娘的话说,就是一剑砍死飞升境杜懋,天上地下,唯有我左先生。在左先生面前,咱们桐叶洲就没一个能打的,玉圭宗老荀头都不行,新宗主姜尚真更不够看。

埋河水神吃完了面条,朝大门口那边瞪眼道:"还没看够?!"

呼啦啦飘荡散去。

她选择坐在左右对面,但是挑了张靠近大门些的椅子落座,笑道:"对不住左先生了,我这碧游宫平日里,没什么神仙老爷光顾的,他们总埋怨我这水神娘娘没牌面,这次就让他们好好开眼。"

左右睁眼说道:"无妨。"

他之所以御剑南下埋河,今夜造访碧游宫,是因为有些东西要亲手交给眼前这位被小师弟说成"一条埋河都装不下她那份豪杰气概"的水神娘娘。当年在剑气长城那座酒铺子外边，陈平安亲口所说，当时居中而坐的两人的先生，正以关门弟子的山水故事佐酒。

埋河水神这座碧游府，当年从府升宫，波折重重，如果不是大伏书院的君子钟魁帮忙，碧游府兴许升宫不成，还会被书院记录在册，只因为埋河水神娘娘执意讨要一本文圣老爷的典籍，作为未来碧游宫的镇宫之宝。这确实不合规矩，文圣早已被儒家除名，陪祀神像早已被移出文庙，所有著作更是被禁绝销毁。大伏书院的山主，更是亚圣府出来的人，所以碧游府依旧升为碧游宫，埋河水神娘娘除了感激钟魁的仗义执言，对那位大伏书院的山主圣人的印象也改观不少，学问不大，度量不小。

她似乎破天荒十分局促，而左右又没开口言语，大堂气氛便有些冷场，这位埋河水神绞尽脑汁，才想出一个开场白，不知道是羞赧，还是激动，眼神光彩熠熠，却有些牙齿打战，挺直腰杆，双手握紧椅把手，如此一来，双脚便离地了，道："左先生，都说你剑术之高，剑气之多，冠绝天下，以至于在你方圆百里之内，地仙都不敢靠近，光是那些剑气，就已经是一座小天地！只是左先生悲天悯人，为了不误伤生灵，才出海访仙，远离人间……"

左右摇头道："没那么夸张，当年只要有心收敛，剑气就不会伤及旁人。"

她感叹道："左先生真是强！"

左右说道："水神娘娘喊我左右就行了，'先生'称呼不敢当。"

她使劲摇头道："不行不行，不喊左先生，喊左剑仙便俗气了，天底下剑仙其实不少，我心目中真正的读书人却不多。至于直呼名讳，我又没喝高，不敢不敢。"

左右也懒得计较这些，站起身，从袖中取出一本书，走向那位埋河水神。

她立即蹦跳起身，双手赶紧在衣裳上擦了擦，毕恭毕敬接过那本泛黄书籍。

书是最寻常材质，昔年中土神洲一个小国书肆版刻而成，除了初版初刻，再无其他可以称道之处。因为书商财力平平，书肆规模不大，纸张、字体、刻印种种环节，更是都不入流。当时书籍销量不好，先生便自掏腰包，一口气买了近百本，而且还是让几位弟子去不同书铺购买，就是怕书铺一本都卖不出，掌柜的觉得这书没资格占据书铺一席之地，便要丢到库房里边，从此本书彻底不见天日。

当年左右一行人分头买书，忙了好几天。左右是每次买书付钱就走人，去往下一座书铺，所以往返极快，唯独小齐，每次都要拖到天黑才回学塾，书却没买几本，先生一问，小齐作答，先生大笑不已。原来小齐每次在书铺只买一本，而且必然会与书铺掌柜聊上半天的书籍内容，以至于多数书铺掌柜，都误以为那本吃灰许久的书籍真是明珠蒙尘了，其实是一部多么了不起的圣贤著作，竟然能够让这么一位天资聪颖的读书种子那般推崇，故而事后都会将信将疑，再从相熟书商那多进几本，然后小齐当天就会与当时的大师兄提醒一句,隔几天再去他去过的书铺,买上一本。

左右说道:"小师弟答应过碧游宫,要送一本我家先生的书,只是小师弟如今有事,我今夜就是为了送书而来。"

她双手接过书籍轻轻点头道:"我就知道陈先生一定会言而有信的,只是如何都没有想到,会是左先生帮忙送书。"

左右笑道:"不但如此,小师弟在我们先生那边,说了水神娘娘和碧游宫的许多事情。先生听过之后,真的很高兴,所以多喝了好些酒。"

她激动万分,颤声道:"连文圣老爷都晓得我了?"

左右点头道:"我家先生说水神娘娘是真豪杰,有眼光,还说自己的学问与至圣先师相比,还是要差一些的。"

昔年文圣,文字优美,却行文严谨,说理透彻,且脉络分明,哪怕是粗通文字之辈,稍解文意之人,都可以轻松看懂。

所以那个功名不过老秀才的老人,素有"三教融洽,诸子大成"的美称。

水神娘娘已经不知道该说什么好了,有些晕乎乎,如饮人间醇酒一万斤。

左右说道:"只是我家先生还提醒,这本书水神娘娘你私人收藏就好,就别供奉起来了,没必要。"

她说道:"既然是文圣老爷的教诲,那我就照做。"

左右随后取出数枚竹简,叠放一起,一一交给她,第一枚竹简之上,写了六个字,左右解释道:"此为'神'字,却是我家先生以六种字体写就,礼圣造字之初始'神'字,形声兼会意。此后岁月变迁,出现篆、隶、行、草、楷。大抵意思,是希望水神娘娘不忘职责,继续庇护一方水土。至于这些竹简,曾是小师弟所有。"

埋河水神接过第一枚竹简,只觉得小小竹简六个字,入手之后,重达千钧。

左右突然笑了起来:"当时先生酒喝高了,还是小师弟一定要先生再送碧游宫几句话,事实上,我家先生已经许久不曾提笔写字了。小师弟当时在旁督促先生,要先生写得精气神足一些,不然送不出手,白白折损了先生在水神娘娘心中的伟岸形象。"

有些事情可以说,有些事情则不能讲。例如左右当时就觉得陈平安太没规矩,当弟子没有当弟子该有的礼数,只是左右刚念叨一句,陈平安就喊了声先生,先生便一巴掌跟上。

同门告状,左右挨打,习惯就好。

左右递出第二枚竹简,道:"这是先生对你寄予的厚望,希望你以后大道顺遂。"

"积水成渊,蛟龙生焉;积善成德,而神明自得,圣心备焉。"

递出第三枚后,左右说道:"先生说碧游宫与埋河水神,当得起这句话。"

"志意修则骄富贵,道义重则轻王公。"

左右递出第四枚竹简，道："提笔之前，先生说自己托个大，厚颜以长辈身份叮嘱晚辈几句，希望你别介意，还说身为埋河水神，除了自家的立身持正，也要多多去感受辖境百姓的悲欢离合。如今神灵，皆从人来。"

"贱礼义而贵勇力，贫则为盗，富则为贼。"

左右递出最后一枚竹简，道："自知者不怨人，知命者不怨天。这句话，是先生与你言语，其实更是与天下读书人言语。"

得了一本文圣老爷的书籍，又得了五枚竹简，埋河水神娘娘恍若做梦，喃喃道："当不起。"

左右正色道："只有一事，我必须多说几句。你如果是觉得自己认识了陈平安，陈平安又是先生的关门弟子，所以你才如此被我家先生青眼相加，那你就错了，就是小看了我家先生的学问，我们文圣一脉的顺序学说，不该如此理解。是先有埋河水神与碧游宫，再有水神娘娘与小师弟的相逢，是先有你对文圣一脉学问的诚心认可，才有我家先生的以礼还礼。"

她神采飞扬道："当然！"

左右送完了书和竹简，就要立即返回桐叶宗。

她看了眼夜色，挽留道："左先生不喝点酒？碧游宫酒酿，小有名气的。"

左右摇头道："我不爱喝酒。"

她有些惋惜，小小的美中不足。

左右告辞一声，跨过门槛，御剑远去。

水神娘娘站在门外，仰头目送那位剑仙远游北归，由衷感慨道："个儿高高的左先生，强强强。"

左右御剑离开埋河水域，风驰电掣，路过那座大泉京城的时候，还好，那个姜尚真先前挨过一剑，学聪明了。

没来由想起当年那次喝酒。

先生醉醺醺笑问小师弟："欲观千岁，则数今日；欲知亿万，则审一二。难不难？"

小师弟答道："以古知今，以近知远，以一知万，以微知巨，以暗知明。知易行难，难也不难。"

先生大笑，让左右再去拿一壶酒来，记得结账，师兄弟明算账，不能因为是小师弟的酒铺，当师兄的就昧良心赊账。

陈平安有一点确实比他这个师兄强多了。

能让先生饮酒不寂寞，能让先生忘却万古愁。

小师弟不愧是师兄弟当中，唯一一个有媳妇的人。

难怪最得先生喜爱。

对此左右没有半点不高兴,左右很高兴先生为自己和小齐,收了这么个小师弟。

东宝瓶洲大渎开凿一事,崔东山其实就是个监工,具体事务是关翳然和刘洵美操办,真正的幕后谋划之人,则是柳清风。

一个大骊豪阀公孙,一个篾儿街将种子弟,一个藩属青鸾国的旧文官。

崔东山从不与山上修士、大渎官员打交道,全权放手给三个年轻人。只有连柳清风都觉得为难之事,才请崔东山定夺,后者一贯雷厉风行,几乎从无隔夜事。

大渎沿途,要路过数十个藩属国的山河版图,大大小小山水神祇的金身祠庙,都要因为大渎而改变各自辖境,甚至许多山上门派都要搬迁山门府邸和整座祖师堂。

林守一从书简湖返回之后,就被崔东山留在了身边,亲自指点修行。

林守一早先在家乡,以一幅目盲道人贾晟的祖传搜山图,与白帝城城主换来了《云上琅琅书》的中下两卷,上卷结金丹,中卷炼元婴,下卷直指玉璞。

林守一如今已是龙门境,不但破境快,而且韧性足,这才是真正的修道坯子。

林守一原本预期在百年之内结丹,如今看来,要提前不少。洞府境和金丹境是练气士的两道天堑,在跻身金丹之前,一般意义上的所谓天才,其实根本都经不起推敲,不知凡几都被成就不了金丹一事打回原形,一辈子在龙门境徘徊,从此萎靡不振,彻底大道无望。

道法相传,最忌三口六耳。只是在崔东山这边,世俗常理不管用。

林守一直接将三卷《云上琅琅书》都给了崔东山,后者看完之后,就直接在三部道书之上写满了注释,再还给林守一,让林守一如果不解文字真意,再来向他当面请教。

今天林守一陪着崔东山巡视一处堤坝,尘土蔽日,河道已成,只是尚未引水来此,站立此岸看不见对岸人,由此可见,未来这条大渎之水的广阔。

崔东山一次次以袖子拍散身边尘土,道:“当年游学途中,谢谢那小婆娘眼高于顶,谁都瞧不起,唯独愿意将你视为同道人。”

林守一点点头。谢谢的清高,一向比较直白,反而好打交道。林守一看不透的人,其实是那位卢氏亡国太子,于禄。

只是这种话从崔东山嘴里说出,有点像是在骂人。

陈平安和于禄是纯粹武夫,李宝瓶和李槐当时年纪还小,谢谢在沦为刑徒遗民之前,就是卢氏王朝公认的头等神仙种,被视为最有希望跻身上五境的天才。而林守一当时是除了谢谢之外,最早涉足修行的人物。

林守一忧心忡忡,以心声问道:“连剑气长城都守不住,我们东宝瓶洲真能守住吗?”

崔东山笑道:“守得住又如何,守不住又如何? 若是明知守不住,就不守了吗? 让文庙圣人与托月山碰个头，双方比拼一下纸面实力，咱们浩然天下报出一个个上五境修士的鼎鼎大名，与托月山做一个学塾蒙童都会的算术加减，要是咱们更厉害些，妖族就退回蛮荒天下，要是咱们不如人家，就让妖族大爷们别着急动手，咱们双手奉上一座天下，再退去第五座天下，然后作壁上观，等着托月山与白玉京的下一场算术？"

崔东山说到这里，哈哈笑道："还真别说，这法子最不伤和气了。"

林守一说道："我不是这个意思。"

崔东山点头道："我当然知道你不是这个意思，你是在忧心所有山下人的生死存亡。"

林守一问道："到底应该怎么办？恳请先生教我。"

崔东山仰头望向东宝瓶洲的天幕最高处，轻声说道："一洲山上修士，加上我大骊军伍，挺直脊梁，先行赴死。其余愿苟活者，只管在前者死绝之后，跪地求饶。至于山下的百姓们，还真不能如何，就只能听天由命了。"

青鸾国京城一处官邸。

李宝箴难得偷闲，从一大堆藩属官府邸报、大骊山水谍报当中抽身，与两个自家人一起同桌喝酒。

如今李宝箴身兼数职，除了是大骊绿波亭的头目之一，管着一洲东南的所有谍报，还当起了青鸾国的礼部侍郎，已经先后出京两次，担任地方乡试的主考官，成为一位"手掌文衡者"，除此之外，还是青鸾国在内数个藩属的山上、江湖的"幕后君主"，暗中操控着一切修道坯子的登山、江湖门派的辞旧纳新。

李宝箴将一本书丢给对面的中年男子，笑道："我们这位老乡，年纪轻轻的落魄山山主，以后在东宝瓶洲的名声，好像算是彻底毁了。"

男子正是朱河，昔年福禄街李府的护院，而旁边的年轻女子，则是他的女儿朱鹿。

这对父女，不但早已脱离贱籍，朱鹿还在大骊军伍捞了一份差事，担任大骊随军修士多年，身份与大渎督造官刘洵美身边的那个魏羡差不多，只是朱河战功远远不如魏羡，如今傍身散官品秩不高，是垫底的执戟郎，一旦转入地方为官，多是藩属国的县尉之流，只是相较于一般藩属国吏，会多出一个武勋清流身份。

大骊王朝除了新设巡狩使一职，与上柱国同品秩，官场也有大改制，官阶依旧分本官阶和散官阶，尤其是后者，文武散官，各自增添六阶。

朱鹿则成为了一个绿波亭谍子，就在李宝箴手底下任职行事。

朱河拿到那本书，如堕云雾，看了眼女儿，朱鹿似有笑意，显然早就知道缘由了。

李宝箴倒了三杯酒，自留一杯，其余两杯，被他轻轻一推，在桌上滑给朱河朱鹿，示意父女两人不用起身道谢，笑道："说不定很快就要被大骊禁绝，也说不定很快就会版刻外传,若是此书不被销禁,我比较期待批注版的出现,免得许多人不解其中诸多妙处。"

朱河开始翻书,然后问道:"顾忛,陈凭案?是在影射泥瓶巷顾璨和陈平安?"

李宝箴只是沉默喝酒,朱鹿双手持杯,轻轻抿了一口酒。

朱河皱眉不已:"这?"

汉子有些无言以对。

他当年与女儿一起护送李宝瓶远游,虽然与陈平安相处时日不算太久,但是对陈平安的性情,朱河自认看得真切。文中内容,要说假,也不全是,要说真,却又总是隔三岔五便让人觉得不对劲,书上总有那么几句话,让他朱河觉得恰好与事实相反。例如那点深藏心底见不得光的少年情思,还有什么贫寒少年早早立志要行万里路、读万卷书,一心仰慕圣贤……

偶然得到一部绝世拳谱?只因为少年天才,资质卓绝,便无需任何淬炼,武道破境,快若奔雷,一天之内接连破三境?由于破境轻而易举,以至于引来数位世外高人、山上仙人的一惊一乍?所谓游历之前,福缘不断,得天独厚,游历之后,主动揽事在身,但凡遇到不平事不平处,处处出拳果决,都描绘了一位意气风发、行侠仗义的有情郎,而且他每一次付出代价,必有更大的福报跟随。

可在朱河眼中,恰恰相反,陈平安根本就是个老成持重的,暮气远远多于少年朝气。至于什么红颜知己,就陈平安那榆木疙瘩的脾气,拉倒吧。

朱河摇头不已,哭笑不得。

朱河不傻,虽然不是读书人,但是依旧看出了隐藏其中的重重杀机。书中游侠儿,处处以大义责人,动辄打杀他人。虽不是滥杀无辜,可细究之下,除了一两只作祟一方的鬼魅精怪,其余死在陈平安拳下的,无论是人还是鬼魅,都是些可杀可不杀的存在,介于两可之间。

朱河翻书极快,忍不住问道:"先前不是听公子说,那陈平安其实在书简湖困顿多年,结局可谓凄惨至极,多年之后才返乡?"

朱鹿轻轻嗤笑一声。

喜欢自讨苦吃,现在便是报应了。

换成是她,有顾璨这般朋友,要么偷偷维持关系,要么权衡利弊,干脆不管就是了,任其在书简湖自生自灭,掺和什么?与你陈平安有半枚铜钱的关系吗?没本事成为北俱芦洲评选出来的年轻十人和候补十人,结果名气倒是比那二十位年轻天才更大了。你陈平安运气真是不错,一如既往的好。

李宝箴举起酒杯,缓缓转动,微笑道:"我辈翻书人,谁不爱看江湖艳遇、山上机缘?不过道学家们读过此书,便有好多话要讲了。江湖豪侠则会骂此人沽名钓誉,既不杀顾璨,竟然还借此养望,以为花几百两银子,潦草举办几场法事,就可以心安理得;山上谱牒仙师将其视为山泽野修;野修却讥讽其行事不够老道,空有福缘,其实是绣花枕头,若非书中人,早就该死了十几回了;士子书生,则定然艳羡其情债缠身之余,大骂其道貌岸然,禽兽不如。"

朱河随后说道:"况且书中故意将那拳谱和仙法内容,描写得极为仔细详尽,虽然皆是粗浅入门的拳理、术法,但是想必许多江湖中人和山泽野修都将对此梦寐以求,更使得此书大肆流传山野市井。这还怎么禁绝?根本拦不住的。大骊官府当真公然禁绝此书,反而是在无形中推波助澜。"

李宝箴一口饮尽杯中酒,道:"以后落魄山越扩张,陈平安境界越高,东宝瓶洲对其非议就越大。他越是做了天大的壮举,得的骂名越大。反正一切都是私心过重,至多是假仁假义,装善人行善举。编撰此书之人,是除柳清风之外,我最佩服的读书人。真想见一面,诚心讨教一番。"

李宝箴望向门口那边,笑道:"柳先生,将来有机会的话,不如你我携手,拜访这位同道中人?"

柳清风站在门口那边,笑道:"以不义猎义,对于你我这种读歪了圣贤书的读书人,难道不是很容易的事情吗?就算做成了,又有什么成就感?"

李宝箴举起空酒杯,遥敬道:"柳先生总是高我一筹。"

柳清风摆摆手:"此次找你,有事相商。"

李宝箴放下酒杯,笑着起身,道:"那就换一处地方。"

朱河朱鹿父女,都认得这位不速之客,所以比李宝箴更早起身,抱拳致礼,同时敬称道:"见过柳督造。"

按照自家公子的说法,眼前这个青鸾国昔年声名狼藉的文官,以后注定会成为大骊王朝的封疆大吏,除了阳寿不长、注定短命外,柳清风没有任何软肋,是个极其危险的人物,什么山上神仙、藩属君主,在此人眼中,都不算什么。

柳清风笑容和煦,对那两人轻轻点头。

与李宝箴谈完事情之后,柳清风就在王毅甫的陪同之下,让一位同为贴身扈从的随军修士驾驭一艘仙家渡船,匆忙赶去一座高山之巅。山脚便是官道,柳清风让其施展掌观山河神通,遥看那山脚道路上的一对男女,缓缓而行。

路上的年轻男子一瘸一拐,而那姿色平平的佩刀女子,有意无意瞥向山巅一眼,然后微微点头,假装什么都没有发生。

只是那女子抬头一瞥,就让那元婴境随军修士大吃一惊,好重的杀意。

柳清风说道:"可以收起神通了。"

山脚两人,是远游归来的柳清山和柳伯奇,夫妇二人先前去往倒悬山那座师刀房,回柳伯奇的娘家。

其实柳伯奇并没有这个念头,但是柳清山说一定要与她师父见一面,不管是挨一顿臭骂,还是撵他离开倒悬山,终究是该有的礼数。但是没有想到,到了老龙城那边,几艘跨洲渡船都说不出海了。无论柳清山如何询问缘由,只说不知。最后还是柳伯奇私自出门一趟,才带回一个骇人听闻的消息,倒悬山那边已经不再允许八洲渡船停岸,因为剑气长城开始戒严,不与浩然天下做任何生意了。柳伯奇倒是不太担心师刀房,只是心底难免有些遗憾,她原本是打算留下香火之后,再独自去往剑气长城,至于自己何时回家,到时候会与夫君坦言:不一定。

柳伯奇犹豫了一下,说道:"大哥如今督造大渎开凿,咱们不去看看?"

柳清山摇头道:"我没有这样的大哥。"

柳伯奇无奈道:"大哥是有苦衷的。"

柳清山神色郁郁道:"青鸾国有柳清风,大骊王朝有柳清风,但是我没有这样的大哥,狮子园和柳氏族谱,都没有他。"

柳伯奇不再劝说什么。当年柳清风在家族祠堂外,提醒过她这个弟妹,有些事情不用与柳清山多说。

瘸拐行走的书生一下子红了眼睛,开凿大渎那么辛苦的事情,那个家伙又不是修道之人,做事情又喜欢亲力亲为……

东宝瓶洲历史上第一条大渎的源头。

名叫稚圭的泥瓶巷女婢,独自站在水边,脸色阴晴不定。

这条大渎,名为齐渎!

不仅如此,她接下来能够走江,还要归功于袖中那封该死的解契书!

当初双方结契一事,那个命灯屡弱如风烛残年老人的泥瓶巷孤儿,自然半点不知。

不承想这个家伙,如今竟敢独自解契?!

天未亮,大骊京城一座尚书府第内,一个百岁高龄的老人穿戴好官服之后,突然改变了主意,说不去早朝了。

老人换上一身居家衣着,让一个老仆手持灯笼,一起去往书房,点燃灯火后,这位吏部老尚书坐在书案前,微笑道:"这都多少年没有潜下心来,去好好读一本书了?"

老人毕竟岁数大了,眼力不济,只得就着灯火,脑袋凑近书籍。

老人突然喃喃自语道:"崔先生还真没有骗人,如今我大骊的读书人,果真再不会只因大骊士子身份,一口大骊官话,便被外乡人轻贱文章诗篇了。"

老人转头望向窗外灰蒙蒙的夜幕,喃喃道:"只是不晓得我大骊读书人,会不会一夜之间,就变成了当年最痛恨的读书人呢?"

京师花木最古者,有关家书房外的青桐,韩家的藤花,报国寺的牡丹。

关老爷子这些年经常对着自家青桐树上的蛀孔而叹息,有那子孙建议,既然老祖宗如此爱惜青桐,可以请那山上神仙施展术法,结果被关老爷子骂了个狗血淋头,一口一个不肖子孙。唯有嫡玄孙关翳然,与关老爷子一起欣赏青桐,一番言语之后,才让老人稍稍释怀几分。

对着窗外夜幕,老人喟叹一声:"只希望切莫如此啊。读书人还是要讲一讲文人意气和书生风骨的。"

言不过其实,语语有实用;行不过其法,句句莫空谈。

关老爷子突然放下书,起身道:"速速备车早朝去!"

门外老仆提醒道:"老爷先换身官服?"

老爷子大笑道:"穿个屁朝服,老夫今儿要在大骊史书上留下一笔,春嘉六年开春,吏部尚书某某某,老来多健忘,身穿儒衫参加早朝,于礼大不合,被拦阻门外,春寒料峭,老尚书孤苦伶仃,在门外冻若鹌鹑,哈哈哈,有趣有趣……"

老仆补了一句:"那老爷就袖里藏些吃食? 挨冻是自找的,挨饿就免了吧。饥寒交迫,老爷你这把身子骨,真扛不住的。"

老爷子嘿嘿笑道:"妙也!"

一位青衫老儒士站在大骊京城的墙头上。

身后是灯火依稀亮起的大骊京城,眼前是等待入城的各色人,各地商贾,游学士子,江湖武夫,夹杂其中的山上修士……

国师崔瀺回头望一眼城内灯火处,自他担任国师以来,这座京城无论昼夜,灯火便不曾断绝一瞬,一城之内,总有那么一盏灯火亮着。

要归功于富贵人家的灯火辉煌,大小道观寺庙的长明灯,陋巷士子的深夜点灯寒窗苦读……

崔瀺转过头,望向城外,有那搓手呵气取暖的商贾,有那蜷缩在车上打盹的武夫,有那相约同行游历大骊京城的外乡书生,随着天渐明,走下雇用的马车,一起对着城头指指点点,还有富贵人家的车马,一些稚童被吵醒后嚷着憋不住了,让妇人们揪心不已。

崔瀺独自站在城头上,大骊巡游城头的士卒,铁甲铮铮作响,来到国师身后又远去。

崔瀺希望每一个入城之人,尤其是那些年轻人,入城之前,眼睛里都能够带着光亮。

志向,野心,欲望。

钱财,富贵,功名,美人,醇酒,机缘。

我大骊京城应有尽有,诸君各凭本事自取!

第五章
少女问拳河神

　　刘羡阳再次悄无声息从南婆娑洲返回家乡,这一次是留下就不走了,因为龙泉剑宗是在阮邛手上开宗立派,所以神秀山祖师堂并未悬挂祖宗画像,刘羡阳只需烧香。

　　龙泉剑宗没有兴师动众地举办开峰仪式,一切从简,连半个娘家的风雪庙都没有打招呼。

　　又不是那个想钱想疯了的披云山。

　　阮邛就只是将北边的徐小桥和谢灵喊回山头,拉上董谷这几位最早的嫡传弟子,一起吃了顿家常饭。

　　阮邛、阮秀、董谷、徐小桥、谢灵、刘羡阳,就六位。

　　刘羡阳不在山中修行,也不去大骊京城以北的新地盘,只是去了龙须河畔的铁匠铺子,自从徐小桥离开那处之后,那边就渐渐荒废弃用。

　　龙泉剑宗并未对外宣称刘羡阳的宗门嫡传身份,所以他每天就是四处闲逛。

　　董谷今天来到铁匠铺子那边,等了半天才等到游手好闲的刘羡阳返回。

　　刘羡阳屁颠屁颠跑过去,抱拳笑道:"大师兄找我?怎么不直接飞剑传信。"

　　董谷摇头笑道:"不是什么急事。"

　　刘羡阳端了两条小竹椅过来,各自落座檐下,刘羡阳说道:"大师兄有话直说,一家人不说两家话。"

　　董谷说道:"师父收了两拨嫡传弟子,所以刘师弟的名次太过靠后,我觉得不太妥当,想要问问看刘师弟,有没有什么想法。"

董谷见那刘羡阳笑嘻嘻只说没想法的模样，只得继续说道："刘师弟千万不要觉得我是在试探什么，绝非如此，我对于自己一直占着大师兄身份一事很愧疚。我既是不入流的山中精怪出身，又非剑修，其实这些年里边，大骊山水一直都在笑话此事，师父不介意，是师父的胸襟，可我若是不介意，就真要坐实了非人的出身根脚。我董谷何德何能，一介山野精怪，就敢当这龙泉剑宗的开山大弟子?!"

他们师父阮邛不是那种拐弯抹角的人，先前在饭桌上，直说了刘羡阳是一位金丹剑修，是如今弟子当中境界最高的人。

虽然关于大师兄一事，阮邛与董谷开诚布公说过一次，如果刘羡阳没来，董谷也会硬着头皮当下去。可既然刘羡阳早就与龙泉剑宗有渊源，境界又高，资质更好，那么这个大师兄的席位，董谷是真心觉得换成刘羡阳更妥当，对于龙泉剑宗更好。

刘羡阳身体前倾，双手搓脸，说道："大师兄要选个稳重的人来当，管着乱七八糟的俗事，然后师弟师妹们就可以安心修行了。董师兄，你觉得我像是个适合当大师兄的人吗?"

董谷说道："总比我好。"

刘羡阳摇头说道："你觉得没用啊。"

董谷无奈道："明白了。"

而后沉默许久，又突然说道："刘师弟，我不知为何，有些怕你。"

刘羡阳点点头道："是因为我去过剑气长城出过剑的关系。加上我如今境界不够，隐藏不深。"

董谷立即恍然，便不再言语，起身告辞。

刘羡阳单手托腮，眺望远方，自己才出几剑，就已经如此，那么他呢?

第五座天下。

一座城池破开天幕，从天而降。

一个老秀才远观此景，既开心，又伤感不已。

开心的是，剑气长城终究留下了这么多的剑道种子，从此香火不绝。

伤感的是，城池落地，让老秀才想起了早年骊珠洞天坠落人间，大概也是这般场景吧。

读书人说道："我剑术确实不如陈清都。"

老秀才笑骂道："你他娘的又不是剑修，就是个连个秀才功名都没有的读书人，这要是剑术还高过陈清都，你让那位老大剑仙的面子往哪儿搁?"

读书人问道："你不去那边看看?"

你一个文圣，偏要与我显摆什么秀才功名，什么道理。

老秀才挠挠头,嘴上说着还是算了吧,眼角余光却瞥向那个被誉为人间最得意的读书人,以及后者手中的那把仙剑。

读书人无奈道:"我立过规矩,不传授剑术予他人。何况这些年轻剑修,也无需我多此一举。至于手中这把剑,迟早是要还给大玄都观的。你那些小算盘打不响。"

老秀才踮起脚尖,瞥了眼远方那座城池,惋惜道:"可惜那座斩龙崖,被老大剑仙炼化成了城池地基。"

读书人问道:"先前两位文庙圣人似乎有话要说,你与他们嘀咕个什么?"

老秀才扬扬自得,捻须笑道:"没啥子没啥子,指点他人学问,我这人啊,这一肚子学问,到底不是某人敝帚自珍的剑术,是可以随便拿去学的。"

读书人说道:"既然你不去城池,那就继续开门去。"

老秀才突然反悔,说道:"一起去我关门弟子的酒铺喝酒去?我请你喝酒,你来结账就行。"

读书人摇摇头。

只见远处那座城池中,有人御剑而起,随便挑选了一个方向,剑光瞬间远去。

那人应该是要尽快了解这方崭新天地的情况。

在御剑途中,就已经从元婴破境跻身上五境。

他问道:"是那宁姚?"

手中仙剑微微颤鸣。

读书人随即点头道:"看来是被剑气长城强行压制在元婴境的缘故。"

老秀才笑得合不拢嘴,道:"我那关门弟子,眼光能差?找先生,是这个!"老秀才竖起一根大拇指,然后再竖起一根大拇指,道:"找媳妇,是这个!"

片刻之后,远处那道剑光似乎就已经与此方天地大道契合,稳固在了玉璞境,故而瞬间拨转剑尖,御剑往老秀才这边来。

读书人手中那把仙剑,作龙鸣声。

如遇故人。

宁姚御剑来到山巅,飘然落地,见到了老秀才。

她没有言语,只是抬起手臂,横在眼前,手背死死贴在额头上,与那老人哽咽道:"对不起。"

老秀才着急得直跺脚,赶紧跑到她身边,虚拍了她几下脑袋,说道:"宁丫头,对不起什么,没有的事情,是陈平安那小子本事不够,怪他怪他,你莫要愧疚啊。真要怪,那也怪不得陈平安啊,咱们都怪陈清都去,屁的老大剑仙,只会把担子交给一个年轻人,再不行,就怪我这个没本事的先生来……"

宁姚已经恢复正常神色,放下手,与文圣老先生告辞一声,让老先生保重。

然后她御剑远去,继续独自探寻这座第五天下的万千山河。

很快这里就会拥入三座天下的修道之人,肯定也会有不少元婴瓶颈的练气士。

而剑气长城的未来处境,除了出剑厮杀,还会有很多的钩心斗角。这些都不是她所擅长的,以前有他在身边,可以不用多想,如今他不在身边,那些人与人之间的尔虞我诈,依旧不会是她所擅长的,但是没关系,昔年在剑气长城,剑修境界不够,喝酒来凑,如今我问心不足,就以境界来凑!

这方天地有何情况,有哪些讲究和规矩,宁姚半句也未曾询问。

读书人点点头道:"不愧是剑气长城的剑修,万年以来,不求于人。"

老秀才一屁股颓然坐地,道:"我那关门弟子,到头来又能求谁,我这先生吗?他那师兄吗?你砍死我算了,我这先生当得窝囊憋屈啊……"

读书人问道:"往哪里砍?"

老秀才立即起身,拍了拍尘土,咳嗽一声,道:"白也啊,你这人咋就开不起玩笑呢,以后得改改啊。"

读书人化作一道剑光,去继续忙碌开门一事,光是为浩然天下南婆娑洲、扶摇洲和桐叶洲,他就要仗剑开辟出三道大门。

落地池当中,宁姚已经御剑且破境,成为这座崭新天下的第一位玉璞境修士。

她今后会领衔隐官一脉,除了她还有避暑行宫董不得、罗真意、徐凝、常太清、郭竹酒、顾见龙、王忻水,以及最新加入其中的范大澈。

所以如今的隐官一脉,总计只有九人,司职掌律一事,监督所有剑修。

而元婴境齐狩负责重建刑官一脉,司职刑法、厮杀,躲寒行宫的那些武夫,以后也会隶属于刑官一脉。

目前所有金丹、元婴境界的剑修,都要自动划入刑官一脉,若想退出,得以后拿战功来换,在那之后,离开城池或开山立派都随意。但是一旦城池飞剑传信,任何胆敢不归之剑修,一律按敌论,皆死。

那个名叫捻芯的女子,身穿一件天仙洞衣样式的法袍,似乎大病未愈,她如今是元婴境,不是剑修,却担任刑官二把手。

城池内开始兴建祖师堂,挂像唯有一幅陈清都的。

此外诸多举措,如衣坊、剑坊和丹坊的重新选址设立,无非是按部就班进行,早有章程可循,故而一切都显得井然有序。

在宁姚率先离城后,隐官一脉其余八位剑修,两人结伴,分别拣选一个方向,向城池以外御剑远游,他们最后需要绘制出一幅地理堪舆图。一旦中途受阻,就会立即飞剑传信齐狩、捻芯负责的刑官剑修要求驰援。

高野侯负责看管一盏本命灯,知晓此事之人,屈指可数。

而从玉璞境跌境的捻芷，离开牢狱，潜入城中，一起来到了这座天下，她身上携带的那块隐官玉牌，按照约定并没有立即交还给隐官一脉。

按照那个年轻隐官的说法，只有两种情况发生了，她才可以拿出这块玉牌示人。

宁姚遇险，或是兵解转世的陈熙尚未成长起来，就被齐狩的刑官一脉夺权。

捻芷独自来到那座酒铺，如今没有掌柜了，大掌柜叠嶂去了浩然天下，二掌柜留在了城头上。

城池刚刚落地没多久，那场大战仿佛还历历在目，所以没什么生意。

捻芷要了一碗哑巴湖酒水，独自饮酒，喝酒之前，她举起不大的小酒碗，遥敬一个年纪也不大的异乡人。

整个雨龙宗上上下下，都懵了。

先是一座倒悬山水精宫，莫名其妙被人拱翻坠入海，练气士们只得狼狈返回宗门。

然后很快就有一位姿容俊美、腰悬养剑葫的年轻男子，御风来到了雨龙宗的一座雨师神像之巅，自称来自蛮荒天下，是个千真万确的妖族，求诸位杀他这畜生一杀。

年轻男子笑脸灿烂，举起双手，表明自己打定主意了，束手待毙，绝不还手。

雨龙宗女子宗主，也就是云签的师姐，带着祖师堂所有修士来到山巅，抬头仰望那个俊美公子。

其中一位雨龙宗长老，以心声与之言语，说雨龙宗与那扶摇洲山水窟老祖，还有那个依附边境身上的前辈，曾有一桩密约。

一座倒悬山，已经飞升离去。雨龙宗修士只要不是瞎子，都能够瞧见的。

而这妖族来到雨龙宗那尊雨师神像之巅，求人杀他，那么剑气长城镇守万年，竟然被攻破了，已是不得不承认的一个事实。

雨龙宗历史上那位最年轻的地仙傅恪，与他两位神仙道侣，一并站在祖师堂前辈们的身后。

那个只说自己是妖族的俊美男子，轻轻一弹指，便将那雨龙宗长老元婴境老妪，当场击杀。

杀完人之后，男子微笑道："长得这么鹤发鸡皮，就当是你这婆娘居心叵测，想要吓杀本座了。哦对了，忘记自报名号，听说你们浩然天下，最重视这个了。"

他一手双指缠绕鬓角垂下的发丝，一手拍了拍腰间养剑葫，笑眯眯道："我叫酒靥。因为生平唯有两好，好美酒，好美人。你们雨龙宗刚好两者都不缺，所以我就先赶来了。这个名字，你们不知道很正常，因为是专门为你们浩然天下取的新名字，以前那个，叫切韵。"

雨龙宗修士听闻"切韵"之名后，几乎都面如死灰。

一只王座大妖。

因为雨龙宗开宗极久，距离倒悬山和剑气长城又近，故而对蛮荒天下的一些内幕，所知颇多。

比如那古井之中的十四王座，除了托月山主人那位蛮荒天下的大祖之外，分别有"文海"周密、游侠刘叉、曜甲、龙君、荷花庵主、白莹、仰止、绯妃、黄鸾。

此外，还有一尊相传被道祖以道法禁锢的金甲神将，肩挑长棍的御剑搬山猿，三头六臂魁梧巨人，以及拥有一根上古雷矛的那个。

只是雨龙宗不知道的是，荷花庵主如今已经陨落。至于其他上五境、地仙大妖，为了攻破剑气长城，这么多年间，更是折损严重。

黄鸾则被阿良联手姚冲道斩杀，黄鸾为蛮荒天下立下的最后功劳，就是拼了大半性命，使得阿良被镇压在托月山之下。

所以托月山先前已经传令给各大军帐，不许任何上五境妖族追捕黄鸾通过本命灯的续命转生。一个被强行兵解之后、空有元婴境的黄鸾，与那稚童无异。至于上五境之下的修士，会不会被大妖授意追杀黄鸾，那就随意了。既然失去境界，也就失去王座，蛮荒天下，强者为尊。

前提是不要给黄鸾活着跑到灰衣老者面前诉苦的机会。

而剑气长城上任隐官萧愻，如今已经是蛮荒天下最新的一位王座成员。

至于现任隐官，既然剑气长城都没了，那么大概也可以称呼为"上任隐官"了，人不人鬼不鬼，倒算是留在了剑气长城。

在大妖酒魔随手杀人之后，就有一些年轻修士悲愤欲绝，怒喊着让祖师堂老人们开启山水阵法。

只是从雨龙宗宗主到祖师堂成员，都置若罔闻。

大妖酒魔视线游弋，将那些发声的雨龙宗修士，一一点杀，一团团鲜血雾气砰然炸开，这里一点，那里一处，虽然间隔极远，可是快啊，故而好似市井迎春，有一串爆竹响起。

他笑道："雨龙宗男修士不多，我很喜欢，接下来谁杀了一位男子，就可以活，等到最后一个男子死了，没杀人的姐姐妹妹们，我可就要杀你们了。当然若是长得好看，属于天生命好，我会怜香惜玉的。所以那些姿色不行的，你们要抓紧，机不可失，失不再来，若是登了山当了神仙的修道之人都爱惜性命，我觉得那就真是不该活着了。"

雨龙宗祖师堂一位供奉女修，开口恳请这只王座大妖不要滥杀，又说了雨龙宗愿意如何如何一通话，然后就被酒魔伸手一抓，将其捉到身前按住头颅，手腕拧转，使得她身躯横空，一掌作刀劈砍而下，将她一分为二，再一张嘴吸气，直接吃下了她的金丹和元婴，最后将手中半截尸体抛入海中。

雨龙宗之上,开始自相残杀,女子杀男子。其中有那道侣杀道侣的,也有不杀帮着道侣阻止同门杀人的,然后一起被杀。

雨龙宗宗主在内的祖师堂成员,都杀了个男子,不多不少,只杀一个。

很快傅恪就发现整座雨龙宗,只剩下他一个男人了。而他的两位神仙道侣,她们都眼神坚毅,护在他身边。

酒魇点头笑道:"你有两个道侣,你亲手杀掉一个,你就能活,如何?但若是她们有人自尽,不算你杀的。"

不等两位女子言语什么,傅恪就已经打杀了其中一人。

然后酒魇点点头,十分满意,一巴掌拍死了傅恪,大笑道:"本座的言语,你也真信啊,你这是叫作蠢死的。"

雨龙宗宗主颤声道:"切韵老祖,为何如此?留着我们,为你们带路不好吗?去南婆娑洲也好,去桐叶洲也罢,有我们率先登岸厮杀……"

酒魇打断那个玉璞境老婆娘的言语,像是听到了一个天大笑话,大笑不已,一根手指抵住眼角,好不容易才止住笑声:"不凑巧,咱们蛮荒天下,就数蝼蚁们的性命最不值钱。你呢,就是大只一点的蝼蚁,若是遇上仰止绯妃她们,倒是真能活的,可惜时运不济,偏偏遇到了我。"

说到这里,他转头望向倒悬山那边,喃喃笑道:"何况这些年与剑气长城的剑修打交道久了,再遇到你们这帮神仙老爷,我……"

这只王座大妖,被一个羊角辫小姑娘一拳打入海中,如山岳砸在水中,激起一阵滔天巨浪。

不等山上雨龙宗女修们有什么错觉,那个小姑娘就在两座山上往返,一拳一大片,将所有地仙悉数打死。

而那只从海中返回雨龙宗的王座大妖,则闲庭信步,挑选那些金丹境界之下的女子的面皮,一一活剥下来,至于她们的死活,就没必要去管了吧。

灰衣老者来到雨龙宗山头这边道:"萧愻,切韵,擅自灭绝整个宗门这种事情,这次就算了,下不为例。"

哪怕犹有一些活人剩下,雨龙宗其实都已经废了。

萧愻双臂环胸,一言不发。

大妖切韵好不容易才从满地破碎尸体当中,挑选出几张相对完整的面皮,这会儿全部收拢在一起,正在小心翼翼缝补自己脸庞,他对灰衣老者躬身笑道:"好的。"

萧愻说道:"拿战功来换,都不成?"

灰衣老者笑道:"当然可以。只要战功足够,随便你杀。"

萧愻突然转头对那切韵说道:"做得好!"

大妖切韵笑而不言,只是缝补脸庞,锦上添花。

日复一日,年复一年。

剑气长城,城头之上。

终于迎来了第一场大雪。

面容、身形逐渐清晰稳固起来的年轻人,此刻站在城头悬崖之上,那件鲜红法袍之下,身上一道几乎切断整个身躯、脊柱的剑痕,正在自行痊愈。

此前,陈平安想要偷摸离开剑气长城些许距离,打杀剑气长城断裂处的那道妖族大军洪流。结果神出鬼没的一袭灰袍瞬间赶到,递出一剑狠狠劈中陈平安,如果不是使用了一项压箱底的秘术,得以返回剑气长城,哪怕陈平安是真的玉璞境,也绝对死了。

陈平安此刻与对面城头的那位龙君遥遥对峙,最终与那龙君什么都没有说,拖刀转身离去。

龙君沙哑开口道:"陈清都就找了你这么个废物,留在这里当条看门狗?"

离真御剑而至,笑道:"可怜可怜,真是不知道,是给剑气长城看门呢,还是帮咱们蛮荒天下看门?"

那个背影只是渐行渐远。

壁画城,挂砚神女画像附近,裴钱找到了那间贩卖神女天官图摹本、临本的小铺子,随着八份福缘都已经失去,铺子生意实在一般,跟自家骑龙巷的压岁铺子差不多的光景。

掌柜是个容貌清秀的年轻姐姐,听师父说过,她虽然不是披麻宗的修道之人,却与庞兰溪是一双少见的神仙眷侣。

裴钱便有些担忧,那庞兰溪是驻颜有术的山上剑修,山下女子却只能年复一年容颜衰老下去,便是有些灵丹妙药,也终有白发苍苍的一天,到时候她怎么办?哪怕两人始终长久厮守,庞兰溪毫不介意,可她终究还是会偷偷伤心吧。裴钱挠挠头,不如记住这位姐姐的面容,回去就让老厨子打造一张一模一样的?只是裴钱又担心自己会不会多此一举,唉,烦,师父在就好了。

宝盖、灵芝、春官、长襬和俗称仙杖的斩勘,这五位神女是师父上次来到这壁画城之前,就已经从彩绘壁画变成白描图的,师父往鬼蜮谷之后,挂砚、行雨、骑鹿三位神女,才纷纷选择了各自的主人。当时裴钱和周米粒就都替陈平安很打抱不平,那三位神女咋个回事嘛,年纪大了眼神也不好使啦?只是不知为何,裴钱发现师父当时有种如释重负的表情,笑得还挺开心呢。

裴钱来这边就是凑个热闹,除非她砸锅卖铁,否则是绝对买不起这边的神女图的。

至于李槐就更算了,彻头彻尾的穷光蛋一个,身上连一枚神仙钱都没有,只带了些碎银子,跟着舵主混吃混喝。

不过没关系,裴钱打算在这边做点小买卖,下山前与披麻宗的财神爷韦雨松打过招呼了,韦前辈答应她和李槐,如果在壁画城这边当个小包袱斋,可以不用交钱给披麻宗。

跟那个温婉可人的姐姐道别,裴钱带着李槐去了一个人多的地方,找到一块空地。裴钱摘下竹箱,从里边拿出一块早就准备好的棉布,摊放在地面上,将两张黄纸符箓放在棉布上,然后丢了个眼神给李槐,李槐立即心领神会,将功补过的机会来了,被裴钱穿小鞋的危机算是没了,好事好事,所以立即从竹箱取出那件仙人乘槎青瓷笔洗,率先放在棉布上,然后就要去拿其余三件,当时两人对半分账,除了这只青瓷笔洗,李槐还得了一张仿落霞式古琴样式的小镇纸,和那一只暗刻填彩的绿釉地赶珠龙纹碗。狐狸拜月图,装有一对三彩狮子的文房盒,还有那方仙人捧月醉酒砚,都归了裴钱,她说以后都是要拿来送人的。砚台留给师父,因为师父是读书人,还喜欢喝酒。至于拜月图就送小米粒好了。文房盒给暖树姐姐,她可是咱们落魄山的小管家和小账房,刚好用得着。

至于那一大摞符纸和那根红绳,裴钱要了数目多的符纸,李槐则乖乖收起那根裴钱嫌弃、他其实更嫌弃的红绳。一个大老爷们要这玩意儿干吗。

不承想裴钱瞪了一眼李槐,怒道:"傻不傻,咱们像是大富大贵人家出来的人吗?你一口气拿出这么多宝贝,谁信啊?往脑袋上贴一张'千真万确是假货'的纸条吗?两张符箓,一件青瓷笔洗,足够了!"

最后裴钱和李槐蹲在棉布摊子后边,这个刚刚开张的小包袱斋,其实就卖两样东西,两张坑人不浅的鬼画符箓,一件仙人乘槎青瓷笔洗。

路上行人多是瞥了眼符箓、笔洗就走开。

李槐小声问道:"要不要我帮着吆喝几声?"

"急什么,没你这么做买卖的。"

裴钱双手笼袖蹲在原地,冷笑道:"本来确实是需要帮手的,做这种不设帐、只摆浮摊的流水买卖,其实跟江湖上挑方卖药差不多的,门路没有设帐安山头的生意那么多,但是也不少。如果咱们人多,可以撒出帖子去,先拉拢人气,等看客多了,还得有挑线头的人,怀疑咱们是卖假货的,然后一问一答,口齿伶俐些,很快就可以把看客们的疑虑打杀干净,再有做那领头羊活计的,穿要精神,谈吐要像真的有钱人,藏在人群当中,得故意离着旁人远些,由他开口扬言都要买下……算了,说这些没意义,我身边就你一个笨蛋,只会帮倒忙,接下来你在一旁看着就是,你唯一的好处就是口音,回头再跟你仔细解释。"

裴钱停顿片刻,神色复杂,轻声说道:"最厉害的一种,是一个人就把所有活计包圆了，那才是江湖上顶有能耐的人，到了哪里都饿不死，还能挣大钱。但是这种人走江湖，规矩忌讳也多，比如绝对不挣那绝户钱，打个比方，被骗了的人要是兜里原本有十两银子，最后一定会给这人留下一二两银子。除了老辈规矩之外，还藏着大学问，一旦给人留了退路，被骗之人往往不至于太过仇恨，可以不结死仇。不过这种人很少很少，我也只是听人说过，从没见过。"

李槐感叹道："裴钱，这些江湖暗门生意，你懂得真多啊。"

在落魄山上，裴钱不这样的。到了江湖里，裴钱好像如鱼得水，什么规矩路数都门儿清。

裴钱沉默许久，才道："没什么，小时候喜欢凑热闹，见过而已。还有，你别误会，我跟在师父身边一起走江湖的时候，不看这些，更不做。"

当年南苑国京城的那个小江湖，光靠蹭那些红白喜事，可活不下去。

后来跟了师父，她就开始吃喝不愁、衣食无忧了，可以惦念下一顿，甚至明天大后天可以吃什么好吃的，哪怕师父不答应，终究师徒兜里是有钱的，而且都是干净钱。

裴钱对李槐说道："记住了，这两张符箓，我们咬死了一枚小暑钱的价格，就说是你门派祖传的镇山宝箓，是一等一的攻伐法宝！你师父过世后，就传给了你这独苗，因为你急需一笔钱财，去骸骨滩奈何关集市那边碰运气，不然打死都不买的。谁跟我们讨价还价，都别理睬，你只管摇头，至多说不卖，真不能卖，至于那只青瓷笔洗，本来就不值一枚雪花钱，不单卖，若是买下符箓，可以附赠。"

李槐瞥了眼那两张符箓，咋舌道："这两张破烂符箓，开价一枚小暑钱？傻子都不会买吧？还有这笔洗，咱们可是实打实花十枚雪花钱买来的。"

裴钱一直在打量四周游客，冷笑道："你连个傻子都不如。这笔洗是虚恨坊开价十枚雪花钱的山上物件，哪怕我们被坑，四五枚雪花钱，总归是肯定有的。我故意说成一枚雪花钱都不值，为了什么？就为了显得咱俩是冤大头，有这笔洗可以让人捡漏，关键是能帮衬着两张符箓，除非真正的行家里手，一般人只会越发不敢确定符箓的品秩了，到时候肯定会有人故意嫌弃，又返回，到时候我们还是不卖，等到第三次的时候，我就开始劝你，你就犹豫，随便嘀咕些对不起师父之类的。"

李槐郁闷道："为啥非得是我师父过世了？"

裴钱气呼呼拿起行山杖，吓得李槐连滚带爬跑远了。

等到李槐小心翼翼挪回原地蹲着，裴钱气不打一处来："傻了吧唧的，我真有师父，你李槐有吗?!"

"再有这北俱芦洲的雅言，你如今还说得不太好，所以正好'假扮'自幼离乡的本地人，一个这么点大年纪的人，却能够乘坐骸骨滩跨洲渡船，从东宝瓶洲返回家乡这边，身上有一两件宝贝，不是很正常吗？撑死了几十枚雪花钱的买卖，还不至于让山上神仙谋财害命,真要有,也不怕,这里毕竟是披麻宗的地盘。如果是那些江湖中人,我万一打不过,咱们就跑呗。"

半个时辰过去了,李槐蹲得腿脚泛酸,只得坐在地上,一旁裴钱还是双手笼袖蹲原地,纹丝不动。

许多游人都是一问价格就没了想法,脾气好点的,二话不说就离开,脾气差点的,骂骂咧咧都有的。

李槐觉得,今天与裴钱的这桩包袱斋买卖悬乎了,一时间越发愧疚,若不是自己在渡船虚恨坊那边乱买一通,裴钱就不用这么辛苦了。

裴钱说道:"再等半个时辰,不行就赶路。师父说过,天底下就没有好做的包袱斋,卖不出去,很正常。"

又是半个时辰过去了,李槐只好在心中默默念叨着天灵灵地灵灵,三清神仙菩萨圣人快显灵……

一位高冠白衣的老修士瞥了眼包袱斋,走出去几步后,停下脚步,来到棉布那边蹲下身,就要伸手去抓起一张黄纸符箓,裴钱赶紧弯腰伸手挡在符箓上,摇头道:"碰不得。只能看。老前辈你们这些山上神仙,术法古怪得很,害人之心不可有,防人之心不可无,前辈你恕罪。"

老人笑着点头,随手以双手捧起一旁的青瓷笔洗,裴钱这次没有阻拦,将关于李槐的那套说辞又抖搂了一番,老人听着裴钱的言语,心不在焉,晃了晃手中笔洗,然后轻轻丢到棉布上,指了指那两张黄纸符箓,笑问道:"两张多少钱?"

老人身边跟着一对年轻男女,都背剑,最出奇之处,在于金黄剑穗还坠着一粒雪白珠子。

裴钱说道:"一枚小暑钱,少了一枚雪花钱都不行。这是我朋友性命攸关的神仙钱,真不能少。买下符箓,笔洗白送,就当是交个朋友。"

李槐在一旁绷着脸。

只见那裴钱说这番言语时,她额头竟然渗出了细密汗珠子。她这是假装自己不是江湖人,故作江湖语?

老修士问道:"五十枚雪花钱卖不卖?"

裴钱反问道:"前辈,没你老人家这么做买卖的,若是我将笔洗劈成两半,卖你一半,买不买?"

老修士哑然失笑,说道:"一枚小暑钱?好吧,我买下了。"

裴钱突然说道:"我不卖了。"

老修士抬起头,笑问道:"这又是为何?是想要抬价,还是真心不卖?"

裴钱说道:"真心不卖。"

老修士笑了笑："是我太豪爽，反而让你觉得卖亏了符箓？"

裴钱点头。

老修士站起身，走了。

李槐挪到裴钱身边，道："裴钱，裴大舵主，这是闹哪样？"

裴钱抬起下巴，点了点那只青瓷笔洗，道："他其实是奔着笔洗来的。而且他是外乡人，北俱芦洲雅言说得再好，可终究有几个发音不对，真正的北俱芦洲修士，绝不会如此。这种跨洲远游的外乡人，兜里神仙钱不会少的，当然我们例外。对方不至于跟我们逗乐，是真想买下笔洗。"

李槐好奇道："甭管奔着什么来的，只要卖出一枚小暑钱，咱们不就把被虚恨坊坑的神仙钱全赚回来了。"

裴钱收起包袱斋，将那笔洗还给李槐，胸有成竹说道："急什么，收起铺盖立即走人，咱们慢些走到壁画城那边，他们肯定会来找我们的，我得在路上想个更合适的价格。卖不出去，更不怕，我可以笃定那青瓷笔洗能值个一枚小暑钱了，迟早是我们的囊中之物。"

李槐将笔洗包裹起来，放入自己竹箱，忧伤道："裴钱，你这么聪明，不会哪天缺钱花，就把我都给卖了吧？"

裴钱淡然说道："做生意是做生意，交朋友是交朋友，两回事。你除了是我朋友，还是我师父照顾那么久的人，落魄山之外，我裴钱哪怕谁都敢卖了换钱，唯独不会卖你。"

李槐笑了起来。

裴钱瞥了眼李槐，道："有什么值得高兴的？"

裴钱与李槐走向壁画城入口，跟李槐提醒道："有些偏门钱，其实是靠赌命去挣来的。可是一个人运气再好，能赢过老天爷几次？ 当然，真要活不下去的时候，就顾不得什么了。但是咱们当包袱斋，不算偏门，也别挣那绝户钱。你李槐凭真本事被虚恨坊坑了一枚木牌，我裴钱就要凭真本事挣回一枚小暑钱。"

李槐直挠头，心念舵主的小账本重出江湖了。

李槐开始转移话题："想好价钱了吗？"

"想好了，一枚谷雨钱。"

李槐呆若木鸡道："咱俩这么做买卖，会不会心太狠了？"

裴钱说道："既然已经不是先前的包袱斋，就可以漫天要价坐地还钱了。那老人性情如何，只需要看他身边那对男女就清楚了，先前我与老人砍价来算计去，那对男女都只是觉得有意思，眼神都很正，人以群分，所以老人坏不到哪里去。真要是那城府深沉的阴险之徒，就只能怨我裴钱眼光不好，得怨我们两个不该来这壁画城当包袱斋，不该来这北俱芦洲走江湖。"

李槐笑道："我可不会怨这些有的没的。"

裴钱点头道："所以我才带上你一起走江湖。"

李槐双手抱拳，侧身而走道："谢过舵主大人的赏识。"

裴钱道："滚。"

李槐笑着说了声"得令"，与裴钱并肩而行。

裴钱说道："江湖水深，如果哪天真有危险，我让你一个人走的时候，记得别犹豫。"

李槐默不作声。

裴钱说过她是六境武夫，李槐觉得还好。当年游学途中，于禄比如今的裴钱年纪还要更小些，好像早早就是六境了。到了书院没多久，为了自己打过那场架，于禄又跻身了七境。之后书院求学多年，偶有跟随夫子先生们出门远游，都没什么机会跟江湖人打交道，所以李槐对六境、七境什么的，没太大概念。加上裴钱说自己这武夫六境，就从没跟人真正厮杀过，与同辈切磋的机会都不多，所以小心起见，打个折扣，到了江湖上，与人对敌，算五境好了。

李槐闷闷说道："不会的，郑大风总说我是个有福气的，走路不踩狗屎都不叫出门，所以这次咱们走江湖，运气一定差不到哪里去的。"

李槐突然笑容灿烂起来，颠了颠背后竹箱，道："瞧瞧，我箱子里边那只青瓷笔洗，不就是证明吗？"

裴钱问道："每次出门踩狗屎，你很开心？"

李槐无言以对，而后一咬牙，轻声说道："裴钱，咱俩商量个事呗，那只青瓷笔洗，能不能不卖啊，我想送给我姐，她在狮子峰给老仙师当不记名的外门弟子呢，其实就是给人当丫鬟，我娘亲和姐都不好意思说罢了。我家穷，我姐当年肯定都没给出像样的拜师礼，我姐其实对我挺好的，娘亲又打小偏心我，我姐也从不生气……"

李槐已经做好了被裴钱打一顿的心理准备。

不承想裴钱说道："行了行了，当然可以。那只青瓷笔洗本来就是你的东西，就算一枚谷雨钱卖出去了，我也不会挣一枚铜钱，你自己乐意，我拦着你做什么。"

李槐有些措手不及，正要说话，裴钱白眼道："滚。"

李槐笑道："好嘞。"

沉默片刻，又问道："为啥？"

裴钱想起自己小时候，在埋河碧游府的一件小事。

有些事情，有些物件，根本就不是钱不钱的事情。

裴钱却没跟李槐说什么。

果不其然，裴钱和李槐在壁画城门口等了片刻，那位老人便来了。

裴钱抱拳作揖，道："老前辈，对不住，那笔洗真不卖了。"

老修士看着这个眼神清澈的小姑娘，虽然有些奇怪，但仍是点头，以心声笑言道："小姑娘，符箓值不值钱，你我心知肚明，不过那仙人乘槎笔洗，确实能值两三枚小暑钱，妙处不在瓷胎，在那底款上边，那几个字很值钱。以后你与朋友再当那包袱斋，莫要贱卖了。当然也要小心旁人起歹意。最好还是在壁画城、龙宫洞天、春露圃这些大山头售卖此物，扣去仙家渡船的开销，总归是有赚的。"

裴钱犹豫了一下，笑问道："能问老前辈道号、门派吗？以后有机会的话，我们想要登门拜访。"

老修士笑着摆手，打趣道："江湖偶遇，莫问姓名，有缘再会。何况小姑娘你不是早就猜出我别洲人氏的身份了吗？所以这客气话说得可就不太诚心了啊。"

裴钱看着老人，猛然抱拳，聚音成线，与老人沉声道："武夫裴钱，与前辈就此别过！"

老人愣了愣，开怀笑道："好！"

李槐看着此时此地仿佛有些陌生的那个裴钱，有些羡慕，还有些神往。

老修士带着两位弟子，登上披麻宗祖山，在那座半山腰的挂剑亭短暂休歇。

老修士笑道："想问就问吧。"

女子问道："师尊，那少女是位纯粹武夫？几境了？"

老修士想了想，抚须而笑，眺望山脚不远处的那条摇曳河，只说了两个字，答非所问："也怪。"

韦雨松亲自来到挂剑亭，抱拳笑道："恭迎上宗纳兰祖师爷。宗主在青庐镇，晏肃在神女图那处仙家遗址指点嫡传庞兰溪剑术，来不了。剩下那位，估计只要听说纳兰祖师爷来了，哪怕到了山脚，也会立即掉头远游。"

老修士笑道："都无所谓，只要你别跟我谈钱，没有的。"

韦雨松哦了一声，道："那我走了。"

老修士招手道："别走啊，坐下聊会儿，此处赏景，心旷神怡，能让人见之忘钱。"

韦雨松笑着落座，那两个年轻男女，纷纷向这位下宗财神爷行礼，韦雨松一一还礼。

老修士问道："我瞧见了个手持行山杖、身背竹箱的小姑娘，叫裴钱，也不知道真假，多半是真的吧，你可认得？"

韦雨松笑道："她啊，确实叫裴钱，是咱们竺宗主刚认的干女儿。"

老修士微笑道："难怪。"

骸骨滩辖境内，有一条南北向的大河，不枝不蔓，没有任何支流溪涧，在整个浩然天下都十分罕见。

裴钱接下来要去那座摇曳河祠庙，拜见一下那位薛河神，因为师父以前说过，那位河神于他有恩，虽然他当时没有领情，但是这位河神算是当之无愧的山水神灵，只要路过了,都应该烧香礼敬,至于是不是山上秘制的山水香,没有关系。裴钱当然不会自报名号,去祠庙里边默默烧香就行。严格意义上说,摇曳河祠庙一直是座淫祠,因为不曾被任何一座朝廷正式封正,也未被儒家书院钦点。

相距祠庙约莫六百里,身边还有个李槐,有得走。

去祠庙烧香之后,沿着摇曳河一路北上,就是鬼蜮谷的入口处牌楼了,裴钱远远看一眼就成,至于那座奈何关集市,倒是可以带着李槐逛一逛。

李槐开始惦念那些壁画城神女图的廊填本套盒,瞧着真是好,一个个都比他姐长得漂亮多了,不愧是画中神女。也就是没钱,不然一定要买一套,分成两份,分别送给药铺的老头子和那个曾经背着自己乱逛荡的郑大风,让俩光棍过过眼瘾,也是好的。

摇曳河水面极宽,水运浓郁,给人看河如观湖之感,没有一座渡桥。裴钱这边道路有两条,小路临河,十分幽静,大路之上,车水马龙。裴钱和李槐都手持行山杖,走在小路之上,按照师父的说法,很快就可以遇到一座河边茶肆,三碗阴沉茶,一枚雪花钱起步,可以买三碗阴沉茶,那掌柜是个惫懒汉,年轻伙计则脾气不太好,掌柜和伙计人都不坏,但出门在外,还是要小心。

裴钱抬头看了眼远方,见那七彩云海,大概就是所谓的祥瑞气象了,云海下方,应该就是摇曳河水神祠庙了。

裴钱随口问道:"李槐,瞧得见那边的云彩吗?"

李槐顺着裴钱手指的方向,点头道:"瞧得见啊,一大片的彩色祥云嘛,我可是正儿八经的书院读书人,当然知道这是一方神灵的功德显化。"

裴钱看了眼李槐。

李槐问道:"干吗?"

裴钱犹豫了一下,轻声问道:"你是练气士了?"

李槐嘿了一声:"我倒是想啊,学那林木头和不客气,能够风里来雨里去的,多神仙。"

话里说的自然是那林守一和谢谢。

裴钱想了想,最终还是没有去"仔细看一看"李槐。

师父叮嘱过的事情,师父越是不在身边,自己这个开山大弟子越要守规矩,就跟抄书一样。

李槐说道:"裴钱,你当年在书院耍的那套疯魔剑法,到底啥时候能够教我啊?"

裴钱黑着脸,道:"我不会什么疯魔剑法。"

李槐嘀咕道:"不愿意教就不愿意教呗,恁小气。我和刘观、马濂都眼馋这套剑术很多年了,真不怕寒了众将士的心。"

裴钱置若罔闻,心中嘀咕,也不知道陈灵均走江如何了。

其实先前陈灵均到了骸骨滩之后,下了渡船,就根本没敢逛荡,除了山脚的壁画城,什么摇曳河祠庙、鬼蜮谷,全部敬而远之,想着在北俱芦洲没靠山,于是直奔披麻宗木衣山去了。当然,陈灵均下山的时候,才发现自己靠山有点大,竟是宗主竺泉。那位竺姨,模样一般,可是热情啊。至于如今的陈灵均,已经做贼似的,小心翼翼绕过了崇玄署云霄宫,继续往西而去,等到了大渎最西边,陈灵均才真正开始走江,最终沿着大渎重返春露圃附近的大渎入海口。

竟然有两处入海口,济渎之怪,远胜裴钱身边这条不枝不蔓的摇曳河。

师父果然从不骗人,有那河边茶摊卖那阴沉茶,客人挺多。

裴钱犹豫了一下,在纠结要不要阔绰一回,她出门前,老厨子要给她一枚小暑钱和三百枚雪花钱,说是压钱袋子的神仙钱,落魄山每位弟子出门,都会有这么一笔钱,可以招财运的,但是裴钱没敢多要,只拿了五枚雪花钱,不同于以往落入她口袋的神仙钱,每一枚都有名字,都算是在她那小小"祖师堂"上边记录谱牒了,而这五枚雪花钱既然没在她这边安家,没名没姓的,那就不算离家出走,花销起来不会让她太伤心,所以裴钱与李槐说道:"我请你喝一碗阴沉茶。"

李槐说道:"算了吧,太贵了。"

裴钱说道:"那你就看着我连喝三碗。"

李槐只得陪着裴钱去落座,裴钱给了一枚雪花钱,年轻伙计端来三碗摇曳河最著名的阴沉茶,毕竟是披麻宗经常拿来"待客"的茶水,半点不贵。

李槐拿过其中一碗茶水,感觉自己每一口都在喝金子银子,一边心疼一边享福,所以喝得慢。

裴钱三两口就喝完一碗阴沉茶,第二碗才慢慢喝。

裴钱转头望向那条摇曳河,怔怔出神。

这才刚到北俱芦洲,就很想念落魄山了。

喝过了阴沉茶,继续赶路。

一口气走出数十里路之后,裴钱问道:"李槐,你没觉得走路累?"

李槐手持行山杖拂过芦苇荡,哈哈笑道:"开什么玩笑,当年去大隋求学的一行人当中,数我年纪最小,最能吃苦,最不喊累!"

裴钱想了想,随他去。

两人都是打小就走惯了山水的,所以在摇曳河畔风餐露宿,早已习以为常。

终于到了那座香火鼎盛的摇曳河祠庙,裴钱和李槐花钱买了三炷寻常香,在大殿外烧过香,见到了那双手各持剑锏、脚踩红蛇的金甲神像。

河神老爷的金身神像极高,竟是比家乡铁符江水神娘娘的神像还要高出三尺,再加一寸半。

裴钱记性一直很好。

所有的人事、景物，被她过目之后，不想就等于全然忘记，想起就能清晰记得。

河神祠人头攒动，香客如织，裴钱跟李槐在人流当中，很不显眼。裴钱和李槐跨出大殿门槛后，继续往后走，河神祠占地广袤，殿阁众多，可以逛的地方不少，裴钱在路上皱了皱眉头，让李槐快步跟上，然后裴钱以行山杖开道，站在了一个精悍少年和一个老叟之间，后者牵着个小女孩。老人正在为孩子讲述这摇曳河祠庙的种种奇闻逸事，那少年被一根青竹行山杖撞开了手臂，并不吃疼，但是被坏了好事，见那消瘦少女始终站在老翁和自己之间，他笑了笑，竟是走到了老人前边，裴钱上前一步，轻轻一撞少年肩头。

那少年身形不稳，横移数步后，龇牙咧嘴，见那微黑少女停下脚步，与他对视。

少年咧嘴一笑："同道中人？"

他往前缓缓而走，那个手持绿竹、身背书箱的少女就与他好像并肩而行。

裴钱轻声说道："先前你已经从一位富家翁身上得手了那袋银子，可看这老人风尘仆仆的样子，还有那双靴子的磨损程度，就知道身上那点钱财，极有可能是爷孙两人烧香许愿后，仅剩的返乡车马钱，你这也下得了手？"

少年笑道："你管得着吗？兜得住吗？既然是同行，那你就该知道，老子既然能够在这边开灶，肯定是有靠山的。信不信出了这祠庙，你走不出十里地？晓不晓得这条摇曳河里边的鱼儿为何个头大？吃人吃饱的！"

裴钱继续说道："看你摸东西的手法，既然都能够在人身前偷东西了，就根本不会缺银子，在这摇曳河祠庙里边，你就算不积德行善，偷那富人的金银首饰也就罢了，可你总不能太缺德，偷些极有可能关系人性命的钱财吧？"

少年说道："你是铁了心要坏我好事？"

"坏你好事？偷鸡摸狗，自己心里没数，好坏不分吗？"裴钱说道，"举头三尺有神明，你小心薛河神真的'水神发火'。"

少年嗤之以鼻："走着瞧。我在门外等你，我倒要看看你能在这里躲多久。"

裴钱点头道："试试看。"

李槐一头雾水跟在裴钱身后。

见那精悍少年冷笑着转身离开，裴钱还提醒道："进了道观寺庙烧香，尽量少走回头路。"

少年呸了一声，快步离去。

李槐问道："蟊贼？"

裴钱点头道："年纪不大，是个老手。"

李槐担忧道："看样子那家伙是要堵咱们的门，咋办？这座河神祠有没有侧门可走?"

裴钱摇头道:"没事,对方不敢在祠庙门口闹事,只会挑选摇曳河僻静处动手。到时候我们不走临河小路,走那大路。"

后殿那边一幅黑底金字楹联,对联的文字内容,被师父刻在了竹简之上,以前晒竹简,裴钱看到过。

心诚莫来磕头,自有阴德庇佑。为恶任你烧香,徒惹水神发火。

裴钱双手合十,心中默念。

李槐站在一旁,只是觉得楹联内容有趣。难怪先前裴钱劝诫那少年,小心水神发火。

两人离开祠庙后,一路无事,赶在入夜前到了那座渡口,因为按照规矩,舟子们入夜就不撑船渡河了,说是怕打搅河神老爷的休憩,这个乡俗流传了一代又一代,后辈照做就是。

病重求医,士子赶考,投河自尽,这三种人,渡船舟子一律不收钱。第一种,是不能收,伤阴德;第二种,是积攒香火情;最后一种,则是不敢收。

裴钱眯起眼,来了。

裴钱瞥见远处一伙人,看样子是在守株待兔,其中那少年正对自己指指点点,七八个青壮汉子大步走来,一人身材高大,捏着拳头,咯吱作响,瞅着挺吓人的。

裴钱对李槐说道:"站在我身后。"

李槐说道:"赔礼道歉送钱,摆平不了?"

裴钱说道:"摆平不了,混江湖的要面子,面子比钱值钱,不是光讲虚名,而是很多时候真的能换钱。何况也不该这么摆平,这根本就不是什么可以破财消灾的事。"

李槐说道:"那我能做啥?"

裴钱道:"万一我打不过,你就自称是涌金书院的读书人,对方肯定不信,但是动手揍你,估计会收着点气力,怕把你打死。"

李槐说道:"那你小心些,一旦吃不住疼,就换我来顶上。"

这场风波,其实归根结底是因为裴钱多管闲事才招来的麻烦,但是对李槐来说,他不会有此念头,更不会埋怨裴钱。

一伙人将裴钱李槐围起来,那少年煽风点火道:"就是这个不知天高地厚的小丫头片子,坏了我在祠庙的一桩大买卖,要是得手最少该有个二十两银子,我报上咱们的帮号要她识趣点,她竟然还扬言要将我们一锅端了,说自己会些实打实的拳脚功夫,根本不怕咱们的三脚猫把式。"

那为首汉子一巴掌推开那伶俐少年,对那少女笑道:"小丫头,你的拳脚果真如此厉害?"

骸骨滩，摇曳河，历来多神仙游历至此，奇人异士极多。

只不过眼前这两个背竹箱的，就算了吧。

裴钱摇头道："半点不厉害。"

她随即补充了一句："但是你要问拳，我就接拳。"

四周哄然大笑。这个瘦瘦小小的少女，脑子好像不太好使。

那汉子快步向前，靴子挑泥，尘土飞扬，砸向那少女面门。小姑娘反正长得不咋的，那就怪不得大爷不怜香惜玉了。

裴钱纹丝不动，挨了那一拳。

那汉子出拳一手负后，点头道："我也不是不讲江湖道义的人，今天就给你一点小教训，以后别多管闲事。"

汉子大手一挥，喊人离开。

那些刚刚开始喝彩的家伙，被大哥这么一个折腾，都有些摸不着头脑，尤其是那少年没能瞧见微黑少女倒地不起，更是大失所望，不晓得自家大哥的葫芦里，今儿到底在卖什么药。

等到走出数十步之后，那少年壮起胆子问道："大哥?"

那汉子满头大汗，左手捂住右腕，浑身抖索，满脸痛苦神色，颤声道："碰上硬、硬钉子了，老子手……手断了，你个害人精，给老子等着……"

那少年心中叫苦不迭。

众人一个眼花，那背竹箱的少女已经拦住去路，以行山杖拄地，与那双手立即负后的汉子沉声说道："家有家法、门有门规，蛇有蛇道、鼠有鼠路，你们小绺有小绺的路数，我不知道骸骨滩这边风俗如何，但是寺庙道观之内不行窃，我家乡那边历来如此，不然就会是一辈子只有他人半辈子的下场。先是你手底下的人，在河神祠庙内偷那恐误人性命的钱财，然后是你那一拳，若是寻常女子，一拳下去，重伤不说，还要坏了面容，你那一拳，更不合规矩。哪怕是江湖武夫相互问拳，年长者与晚辈切磋，第一拳都不该如此心狠，对，拳术不精，关键是心狠。"

裴钱自顾自点头道："好了，我已经将清楚了道理，可以放心出拳了。"

一个肌肤黝黑、身材敦实的老舟子，不知何时站在不远处，笑道："小姑娘，出拳悠着点，小心打死人，骸骨滩这边是没什么王法约束，可毕竟是在河神祠庙周边，在薛河神的眼皮子底下，闹出人命终究不好。"

裴钱转头望向那个老者，皱眉道："偏袒弱者，不问道理?"

老舟子摆手道："又没拦着你出拳，只是提醒你出拳轻点。"

裴钱问道："这话听着是对的。只是为何你不先管管他们，这会儿却要来管我?"

老舟子咧嘴笑道："呦，听着怨气不小，咋的，要向我这老船夫问拳不成? 我一个撑船的,能管什么？小姑娘,我年纪大了,可经不住你一拳半拳的。"

裴钱对那断了手腕的汉子说道:"滚远点,以后再让我发现你们恶习不改,到时候我再还你一拳。"

一伙人拼命狂奔离去。

因为身后那边的双方,老舟子和少女,看架势,有点神仙打架的苗头了。

老舟子就要离去。

裴钱自言自语道:"师父不会有错的,绝对不会! 是你薛元盛让我师父看错了人!"

裴钱摘下书箱,再将那行山杖丢给李槐,怒喊道:"河神薛元盛,你给我站住!"

她小时候几乎每天游荡在大街小巷,只有饿得实在走不动路了,才找个地方趴窝不动,所以她亲眼见过很多很多的"小事",骗人救命钱,卖假药害死原本可活之人,拐卖那京畿之地街巷中落单的孩子,让其过上数月的富贵日子,引诱其去赌博,便是爹娘亲人寻见了,带回了家,那个孩子都会自己离家出走,重操旧业,哪怕寻不见当初领路的"师傅"了,也会自己去操持营生。将那妇人女子坑入窑子,再偷偷卖往地方,或是女子觉得没有回头路可走了,合伙骗那些小户人家一辈子积蓄的彩礼钱,得了钱财便偷跑离去,若是被拦阻,就寻死觅活,或是干脆里应外合,一不做二不休……

可那南苑国京城,当年是真的没有什么山水神祇,官府衙门又难管,也就罢了。而这摇曳河水域,这河神薛元盛什么瞧不见? 什么不能管?!

那老舟子心中微震,不承想被一个小小年纪的纯粹武夫看穿身份,老人停下脚步,转身望向那个少女,笑呵呵道:"小姑娘,你拳法肯定不俗的,应该是出身仙家豪阀吧,可这江湖底层事,尤其是幽明有异、因果报应的诸多规矩,你就不懂了。世事人情复杂,不是非黑即白的。"

裴钱默不作声,只是缓缓卷起袖子。

李槐突然说道:"薛河神,她未必全懂,但是绝对比你想象中懂得多。恳请河神好好说话,有理慢慢说。"

李槐笑容灿烂起来:"反正薛河神是个不爱管闲事的河神老爷,那肯定很闲了。"

老舟子倒是半点不生气,只是与两个孩子说那些玄之又玄的复杂事,他薛元盛还真不太乐意,所以笑道:"多管闲事就要有多管闲事的代价,那帮人以后应该会收敛许多,小姑娘有理有拳,当然是你该得的,然后你觉得我这摇曳河水神,处事不公……行吧,我站着不动,吃你一拳便是。打过之后,我再来看小姑娘有无继续与我讲理的心气。若是还有,我就与你细说,不收钱,撑船载你们过这摇曳河,到时候可以说上不少,慢慢说。"

裴钱神色冷漠,一双眼眸寂然如渊,死死盯住那个摇曳河水神,逼问道:"薛元盛,你是觉得'见多了,就这样吧',对不对?!"

李槐对裴钱轻声说道："裴钱，别走极端，陈平安就不会这样。"

裴钱没来由地勃然大怒，一身拳意如大瀑倾泻，以至于附近摇曳河都被牵引，激荡拍岸，远处河中渡船起伏不定。

薛元盛不得不立即运转神通，镇压附近河水，摇曳河内的众多鬼魅精怪，更是宛如被压胜一般，瞬间潜入水底。

她咬牙切齿道："所以天底下就只有师父一人，是我师父！"

裴钱微微弯腰，一脚踏地，以神人擂鼓式起手。

拳架大开，山河变色，以至于摇曳河极上游的数座武庙，几乎同时金身颤动。

薛元盛愕然。

这是要破境？以最强二字，得天下武运?!

裴钱对那老舟子淡然道："我这一拳，十拳百拳都是一拳，若是道理只在拳上，请接拳！"

李槐总觉得裴钱有点不对劲了，就想要去阻拦裴钱出拳，但是步履维艰，竟是只能抬脚，却根本无法向前走出一步。

李槐竭力喊道："裴钱，你要是这么出拳，哪怕咱俩朋友都做不成了，我也一定要告诉陈平安！"

裴钱喃喃哽咽道："我师父可能再也不会回家了。"

失魂落魄的少女，一身汹涌拳意却是始终在暴涨。

摇曳河水神祠庙那座七彩云海，开始聚散不定。

薛元盛苦笑不已，好嘛，扯犊子了。怎么感觉那小姑娘一拳下来，金身就要碎裂？完全没道理啊，除非……

除非这个小姑娘破境，武运在身，然后转瞬间再……破一境！就么稀里糊涂地一鼓作气，连破两境，跻身了远游境？

薛元盛觉得自己这河神，应该是脑子进水了。

可是眼前这份天地异象，骸骨滩和摇曳河历史上确实从未有过。

李槐伤心道："陈平安回不回家，反正裴钱都是这样了。陈平安不该收你做开门大弟子的，他这辈子最看错的人，是裴钱，不是薛元盛啊。"

裴钱突然转头骂道："放你娘的臭屁！"

满头汗水的李槐，伸手绕到屁股后头，点头说道："那我憋会儿啊，你闻闻看，香不香，陈平安次次都说可香可香。"

裴钱没来由想起一事，昔年远游路上，山谷小路间，她虚握拳头，询问朱敛和石柔想不想知道她手里藏了啥，朱敛让她滚蛋，石柔翻了个白眼，然后她师父给她一个栗暴。

在那之前，她问问题，师父回答问题。

"师父,这叫不叫君子不夺人所好啊?"

"我啊,距离真正的君子,还差得远呢。"

"有多远? 有没有从狮子园到咱们这儿那么远?"

"大概比藕花福地到狮子园,还远吧。"

"这么远?!"

"可不是。"

"师父,可是再远,都是走得到的吧?"

"对喽。前提是别走错路。"

……

这会儿,裴钱突然毫无征兆地松了拳架,敛了拳意,默默背起书箱,走到李槐身边,从他手中接过那根师父亲手赠送的行山杖。

薛元盛如释重负。

事实上,披麻宗木衣山上,也有数人同样如释重负。

裴钱病恹恹地与那薛河神道了一声歉,然后走向渡口。

李槐有些了解裴钱的沉重心情了,跟在裴钱身旁,别说安慰裴钱了,他这会儿自己就难受得很。

裴钱今天的异样,跟这位假扮老舟子的薛河神有些关系,但是其实关系不大,真正让裴钱喘不过气来的,应该是她的某些过往,以及她师父出门远游久久未归,甚至按照裴钱的那个说法,有可能从此不再还乡? 一想到这里,李槐就比裴钱更加病恹恹无精打采了。

裴钱说道:"李槐,我不是有意的。"

李槐强颜欢笑,脱口而出道:"哈哈,我这人又不记仇。"

裴钱斜眼看向李槐。

那老舟子跟上两人,笑道:"送你们过河,老规矩,要收钱。"

裴钱嗯了一声:"我知道,八钱银子。"

直到这一刻,李槐才真正有些佩服这个河神薛元盛,心宽如摇曳河,半点不记仇。

薛元盛开始撑船过河,李槐坐在渡船中间,裴钱坐在船尾,背对他们两个,李槐与河神老爷笑道:"劳烦薛河神与我们说说山水神灵的规矩,可以说的就说,不可以说的,我们听了就当没听见。"

薛元盛点点头,大致说了那伶俐少年和那伙青壮汉子的各自人生,为何有今天的境遇,以后大致会如何,连那被偷走银子的富家翁,以及差点被窃的爷孙二人,都一一道来,其中夹杂有一些山水神灵的处事准绳,也不算什么忌讳,何况这摇曳河天不管地不管神仙也不管的界地,他薛元盛还真不介意那些狗屁的金科玉律。

裴钱没有转头，说道："是我错怪薛河神了。"

薛元盛手持竹篙撑船，反而摇头道："错怪了吗？我看倒也未必，许多事情，例如那些市井大大小小的苦难，除非太过分的我会管，其余的确实是懒得多管了，还真不是怕那因果纠缠、功德消减，小姑娘你其实没说错，就是因为看得多了，让我这摇曳河水神备感腻歪，再者在我手上，好心办坏事的也不是一桩两桩了，确实后怕。"

裴钱闷闷说道："师父说过，最不能苛责好人，所以还是我错。练拳练拳练出个屁，练个锤儿的拳。"

李槐挠挠头。

因为八钱银子的关系，再联系那个小姑娘的"疯言疯语"，薛元盛突然记起一个人，问道："小姑娘，你那师父，该不会早些年游历过此地，是个戴斗笠挂酒壶的年轻人？"

裴钱这才转过头，眼眶红红，不过此刻却是笑脸，使劲点头道："对！"

薛元盛哈哈笑道："那你师父，可就比你讲道理多了，和和气气的，更像读书人。"

人是真不坏的，就是脑子也有点不正常，偌大一份神女图福缘，白给都不要，骑鹿神女当年在自己渡船上，被气得不轻。

不愧是师徒。

只是这种容易挨拳的言语，薛元盛这会儿还真不敢说。

李槐有些心惊胆战。

不承想裴钱瞬间眉眼飞扬，一双眼眸光彩璀璨，道："那当然，我师父是最讲道理的读书人！还是剑客哩。"

看吧，师父不还是没看错河神薛元盛，错的都是自己嘛。

等裴钱转过身，李槐瞥了眼裴钱手上的物件，有些无奈。先前还担心她在钻牛角尖，原来是早早取出了一套家伙什，在用戥子称银子呢。用小剪子将碎银子剪出八钱来，怕剪多了多花冤枉钱呗。膝盖上边那个小木盒，麻雀虽小五脏俱全，五花八门什么都有，除了小剪刀，那青竹竿的小戥子，小秤砣还不止一个，大小不一，其中一个她亲手篆刻"从不赔钱"，另一个篆刻"只许挣钱"……

薛元盛也觉得有趣，小姑娘此时与先前出拳时的光景真是天壤之别，忍俊不禁道："算了，既然你们都是读书人，我就不收钱了。"

裴钱刚剪出八钱银子，伸手指了指李槐，说道："我不是读书人，他是。那就给薛河神四钱银子好了。"

然后裴钱对李槐说道："帮你付钱，要感恩啊。今天的事情？"

李槐本想说自己虽没有神仙钱，但这八钱银子还是付得起的，不承想裴钱盯着李槐，直接用手将八钱银子直接掰成两半，李槐立即点头道："今天风和日丽，摇曳河无波无澜。"

然后李槐突然觉得不对,明明自己才是读书人,是那个不需要花钱过河的人啊。

只是李槐又不敢与裴钱计较什么,他怕裴钱,多过小时候怕那李宝瓶,毕竟李宝瓶从不记仇,更不记账,每次揍过他就算了。

薛元盛笑着摇了摇头,这个读书人,脑子倒是正常,就是不太灵光。

过河付钱之后,李槐与老舟子道谢。

裴钱没有言语,只是作揖道别。

薛元盛挥挥手,撑船返回对岸,百感交集,今天这趟出门闲逛,都不知道该说是翻皇历了还是没翻。

李槐只觉得无事一身轻。

裴钱突然问道:"先前你说什么香不香?"

李槐膝盖一软,只觉得天大地大,谁都救不了自己了。

裴钱突然转头望去。

李槐顺着裴钱视线,眨了眨眼睛,一脸不敢置信,叫道:"姐?!"

李柳笑眯起眼,轻轻点头。

李槐屁颠屁颠跑过去,双手捏住李柳的两边脸颊,轻轻一扯道:"姐,你不会是假的吧?从哪里蹦出来的?"

李柳笑意盈盈。

一旁名叫韦太真的狐魅,犹如天打五雷轰,只觉得遭受了一记天劫。

这就是主人时不时念叨的那个弟弟?模样好,脾气好,读书好,天资好,心地好……反正啥都好的李槐?

裴钱来到李槐身边,开心笑道:"李柳姐姐。"

李槐赶紧收起手。

李柳对裴钱点头笑道:"有你在他身边,我就比较放心了。"

李槐赶紧将姐姐扯到一旁,压低嗓音,无奈道:"姐,你怎么来了?两个姑娘家家的,就敢出远门,离开狮子峰来这骸骨滩这么远的地儿?真不是我说你啊,你不好看,可你朋友好看啊,我可告诉你,这骸骨滩的地痞无赖茫茫多。不过没关系,我刚刚结识了摇曳河水神老爷,真要有事,就报上我……算了,薛河神还不知道我的名字呢,你还是报上裴钱的名号比较管用,先前裴钱差点出拳,好家伙,不愧是大名鼎鼎的摇曳河水神老爷,稳如泰山,面带微笑,半点不怕,换成我去面对裴钱,早趴地上了!"

李柳柔声道:"我就不陪你游历了,还有点事情要处理。"

李槐气笑道:"我也不乐意你陪我一起逛荡,身边跟着个姐姐算怎么回事,这一路四处找姐夫啊?"

李柳突然问道:"你是不是有一根红绳在书箱里边?"

李槐愣了愣，道："干吗？姐有心上人了啦，这么缺嫁妆？那未来姐夫脑子有病吧，想着没法子图色，就跑来图财了？娘还不得气得把你胳膊用手指头揪下来啊，姐，这事情真不能儿戏，那姐夫，穷不穷富不富的，都不是啥事，可要人品有问题，我反正是不答应的，就算娘亲答应，我也不答应……"

李柳无奈。

李槐大笑道："姐，想啥呢，逗你玩呢。"

李柳最后陪着弟弟李槐走了几里路，就原路返回了，不过没收下那仙人乘槎笔洗，只是取走了那根红绳，然后她送了弟弟一件东西，被李槐随手丢入了竹箱里边。

李柳问道："杨老头送你的那些衣服鞋子，怎么不穿戴在身。"

李槐翻了个白眼，道："老头子辛苦攒钱买来的物件，我这山水迢迢地瞎逛，穿几天不就不成样子了？对不住老头子的媳妇本。说不定老头子出门买东西掏银子的时候，心疼得双手直哆嗦呢，哈哈，一想到这画面，我就想笑，所以算了吧，等回去路上快到家了，再穿上吧。"

李柳笑道："还是穿在身上吧。"

李槐不耐烦道："再说再说。"

李柳也不再劝弟弟。

最后李柳留下了那只金丹境的狐魅韦太真，她的家乡其实离此不远，就在鬼蜮谷内的宝镜山。

于是可怜李槐几乎要崩溃了，那个据说是狮子峰祖师堂嫡传弟子的韦姑娘，眨着眼睛，使劲瞧着自己。看什么看，我知道自己长得不俊还不行吗？山上的谱牒仙师了不起啊，好歹是我姐的神仙朋友，给点面子行不行？

裴钱倒是无所谓，不管对方根脚如何，既然是一位正儿八经的山上神仙，相互间就有个照应，不然自己这六境武夫，太不够看。真要有意外，韦太真就可以带着李槐跑路。

此后三人沉默前行。李槐是不愿意说话，韦太真是不敢说话，裴钱是懒得说话，只是手持行山杖，突然问道："李槐，我师父一定会回来的，对吧？"

李槐嗯了一声："那必须啊，陈平安对你多好，我们旁人都看在眼里的。"

裴钱神采飞扬，说道："你姐对你也很好。"

李槐点点头。

裴钱轻轻挥动着手中行山杖，哼唱着一支乡谣小曲：臭豆腐香哟，臭豆腐好吃买不起哟！山上有魑魅魍魉，湖泽江河有水鬼，吓得一转头，原来离家好多年。吃臭豆腐喽！哪家的小姑娘，身上带着兰花香，为何哭花了脸，你说可怜不可怜？吃不着臭豆腐真可怜哟……

裴钱猛然醒悟，勃然大怒，不承想李槐先前早已蹑手蹑脚远离裴钱，等到裴钱回过神,他已经屁滚尿流跑远了,在前边撒腿飞奔。

裴钱环顾四周,然后几步就跟上那李槐,一脚踹得李槐扑倒在地,李槐一个起身,头也不转,继续飞奔。

韦太真擦了擦额头的汗水。

主人家乡那边的人,都好可怕。

第六章
水未落石未出

在裴钱离开壁画城，问拳薛河神之前。

在壁画城画卷当中的那座仙府遗址，掌律老祖晏肃让唯一的嫡传弟子庞兰溪继续练剑，若想休息片刻也无妨。他自己则打开山水禁制，返回木衣山祖师堂，然后御风来到半山腰的挂剑亭，拜见那位来自中土披麻宗上宗的纳兰老祖师，别看纳兰祖师瞧着平易近人，作为上宗掌律老祖，他极其严苛，曾经亲手处置了两位上五境修士。

一位来自上宗的掌律老祖，岁数极大，辈分极高，是上宗宗主的师弟，老祖师爷既不事先飞剑传信，又没有径直去山巅祖师堂，晏肃当然有些提心吊胆。

绿意葱葱的木衣山，半山腰处常年有白云环绕，如青衫谪仙人腰缠一条白玉带。

晏肃到挂剑亭外的时候，那位纳兰祖师正在与韦雨松对饮，老人醉醺醺，大笑不已，胡乱伸手，揉碎亭外白云。

晏肃松了口气，纳兰祖师只要喝了酒，就比较好说话，韦雨松算是立了一功。

那对背剑的年轻男女，与晏肃主动行礼，晏肃眼皮微颤心一紧。

原来男子名遂愿，女子名称心，这一对道侣皆是元婴境，虽暂时还未跻身上五境，但注定是上宗祖师堂无常部的未来主人。

世间走无常，除去一些旁门左道不说，皆出自披麻宗上宗。

纳兰祖师不带嫡传跨洲远游，偏带了这两个难缠人物莅临下宗，本身就是一种提醒。

韦雨松在晏肃落座后，直言不讳道："纳兰祖师是兴师问罪来了，觉得我们与大骊宋氏牵扯太多。”

那个名叫称心的女子从袖中取出一本书,交给晏肃,笑道:“晏掌律先看此书。”

晏肃不明就里,书籍入手便知品相,根本不是什么仙家书卷,韦雨松面有愁色,晏肃开始翻书浏览。

纳兰祖师则继续拉着韦雨松这个下宗晚辈一起饮酒,老修士先前在壁画城,差点买下一只仙人乘槎青瓷笔洗,底款不合礼制规矩,只是一句不见记载的冷僻诗词:“乘槎接引神仙客,曾到三星列宿旁。”

老修士见之心喜,因为识货,更对眼,并非青瓷笔洗是多好的仙家器物,是什么了不起的法宝,也就值个两三枚小暑钱,但是老修士却愿意花一枚谷雨钱买下。因为这句诗词在中土神洲流传不广,老修士却恰好知道,不但知道,还是亲眼见过作诗人,亲耳听闻其作此诗。

中土神洲与这位纳兰祖师交好的山巅神仙,都知道老人好诗词,除了青词、游仙诗之外,也喜欢扶乩鬼诗,一种是类似翰林鬼的风雅谈吐,诗作多是馆阁体,一种是前朝老鬼喜欢在诗词当中谈及书上古人、历代诗文宗主。老人只要有所见闻,便一一记录在册。

但是纳兰祖师觉得这篇诗词最有意思的地方,不在于诗词内容,而在于诗名,诗名极长极长,甚至比内容的字数更多,《元宝末年,白日醉酒依春明门而睡,梦与青童天君乘槎共游星河,酒醒梦醒,兴之所至,而作是诗》。

当年老人还只是个少年,有次跟随师父一起下山远游,然后在一个风雨飘摇的世俗王朝,遇到了一个名叫“白也”的落魄书生,师父请他喝酒,读书人便以此诗作为酒水钱。当时少年听过了极长的名字后,本以为会是动辄数百字的长篇诗歌,不承想连同那“乘槎接引神仙客,曾到三星列宿旁”,全诗内容总计不过二十八字。然后少年就忍不住问了一句:“没了啊?”那读书人却已经大笑着出门去。

纳兰祖师放下酒壶,问道:“看完了?”

晏肃脸色铁青,沉声说道:“纳兰祖师,莫不是也信了这书上的内容?”

纳兰祖师嗤笑一声。

韦雨松说道:“纳兰祖师是想要确定一事,这种书怎么会在中土神洲渐渐流传开来,以至于跨洲渡船之上随手可得。书上写了什么,可以重要,也可以不重要,但到底是谁,为何会写此书,我们披麻宗为何会与书上所写的陈凭案牵扯在一起,是纳兰祖师唯一想要知道的事情。”

纳兰祖师是将山间白云揉碎,晏肃则是一把将手中书籍揉碎,随手挥出挂剑亭之外。晏肃掌律还可以,与人争辩说道理却不擅长,所以只好憋屈无比,跟韦雨松要了一壶酒。

纳兰祖师缓缓道:"竺泉太单纯,想事情喜欢复杂的往简单去想。韦雨松太想着挣钱,一心想要改变披麻宗捉襟见肘的局面,属于钻钱眼里爬不出来的。晏肃你们两个披麻宗老祖,又是光干架骂人不管事的,我不亲自来这边走一遭,亲眼看一看,不放心啊。"

晏肃狠狠灌了一口酒水,闷声道:"纳兰祖师不会只是来骸骨滩看两眼吧,反正上宗那边要是为此恼火,想找个替罪羊那简单得很,此事我晏肃一人承担便是,与竺泉和韦雨松没关系。"

纳兰祖师说道:"来之前,上宗那边有了定论,不管如何,都要与那披云山、大骊宋氏断了这笔买卖。至于为何是我来,当然是上宗祖师堂比较生气,你们应该很清楚,披麻宗也好,中土上宗也罢,先不谈真相如何,只说对于书上这种人向来最是痛恨,宁可信其有,不可信其无,何况此书流传速度极快,上宗不太愿意为了些神仙钱,让整座披麻宗掉进个粪坑里。"

纳兰祖师对晏肃说道:"竺泉再不管事,还是一宗之主,说句难听的,你晏肃想要顶罪,凭什么?再说,就小泉儿那性子,轮不到你来当这好人。"

晏肃小声嘀咕道:"纳兰祖师跟上宗前辈们又不是睁眼瞎,咱们自家就有跨洲渡船,多走几步路……"

说到这里,晏肃哑然。去了东宝瓶洲落魄山,见得着那陈小子吗?纳兰祖师根本就见不到啊。

韦雨松说道:"为保虚名,怕担骂名,不是我披麻宗修士所为。纳兰祖师,我还是那个意思,既然上宗有令,下宗自当遵从,与落魄山的一切生意可以断了,但是从今天起,我韦雨松就将披麻宗祖师堂的椅子搬出去,再不管钱财事,改去青庐镇跟随竺宗主,一起跟白骨架子打交道便是,与鬼蜮相处,反而轻松。"

晏肃怒道:"我受师恩久矣,上宗该如何就如何,但是我不能祸害自己弟子,失了道义!还当个鸟的披麻宗修士,直接在落魄山祖师堂烧香拜像!"

纳兰祖师微笑道:"哟,一个个吓唬我啊?敢情先前请我喝酒,不是敬酒是罚酒?"

韦雨松摇头道:"不敢。"

晏肃摔了酒壶,道:"吓唬个老眼昏花的家伙,又能咋的?!"

纳兰祖师没有跟晏肃一般见识,笑着起身,道:"去披麻宗祖师堂,记得将竺泉喊回来。"

韦雨松狠狠瞪了眼意气用事的晏肃。

去往木衣山之巅的祖师堂途中,韦雨松显然还不愿死心,与纳兰老祖说道:"我披麻宗的山水阵法能够有今日光景,其实还要归功于落魄山,鬼蜮谷已经安稳十年了。"

纳兰祖师笑道:"这个事情,上宗祖师堂早早提过,是当我老眼昏花之余记性也不行了吗?"

韦雨松彻底死心,不再劝说什么。

竺泉被喊回祖师堂后,只说了一句:"没这么欺负人的,老娘不当这破宗主了。"

纳兰祖师既不点头,也不反驳,只问她还知道自己是个宗主?

竺泉黯然无语。

晏肃有些急眼了,自己已经足够意气用事,你竺泉可别胡来。

那纳兰老祖师当真是个油盐不进的,说不当宗主可以,先在祖师堂内闭门静思几天,要是还是决定辞去宗主职位,只需与祖师堂每幅挂像都打声招呼,到时候你竺泉离开祖师堂,只管去鬼蜮谷青庐镇,反正披麻宗有无宗主,差不离,何况飞剑传信上宗后,很快就可以换个可以当宗主的。披麻宗虽说是一座下宗,可到底是这浩然天下的一宗之主,上宗祖师堂那边乐意来北俱芦洲的老家伙,一抓一大把。

在那之后,竺泉就待在祖师堂里边,反正晏肃隔三岔五就拎着酒去,不好在祖师堂内饮酒,两人就在大门口喝酒。竺泉时不时转身向大门内举起酒壶,帮那些挂像上再也喝不得酒的祖师们解解馋。

壁画城内那铺子,年轻女掌柜见到了庞兰溪,嫣然一笑。

铺子里边没客人,庞兰溪趴在柜台上,叫苦不迭,埋怨师父传授的剑术太过艰涩,太难学。

她便说了那裴钱和一个名叫李槐的朋友,先前到铺子这边来了,见你不在,就说回家的时候再来找你。

庞兰溪忍住笑,说道:"那个裴钱,是不是很怪?"

年轻女掌柜摇摇头:"不会啊,她很懂礼数的。"

只是她突然叹了口气,先前裴钱的眼神好像会说话,然后她好像又看懂了那眼神里边的言语。

趁着庞兰溪就在身边,她抿了抿嘴唇,打定主意要与他说一说那桩心事了,她鼓起勇气说道:"兰溪,我先前的想法是,在铺子这些年也攒下些神仙钱了,春露圃那些能够帮着女子驻颜有术的仙家灵丹,我还是买得起一盒的,吃了能老得慢些,白头发长得慢些……"

庞兰溪刚要说话,她摇摇头:"让我先说完。我以前只是这么想的,争取长命百岁,到时候变得不好看了,成了垂垂老矣的白发老妪,你要是变了心思,也不怨你。但是我现在不想这样,刚好咱们壁画城这里的土地娘娘说,她一直想要卸掉担子出去看看,而我是有一线机会继承她那身份的,不过土地娘娘与我直说,成为此地神灵,虽然品秩不高,只是个土地婆,但是我没有仙根仙缘,所谓的一线机会,就是靠着木衣山的老神仙们赐福,所以我就想问你,这么做你会为难吗?"

庞兰溪点头,眼神温柔,语气坚定,就一个字:"好!"

年轻女掌柜松了口气,又难免有些惴惴不安,毕竟土地婆婆说那什么形销骨立、魂魄煎熬之类的,委实吓人。

一位娉娉婷婷的俏丽少女,从铺子外边的地面"破土而出",她便是木衣山的土地婆婆。

她神色凝重道:"你们俩一个真敢答应我,一个真敢答应她,这其中有很大危险的,我可说好啊,虽然你们披麻宗精通魂魄一道,但是意外难免,真要我说,还是让她去摇曳河当个挂名的神女更好,哪怕事实上还是魂魄被拘的女鬼之流,不是神祇之身,可是比起涉险成为一方土地婆,安稳太多了。那薛老舟子,又是在披麻宗寄人篱下的,不会不卖你庞兰溪这么个面子。"

庞兰溪想了想,道:"反正此事不急,回头我问陈平安去,他想事情最周到。"

说到这里,庞兰溪扯了扯衣领:"我可是落魄山的记名供奉,他能这点小忙都不帮?"

年轻女掌柜笑着点头,伸出手指,轻轻钩住庞兰溪的手。庞兰溪反手握住她的纤纤玉手。

土地婆婆啧啧道:"腻味,真是腻味,怎么不干脆关了铺子胡作非为一通?我又不会偷看偷听什么。"

上宗那位不近人情、已经惹来披麻宗众怒的老祖师,却也没有识趣离开木衣山,反而带着上宗无常部的那对年轻眷侣住下了。难得出门一趟,总要多逛逛,有事飞剑传信便是,其实纳兰老祖师很想去一趟桐叶洲的扶乩宗,那边的扶乩术,极妙。

不过老祖师也没闲着,每天看那镜花水月,主要是方便了解南婆娑洲和扶摇洲的山上近况,或是施展掌观山河神通,看一看那条摇曳河,不然就是翻出自己编撰的诗集,从那半山腰挂剑亭外取来一些白云,凝化为一张书案,搁放一大摞诗集,再从摇曳河撷取一轮水中月,悬在书案旁,作为灯火。

山上仙师,鱼龙混杂,虽说也有那嬉戏人间如老村翁的,但大多还是如纳兰祖师这般,不染红尘,仙风道骨。

但是事实上,老修士只是市井出身,并非豪门子弟,更非什么生在山上的神仙种,只是从小就入山修行罢了。

老修士在一天夜里,合上一本诗集,记得自己第一次出门游历的时候,师父送他到了山门口,说道:"入山去吧。"

少年不解,询问为何不是下山,师父却未解释什么。

是很后来,已经不是少年太多年的自己才明白师父的深意,原来修道登山路不好走,而人间人心城府多险山,入得此山中,则更不好走。

老修士喟叹一声,翻开除诗集之外唯一一本山水游记,继续看那开篇数千文字,至于之后内容,什么奇遇福缘,什么既学拳又读书的少年郎与那神女、艳鬼诗词唱和,什么在江湖上三两拳便是行侠仗义了,留下个烂摊子视而不见,什么次次在一地江湖扬名立万之后,唯有夕阳下鞭名马,饮酒高歌远游去,什么乌烟瘴气的玩意儿,简直不堪入目。

老修士继续看书,与那一旁的年轻男女问道:"遂愿,称心,你们觉得书中所写,真假各有几分?"

女子摇头道:"如果只看此书,哪怕只有一两分真,以后我遇到那陈凭案,也一定绕道而行,敬而远之。反而是那顾忓,无需如何戒备。"

男子说道:"出门远游之后,处处以讲学家苛责他人,从不问心于己,真是浪费了游记开篇的淳朴文字。"

说到这里,男子瞥了眼一旁道侣,小心翼翼道:"如果只看开头文字,少年处境颇苦,我倒是真心希望这少年能够飞黄腾达,苦尽甘来。"

女子微笑道:"书斋内红袖添香,江湖上倚红偎翠,哪个真性情男儿不羡慕。"

男子苦笑不已,就知道有些话说不得。

这天,老修士凝视着白云书案上的山河画卷,似是意外,伸手一抹,将画卷推到书案之外,方便那对神仙道侣观看市井百态,出自无常部的两个年轻元婴,是披麻宗中土上宗的天之骄子,两人生下来就是山上神仙种,他们父母都是修道之人,当初遂愿和称心结为道侣,是一桩不小的喜事。老修士对这两个无常部晚辈,还是寄予厚望的。唯一的缺点,就是遂愿和称心"先天不足",对那市井底层终究了解不多,想法太浅。

画卷上,原来是那小姑娘和年轻读书人到了摇曳河祠庙烧香。

老修士抚须而笑:"祠庙水香都不舍得买,与那书上所写的她师父的风范,不太像。不过也对,小姑娘江湖阅历还是很深的,处世老道,算极伶俐了。遂愿、称心,若是你们与这个小姑娘同境,你俩估计被她卖了还要帮忙数钱,挺乐和的那种。"

裴钱烧香逛完祠庙,之后便是那场惊世骇俗的问拳摇曳河薛元盛,最终却无甚大风波。

老舟子薛元盛亲自为两人撑船过河,大概也算是一场不打不相识。

而那个在祠庙偷窃的少年,被断了手腕的青壮汉子让人一顿饱揍,打得少年抱住脑袋,满地打滚,一把鼻涕一把泪苦苦哀求,最后一身血污和尘土糊在一起,十分恶心,那帮汉子离去之时,要那少年手脚勤快点,一月之内偷够五十两银子,当是买药钱,不然就新账旧账一起算。

少年踉踉跄跄，独自穿过一丛芦苇荡，去了摇曳河边，脱下外衣清洗一番，龇牙咧嘴，最后去往壁画城，约莫六百里路程，少年衣服早已晒干，只是身上还有些淤青，肋部隐隐作痛，倒是那张脸庞，因为在地上打滚的时候，自己护得严实，不太瞧得出来伤势。唯独少年那双手，没遭半点灾，因为汉子让人揍他的时候特意提醒过，毕竟天赋异禀的小绺少年，就靠双手行窃时的神不知鬼不觉成为自家帮派里边的一棵摇钱树。

少年回了壁画城外边一条小巷的一处院门外，一切都还是老样子，张贴着门神、对联，还有最高处的那个"春"字。

因为张贴没多久，所以尚未泛白、起皱。

少年环顾四周，见四下无人，这才望向一张门神旁边的黄泥院墙缝隙，见那两枚铜钱还在，便松了口气，然后笑起来。

铜钱当然不值钱，但是对于这个家而言，意义重大。

这处隐蔽地方，被他和妹妹戏称为"门神老爷最里边"。

他曾经在这个家就要彻底撑不下去，带着妹妹嬉戏打闹、苦中作乐时，无意间找到了两枚神仙钱，还是两枚雪花钱。

这么多年来，两枚雪花钱一直没有用掉，一是不敢，怕惹来祸事，再者娘亲也死活不愿意花出去，说一枚雪花钱，要留给他当媳妇本，另外一枚，是他妹妹以后的嫁妆，多好。

他是事后才得知，当年他们娘亲，如果不是突然得到了这两枚神仙钱，一下子提起了一口心气，宁肯多吃苦头，带着俩孩子把卑贱贫寒的腌臜日子一天一天熬下去，她差点就要答应那些心狠手辣的债主当船家女了，就是渡客花点铜钱就可以乱摸的那种撑船舟子，夜间不过河，就停泊在摇曳河畔，点燃一盏灯笼，野汉子瞧见了灯光，就可以去过夜，等到岁数再大些，就会再去窑子当暗娼。不管如何，娘亲真要这么做了，家里钱财会多些，他和妹妹的日子也会好过许多，娘亲每每谈及这些，也无忌讳，但是少年当然不愿意如此，他妹妹更是每次听到这些就脸色惨白，一个人偷偷去门口那边小声念叨，与门神老爷们感恩道谢，所以他家的习俗是历年换上新门神后，旧门神都不会丢掉，娘亲会让他和妹妹各自小心请一位门神下门，然后小心收拾起来，好好珍藏。而那莫名其妙多出两枚雪花钱的地方，娘亲换上了两枚铜钱。

少年唯一对自己不满意的，就是没能当什么读书种子，他也确实没这念想，只是娘亲明明失望却又不说什么的模样，让他心里边难受。

早年他有次偷拿了一枚雪花钱，想要去换了银两，先让嘴馋一份糕点的妹妹吃个饱，再让娘亲和妹妹过上殷实生活，结果被疯了一般的娘亲抓回家，那是娘亲第一次舍得打他，往死里打的那种。比他年纪还要小的妹妹就在一旁使劲哭，好像比他还疼。

从那天起，作为家里唯一的男丁，他就发誓要挣钱！直到成为少年之后，他才知道当年如果不是娘亲拦阻,一家三口不但过不上什么好日子,反而只会遭灾,别说是两枚雪花钱,就是两枚小暑钱,也能被那些杀过人见过血的无赖游荡子,用各种法子勒索殆尽,就凭他和娘亲,根本护不住天上掉下来的那两枚神仙钱。

等到少年能够靠自己的本事和人脉,将雪花钱偷偷换成银子的时候,少年却已经换了想法,要把两枚雪花钱都留给妹妹,妹妹绝对不能让那些畜生染指,她将来一定要嫁个好人家,她和娘亲一定要离开骸骨滩,这里有他就够了。他凭自己的本事,已经肯定可以活了。

今天,少年推门而入,与娘亲住在一屋的妹妹正在剪窗花,妹妹手巧,许多精巧窗花,她看一眼就能学会,虽说靠这个挣不着大钱,吃不饱饭,可到底是能挣钱的。

少女惊喜起身道:"哥,你怎么来了。我去喊娘亲回家,给你做顿好吃的?"

少年挑了张小板凳,坐在少女身边,笑着摇头,轻声道:"不用,我混得多好,你还不知道?咱们娘那饭菜手艺,家里无钱无油水,家里有钱全是油,真下不了嘴。不过这次来得急,没能给你带什么礼物。"

少女笑了,一双干干净净好看极了的眼眸,眯成一双月牙儿,道:"不用不用。"

少年咧嘴一笑,伸手往头上一模,递出拳头,缓缓摊开,是一粒碎银子,道:"拿去。"

少女欲言又止,还是收下了那粒银子,可沉了,七八钱呢。

少年坐在板凳上,身体前倾,双手托着腮帮,望向开了门便面朝屋子里边的两位门神老爷。

其实这位早慧少年,如今已经不太信是什么门神显灵了,他猜测极有可能是当年那个头戴斗笠的年轻游侠留下的钱。

可是娘亲和妹妹始终笃定那两枚雪花钱,就是门神显灵。

不过是与不是,又有什么关系呢?

而那对差点被少年偷走钱财的爷孙,出了祠庙后,坐上那辆在家乡雇佣的简陋马车,沿着那条摇曳河返乡北归。

孩子说要看书,老人笑着说路上颠簸,这么看书太伤眼睛,到家了再看不迟。

孩子嘿嘿一笑,说到家就不这么说了。老人摸了摸孩子的脑袋,孩子突然说道:"先前在河神老爷那么大个家里边,有个走在我们旁边的姐姐,她抿起嘴微笑的样子,真好看。"

老人想了想,记起来了,说:"是那背竹箱的两人?"

孩子使劲点头:"后来咱们走得快,那个姐姐走得慢些,我一转头看她,她就会笑。"

老人笑道:"是那负笈游学的读书人。"

孩子问道:"爷爷,那根竹子是拐杖吗?我看那姐姐哥哥,走路腿脚都没问题啊。"

老人忍俊不禁,耐心解释道:"那可不是什么拐杖,有名字的,叫行山杖,读书人出门远游,经常需要翻山越岭,有些人家里不是特别富裕,但是想要学问更大,身边又没有奴仆书童跟随,得自己背行囊登山蹚水,就需要一根行山杖喽。"

孩子笑道:"哈,我们家也没啥钱,看来我以后也需要一根山杖。"

老人揉了揉孙女的脑袋,说道:"读万卷书,要花很多钱的;行万里路,倒是吃苦就行。爷爷年轻那会儿,也跟要好朋友一起远游过,是去那些郡望大族、书香门第的藏书楼,每天就是借书抄书,还书再借书。有些读书人家,不计较什么,很欢迎我们这些寒门子弟去抄书,至多叮嘱我们一句,莫要损坏书籍便是了,每天还会好菜招呼着,不过偶尔呢,也会有些下人仆役小小埋怨几句,例如每夜挑灯抄书,他们就说笑一句,灯油如今又涨价了之类的。这些都没什么。"

孩子听得直打哈欠。

老人将孩子抱在怀中,孩子有些犯困,新鲜劲儿一过,走路又多,便开始沉沉睡去。老人轻声喃喃道:"二十几岁,急匆匆闹哄哄杀出笔端的文字,挡都挡不住;三十岁后,才气渐衰,只能焖炖一番;再上了岁数,不承想反而写非所写,不过是将好友们请到纸上,打声招呼、说些故事罢了。"

那车夫突然说道:"又携书剑两茫茫。"

车厢内老人诧异不已,那车夫不该有此雅言才对,轻轻放下孩子,掀开帘子。

那年轻车夫转过头,问道:"老爷这是?"

老人笑问道:"为何有'又携书剑两茫茫'此语?"

车夫愣道:"老爷说啥?"

老人哑然,笑道没什么,退回车厢,只当是自己的错觉。

而那个粗鄙不识字的车夫,没来由多出一个念头,找那陈灵均去?

下一刻,车夫又浑然忘记此事。

木衣山上,在裴钱和李槐登船之时,纳兰祖师就收起了山河画卷,陷入沉思。

男子遂愿说道:"一脉相承。有其师必有其徒,有其徒必有其师。"

女子称心亦是点头。

片刻之后,老修士打算再看看,所以重新施展神通,而后咦了一声,那俩孩子身边,怎的多出了一只金丹境小狐魅?

然后不知为何,那幅画卷自行模糊起来。

那对神仙眷侣面面相觑,纳兰老祖师笑着收起神通。

摇曳河畔的茶摊,客人无几,准备打烊了。

掌柜取出两片羽毛,分别来自文武两雀。

他与那趴在桌上打盹的年轻伙计说道:"有事情做了。"

一个年轻女子突然现身落座道:"劝你们别做。"

夜幕中,李槐走在裴钱身边,小声说道:"裴钱,你教我拳法吧?"

裴钱欲言又止,神色古怪。她这趟远游,其中拜访狮子峰,就是挨拳头去的。

裴钱犹豫了半天,还是摇头道:"学拳太苦。"

停顿片刻,然后裴钱补充了一句:"何况我也不会教拳。"

李槐反而有些开心,笑道:"我学什么都贼慢贼慢,你不会教拳更好,学拳不成,我不伤心,你也不用担心误人子弟啥的。换成是陈平安,我就不学了,他那性子,一旦教拳,我想偷懒都不成……裴钱,我只是实话实说,你不许生气啊。"

裴钱思量一番,说道:"我师父那两个拳桩,你不是比我更早看到?又不难学,你应该会的。"

李槐悻悻然道:"我只是胡乱学了个千秋睡桩,其实陈平安说了啥,我都没记住,只当自己是学了。六步走桩和剑炉立桩,我就更不敢学了,怕被李宝瓶他们笑话。"

裴钱摇头道:"我不教拳。我自己都不会什么拳法。"

李槐说道:"你会啊!不是刚刚与薛河神问拳了吗?"

裴钱只是不答应。

我的拳法,拳落何处?

裴钱抬头看了眼天幕。

而大地之上,四周唧唧夜虫声。

青鸾国白云观外不远处,一个远游至此的老僧,租赁了间院子,每天都会煮汤喝,明明是素菜锅,竟有鸡汤滋味,所以得了个鸡汤和尚的绰号。

他不解签,只看手相。偶尔算命,更多为人解惑。每次一两银子,进门就得给钱,解惑不满意,一样不还钱。

这天有个读书人登门,问自己能否考取功名。

老和尚看过了读书人的手相,摇摇头。

读书人先是失望,继而大怒,应该是积怨已久,开始滔滔不绝地说那科举误人,罗列出一大堆的道理,其中有说那世间有几个状元郎能写出名垂千古的诗篇?

老和尚递出手去,读书人气呼呼丢出一粒银子。

老和尚得了钱,落袋为安,这才笑道:"科举误人不误人,我不去说,耽误你做不成官老爷,倒是真的。"

读书人面红耳赤道:"你看手相不准!"

老僧自顾自笑道:"再者你说那状元郎写不出千古名篇,说得好像你写得出来似的。历史上状元郎有几个,大体上还是估算得出来。你这样制艺不精的落第书生,可就多到数不过来了。有些落魄书生，才情文采那确实是好，无法金榜题名，只能说是性格使然，命理不合。你这样的，不但科举不成，而且万事不成，靠着家底混日子，还是可以的。"

读书人挥袖离去。

"痴儿。"老僧摇摇头，"怨大者，必是遭受大苦难才可怨。德不配位，怨不配苦，连那自了汉都当不得啊。"

那读书人正在门口穿靴子，听闻此言，转头怒道："秃驴找打！"

"打人可以。"老僧说道，"得给药钱！"

读书人犹豫一番，还是离去，与人便说这老僧是个骗子，莫要浪费那一两银子。

可惜老僧如今在青鸾国京城名气不小，后边等着看手相的人，依旧络绎不绝。

一个神色悲苦的年轻男子进了屋子，问姻缘能否重续。

老僧看过了手相，摇头说难。

男子自怨自艾，碎碎念叨她真是无情，辜负痴心，但自己不怨她就是了，只恨自己无钱无势。说到伤心处，一个大男人，竟然双手握拳，泣不成声。

老僧点头道："好的好的，多怨自己不怨人，是个好习惯。"

男子哽咽道："法师，只想知道如何能解心结，不然活不下去了，真心活不下去了。"

大概是前边有同道中人，吃过亏了，男子抬起头，说道："莫要与我说那什么放下不放下的混账话！莫要与我说那解铃还须系铃人的糊糊话！老子放不下，偏不放下！我只想要她回心转意，我什么都愿意做……"最后男人小声念着女子闺名，真是痴心。

老僧说道："两个法子，一个简单些，饿治百病；一个复杂些，却也能让你晓得，当下日子熬一熬，还是能过的。其实还有个法子，不过你得找月老去。"

言语之后，老僧搓动手指。

男人摇头道："身上没银子了。"

老僧一脸嫌弃道："饿去。"

男人伏地大哭。

老僧无奈道："罢了罢了，递出手来。"

男人伸出手去，老僧轻轻一点前者手心，男子立即呆若木鸡，片刻之后，悠悠醒来，恍若隔世，额头满是汗水。

老僧说道："你不过是做一噩梦而已，可我替你挨的那份剐心、下油锅之苦却是真真切切的，去吧。"

男人摇摇晃晃离去。

老僧轻轻叹息，手指并拢，轻轻往身上袈裟一搭。

之后来了个汉子，丢了一两银子在地上，落座后，双手撑在膝盖上，咬牙切齿道：

"既然打人需要给钱,那我不打人,只骂人,如何?"

老僧摇头道:"不行。"

那人嗤笑道:"为何?!"

"骂我当然骂得,我又无所谓,只是我不忍心你徒增口业而已。既收了你银子,还要害你,于心何忍? 世间身陷口业业障而不自知者,很是误己。人之口、心两扇门,福祸无门惟人自召。我与你说关门,是说口业清净,心境无尘。那儒家讲慎独,也是关门。道家崇清净,还是关门。心关难守,连那山上炼师都怕得很,可咱们这些凡夫俗子,若是连少说几句话都做不到,就不太妙了。现在还要骂?"

那人半点不含糊,破口大骂,唾沫四溅。

老僧瞥了眼地上那粒银子,忍了。也不赶人,只等那人骂得没力气了,自行离去后,老僧才又伸出双指,轻轻一钩,然后在袈裟上蹭了蹭。屋内事屋内了,至于其他,各有缘法。

有个中年文士先在门外作揖,然后脱靴走入屋内,坐在蒲团上,将银子轻轻放在地上,然后问道:"敢问法师,佛家讲因果讲轮回,可若真有来世,一报还一报,那我来世又不知前世事,我还是我吗? 我不知是我,种种业报,善报也好,恶报也好,懵懂无知,茫然承受,何时是个头?"

"好问。"老僧微笑道,"可解的。容我慢慢道来。"

那人忍不住又问道:"为何人间报应,不能皆在现世?"

老僧眼睛一亮,一声大喝:"此时是谁,有此好问?!"

那人站起身,双手合十:"不知是否好问,只知法师好答。"

那人出门去也,竟是忘了穿那双靴子。

下一位,是个相貌清雅的老人。

给了一粒银子后,问了一桩山水神祇的由来,老僧便给了一些自己的见解,不过直言是从你们儒家文人书上照搬而来,觉得有些道理。

那位老者也不介意,便感慨世人实在太多蝇营狗苟之辈,尤其是那些年轻士子,太过热衷于功名利禄了……

老僧只是听着对方忧愁世道,许久之后,笑呵呵问道:"施主,今日用餐,有哪些啊?"

对方微笑道:"不远处白云观的清淡斋饭而已。"

老僧点头道:"不是吃惯了大鱼大肉的人,可不会由衷觉得斋饭清淡,而是会觉得难吃了。"

对方脸色微变,老僧又说道:"只是吃饱了撑着的人,与饥汉子说饭菜不好吃,容易打嗝惹人厌啊。"

老人起身,冷笑道:"什么得道高僧,虚有其名!"

老僧收起银子,笑道:"银子倒是真的。"

之后来了个膀大腰圆的汉子,却畏畏缩缩道:"大和尚,我是个屠子,下辈子投胎还能做人吗?"

老僧问道:"每日里杀生贩肉,所求何事?"

汉子有些局促,小声道:"挣钱,养家糊口。"

老僧笑了笑,道:"摊开手来。我帮你看一看。"

汉子最终笑着离去。

之后一人,根本就不是为了看手相而来,只是问那老僧:"法师一口一个'我',为何从不自称'贫僧'?好像不符合佛门规矩吧?"

老僧回答:"我颇有钱,小有佛法啊。"

那人哭笑不得,倒也觉得有趣,满意离去。

有女子羞赧站在门口,老僧笑道:"女施主,无需脱鞋。"

小妇人是来问自己那儿子是不是读书种子,将来能否考个秀才。

老僧笑着伸出手,女子却红了脸,伸出手又缩回去,老僧瞥了眼掌心,自己也放下了手,笑道:"你眼中有男子,我心中又无女子。只是这种话我说得,一般僧人听不得,更做不得。这就像你们婆媳之间,好些个道理,你听得,她便听不得;她听得,你却听不得。往往两种道理,都是好道理。就看谁先舍得、谁更舍得了。"

女子无比惊讶,轻轻点头,似有所悟。然后她神色间似有为难,家中有些窝囊气,她可以受着,只是她夫君那边,实在是小有忧愁。夫君倒也不偏袒婆婆太多,就是只会在自己这边唉声叹气。其实他哪怕说一句暖心言语也好啊。她又不会让他真正为难的。

老僧笑道:"晓得了细水长流的相处之法,只是还需求个解燃眉之急的法子?"

女子使劲点头,笑靥如花。

老僧说道:"有其门户家风,必有其子女,你那夫君,本性不错,就是……"

女子赶紧摆手。

老僧呵呵一笑,换了话题:"只是俗话说挑猪看圈,女子嫁人,男子娶亲,姻缘一事,都差不多。你家也算殷实人家,又是儿女双全,那就安心教导儿女。莫让他家女,将来在你家受此气,莫让你家女,以后成为你眼中的自家婆婆。之所以与你如此说,大抵还是你早有此想。换成别家妇人有别份心思,我便万万不敢如此说了。"

女子施了个万福,道谢离去,因为是穿鞋入屋,她不忘与老僧道了一声歉。

老僧笑道:"那三户人家,该与你道谢才是。"

然后来了个年轻英俊的富家公子哥,给了银子后开始询问老僧为何书上道理知道得再多也没用。

老僧笑道："你们儒家书上那些圣贤教诲，早早苦口婆心说了，莫问收获，但问耕耘。结果在合上书后，只问结果，不问过程。最后埋怨这样的书上道理知道了无数，却没把日子过好。这就不太好了吧？其实日子过得挺好，还说不好，就更不好了吧？"

最后老僧问道："你果真知道道理？"

那年轻人隐隐作怒："我如何不知道？我读过的书，涉猎诸子百家，比你读过的经书只会更多！"

老僧摇头："你读书多，但是你不知道。反而比那些读书不多的人，知道得更少。"

那年轻人养尊处优惯了，更是个一根筋的，反驳道："我知道！你能奈我何？"

老僧就陪着一问一答，重复话语"你不知道"。

老僧当然不会跟他就这么耗着，耽误挣钱，就让下一位客人入屋，两边生意都不耽误。

那年轻人突然冷不丁说道："我不知道。"

正在与他人言语的老僧随之说道："你不知道自己知道个屁。"

年轻人蓦然开怀大笑："哈哈，秃驴自己也犯口业！"

老僧直愣愣看着他道："你家世代商贾，好不容易才栽培出你这么个读书种子，希望你光耀门楣，你却心思不定，多奢望偶遇贵人得青睐。长辈帮忙笼络人情，你怡然自得。侥幸押中考题，人前神色自若，人后喜若癫狂。远游路上，听闻河畔神女多情，投牒祠庙却未被理睬，你便写那艳诗绮语，与同窗询问文采如何，因诋毁神女名声，而遭神女追责，所幸你尚有几分祖荫庇护，土地公又顾念你家祖辈，每逢饥荒必定开设粥铺，施舍孤苦贫寒却诚心不求回报，故而帮你竭力缓颊，哪怕幽明有异，神人有别，依旧想要破例托梦给你，却见你依旧扬扬自得，不知祖辈何等痛心疾首，一气之下再也不搭理。你始终浑然不觉，家族祠堂早已拆梁于你手。

"我也不说半点你听不得的佛法，只说你听得懂的。假若我真犯了口业，你嘴上心中皆骂我秃驴，业障岂非更大？你既然知道茫茫多的道理，那你家的立身之本——买卖一事，想来更知道，以我之口业，换你之口业，我亏了，你也亏了，这笔买卖你当真划算吗？你既然知道的道理多，劳烦教我一教？

"你只是惧我如何知晓你那些见不得光的勾当，事到如今，话到此处，仍是不想自己到底知不知道，你到底知道个什么？"

那个年轻人突然变坐姿为跪地不起，祈求老僧救他出苦海。

老僧说道："求人不如求己。世间钱财，从无净秽之别，只是这人心，总有黑白之分。"

那年轻人只是跪地磕头，哀求不已。

老僧怒道："只觉得天底下没有什么是非，只有立场？且看你倨傲精明、自得窃喜能几年！只管享你的福去！"

下一人亦是远游至此的外乡人，瞧着面容约莫而立之年，器宇轩昂，他微笑道："和尚，你这鸡汤……味道太怪了些。"

老僧笑道："施主直言不好喝就是了。因为大多时候，鸡汤只会让恼者更恼，苦者更苦。"

那人放下一粒银子，道："我相信法师是真有佛法的，只是好些个他人烦恼其实都不大，为何不传授以小术，立竿见影，岂不是弘扬佛法更多？"

老僧摇头道："急症用药，有那么多药铺郎中，要我做什么？若是平日里无事，多吃饭就可以了。"

那人觉得意犹未尽，远远不够解惑。

老僧已经笑道："凡夫俗子的小烦恼，有多小？你觉得我心中佛法，又有多大？当真能够立竿见影？我都不用去谈烦恼或佛法如何，只说施主你能够从万里之遥的地方，走到这里坐下，然后与我说这句言语，你经历了多少的悲欢离合？虽然施主心中尚未新起一个小烦恼，但此事看远些，也不算小了吧？"

那人哑然失笑，不以为然，摇头道："我此生所见所闻，所学所悟，所思所想，可不是就为了今天与法师打这个机锋的。"

老僧挥挥手："那就去别处。"

一天之内，院子里边人满为患，熙熙攘攘，热闹非凡。

最后一人，竟是那位京城小道观白云观的中年观主。

而来的倒数第二人，是一只幻化成人形的精魅。

老僧晓得，中年观主当然也晓得。

老僧方才与那精魅说了三句话。

"既有人心，便是人了。

"天地大吗？不过是一个我，一个他。

"天下事多吗？不过是一个实物得失，一个心中感受。"

中年道人脱靴之前，没有打那道门稽首，竟是双手合十行佛家礼。

老僧笑道："观主无需给那一两银子，我眼中只看那有情众生心中的一点佛光，看不见其他了，没什么精怪鬼魅。"

中年道人会心一笑，轻轻点头。

老僧继续道："我怕悟错了佛法，更怕说错了佛法。不怕教人晓得佛法到底好在哪里，只怕教人第一步如何走，此后步步如何走。难也，苦也。小沙弥心中有佛，却未必说得佛法；大和尚说得佛法，却未必心中有佛。"

中年道人说了一句话："顿悟是从渐悟中来，渐悟是往顿悟中去。"

老僧人低头合十,道:"阿弥陀佛,善哉善哉。"

中土神洲,一位仙人走到一处洞天之中。

仙人脚下是一面方圆百丈的青铜古镜,但是摆放了二十把椅子,宛如一座祖师堂。

这位仙人现身后,开启古镜阵法,一炷香内,一个个身影飘然出现,落座之后,十数人之多,只是皆面容模糊不清。

但是位置最靠前的两把椅子,暂时皆无人落座。

众人皆沉默不语,以心声相互言语。

座椅位置最低的一人,率先开口道:"我琼林宗需不需要暗中推波助澜一番?"

那位身为此地主人的仙人冷笑道:"蠢货。暗中? 怎么个暗中?! 你当那些文庙圣人是傻子吗?"

那位来自琼林宗的仙师噤若寒蝉,然后慌张起身,与众人道歉。

此后众人言语,不再以心声。

仙人对那位琼林宗宗主说道:"告诉徐铉,他所求太大,以他如今的境界,没资格谈此事。那清凉宗贺小凉,让他不要去招惹了。"

后者点头领命。

仙人说道:"渌水坑果然有变数,幸好我们与渌水坑没有过多牵扯,除此之外,东宝瓶洲和北俱芦洲海域,都有异象发生。"

其中一人笑道:"我们又不是雨龙宗,作壁上观看戏就是了。"

又有一个苍老嗓音冷笑道:"我倒要看看陈淳安怎么个独占醇儒。"

仙人不理睬这些个人恩怨,望向坐在自己对面的女子,皱眉道:"东宝瓶洲那边,是你的地盘,就没有话要说?"

女子手腕系有红绳,微笑道:"还真无话可说。"

仙人问道:"谁去查一查那本书到底出自谁的手笔? 能够为我们所用是最好。"

其中一人说道:"我去。"

那女子笑道:"真是狗鼻子啊。"

那人淡然道:"你要不是有个好师兄,早死了。"

女子轻轻晃动手腕,道:"可惜我有啊。"

此地仙人说道:"继续议事!"

女子说道:"我试试看,先让刘羡阳去趟正阳山。"

大骊边关乡野,一拨玩耍稚童瞧见远处尘土飞扬,立即蹦跳呼喝起来。

一支精骑疾驰而过,孩子们在山坡上一路飞奔。

马背上一位骑卒转头望去,轻轻握拳敲击胸口。

蛮荒天下托月山,微微震颤,然后动静越来越大,几乎有那山岳被拱翻的迹象。

然后托月山大阵开启,整座山岳骤然下沉十数丈,一时再无动静。

剑气长城的城头之上,他一袭红袍,闭目养神,枯坐如死,却突然站起身,大笑道:"阿良,有空来做客啊!"

第五座天下,一处天幕洞开,走出两位年轻道士,一位头戴莲花冠,一位身穿天仙洞衣、头戴一顶远游冠、脚踩一双云履,双方瞧着年纪差不多,前者名义上为后者护道,可其实还是懒得去天外天那边斩杀化外天魔。

青冥天下的道士,必须依制穿着,不可僭越丝毫,不过头顶远游冠与脚下云履两物,却是例外,不拘道脉、门派、出身,只要得了道门谱牒的道士都可以戴此道冠、脚穿云履。相传是道祖亲自颁下法旨,勉励修道之人,远游山河,修道立德,统以清净。

天幕打开之后,头顶莲花冠的年轻道士,便开始为身后那道大门加持禁制,以手指凌空画符。

除了白玉京,玄都观、岁除宫在内的数十个大仙家门派,都拥有一定数量的名额,得以进入这座崭新天下历练修行,从此在异乡天下开枝散叶,以开创下宗作为己任。

此次儒家独力开辟出第五座天下,照理而言,该是文庙独占此地,别家天下至多是缓缓图之,但是中土文庙那边,允许青冥天下和莲花天下在此各开一门,上五境之下的修道之人,百年之内得了各自天下的许可,都可以陆续进入此地,但是人数总计不能超过三千人,人数一满,立即关门,百年之后再度开启门禁,至于到时候如何个光景,就又需要文庙与白玉京、佛国三方好好商议了。

一个小道童从大门那边走出,四处张望,他腰间系有一只五彩拨浪鼓,身后斜背着一只巨大的金黄葫芦。

头戴远游冠的年轻道士,与那小道童打了个稽首,后者却摆摆手,老气横秋道:"不在一脉,我师父与你师父又是死对头,如今在那莲花洞天吵架呢,咱俩若是关系好,那不妥当,以后万一反目成仇,需要生死相搏,反而不爽利。"

手指画符的道士微笑道:"反正不在白玉京,咱仨言谈无忌,有问题都可以随便问。"

小道童问道:"文庙为何主动让别家修士六千人进入此地,跟自己争抢气运?如果儒家圣人盯得紧,即便你们白玉京能够用些偷摸手段,让心仪人物偷渡至此,但终究人数有限,更不敢明目张胆大肆扩张地盘,时日一久,浩然天下的修道之人,想必已经在这里初步站稳脚跟,率先占据天时地利人和,其余两座天下,还怎么与浩然天下争抢那些适宜修行的洞天福地?"

三人便是白玉京三掌教陆沉与他的小师弟,俗名田山青,在白玉京谱牒上则另有其名,出门在外,道号只去其姓,为山青,是道祖的关门弟子,和来自东海观道观的烧火童子。与莲花洞天"天地衔接"的藕花福地,一分为四,东海老道人只取其一,一座给了落魄山,其余两座分别给了陆抬和那个妖族伪装的"太平山年轻道人",最后才携整座福地"飞升"到了青冥天下,亲自与道祖问道。

陆沉反问道:"浩然天下有诸子百家,其他地方有吗?"

小道童说道:"至圣先师是读书读傻了,有些老糊涂,还是想偷懒,自己打理不过来,就干脆让外人帮忙?"

陆沉缓缓笑道:"读书人讲究一个修齐治平,又没想着自己当皇帝老儿享福。贫寒之家,饿了去钓鱼,果腹而已。平常人家,要是一口大缸可以养鱼,学问便只在喂饵食上,一一照料,观其生老病死,乐其生,忧其死。富贵门户,若是再有那几亩池塘,真正上心之事便已不在喂养上了,不过叮嘱奴仆莫忘了买鱼放鱼,自身乐趣只在赏鱼、钓鱼之上。等你有了一座大湖,乐趣何在? 无非是顺其自然,偶尔打大窝、钓巨物罢了。真正忧心所在,已在那江河改道、天时旱涝。浩然天下的文庙,比较不一样的地方,在于不忌外人在自家劈竹为竿、临水垂钓。"

小道童皱眉道:"能不能说得浅显些?"

陆沉笑道:"天能不能低些,地能不能高些,人能不能修道便不死?"

小道童不愿与这三掌教胡说八道,蹦跳了两下,抱怨道:"听说老秀才就在这边当苦力,怎么还不来跟我打招呼?"

陆沉笑道:"老秀才真要来了,我就只能躲着他了。"

小道童说道:"老秀才只是与天地合道,打打杀杀的手段还不够看。"

山青说道:"小师兄自然不怕,但是以后三千道人来此修行,就要时时处处跌跌撞撞了。"

小道童深以为然,使劲点头:"老秀才这人最大的毛病,就是记仇,君子慎独,那是从来没有的! 老秀才一步登天嘛,没拿过贤人君子头衔。"

当年在桐叶洲和东宝瓶洲之间的海上,烧火童子乖乖站定,伸出手心,被老秀才以上梁不正下梁歪的理由,拿树枝当戒尺,给狠狠收拾了一通。

陆沉稳固了大门,转头望去,这方天地,万年以来,天地无人推而自行,日月无人燃而自明,星辰无人列而自序。

以后如何,可就不好说了。

陆沉突然笑道:"好一个白也诗无敌,人间最得意。"

哪怕被大道压制,陆沉当下"跌境"后的飞升境,终究不是寻常飞升境可以媲美,加上极远处，那个读书人手持仙剑，出剑声势过于惊人，陆沉还是能看到一些端倪，只是远观即可，凑近去容易生出是非。毕竟白也身边有那老秀才，而陆沉与老秀才的得意弟子，可谓生死之仇。大师兄与齐静春是大道之争，但是最不讨好的，却是他这个做师弟的，没办法，白玉京五城十二楼，平时就数他最闲，二师兄脾气又太差，所以关键时刻的累活，就得他陆沉这个小师弟来做了。所幸如今小师弟也有了师弟，陆沉希望身边的远游冠年轻人，早点成长起来，以后就不用自己如何忙活了。

小道童瞥了眼陆沉，说道："难怪这么老实，是不是担心在这里被大道压胜，然后再被那人几剑砍死？"

陆沉笑道："所以山人自有妙计。"

一位老道人从大门那边走出，小道童赶紧躲到山青那边。

这个孙老道，真心惹不起。

如今青冥天下，轮到道老二坐镇白玉京。此次打开大门的重任，就交给了陆沉和玄都观观主孙怀中，陆沉与老观主的关系不算好，但也不算坏，还过得去。不然孙老道和陆沉师兄凑一起，这座崭新天下的安危，就悬了。到时候那位劝阻不成的读书人再大动肝火，与玄都观的情谊都要暂且搁下，加上老秀才的煽风点火，估计白也肯定要仗剑直去青冥天下，道老二和孙道人打烂了崭新天下多少山河，青冥天下都得还回来。

孙老道刚刚跨过大门，便一挑眉头，咦了一声："这才多久，第一位玉璞境都已经诞生了？这得是多好的资质？了不得，仿佛天地初开一般，就有此福缘傍身，被此方天地青睐，大道之行，真乃可证大道也。"

不是随便哪个元婴境瓶颈修士，随便哪个在各自家乡板上钉钉的上五境坯子，到了这方天下，都依旧可以跻身上五境。每一位来此天下的练气士，都会被这座天下压胜，大多只能随着时日推移慢慢与大道流转相契合，才有希望破境。

孙道人转头看了眼头顶远游冠的年轻道人，笑眯眯道："被人捷足先登，滋味如何？"

山青先与老道人毕恭毕敬打了个稽首，然后说道："小子不敢与大道天命争先。"

孙道人笑道："机不可失、失不再来，现在大可以说些轻飘飘的轻松言语，以后就知道什么叫'一步慢、步步慢'了。上古时候尚且如此，真以为如今便不讲究这个先来后到了？"

小道童点头道："以剑修身份，成为第一位玉璞境，使得所有剑修都被惠泽些许，剑气长城的崛起，更加势在必行。"

孙道人斜眼看那小兔崽子，道："说什么废话？"

小道童恼羞成怒道："瞎子、傻子也晓得天地间第一位玉璞境修士，受到天道庇护，你说的不是废话？废话你说得，我便说不得？"

孙道人瞬间来到小道童身边，伸手按住后者的脑袋，给出原因："贫道境界高，说的废话屁话都是法旨真言。"

没能躲避那只手掌的小道童，只觉得山岳压顶，脑袋晕乎，魂魄激荡，所幸孙道人将其脑袋一甩，小道童踉跄数步。孙道人笑道："看在你师父敢与道祖辩论的份上，贫道就不与你计较偷砍桃枝的事情了。"

陆沉望向那座城池所在地，说道："四面八方，缜密堪舆，后边剑修按部就班，分别在崇山峻岭、大泽江河间搁置压胜物，为山水烙印，如此一来，扩张速度是不是过于快了些？不说以后如何，只说短短百年之内，他们就会成为这座天下的最大势力，唯一的局限，只是城池人口数量跟不上而已，但是等到浩然天下三道大门打开，拥入无数的下五境修士和凡夫俗子，只要这拨年轻剑修运作得当，啧啧，剑修前途不可限量啊。"

不过陆沉当然知道，剑修除了对南婆娑洲印象稍好，对那桐叶洲和扶摇洲的观感，注定很差，故而那座城池肯定不太愿意收容太多的浩然天下三洲人氏。

大概这就是风水轮流转，一报还一报。可如果年轻剑修们太过记仇，在百年之内只会意气用事，人肆打压三洲修士、百姓，天时亦会流转不定，悄然远去。

孙道人嗤笑道："本就是文庙有意为之，要给剑气长城一份公道，你陆沉能如何？不服气，去找老秀才讲理去。贫道可以陪你，保证白也不出剑，如何？"

陆沉笑道："免了。"

距离这道天门极远处。

读书人问道："你在念叨个什么？"

老秀才说道："要与人为善。"

城池之内，开办了四座学塾，这在昔日存在万年的剑气长城，算是一桩史无前例的新鲜事。

先生夫子由一些境界不高的老剑修担任，那十几个教书先生，都是由隐官一脉挑选而出，主要是为就学蒙童们传授儒、法、术三家的入门学问，浅显易懂。至于蒙童最早如何识文解字，城池大街小巷有那石碑，都已被避暑行宫收拢起来。除此之外，对于传授学问的教书先生，也有几条铁律，例如不许擅自谈论浩然天下之善恶观感、个人喜恶，不许为学生讲授太多剑气长城与浩然天下的恩怨。

教书人只教书。至于这拨先生夫子，在学塾之外的饭桌酒桌上，则大可以随便言语。

刑官一脉剑修颇有异议，觉得选择传道授业解惑的夫子先生们，不该由隐官一脉独断专行，哪怕隐官一脉为主，刑官一脉也该为辅，为此闹了一场，以至于祖师堂第一次召开议事，就是讨论这件小事。

隐官一脉剑修多在外勘察地形，得了飞剑传信之后，只有郭竹酒、顾见龙两人返回城池。

刑官一脉却有十数人,皆是地仙剑修,不过齐狩和捻芯两位刑官一二把手,都没露面。齐狩在城外,亲自负责开辟第一座山头的府邸。至于捻芯,除了偶尔为旧躲寒行宫那些武道坯子教拳,一向漂泊不定,摆明了她无意染指那刑官权柄。如此一来,人数最多、战力最高的刑官一脉,无形中就分成了三座山头:齐狩为首的刑官阵营,几乎等于聚齐了剑气长城半数战力;两位老元婴剑修领衔的多是上了岁数的老人,与齐狩不太对付;最后便是捻芯与那十二个看似可有可无的小孩子,堂堂刑官二把手,好像成了个滑稽可笑的孩子王。

不过如今的城池,以后修行会分出三条道路:剑修;退而求其次,其余练气士;再退而求更次,成为一位纯粹武夫。

事实上,如今每一位剑修、纯粹武夫的最新破境,都会是心照不宣的大事。前者还好点,除了宁姚跻身玉璞境之外,毕竟各境剑修皆有,作为此方天下的"头次"破开某境瓶颈一事,气运终究有限。但是武夫一途,大有机缘!因为昔年躲寒行宫的武夫坯子,姜匀最高不过三境,这就意味着此后各境,皆是这处天地第一遭,相当于每高一境,就能为第五座天下的武道拔高一境。虽说这座天下兴许没有其余几座天下那样的武运馈赠,但是冥冥之中,便仿佛拳意在身,神灵庇护一般,至于此地武道破境,具体有何福缘,有无武运临头,就看那十二个孩子谁率先破境登高了,尤其是武学大门槛第七境,谁第一个跻身金身境,到时候有无天地异象,更是值得期待。

如今的城池内外,无论是不是剑修,人人都朝气勃勃,哪怕是那些体魄腐朽、境界停滞的老修士,都如枯木逢春,一心想着多活几年,多为年轻人和孩子们做几件事。

今天祖师堂议事,风尘仆仆返回城池的顾见龙,说了不少的公道话。

郭竹酒横放行山杖在膝,有些累,坐在那边打瞌睡,小鸡啄米似的。

对于刑官一脉和隐官一脉的这场人数虽悬殊、局面却比较旗鼓相当的吵架,高野侯其实就是个袖手旁观的外人,如今他这位年纪轻轻的元婴境修士,手握大权,负责财库一事,剑坊、衣坊、丹坊,三坊兼并为一,都划分给了高野侯,麾下一帮修行资质寻常的算账先生,哪怕有剑修入选,都会将其视为低人一等的苦差事,不太乐意。不过高野侯手掌财权,对于刑官一脉开疆拓土的拨款要求,却从无一个"不"字。

简而言之,高野侯虽然管着所有的神仙钱、家底,但是容易被剑修们瞧不起。

顾见龙只说公道话,舌战群雄,不落下风。

郭竹酒迷迷糊糊睁开眼睛,揉了揉脸庞,看那顾见龙还在笑嘻嘻言语,便双手扶住行山杖,轻声问道:"还没吵完?"

顾见龙转头说道:"没呢,有得吵。玄参那小子果然没说错,他家乡那边仙家祖师堂的争论,胜负只看谁口水多、嗓门大。"

郭竹酒双臂环胸，皱眉说道："学塾和夫子一事，是我们隐官一脉的意思，那么傻子也知道最早是谁的意思了，怎么，趁我师父师娘都不在，要造反？"

顾见龙先前讲了一箩筐的公道话，唯独这句话，不敢说。

一时间祖师堂内气氛无比古怪。

刑官一脉的某位年轻金丹剑修，忍不住开口道："郭竹酒你别上纲上线，就只是件小事。"

顾见龙以心声提醒道："绿端，少谈你师父，忘了隐官大人怎么说的了，出了避暑行宫，谈及他越多，隐官一脉剑修就越惹人烦。"

说到这里，顾见龙心中叹息，当时还不知道所谓的"出了避暑行宫"为何，如今才知道，原来是在两座天下。

郭竹酒点点头，望向对面那些刑官剑修，道："那你们人多，你们说了算。"

如此一来，变成了刑官一脉的剑修面面相觑，浑身不自在。

郭竹酒说道："但是那本书，你们不能拦着孩子们去看……"

高野侯终于开口说出第一句话："已经被禁了。如果我没记错，刑官一脉的理由之一，是浩然天下的风土人情看了脏眼睛。谁敢卖此书，逐出城池外。"

那本书里全是大大小小的山水故事，通过一个个小故事，将游记见闻串联起来，故事之外藏着浩然天下的风俗人情。山精鬼魅，山水神灵，文武庙城隍阁文昌阁，辞旧迎新的放爆竹、贴春联，二十四节气，灶王爷，官场学问，江湖规矩，婚嫁礼仪，文人笔札，诗词唱和，水陆道场，周天大醮……总之，大千世界，无奇不有，书上都有写。

这是年轻隐官早在避暑行宫"闲来无事"，让林君璧、邓凉在内所有隐官一脉的外乡剑修口述，他亲自记录、编撰而成，所以洋洋洒洒四十余万字的书籍，署名避暑行宫。

郭竹酒还是大致那个意思："你们刑官一脉人多，你们说了算。"

顾见龙隐隐作怒，打算不说公道话了。

郭竹酒却已经起身，手持行山杖，对顾见龙说道："走了。"

顾见龙起身，朝对面那排椅子伸出大拇指。

因为隐官一脉人少，高野侯麾下账房先生有资格列席祖师堂的，更少，所以双方并排，与那刑官一脉剑修好似对峙，分庭抗礼。

祖师堂之外的广场上，一道璀璨剑光转瞬即至，一人御剑远游数万里的宁姚收剑落地。

她手中拎着一颗血迹干涸的古怪头颅，似人非人，淡金色鲜血，可哪怕只是一颗头颅，都散发着浓郁的蛮荒远古气息。

宁姚随手丢在地上。

祖师堂内，人人起身。

郭竹酒使劲皱着脸，有些委屈。

宁姚愣了一下，走到小姑娘身边，摸了摸郭竹酒的脑袋，却是望向顾见龙，问道："怎么了？"

顾见龙下意识后退一步，只是来不及多想，心中也憋屈万分，沉声道："刑官一脉，在学塾和书籍两事上持有异议。"

宁姚点点头，站在门槛外，只差一步就进入祖师堂，说道："有异议者，重新落座，我来讲理。无异议者，滚出祖师堂。"

祖师堂之内，最终空无一人。

刑官一脉剑修，大多低头侧身而过。

宁姚跨入祖师堂，坐在隐官位置上，开始闭目养神，道："飞剑传信齐狩。"

片刻之后，齐狩御剑而至，被宁姚一剑劈砍砸地。

伤势不重，却也不轻。

齐狩苦笑一声，竟是连那祖师堂都不去了，擦干嘴角血迹，御剑离开城池，继续督造那座山头。

郭竹酒跟顾见龙坐在祖师堂外边的台阶上，不知为何，郭竹酒没觉得多开心。

顾见龙也心事重重。隐官大人说过，世事复杂，人心不定，乱世容不得世人多想，唯有活命而已，反而太平世道，越是容易出现两种情况，饱暖思淫欲，或是仓廪足而知礼节。说不定这齐狩，今天就是故意领此一剑的。既然剑术注定不如宁姚高，那就装可怜赢人心呗。境界一事，可以慢慢熬，他齐狩与宁姚的剑道差距，大可以用刑官一脉的势力扩张来弥补。

至于为何宁姚没有直接成为刑官领袖，顾见龙在内的隐官一脉剑修，其实都想不明白。大概是老大剑仙和隐官大人另有深远打算吧，只能如此解释了。

不过刑官一脉也不会太好受，因为失去那座剑气长城之后，以后生于城池的孩子们，成为剑修的人会越来越少，转去修习其他术法和成为纯粹武夫的，自然就会越来越多。而最新刑官一脉诞生第一天，就有铁律不可违逆：非剑修不得担任刑官成员。反观隐官一脉就无此约束。目前唯一的问题，就在于那个捻芯身份太过云遮雾绕，立场模糊。万一她选择与齐狩联手，隐官一脉就要比较头疼了。城池练气士和武夫人数有朝一日多于剑修，是大势所趋。如果捻芯那一支刑官，始终与齐狩合力齐心，说不定将来城池内外的情形，就会逐渐发展成为隐官一脉争夺练气士，刑官一脉坐拥全部武夫……

顾见龙毕竟在避暑行宫多年，跟林君璧、曹衮这些关系极好的小王八蛋厮混久了，对于这些隐患，还是能够提早有所预见的。

宁姚站在台阶上,笑道:"你们都不用担心,我会与所有剑修拉开两境距离。在那之后……"

言下之意,不等齐狩、高野侯跻身玉璞境,她宁姚就会成为这方天地的第一位仙人境,剑修!

郭竹酒蹦跳起来,雀跃不已,接话道:"师父也该来看师娘喽!"

宁姚对郭竹酒说道:"我此次游历,有一些见闻心得,我说,绿端你写。到时候以隐官一脉的名义刊印成册,分发下去。"

郭竹酒以行山杖拄地,道:"得令!"

顾见龙则当苦力,拎起那颗被宁姚随手丢在地上的古怪头颅。

宁姚带着郭竹酒御剑去往宁府。

先有剑气长城后有他,所以宁姚从此出剑再无拘束。

宁姚瞥了眼天幕,并未言语。

谁去找谁,不一定。

芦花岛上。

王座大妖切韵无奈道:"小师弟,你放着好好的剑气长城不去修行,来了这边,然后就要这么个破烂地方当府邸,会不会太寒酸了些? 到了桐叶洲再寻一处宗门遗址,不是更好?"

切韵的小师弟,正是那位托月山百剑仙第一人,以剑客自居的斐然。

昔日战场,南绶臣北隐官,还有个斐然,也算两人同道。

斐然与切韵这会儿身在芦花岛造化窟内,只是先前盘踞多年的大妖,可惜已经被路过的左右顺手出剑斩杀了。

斐然说道:"先前战场上挨了魏晋一剑,受伤不轻,在这边安心养伤好了。"

看过了造化窟,又一起离开,来到芦花岛高山之巅,因为此地被斐然收入囊中,所以芦花岛所有人得以逃过一劫,当然自己求死的,也被切韵一一处理干净了,斐然没有拦阻。不过比起雨龙宗,小小芦花岛的处境已经好太多,雨龙宗那边,被切韵和萧愻打杀之人,都被枯骨大妖白莹收编麾下。至于那些被切韵剥了面皮的女修,则被大妖仰止活生生炼化为王座侍女。

斐然望向东边,笑问道:"师兄,青花、酒糵之后,有没有想好新名字?"

切韵点头道:"陆沉是个好名字,可惜暂时不太合适,等临近中土神洲时再说吧。"

取名青花,是要亲眼看那剑气长城如一件青花瓷器,砰然碎裂。

攻破剑气长城时改名为酒糵,当然因为这浩然天下多醇酒美人。

陈淳安坐镇的南婆娑洲和西南扶摇洲那边,先前就乱得很,至于双方当下遥遥望去的那个方向,就是东南桐叶洲了。

玉圭宗和桐叶宗南北呼应,扶乩宗和太平山则东西呼应,如今都在大兴土木,匆忙构建了一座极大阵法。

斐然问道:"儒家文庙如此放权给天下,因此才有今天的尴尬处境,这算不算搬起石头砸自己的脚?"

切韵说道:"管这些做什么,反正浩然天下更换主人之后,除了极少数的巅峰强者,山上山下绝不会这么惬意了。"

斐然转移视线,望向南婆娑洲那边,说道:"可怜陈淳安。"

南婆娑洲有无陈淳安亲自坐镇其中,是天地之别。

切韵点头笑道:"咱们先不打南婆娑洲,而是分头攻打桐叶洲和扶摇洲,陈淳安很快就会陷入两难境地,是为一洲安危,而困守一洲,还是读书人为保晚节,不惜出来送死,然后葬送南婆娑洲。等着看好戏好了,陈淳安可以不计较那些中土读书人的议论,但是所有与桐叶、扶摇两洲休戚相关的修道之人,厚道些的,暗自神伤,是人却不做人的,就要对整个醇儒陈氏大骂不已了。"

斐然说道:"唯一的大劣势,只说天时地利,不谈人,是蛮荒天下想要上岸,处处都等于是剑气长城。"

那些占据山头的上五境修士,尤其是三教圣人,他们所在之地,加上兵家,书院道观寺庙,战场遗址,都是一座座小天地。

而这之外,又有一座悄无声息的大天地庇护。

南婆娑洲、扶摇洲和桐叶洲,所有坐镇天幕的陪祀圣人,已经落在人间。

比那剑气长城的三位圣人,更加直截了当,无一例外,纷纷选择身死道消,庇护一洲山河。

不但如此,金甲洲的数位天幕圣人,也分别赶赴南婆娑洲和扶摇洲,陨落人间。唯独东宝瓶洲两位文庙陪祀圣贤,依旧没有动静。

切韵嗤笑道:"小师弟,别侮辱剑气长城。"

斐然笑了笑:"也对。"

切韵说道:"白莹、仰止、绯妃、黄鸾,这四个在剑气长城那边束手束脚,可到了浩然天下之后,反而最容易捞取战功。可惜黄鸾运道太差,不然他精通破阵一事,很容易积攒战功。"

仰止和绯妃都是证得水道的王座大妖,大海广袤,除了帮忙开路,也适合冲击一洲山河气运,黄鸾能够帮忙"开门",而上岸之后,每次大战厮杀结束,就该轮到白莹施展神通。只是那头白猿,只差一步,没能彻底打杀那个大伏书院的君子钟魁,有点小麻烦。

此外渌水坑竟然凭空消失,也是个不小的意外。

不过问题不大，那座桐叶洲，根本守不住多久。

斐然轻声说道："剑气长城陈平安，桐叶洲左右，东宝瓶洲崔瀺。"

切韵笑道："反正都得死。"

剑气长城断崖处，离真来到那一袭灰色长袍旁边，距离此地最近的一拨剑修，正是流白、雨四、渚滩这几个同为甲申帐的剑仙坯子。只有背篓不在城头练剑，跟随他师父去了浩然天下，据说那个大髯汉子要朝南婆娑洲陈淳安出剑。

离真笑问道："龙君前辈，你为何不过此城头？浩然天下，值得龙君前辈出剑的对手不少吧。比如陈淳安，或者桐叶洲的苟渊。"

龙君沙哑开口道："会死。所以你们这些剑仙坯子，各自赶紧破境，多攫取一份剑道气运，对面城头就失去一份依仗。等我觉得不耐烦的时候，所有未曾破境、没有抓到一份剑意的剑修，都要吃我一剑，你帮忙传话下去。"

离真悚然。吃龙君一剑，还轮不到他离真。离真觉得可怕的是，难道那个死透了的陈清都，还留有后手？

离真举目远眺对面，皱眉不已，凭那个人？

若真是如此，先前龙君对他递出一剑，为何不还手？

离真心思急转，好奇问道："前辈为何要告诉我这个？"

龙君说道："你不自认为是观照，我却当你是观照。"

离真笑道："这种话，也就龙君前辈说了我不敢生气。"

先前在离真的建议之下，甲子帐已经下令，所有妖族不可靠近另外半座剑气长城，绝对不给那人砥砺体魄的机会，不但如此，那人至多只能眼睁睁看着脚下蛮荒天下的妖族洪流，多看一眼，糟心，不看的话，那就好像天地之间唯他一个。不是喜欢出风头吗？自古圣贤豪杰皆寂寞，容你陈平安当个够。

离真走到崖畔，扯开嗓子喊道："隐官大人，聊会儿天？！"

龙君说道："别喊了，他先前在三天之内，刚结丹碎丹又结丹，这会儿马上准备结元婴，没空搭理你，等他跻身元婴境后，我劝你别再来这边瞎逛了。"

离真愣了半天，一个月前，离真练剑之余，来此地散心，那家伙才刚刚稳固了魂魄，终于比人不人鬼不鬼的模样稍稍正常几分，当天就跻身了观海境，这会儿就直奔元婴去了？当是吃饭呢，一碗又一碗的，而且结丹碎丹又结丹又是什么玩意儿？！

对面断崖高处，那一袭极其扎眼的鲜红袍子，毫无征兆现身于离真视野，对方以长刀拄地，微笑道："儿子在告诫孙子别送死吗？问过你们祖宗答应没有？"

离真摇头惋惜道："以后不能常来探望隐官大人了。"

陈平安笑道："没关系，等我哪天不小心跻身了玉璞境，我就去看你。"

第七章
最高处的山巅境

大雨滂沱,河畔茅屋走出一位男子,行走在雨幕当中,衣衫不濡。

左右站在河边,黄豆大小的雨滴急促敲击河面,无比嘈杂。

雨幕加上夜幕,天地越发深沉晦暗。

桐叶宗鼎盛之时,地界广袤,方圆一千二百余里,都是桐叶宗的地盘,宛如一座人间王朝,主要是灵气充沛,适宜修行,然而那场变故之后,树倒猢狲散,十数个藩属势力陆续脱离桐叶宗,使得桐叶宗辖境版图骤减。一些门派是直接自立山头,与桐叶宗祖师堂更改最早的山盟契约,从藩属变成盟友,占据一块昔年桐叶宗划分出去的风水宝地,却不用上缴一笔神仙钱,这都还算厚道的,还有的仙家门派直接转投玉圭宗,或是与邻近王朝缔结契约,担任扶龙供奉。

雨势渐小,河畔茅屋这边来了三位客人。当中的紫袍仙人,正是曾经与左右数次交手的桐叶宗主傅灵清,仙人境,因强行破开玉璞境瓶颈,使得大道折损,终生止步于仙人境。傅灵清的破境,是无奈之举,若非如此,桐叶宗没有一位强势仙人坐镇,根本守不住那份摇摇欲坠的祖宗家业,由此可见,傅灵清与中兴老祖杜懋的性格差异。

傅灵清身边跟随着一对年轻男女,女子身穿盘金衫子,水红绫裙,衣裙之外罩有一件如云雾缥缈的龙女仙衣湘水裙,脚踩一双出自百花福地的绣花鞋,名为于心。

风流倜傥的年轻男子名为李完用,背有一把长剑,长剑名为螭篆,是一件桐叶宗屈指可数的杀伐重宝。

于心和剑修李完用,加上杜俨、秦睡虎,被誉为桐叶宗年轻一辈的中兴四人,成长极快，俱是一等一的修道大材，这就是一座大宗门的底蕴所在。

桐叶宗如今哪怕元气大伤，不谈天时地利，只说修士，唯一输给玉圭宗的，其实就只是少了一个大道可期的宗主姜尚真，和一个天资太好的下宗真境宗宗主韦滢。撇开姜尚真和韦滢不说，桐叶宗在其他方方面面，如今与玉圭宗依旧差距不大，至于那些散落四方的上五境供奉、客卿，虽然先前将椅子搬出了桐叶宗祖师堂，但只要于心等四人顺利成长起来，能有两位跻身玉璞境，尤其是剑修李完用，将来也一样能够不伤和气地搬回来。

宗主傅灵清来到左右身边，称呼了一声左先生。

左右点点头。

傅灵清说道："连同我们桐叶宗在内，一洲所有仙家渡船、符舟、练气士所有咫尺物和方寸物，都已经被书院征用，开始尽可能地多运载沿海百姓离乡避难，至于其中一些仙家势力为求自保，不愿倾囊相助，也在所难免，书院君子贤人们一番申饬过后，只能说是略有好转，但大局难改。不过姜尚真已经率先打开云窟福地的禁制，大举接纳玉圭宗辖境百姓。至于那座四象大阵，随时可以开启，抵御妖族大军。"

提及姜尚真和他那座云窟福地，傅灵清有些佩服，一旦拥入大量凡夫俗子，天地灵气就会逐渐被浸染和瓜分，原本一座上等福地就要跌为中等福地。而这种"跌境"，不比修士问道，几乎是不可逆的，因为福地的品秩高低，其实与用神仙钱砸出来的灵气的多少密切相关，灵气一旦被千百万的凡夫俗子瓜分殆尽，至多被均摊为一份份忽略不计的延年益寿，但是对于福地的修道之人而言，好似天幕低垂，大道压制越来越明显，大道成就也会越来越"低矮"。

所以设身处地，换成傅灵清住持云窟福地，光是弹压福地本土修士一事，就要焦头烂额，倍感为难。

而桐叶洲山头的修士在历史上是出了名的习惯各扫门前雪，例如至今桐叶洲还是没有一条跨洲渡船，反观小小东宝瓶洲，光老龙城就拥有数条渡船。此外，桐叶洲从无剑仙去往剑气长城历练，而浩然天下的下宗选址都不会选择桐叶洲，等等。

左右说道："姜尚真总算做了件人事。"

早知如此，当初御剑远游路过大泉王朝蠡景城，自己那一剑问候就该客气些。

傅灵清没有接话，毕竟如今姜尚真是玉圭宗的一宗之主。虽然境界最高者，还是老宗主荀渊，但是按照山上规矩，名义上姜尚真已是当之无愧的一洲仙家领袖，就像昔年的傅灵清。傅灵清很清楚，若是太平世道，这个虚名很能裨益宗门，可在天翻地覆的大乱世当中，这个名头则很要命。

傅灵清转移话题，感慨道："若是有那东宝瓶洲的山岳渡船，转移百姓进入大山头得到庇护，就会便捷很多。"

左右摇头道："除了笃定能够吞并一洲的大骊宋氏，没有几个王朝敢这么大举借债打造山岳渡船。"

那种匪夷所思的渡船，需以炼化一地山河为代价，规模之大，比世间跨洲渡船更加夸张，大骊宋氏是因为先后有墨家支脉、主脉的鼎力支持，才有机会建成。

傅灵清感慨道："水落石出之后，才知晓一国君主的魄力犹胜山上仙师。可惜再无机会拜访那位大骊先帝了。"

以一己私欲，竟也做得成一桩力挽狂澜的壮举。

当下整个浩然天下的山上修士，对于东宝瓶洲国师崔瀺联手大骊宋氏的"先见之明"，其实都看在眼里，记在心中。

左右对此不置可否。

左右与那崔瀺，是昔年同门师兄弟的自家私怨，左右还不至于因私废公，无视崔瀺的所作所为。不然当初在剑气长城"师兄弟"重逢，崔东山就不是被一剑劈出城头那么简单了。

李完用轻声道："可惜坐镇天幕的文庙陪祀圣人，没什么实实在在的战力。"

儒家两股势力，一在明一在暗。儒家七十二书院，七十二位儒家圣人山主，元婴、玉璞、仙人，三境皆有。然后就是坐镇天幕监察天下的众多文庙陪祀圣贤，还有一部分文庙圣人，辗转于光阴长河，寻觅、开辟洞天福地融入浩然天下版图，例如最新开辟出第五座天下，再就是一部分圣贤跟随礼圣，抵御某些极其难缠的远古神灵，暗中庇护整座浩然天下不被摧破。不同于那些学宫祭酒、书院山主，这些陪祀圣贤的陨落，往往不知不觉，不见记载，山上修士尚且不知，更何况山下俗子。

这个被誉为傅灵清第二的年轻剑修，早年还是少年时，不知天高地厚，当面顶撞左右，差点被左右毁去剑心，如果不是宗主替他挨了一剑，又有于心替他求情，如今桐叶宗中兴四人，估计就没他李完用什么事情了。

李完用所说，亦是事实。坐镇浩然天下每一洲的文庙陪祀圣贤，司职监察一洲上五境修士，尤其需要关注仙人境、飞升境的山巅大修士，画地为牢，从不去往人间，年复一年只是俯瞰着人间灯火。当年桐叶洲飞升境杜懋离开宗门，跨洲游历去往东宝瓶洲老龙城，就需要得到天上圣人的许可。

北俱芦洲火龙真人，出远门一样需要得到许可。而被驳回请求的各洲飞升境修士，亦不在少数。

所以托月山老祖笑言，浩然天下的巅峰强者半点不自由。绝非虚言。

浩然天下，最是约束强者，至于儒家门内的强者，更是不用多言。文庙陪祀圣贤的下场，就是最好的证明。

一些个让人十分难受的道理，早早先落在了儒家自身，那些飞升境的老神仙才能捏着鼻子忍了。诉苦可以，诉苦之后，烦请继续恪守礼仪。如此一来，才不至于山巅之人下山去，随便一个喷嚏一个跺脚，就让人间千里山河动荡不安。

傅灵清大怒道："李完用！慎言！"

李完用脸色微白，温文尔雅的宗主极少如此震怒。

左右说道："不用做样子给我看。"

傅灵清差点憋出内伤，对于儒家圣贤，这位桐叶宗的宗主，还真是由衷敬重。

何况这些文庙圣贤，以身死道消的代价重返人间，意义重大，庇护一洲风土，能够让各洲修士占据天时地利，极大程度消减蛮荒天下妖族上岸前后的攻伐力度，并使得一洲大阵以及各大山头的护山大阵，天地牵连，例如桐叶宗的山水大阵"梧桐天伞"，比起左右当年一人问剑之时，就要更加牢固。

左右说道："李完用所说，话虽难听，却是事实。人力有穷尽，圣贤也不例外，我们都一样。"

昔年私自准许杜懋离境的那位桐叶洲北方天幕陪祀圣贤，如今已经落在了扶摇洲人间，与其他圣贤一样，没有什么豪言壮语，悄然而已。

只不过世间事之所以复杂，就是人人都以讲学家身份，各说功过，相互指摘，名义上讲理，实则争吵分胜负，所以很容易鸡同鸭讲，各自有理。若是简单些，无非是就事论事，双方皆愿意承认人非圣贤孰能无过，如此讲理，才能相互砥砺，大道同行。

李完用显然有些意外，大为好奇，这个倨傲至极的剑仙竟然会为自己说句好话。

左右看了年轻剑修一眼，道："四人当中，你是最早心存死志的，所以有些话，大可以直说。只是别忘了直抒胸臆，而不是发牢骚，尤其是剑修。"

李完用最听不得这种话，只觉得这左右是在居高临下以大义压人，我李完用如何出剑，还需要你左右一个外人评点吗？

于心有些着急，生怕李完用再说几句气话，所以她赶紧以心声提醒李完用，左右前辈有些言语，听过就算了。

李完用倒是不敢当面顶撞左右，只是于心的那个"前辈"后缀，让年轻人揪心不已。

前什么辈！

此时，一位剑修御剑而至，正是与左右一起从剑气长城返回的王师子，金丹瓶颈剑修，经常得左右指点剑术，已经有望打破瓶颈。先前十四年间，三次登上剑气长城城头，两次出城厮杀，金丹剑修当中战功中等，这对于一位外乡野修剑修而言，看似平平，其实已经是相当了不起的战绩。更重要的是，王师子次次搏命出剑，却几乎从无大伤，也没有留下任何修行隐患，用左右的话说就是命硬，以后该是你王师子的剑仙，逃不掉的。

王师子抱拳道："左右前辈，傅宗主。"

然后朝于心和李完用点头致意。

桐叶宗的两位天之骄子也纷纷还礼。对于这个原本在桐叶洲山上无甚名气的王师子,桐叶宗中兴四人都十分佩服。原来王师子虽是剑修,去往倒悬山之前,却喜好独自游历山河,并且一直隐姓埋名,始终没有投靠任何一座"宗"字头仙家。在龙门境瓶颈后,就悄然跨洲远游去了剑气长城,在那边很快就破境结丹。直到此次跟随左右返回家乡,在桐叶宗忙前忙后,这位有了剑仙坯子气象的王师子,才逐渐被人熟知。

王师子与左右年龄相仿,却发自肺腑喜欢称呼左右前辈。兴许是得了左右前辈的叮嘱,关于剑气长城那边的事情,王师子一问三不知,至多说些那边的风土人情。

王师子是桐叶洲的山泽野修,左右本意是要王师子去往更加安稳的玉圭宗,王师子却执意留在桐叶宗,这些年帮助桐叶宗一起监督大阵打造一事。如今与杜俨、秦睡虎关系不错,偶有冲突之时,例如在某些事情上与阴阳家阵师、墨家机关师产生巨大分歧,王师子就会被桐叶宗修士推举出来,硬着头皮求助左右前辈。

王师子简明扼要说了件桐叶宗和外乡修士双方争执不休的麻烦事,傅灵清立即给出建议,由桐叶宗率先做出退让,左右点头无异议。

王师子告辞一声,御剑离去。

大雨停歇,李完用跟随宗主一起御剑远游,查看一些枢纽山头压胜物的安置情况。

左右站在原地,于心不知为何没有一起离开。

浩然天下,人心久作水中凫。

左右见她没有离开的意思,转头问道:"于姑娘,有事吗?"

于心壮起胆子问道:"左右前辈,浩然天下九座雄镇楼,南婆娑洲有镇剑楼,传闻是骊珠洞天出身的剑仙曹曦负责看管,扶摇洲也有一座镇山楼,为何我们桐叶洲没有雄镇楼?"

左右说道:"其实有,还是一座至关重要的镇妖楼,正是藕花福地观道观。天底下只有两座洞天福地相互衔接,你们桐叶洲的藕花福地就与道祖的莲花小洞天相互连接,但是那位观主飞升去了青冥天下,要与道祖问道,文庙那边既然没有阻拦,想必是早有约定。"

于心好奇问道:"事关重大,文庙为何不与老观主打个商量,晚些飞升,或是让老观主好歹留下那座镇妖楼,交由书院管理? 那么如今妖族大军入侵,是不是就能够多出一分依仗和胜算?"

浩然天下九座雄镇楼,分别是镇山、镇国、镇海、镇魔、镇妖、镇仙、镇剑、镇龙、镇白泽。

左右摇头道:"许多事情,我们儒家太过吃力不讨好,比如任由浩然天下百家争鸣,不对妖族赶尽杀绝,给予世俗王朝敕封山水神祇的权柄,不具体参与山下王朝的更迭。文庙内部的争执其实一直有,学宫与学宫之间,书院与书院之间,文脉与文脉之间,哪怕是一条文脉内的圣贤学问之争,也数不胜数。

"说理一事,最耗心气。我从来不擅长这种事情,按照佛家说法,我撑死了只是个自了汉,学了剑还是如此。只说传道授业,文圣一脉内,茅小冬原本最有希望继承先生衣钵,但是受限于学问门槛和修行资质,加上先生的遭遇,不愿离开文圣一脉的茅小冬更加难以施展拳脚,以至于帮山崖书院求个七十二书院之一的头衔,还需要他亲自跑一趟中土神洲。好在如今我有个小师弟,比较擅长与人讲理,值得期待。"

于心发现这位脾气不太好的左右前辈在说起那个小师弟的时候,破天荒有些笑意。

左右不再言语,大概是左右独有的逐客令了。

于心却还有个问题:"左右前辈明明对我们桐叶宗观感极差,为何还愿意在此驻守?"

左右说道:"你们宗主傅灵清,是个愿意讲理的人,一座山头,只要那个最能讲理之人愿意讲理,那么一地山风民俗,就有机会由浊转清。其次,我是得了自家先生和老大剑仙的授意,负责驻守桐叶洲,不是驻守你们桐叶宗。既然一身剑术来自此方天地,就该在理当还剑之时,归还天地。"

于心毕恭毕敬告辞离去。

她有些开心,今天左右前辈虽然还是神色冷漠,但是言语较多,耐着性子与她说了那么多的天上事。

她曾经对这位半点不像读书人的大剑仙有些怨怼,口无遮拦欺负人,胡乱问剑不讲理,害得宗门差点分崩离析,宗主被迫破境跻身仙人……只是当左右从剑气长城返回桐叶宗之后,按照王师子的说法,"顺路"斩杀了一只隐匿于芦花岛造化窟的大妖,还要帮助桐叶宗抵御蛮荒天下的妖族大军,她那些怨气便烟消云散了,那份积郁心湖,如雨后天地,气象一新,好似初春的抽芽,看着不见些儿动静,其实又有些动静儿。

如今整个桐叶洲,有桐叶宗、玉圭宗、太平山和扶乩宗一起打造四象大阵,加上三位天幕圣人坠落人间之前营造出来的三垣天象,飞升境荀渊,太平山老天君,仙人境姜尚真,各自据守其一,其中老天君和姜尚真都有远游而来的两位书院圣人辅佐,各自如同坐镇洞天,主持一洲气运流转。三垣四象大阵之下,三位大修士不断收拢各地散乱气数,这就使得如今桐叶洲天时极怪,比如桐叶宗地界,刚刚下了一场急促而至、匆忙而去的滂沱大雨,就又有了一场鹅毛大雪的迹象,让人措手不及。

等到一洲大阵彻底稳固,太平山辖境就会四季如春,玉圭宗常年烈日高悬,酷暑炎炎,扶乩宗秋风肃杀,桐叶宗常年降雪。

左右返回茅屋之内静坐养剑。

桐叶宗别处,秦睡虎大醉睡花下,只等妖族大军攻至。先前大雨急骤,无数花朵零落铺满身,他也浑然不觉。

大雨停歇与大雪将至之间,一处建造在崖畔的仙家府邸,开窗月满,俯瞰水潭,崖陡水深,无路可过。作为杜懋一脉的嫡传子弟,杜俨这些年里饱受白眼诟病,他原本将姜尚真视为毕生追求,浪荡子一般厮混多年,却在不足十年间突飞猛进,接连破两境,此时杜俨先是面色愁苦,转而神色坚毅,为杜家香火做千秋思量,舍生忘死,振臂而起,在此一举!

大雪时分。

紫袍剑仙傅灵清,这位在桐叶洲一直被视为傀儡宗主的男子,独自登上山巅祖师堂,环顾四周,大笑道:"大雪茫茫,遍天地间,白玉合成,直教我辈心胆澄澈,最宜出剑。"

在桐叶洲最北端一处仙家渡口,一行外乡仙师有些无奈,原来他们刚刚得到消息,老龙城符家在内的两条跨洲渡船,在一旬之前就已经通知渡口不再往返于两洲。而渡口许多渡船,根本不足以跨洲,几条勉强可以远游老龙城的大型渡船,也被书院调去了南方,云签先前也拿出了大半仙家符舟和一件珍藏咫尺物,交给太平山。

云签祖师愁眉不展,她带着雨龙宗那拨愿意跟随自己远游历练的弟子,在桐叶洲扶乩宗那边秘密登岸,然后就直奔太平山,携带一封密信,拜访了那位在桐叶洲德高望重的老天君,以及宗主宋茅。不等云签决断是否留在太平山,老天君就主动开口,让云签带着雨龙宗弟子赶赴东宝瓶洲,至于云签的那份馈赠,老天君是爽快人,与云签直言不讳,太平山百年之内,注定无以回报;至于百年之后,哪怕浩然天下还有这么个山头,也未必能够如何,希望云签道友做好心理准备。

云签望向碧波浩渺的海面,叹了口气,只能继续御风远游了,苦了那些只能乘坐简陋符舟的下五境弟子。

她转移视线,望向西南方向,倒悬山先前在众目睽睽之下已经飞升离去,动静极大,云签是上五境修士,倒悬山的离去,云签曾经察觉到一丝端倪,不知倒悬山上那座水精宫如何了,雨龙宗祖师堂又会如何?

云签不敢想象,也不愿多想。若是就此消失,雨龙宗会死很多人。若是依旧存在的话,云签更不知道整座浩然天下,将来会如何看待雨龙宗,不知道自己与身边这些雨龙宗弟子,将来在异乡应该如何自处。

渡口这边,谱牒仙师和山泽野修熙熙攘攘,都是仓皇北渡老龙城的桐叶洲逃难之人。

除了修道之人,还有许多与山上世代交好、消息灵通的各国达官显贵,使得一座极大的渡口,依旧显得人满为患。

一位姿容绝美的背剑女冠,自言自语道:"我与他们何异?"

身为桐叶洲修道之人,大难临头,先逃再说。

身穿儒衫却未悬挂书院佩饰的年轻人,摇头道:"黄庭,你要是这么钻牛角尖,我就要骂你了啊。老天君亲自颁布法旨,宋宗主再钤印祖师堂法印,等于是将你逐出师门,为何?还不是为了让你安心去往第五座天下,哪怕是最坏的情况下,你也能够为太平山留下一脉香火。他们这份良苦用心,不是让你用来自怨自艾的,你如果一直这么想,哪怕去了第五座天下,元婴瓶颈还是破不开,不但破不开,这还会是你的心魔。我可跟你说,那边已经有了好些剑气长城的剑修,一个个杀力巨大,哪怕是剑修之间的同境厮杀,浩然天下这边胜算都极小,一旦你在那边入魔,一定会被他们追杀。"

黄庭说道:"真输给了心魔,再被那些剑修斩杀,我也算死得其所,总好过被一些魑魅修士捡漏,给他们赚取一份斩妖除魔的功德。"

钟魁恼火道:"黄庭!"

黄庭说道:"我就是心里边憋屈,讲几句混账话透口气。你急什么?我可以不拿自己性命当回事,却绝对不会拿宗门当儿戏。"

钟魁松了口气。

黄庭皱眉不已:"人心崩散,如此之快。"

钟魁比她更加忧心忡忡,只好说个好消息安慰自己,低声说道:"按照我家先生的说法,扶摇洲那边比咱们好多了,不愧是习惯了打打杀杀的,山上山下都没咱们桐叶洲惜命。在书院带领下,几个大的王朝都已经同气连枝,绝大部分的'宗'字头仙家,也都不甘落后,尤其是北方的一个大王朝,直接下令禁绝一切跨洲渡船出门,任何胆敢私自逃往金甲洲和中土神洲的,一经发现,一律斩立决。"

钟魁伸手搓脸,道:"再瞧瞧咱们这边。要说畏死贪生是人之常情,可人人如此,就不像话了吧。官老爷也不当了,神仙老爷也不要修道府邸了,祠堂不管了,祖师堂也不管了,树挪死人挪活,反正神主牌和祖宗挂像也是能带着一起赶路的……"

还有一件事情,钟魁不好说出口。

东宝瓶洲那边当下在做一件极大之事,为此玉圭宗宗主姜尚真、太平山老天君、扶乩宗宗主稽海、大伏书院山主,都曾联袂火速去往两洲之间的海上,与大骊国师见过一面,希望东宝瓶洲改变主意,选择与桐叶洲合作。稽海甚至不惜将整座扶乩宗交给大骊王朝,从此成为大骊宋氏的藩属势力!

但是崔瀺依旧拒绝了桐叶洲的那个提议:先以大火煮海,露出一条海底的两洲山脊,再以水法稳固道路,以此牵连桐叶、宝瓶两洲为一洲!只等大战落幕之后,再重新水淹道路,切割两洲版图。

因为那头绣虎早已选择了北俱芦洲,崔瀺当时就一个理由,桐叶洲修士求活于东宝瓶洲,北俱芦洲修士愿死于东宝瓶洲,那么东宝瓶洲应该选择谁,一个学塾蒙童都知道。

当时钟魁也在场，只能是一言不发。

那场极有可能会决定三洲走势的见面，双方谈不上不欢而散，更没有谁对大骊国师说重话，因为前去海上之人，其实人人知道答案。强人所难，做不到，毕竟对方是心狠起来都敢欺师灭祖、连文庙副教主都不屑为之的崔瀺。至于与崔瀺说几句意气言语、撂什么狠话，更无必要，老天君、稽海在内的桐叶洲山巅大修士，这点气度还是有的。

至于崔瀺，除了直言自己的理由外，也没有对桐叶洲风土如何冷嘲热讽。

当时有人询问崔瀺，桐叶洲可以违例做成两洲合一一事，是形势所迫，换作北俱芦洲那边来做，文庙未必答应。

崔瀺只说了一句话，北俱芦洲剑修答应此事，就是一洲修士答应，文庙不得不答应，即便不答应，文庙又能如何？

钟魁有些佩服这位在儒家声名狼藉的昔年文圣首徒。

当我崔瀺以天下大势来讲理，管你是谁，都乖乖听着就是了。

钟魁望向远处的那拨雨龙宗修士，说道："如果雨龙宗人人如此，倒也好了。"

黄庭摇头道："上梁不正下梁歪，一座乌烟瘴气的雨龙宗，有那云签祖师，其实已经很意外了。"

云签最终带着那拨雨龙宗弟子辛苦远游至老龙城，然后与那座藩王府邸自报名号，说是愿意为东宝瓶洲中部开凿齐渎一事略尽绵薄之力。藩王宋睦亲自接见，宋睦人还未至大堂，就紧急下令，调动了一艘大骊军方的渡船，临时改变用途，接引云签祖师在内的数十位修士，火速去往东宝瓶洲中部，从云签在藩王府邸落座饮茶，不到半炷香工夫，茶水尚未冷透，就已经可以动身赶路。

宋睦亲自将雨龙宗一行人送到内城军用渡口，最后向云签祖师在内的所有人抱拳致谢，说即日起，此处藩邸，所有雨龙宗修士，出入无禁。

除此之外，从头到尾，这位年轻藩王没有任何一句客套寒暄。

渡船在那条齐渎源头处靠岸，得到飞剑传信的迎接之人，是三位大渎督造官之一的柳清风，他交给雨龙宗修士一份大渎开凿进程，然后一边向云签祖师询问雨龙宗水法细节，一边寻求云签祖师的建议，双方仔细修改、完善一份督造府连夜赶制编撰出来的既有方案，如果说老龙城年轻藩王宋睦给人一种雷厉风行的感觉，那么这位柳督造就给人如沐春风之感。

云签感慨万分。桐叶洲那边，哪怕是拼命逃难，都给人一种杂乱无章的感觉，但是在这东宝瓶洲，好像事事运转如意，毫无凝滞，快且有序。

大骊龙州槐黄县小镇，骑龙巷铺子那边多出一名掌柜，名叫长命。

山君魏檗刚刚从一场夜游宴中脱身,加上剑仙米裕,与这位远道而来的长命道友一番密议,确定她身份无疑之后,魏檗没有立即擅自打开莲藕福地的禁制,只说此事还需要等待落魄山大管家朱敛的定夺,于是长命暂时就在骑龙巷压岁铺子那边帮忙。

长命掏出那枚本命金精铜钱,只见金光流转,大放异彩,好似本命与此方天地相契合。果然选择此地修道,是上上之选。

长命对于那座中等福地的莲藕福地,更加期待了。

落魄山上,魏檗与米裕坐在石桌旁,北岳山君神色有些无奈,其实以他和落魄山的交情,长命道友入驻其中,根本无需等到朱敛发话,事实上是魏檗根本做不成此事,那把桐叶伞已经按照密信上的嘱托,转交给了崔东山,不出意外,最终应该会落在桐叶洲某位修士手中,可能是太平山,钟魁,或者干脆就是那位落魄山供奉"周肥",用来接纳避难的山下人。

只是不知刚刚升为中等福地没几年的莲藕福地,会不会重返落魄山之后,就被打回原形,再次沦为一座灵气稀薄的下等福地,毕竟逃难之人以后返乡是会一起带走灵气的,返乡的人越多,裹挟气运、灵气越多,莲藕福地折损越多。

魏檗举目远眺,想起那本用心险恶的山水游记,喃喃道:"陈平安啊陈平安,至于吗?值得吗?"

米裕微笑道:"魏山君,看来你还是不够懂我们山主啊,或者说是不懂剑气长城的隐官大人。"

米裕转头对一旁默默嗑瓜子的黑衣小姑娘,笑问道:"小米粒,卖那哑巴湖酒水的铺子,那副对联是怎么写的?"

周米粒赶紧放下瓜子,拿起桌上金色小扁担,站起身,朗声道:"剑仙三尺剑,举目四望意茫然,敌手何在,豪杰寂寞!"

周米粒润了润嗓子,继续以更大嗓门喊道:"杯中二两酒,与尔同销万古愁,一醉方休,钱算什么?"

小姑娘高高举起手中金扁担,瞅瞅,我有金扁担,钱算什么?

米裕喝了一大口酒,遥想当年,避暑行宫下了一场雪,隐官一脉的剑修们一起堆雪人,年轻隐官与弟子郭竹酒笑说了一句话:我偏不信世道有那么糟糕!

米裕觉得就算在今天,站在这里,年轻隐官也会如此认为,并且坚信不疑。

因为有些认知,与世道到底如何,关系其实不大。

杨家铺子那边。

那个名叫杨暑的伙计难得有了些笑脸,因为他认得今天登门的女子,李柳,李二的闺女,李槐那个小王八蛋的亲姐姐。以前杨暑还有些念想来着,只是家里长辈没答应,说不是钱的事情，杨暑再问，长辈只说是老家主的意思，让他死了这条心。

不过一向独来独往的李柳，今天身边跟着个粗布麻衣的肥胖妇人，杨暑实在忍不住多瞥了几眼，那妇人对他"腼腆一笑"，把杨暑给吓了一跳。那妇人掀起帘子，侧身而立，等到李柳跨入后院，妇人才放下帘子，对杨暑又笑了笑，杨暑看着一座小山似的妇人，在柜台后边，偷偷抬起自己胳膊，觉得自己一个大老爷们，都有些不是她的对手。

李柳坐在一条一落座便咯吱作响的竹椅上，是弟弟李槐的手艺。

随身携带整座渌水坑的妇人就站在李柳身后，大气不敢喘，因为知道那个坐在台阶上吞云吐雾的老头子是什么身份——在那远古时代，管着两座登仙台之一。

一位青衣女子御剑落在庭院中，坐在廊道那条长凳上。

杨老头将老烟杆轻磕台阶，开口说道："事情就是这么个事情，做成了，只有守住了东宝瓶洲才算一桩功德，守不住，反而是一桩祸事，以前我一直拘着你们俩做人，此事过后，你们就可以随意了。"

那妇人瞧见了修为不过是元婴境瓶颈的青衣女子之后，心中竟是大为震撼惊悚，完全是一种不讲道理的本能。

妇人不笨，毕竟是一只熟知老皇历的飞升境大妖，想到身前李柳的真身，一下子就猜出了那个陌生女子的真实身份。

至大神灵，高居王座，俯瞰人间，大日煮海，炼杀万物，日光所及，皆是疆土。

妇人先是越来越拘谨，渐渐地发生变化，整张脸庞和眼眸都开始隐隐变幻，以至于凶性暴起，一只大妖，终究是名副其实的飞升境，即便心中畏惧万分，一旦怕到了极致，反而禀性显露，堂堂飞升境岂能束手待毙，拼命也要杀上一杀！

阮秀缓缓从那妇人身上收回视线，掏出一块绣帕，拈起一块糕点，细嚼慢咽。

李柳说道："我没问题，关键看她。"

阮秀点点头："我只有一个要求，不管成不成，文庙功德现在就要算在龙泉剑宗头上，可以减半。"

杨老头犹豫了一下："此事我去跟崔瀺商量，既然主动减半，问题应该不大。"

李柳说道："那我一样，算在李槐身上。"

杨老头没好气道："给他做什么，那小崽子需要吗？不得被他嫌弃踩狗屎鞋太沉啊。"

李柳笑了笑，随即打消这个念头。

不过李柳拿出那根从李槐那边要来的红绳，抛给杨老头后，冷笑道："怎么说？主意打到了我弟弟头上，活腻了吗？不如我用那份功德，换臭婆娘一条命，够不够？"

杨老头皱眉说道："这件事你别管，我来收拾烂摊子。"

阮秀突然问道："那本游记到底是怎么回事？"

杨老头嗤笑道:"小说家分两脉,一脉往正史去靠,竭力脱离稗官身份,不愿担任史之支流余裔,希望靠一座白纸福地证得大道;另外一脉则削尖了脑袋往野史走,后者所谋甚大。"

杨老头挥了挥老烟杆,又道:"这些事情,你们都不用理会。赶紧破境跻身玉璞,才是当务之急,如今你们已经无需藏掖太多了。"

阮秀手里边糕点已经吃完了,她瞥了眼那个外乡妇人,一旦将其炼杀,自己直接去往仙人境,都是有机会的。

李柳冷声道:"阮秀,收敛点。"

阮秀懒洋洋坐在长凳上,眯眼笑问道:"你谁啊?"

妇人惴惴不安,这才是名副其实的神仙打架。

阮秀问道:"他还能不能回来?"

杨老头沉默不语,不过小院烟雾越发浓郁。

然后那妇人再次一惊一乍,震撼不已,转头望向杨老头身后的一位身材高大、有一双金色眼眸的白衣女子。

见到"此人"后,渌水坑妇人只觉得心有点累,自己不该跟随李柳来这里逛荡的,好像连她这飞升境在这边都不够看,早知道还不如去北俱芦洲触火龙真人的霉头。

只听那高大女子微笑道:"当然。"她视线低敛几分,俯瞰坐在地上的杨老头,"告诉崔瀺,再让他转告文庙,小心我让浩然天下和青冥天下变成一家人。"

杨老头说道:"只要你留在这里,陈平安就有机会,他命硬。何况他的隐忍是对的,如果你跟着去了那边,可能他那条命就要彻底交待在剑气长城了。"

她说道:"独自留在那边,生不如死吗?"

杨老头说道:"我倒觉得留在那边,才是最好的修行。登山是大事,修心是难事,不是被骂几句,做几件好事,就是修行了。"

她冷笑道:"你和陈清都好像挺有资格说这种话。"

杨老头点头道:"凑合。"

杨老头挥了挥烟杆,道:"还是要小心,那些个王座大妖,不会任由你们煮海搬水的。"

随后,阮秀御剑离开院子,李柳则带着妇人去了趟祖宅。

杨老头站起身,对白衣女子道:"若是我有万一,帮忙照料几分。"

她点点头:"没剩下几个故人了,你这把老骨头,悠着点。"

杨老头笑着重复先前两个字:"凑合。"

东宝瓶洲大渎中段,一处最新筑造的堤坝之上,一个白衣少年骑在一个孩子身上,一旁有个双鬓霜白的老儒士,还有林守一在默默跟随。

少年在狂骂老王八蛋不是个东西。

林守一只当什么都没听见,其实一老一少,两位都算是他心目中的师伯。

国师对林守一问道:"你觉得柳清风为人如何?"

林守一说道:"天生就适合修习师伯的事功学问。人极好,学问从不落空处。"

崔瀺说道:"看事无错,看人就片面了。那柳清风是个冷眼热心肠的,千万别被热心肠给迷惑了,关键是'冷眼'二字。"

崔东山嬉笑道:"老王八蛋还会说句人话啊,难得难得。对对对,那柳清风愿意以善意善待世界,可不等于他看得起这个世道。事实上,柳清风根本不在乎这个世界对他的看法。我之所以欣赏他,是因为他像我,先后顺序不能错。"

崔瀺说道:"我马上要去趟北俱芦洲骸骨滩的鬼蜮谷。"

崔东山犹豫了一下,道:"为何不是我去?我有高老弟带路。"

崔瀺说道:"你境界太低,那个高承未必听你的,东宝瓶洲没工夫跟他耗费在钩心斗角上。他要补全大道,获悉最根本的轮回流转之法,东宝瓶洲就给他这个机会。关键时刻,我会跟桐叶洲借来钟魁,你先去找那个云游到白云观的大和尚。有些事情,需要事先打好招呼,不然忌讳太大,得不偿失。我绝对不允许东宝瓶洲哪怕守住了,也只是个千疮百孔的烂摊子。"

如果桐叶洲不是太过人心涣散,崔瀺不是没想过将东宝瓶洲与桐叶洲牵连在一起。钟魁加上高承,当然还需再加上一个崔东山,原本大有可为。

崔东山伸手按住孩子的脑袋,骂道:"高老弟,臭不要脸的老王八蛋打算坑你呢,赶紧吐他一脸唾沫星子,帮他洗洗脸……"

崔瀺加重语气道:"我在跟你说正事!"

崔东山怒道:"老子耳朵没聋!"

崔瀺离去之前,好像没来由了一番废话:"以后好好修行。如果见到了老秀才,就说一切是非功过,只在我自己心中,跟他其实没什么好说的。"

崔东山闷闷不乐道:"你有本事自个儿说去。老子不是传话筒,他娘的如今差着两个辈分呢,喊老秀才祖师爷,臊得慌。"

崔瀺仰头望向天幕,淡然道:"因为我没本事,才让你去说。"

大骊国师,缩地山河,转瞬之间远去千百里,偌大一个东宝瓶洲,宛如这位飞升境读书人的小天地。

崔东山从孩子身上跳下,跳起来使劲挥动袖子,朝那崔瀺身形消逝的方向,双手出拳不已,大骂着滚滚滚。

林守一却知道,身边这位模样瞧着玩世不恭的小师伯崔东山,其实很伤感。

崔瀺离开东宝瓶洲去往北俱芦洲之时,已经有大修士齐力施展了隔绝天地的大神通。

东宝瓶洲最北部,阮秀抖搂手上镯子,一条火龙蓦然现身,一线北去,大日照耀下,天地间众多光线好似倾斜齐聚在那条道路上。

北俱芦洲最南端,李柳站在海滨,分开大海。

一线之上,右侧有北俱芦洲众多剑仙和上五境修士护阵,有太徽剑宗宗主刘景龙、掌律老祖黄童,刚刚从南婆娑洲游历归来的浮萍剑湖郦采,北地剑仙第一人白裳,披麻宗上宗掌律纳兰祖师,宗主竺泉……

左侧只有两位飞升境,算是老相识了,火龙真人与渌水坑妇人,火龙真人笑呵呵,妇人陪着傻笑。

陆芝,酡颜夫人,春幡斋剑仙邵云岩,一起赶到了南婆娑洲。

蛮荒天下王座大妖中的大髯游侠,率先来到南婆娑洲海滨,问剑醇儒陈淳安。

半座南婆娑洲的修道之人,都可以看到那条撕开夜幕的剑光。

海上生明月半轮,刚好将整个婆娑洲笼罩其中,凌厉剑光破开明月屏障之后,被陈淳安的一尊巍峨法相伸手收入袖中。

临海的一座仙家山头之巅,酡颜夫人轻声问道:"刘叉为何如此作为? 这不等于是替陈淳安暂时解围吗?"

邵云岩说道:"正因为敬重陈淳安,刘叉才专程赶来,递出此剑。当然,也不全是如此,这一剑过后,中土神洲更会侧重防御南婆娑洲。怀家老祖在内的一大批中土修士,都已经在赶来南婆娑洲的路上。"

酡颜夫人讥讽道:"来这里看戏吗? 怎么不学那周神芝,直接去扶摇洲山水窟守着。"

邵云岩不再言语。

闭目养神的高瘦女子大剑仙,突然睁开眼睛,微微点头。原来是陈淳安收起法相,出现在他们身边。

方才还在冷嘲热讽的酡颜夫人噤若寒蝉,她对于浩然天下本就没什么好感,跟随陆芝之后,酡颜夫人更是喜欢以半个剑气长城人氏自居。

只是身边这位醇儒,实在太过让她敬畏了。浩然天下终究还是有些读书人,他们身在何地,好像道理就在何处。招惹他们,比招惹什么的桀骜不驯的飞升境,还要可怕。

陈淳安笑着与众人致礼招呼后,眺望大海,肩头各有日月,只是那轮明月,出现了一线裂缝。

陈淳安和陆芝几乎同时会心一笑。

浩然天下有声势惊人的九条武运,浩浩荡荡地涌入蛮荒天下的半座剑气长城。

蛮荒天下亦是如此，一份磅礴武运再次涌向剑气长城。

剑气长城断崖处，龙君啧啧笑道："疯狗。"

有个脑子有病的练气士，原来根本就没想着一鼓作气跻身什么元婴剑修，竟然故意以反复碎丹一事，一次次搅烂魂魄，再凭借与剑气长城合道，重塑肉身、恢复魂魄，用这种堪称前无古人后无来者的方式，淬炼武夫体魄，跻身了纯粹武夫山巅境。

中土神洲一处禁制之地，方圆百里之内，山清水秀，风景宜人，唯有一座高两层、面阔三楹的建筑，好似从富贵门庭孤零零摘出来的小书斋。

匾额不大，但是意思极大，镇白泽。居中大堂，悬挂有一幅至圣先师的挂像。如果不是那匾额透露了天机，误入此地的修道之人，都会以为此地主人，是位隐居世外的儒家弟子。

一位中年面容的男子正在翻阅书籍，每年都会有礼记学宫的君子贤人送书至此，不拘题材，圣贤训诂、文人笔记、志怪小说，都没什么讲究，学宫会按时放在禁地边缘地带的一座小山头上，小山并不出奇，只是有一块鳌坐碑样式的倒地残碑，依稀可见"春王正月大雨霖以震书始也"，君子贤人只需将书放在石碑上，到时候就会有一位女子来取书，然后送给她的主人，大妖白泽。

白泽放下书籍，望向门外的宫装女子，问道："是在担心桐叶洲形势会殃及自断一尾的浣溪夫人？"

女子听闻询问，立即转身，恭敬道："回老爷的话，看那雨龙宗的可怜下场，奴婢确实担心浣溪夫人的安危。"

浣溪夫人不但是浩然天下的四位夫人之一，与青神山夫人、梅花园子酡颜夫人、月宫种桂夫人齐名，还是浩然天下的两只天狐之一，九尾，另外一只，则是宫装女子这一支狐魅的老祖宗，后者因为当年注定无法躲过那份浩荡天劫，只得去龙虎山寻求那一代大天师的功德庇护，道缘深厚，得了那方天师印的钤印，她不但撑过了五雷天劫，还顺利破境，为报大恩，担任天师府的护山供奉已经数千年，飞升境。

宫装女子神色有些幽怨，埋怨那浣溪夫人不惜舍了天狐境界不要，也要置身事外，两不相帮。若是自己，岂会做这等傻事。

白泽来到门口，宫装女子轻轻挪步，与主人稍稍拉开一段距离，与主人朝夕相处千年光阴，她丝毫不敢逾越规矩。

白泽说道："青婴，你觉得蛮荒天下的胜算在哪里？"

名为青婴的狐魅答道："蛮荒天下妖族大军战力集中，用心专一，就是为了争夺地盘来的，受利益驱使，本就心思纯粹，如今哪怕兵分三路，依旧对南婆娑洲、扶摇洲和桐叶洲占据绝对优势。此外浩然天下的内讧迹象，更是大隐患。浩然天下仙人境、飞升境的巅峰强者，委实太过憋屈了，若是托月山那位大祖果真愿意信守承诺。一旦天地变色，这些强者无论是什么出身，都可以得到一份大自由，那无疑极有诱惑力。"

说到这里，青婴有些忐忑。当年她就因为泄露心事，言语无忌，在一个小洲的风雪栈道上，被主人一怒之下打入谷底，口呼真名，断去一尾。

白泽说道："直说便是。"

青婴得了法旨，这才继续说道："桐叶洲自古闭塞，养尊处优惯了，骤然间大难临头，人人措手不及，很难人心凝聚。一旦书院无法以铁腕遏制修士逃难，山上仙家再带动山下王朝，朝野上下，瞬间局势糜烂。只要被妖族攻入桐叶洲腹地，就好似是那精骑追杀流民的局面，妖族在山下的战损，可能会小到可以忽略不计，桐叶洲到最后就只能剩下七八个'宗'字头，勉强自保。北去路线，东宝瓶洲太小，北俱芦洲的剑修在剑气长城折损太多，况且那里民风彪悍不假，但是很容易各自为战，这等战争可不是山上修士之间的厮杀，到时候北俱芦洲的下场会很惨烈，慷慨赴死也就真的只是送死了。皑皑洲商贾横行，一向重利忘义，见那北俱芦洲修士的结果，吓破了胆，更要权衡利弊，所以这条囊括四洲的战线，很容易接连溃败。加上遥相呼应的扶摇洲、金甲洲和流霞洲一线，说不定最后半座浩然天下，就落入了妖族之手。大势一去，中土神洲就算底蕴深厚，一洲可当八洲，又能如何抵御？只能坐等剥削，被妖族一点一点蚕食殆尽，瓮中捉鳖。"

白泽笑了笑："纸上谈兵。"

青婴自然不敢质疑主人。

白泽走下台阶，开始散步，青婴跟随在后，白泽缓缓道："你是纸上谈兵。书院君子们却未必。天下学问殊途同归，打仗其实跟治学一样，纸上得来终觉浅，绝知此事要躬行。老秀才当年执意要让书院君子贤人少掺和王朝俗世的庙堂事，别总想着当那不在朝堂的太上皇，但是却邀请那兵家、墨家修士，为书院详细讲解每一场战争的利弊得失、排兵布阵，甚至不惜将兵学列为书院贤人晋升君子的必考科目之一，当年此事在文庙惹来不小的非议，被视为'不重视粹然醇儒的经世济民之根本，只在外道歧途上下功夫，大谬矣'。后来是亚圣亲自点头，以'国之大事，在祀与戎'作盖棺论定，此事才得以通过推行。"

青婴知道这些文庙内幕，只是不太上心。知道了又如何？她与主人，连外出一趟，都需要文庙两位副教主和三位学官大祭酒一起点头才行，只要其中任何一人摇头，都不成。所以当年那趟跨洲游历，她确实憋着一肚子火气。

白泽接着道："老秀才推崇人性本恶，却偏要跑去极力嘉奖'百善孝为先'一语，非要将一个'孝'字，放在了忠义礼智信在内的诸多文字之前，是不是有些矛盾，让人费解？"

青婴有些无奈。这些儒家圣贤的学问事，她其实半点不感兴趣，只好说道："奴婢确实不解文圣深意。"

白泽自问自答道："道理很简单，孝最近人，修齐治平，家国天下，家家户户每天都在与'孝'字打交道，是人世修行的第一步。每当关起门来，其他文字便难免或多或少离人远了些。真正纯孝之人，难出大恶之徒，偶有例外，终究是例外。'孝'字门槛低，不用学而优则仕，为君王解忧排难，不用有太多的心思，对世界不用理解如何透彻，不用谈什么太大的抱负，这一字做得好了……"

白泽转头，伸手指向那座只说规模不太起眼的雄镇楼，道："屋舍就牢固了，世上家家相亲，孝如卯榫，在家中遮风避雨不难了，推开门去，读书越多，琢磨越多，忠义礼仪就自然而然跟上了。要我说啊，以后哪天门内世道变得亲情疏离，夫妻离散无负担，门外世道人人为己，傻子太少，聪明人太多，那个世道才是真正在往下走，因为世道这个屋舍的细微处，越来越失去黏性了。这也是老秀才当年不愿首徒崔瀺太早推出'事功学问'的原因所在，不是那头绣虎的学问不好，而是一个不慎，就会弊端太大，到时候至圣先师、礼圣亲自出手补救，都难有成效。父子之间，夫妻之间，若是都要斤斤计较利益得失，那儒家就会比释道两家更早进入人心上的末法时代。"

白泽微笑道："山上山下，身居高位者，不太害怕不孝子弟，却极其忧心子孙不肖，有些意思。"

白泽突然笑道："我都硬着头皮说了你这么些好话了，你就不能得了便宜不卖乖一回？"

青婴愕然，不知自家主人为何有此说。

白泽无奈道："回了。去晚了，不知道要被糟践成什么样子。"

白泽带着青婴原路返回那处"书斋"。

青婴只见屋内一个身穿儒衫的老文士，正背对着他们，踮起脚尖，手中拎着一幅尚未打开的卷轴，在那儿比画墙上位置，看样子是要悬挂起来，而至圣先师挂像下边的条案上，已经放上了几本书籍，青婴一头雾水，更是心中大怒，主人清净修行之地，是什么人都可以擅自闯入的吗?! 但是最让青婴为难的地方是，能够悄无声息闯入此地的人，尤其是读书人，她肯定招惹不起，主人又脾气太好，从来不允许她做出任何狐假虎威的举动。

白泽站在门槛那边，冷笑道："老秀才，劝你差不多就可以了。放几本禁书我可以忍，再多悬一幅你的挂像，就太恶心了。"

听闻"老秀才"这个称呼，青婴立即眼观鼻鼻观心，心中愤懑刹那间便荡然无存。

她当年被自家这位白泽老爷捡回家，就曾好奇询问，为何雄镇楼当中会悬挂那幅至圣先师的挂像。因为她好歹清楚，哪怕是那位为天下制定礼仪规矩的礼圣，都对自己老爷以礼相待，敬称以"先生"，老爷则至多称呼对方为"小夫子"。而白泽老爷对于文庙副教主、学宫大祭酒从来没什么好脸色，哪怕是亚圣某次大驾光临，也止步于门槛外。

事实上这座所谓的"镇白泽"，与其余八座镇压气运的雄镇楼截然不同，当真只是摆设而已，镇白泽那匾额原本都无需悬挂的，只是老爷自己亲笔手书匾额，原因无非是让那些学宫书院圣贤不进门，哪怕有脸来烦他白泽，也没脸进屋子坐一坐。

只有一个例外——老秀才。

当时青婴在取书路上，错过了当年正"如日中天"的文圣。她是事后才听一个栖息在屋内梁上的书香小人儿说，那老秀才不但屁颠屁颠进了门，还说白大爷你太不讲究了，寄人篱下，不晓得礼敬主人就罢了，怎么也该卖个面子装装样子，这一挂上能省去多少不必要的麻烦事，不挂白不挂嘛。然后老秀才就擅作主张挂上了那幅至圣先师的挂像。所幸白泽老爷也没摘下丢出门外，就那么一直挂着。

被白也一剑送出第五座天下的老秀才，悻悻然转过身，抖了抖手中画卷，道："我这不是怕老头子孤零零杵在墙壁上，略显孤单嘛，挂礼圣与老三的，老头子又未必开心，别人不知道，白大爷你还不清楚，老头子与我最聊得来……"

白泽微笑道："要点脸。"

老秀才悲愤欲绝，跺脚道："天大地大的，就你这儿能放我几本书，挂我一幅像，你忍心拒绝？碍你眼还是咋的？"

"很碍眼。"白泽点头，然后说道，"落魄山祖师堂，你那关门弟子，不是悬挂了你的挂像吗？"

老秀才眼睛一亮，就等这句话了，这么聊天才得劲，白也那书呆子就比较难聊。老秀才将那卷轴随手放在条案上，走向白泽一侧书房那边，道："坐坐坐，坐下聊，客气什么。来来来，与你好好聊一聊我那关门弟子，你当年是见过的，还要借你吉言啊，这份香火情，不浅了，咱哥俩这就叫亲上加亲……"

老秀才再与那青婴笑道："是青婴姑娘吧，模样俊是真的俊，回头劳烦姑娘把那挂像挂上，记得悬挂位置稍低些，老头子肯定不介意，我可是相当讲究礼数的。白大爷，你看我一有空，连文庙都不去，就先来你这边坐会儿，那你有空也去落魄山坐坐啊，这趟出门谁敢拦你白大爷，我就跟他急，偷摸到了文庙里边，我跳起来就给他一巴掌，保证为白大爷鸣不平！对了，如果我没记错，落魄山上的暖树丫头和灵均崽子，你当年也是一并见过的嘛，多可爱的两个孩子，一个心地纯善，一个没心没肺，哪个长辈瞧在眼里会不喜欢……"

青婴原本对这位失去陪祀身份的文圣十分仰慕，今天亲眼见过之后，她就半点不仰慕了。什么"辩才无碍可通天、学问扎实在人间"的文圣，今日看来，简直就是个混不吝的无赖货。从老秀才背着主人偷溜进屋子，到现在的满口胡诌胡说八道，哪句话与圣人身份相符，哪句话有那口含天宪的浩然气象？

当年那位亚圣登门，哪怕言语不多，依旧让青婴在心底生出几分高山仰止之感。

老秀才坐在书案后边的唯一一张椅子上，既然这座雄镇楼从不待客，当然就不需要多余的椅子。

白泽也不计较老秀才的反客为主，站着说道："有事说事，无事就不送客了。"

老秀才挪了挪屁股，感慨道："好久没这么舒舒服服坐着享福了。"

白泽说道："被我丢出此地，你本就没剩下多少的面子就算彻底没了。"

老秀才蓦然一拍桌子，道："那么多读书人连书都读不成了，命都没了，要面子作甚?! 你白泽对得起这一屋子的圣贤书吗?"

青婴被吓了一大跳。

白泽皱眉说道："最后提醒一次。叙旧可以，我忍你一忍。与我掰扯道理大义就免了，你我之间那点飘摇香火，经不起你这么大口气。"

老秀才立即变脸，虚抬屁股些许，以示歉意和真诚，还不忘用袖子擦了擦先前拍掌地方，哈哈笑道："方才是用老三和两位副教主的口气与你说话呢。放心放心，我不与你说那天下文脉、千秋大业，就是叙旧，只是叙旧。青婴姑娘，给咱们白老爷找张椅子，不然我坐着说话，良心不安。"

白泽摆摆手，示意青婴离开屋子。

青婴倒是没敢把心中情绪露在脸上，规规矩矩朝那老秀才施了个万福，姗姗离去。

老秀才面带笑意，目送女子离去，随手翻开一本书，轻声唏嘘道："心中对礼未必以为然，可还是规矩行事，礼圣善莫大焉。"

白泽说道："耐心有限，好好珍惜。"

老秀才翻书不停，一本放下一本拿起，伸长脖子，瞥了眼白泽写在那些书籍空白处的注释，点头道："传注释学，诂训释述，仅是一个传就分大小、内外、补集诸多门类，好学问太多，人生太苦短，确实容易让后世读书人如堕云雾。尤其是书籍一多，从寻幽探险才可入得金山银山，偶有所得便倍加珍惜，到家中珠宝无数，逐渐弃若敝屣，加上圣贤道理一味劝人舍弃利益，教人立命之法，却不教人安身之术，难以真正融洽，终究不美。"

白泽叹了口气："你是铁了心不走是吧?"

老秀才放下手中书籍，双手轻轻将那摞书籍叠放整齐，正色说道："乱世起，豪杰出。"

白泽隐约有些怒容。

老秀才笑道："读书人，多有为难事，甚至还要做那违心事，恳请白先生，多担待些。"

白泽说道："我已经很担待了。"

老秀才又道："那就给我辈书生有错改错的机会。"

白泽说道："最后一句话。"

老秀才站起身，绕出书案，对白泽作揖却无言，就此离去。

白泽叹息一声。片刻之后，门口那边有人探头探脑。

白泽抚额无言，深吸一口气，来到门口。

老秀才坐在门槛上。

白泽说道："说吧，什么事情，做不做在我。"

老秀才这才说道："帮着亚圣一脉的陈淳安不用那么为难。"

陈淳安若是在乎自身的"醇儒"二字，那就不是陈淳安了，陈淳安真正为难之处，还在于他出身亚圣一脉，到时候天下汹汹议论，不但会指向陈淳安本人，更会指向整个亚圣一脉。

关于去往南婆娑洲一事，白泽没有拒绝，也没有答应。

白泽疑惑道："不是帮那力挽狂澜的崔瀺，也不是帮你那困守剑气长城的关门弟子？"

老秀才站起身说道："文圣一脉，从不求人！一身学问，全部是用来为这个世界做点什么的。"

白泽点了点头。

老秀才突然抹了把脸，伤心道："若求了有用，我这当先生的，怎会不求？"

白泽哭笑不得，沉默许久，最后还是摇头："老秀才，我不会离开此地，让你失望了。"

老秀才摇头道："白先生言重了，虽说确实是怀揣着一份希望而来，可做不成事却无需失望，读书人嘛。"

白泽问道："接下来？"

老秀才顿时火冒三丈，气呼呼道："他娘的，去白纸福地骂街去！逮住辈分最高的骂，敢还嘴半句，我就扎个等人高的纸人，偷偷放到文庙去。"

白泽伸手一抓，将一幅搜山图从屋内大梁上取出，丢给老秀才。

老秀才赶紧丢入袖中，顺便帮着白泽拍了拍袖子，道："豪杰，真豪杰！"

白泽抖了抖袖子，道："是我出门游历，被你偷走的。"

老秀才使劲点头道："恁多废话，这点规矩我会不懂？我又不是个锤子，不会让白大爷难做人的。"

白泽神色淡漠，道："别忘了，我不是人。"

老秀才跺脚道："这话我不爱听，放心，礼圣那边，我替你骂去，什么礼圣，学问大规矩大了不起啊，不占理我一样骂。当年我刚刚被人强行架入文庙吃冷猪头肉那会儿，亏得我对礼圣神像最是恭敬了，别处前辈陪祀圣贤的敬香，都是寻常香火，唯独老头子和礼圣那边，我可是咬紧牙关，花了大价钱买来的山上香火……"

老秀才咦了一声，突然止住话头，一闪而逝，来也匆匆，去更匆匆，只与白泽提醒一句挂像别忘了。

一位面容清雅的中年男子现身屋外，向白泽作揖行礼，白泽破天荒作揖还礼。

一起跨过门槛，中年男子看到那幅卷轴，轻轻打开之后，哑然失笑，原来不是那老秀才的挂像，而是这位男子的。

所以其实是一幅礼圣挂像。

白泽揉了揉眉心，无奈道："烦不烦他？"

礼圣微笑道："我还好，我们至圣先师最烦他。"

当年老秀才的神像被搬出文庙，还好说，老秀才无所谓，只是后来被各地读书人打砸了神像，其实当时至圣先师就被老秀才拉着在旁观看，老秀才倒也没有如何委屈诉苦，只说读书人最要脸面，遭此羞辱，忍无可忍也得忍，但是以后文庙对他文圣一脉，是不是得宽待几分？崔瀺就随他去吧，到底是为人间文脉做那千秋思量，小齐这么一棵好苗子，不得多护着些？左右以后哪天破开飞升境瓶颈的时候，老头子你别光看着不做事啊，是礼圣的规矩大，还是至圣先师的面子大啊……反正就在那边讨价还价，死乞白赖揪住至圣先师的袖子，不点头不让走。

觉得如今老秀才半点不像个读书人的，那一定是没见过文圣参加三教辩论。

先前与白泽许下豪言壮语，言之凿凿说文圣一脉从不求人的老秀才，其实为文圣一脉的弟子们，曾经苦苦求过，也做过很多事情，舍了一切，付出很多。

看守大门的大剑仙张禄，依旧在那边抱剑打盹。浩然天下雨龙宗的下场，他已经亲眼见过了，却觉得远远不够。

他张禄不会对浩然天下修士递出一剑，但是也绝对不会为浩然天下递出一剑。

他就只是看个热闹，反正浩然天下比他更喜欢看热闹。

背叛剑气长城的前任隐官萧愻，还有旧隐官一脉的洛衫、竹庵两位剑仙，与负责开道去往桐叶洲的绯妃、仰止两只王座大妖，原本是要一起在桐叶洲登岸，但是绯妃、仰止，加上隐匿身形的曜甲三只大妖，突然临时改道，去了东宝瓶洲与北俱芦洲之间的广袤海域。唯独萧愻，强行打开一洲山河屏障，再破开桐叶宗梧桐天伞山水大阵，身为剑修，她依旧是要问拳左右。

左右化作一道剑光，去往海外，萧愻对于桐叶宗没什么兴趣，便舍了那帮蝼蚁不管，朝大地吐了口唾沫，然后转身跟随左右远去。

萧愻虽然破得开两座大阵屏障，去得了桐叶宗地界，但是她显然依旧被天地大道压胜颇多，这让她十分不满，所以左右愿意主动离开桐叶洲陆地，萧愻自然乐意跟随其后，并难得在战场上言语一句道："左右，当年挨的那一拳，伤势可养好了？要是被我打死了,可别怨我占你便宜。"

左右懒得说话,反正道理都在剑上。

萧愻更是一贯蛮横,你左右既然剑气之多,冠绝浩然天下,那就来多少打烂多少。

桐叶宗修士,一个个仰头望向那两道身影消逝处,大多心惊胆战,不知道扎羊角辫的小姑娘到底是何方神圣,是哪一只王座大妖?

南婆娑洲在大髯汉子问剑陈淳安过后,暂时并无战事开启,蛮荒天下的妖族大军只是继续搬山倒海,将蛮荒天下无数山岳砸入大海,铺就道路,屯兵海上,在千里之外与南婆娑洲遥遥对峙,偶有驰援醇儒陈氏的浩然天下大修士,以神通术法砸向海上,便有大妖出阵抵挡那些声势惊人的术法,仅此而已。在南婆娑洲出手之人当中,就有那位中土神洲十人垫底的怀家老祖。

扶摇洲则由名次比怀家老祖更靠前的老剑仙周神芝,亲自坐镇那祖师堂都没了祖师挂像的山水窟。

中土神洲,流霞洲,皑皑洲,三洲所有学宫书院的君子贤人,都已经分别赶赴西南扶摇洲、西金甲洲和南婆娑洲。

扶摇洲那个名存实亡的山水窟,一位身材魁梧的老人站在山巅祖师堂外边。

一旁容貌年轻的俊美男子正是剑气长城齐廷济。

除此之外,还有数位年轻人,其中就有皮囊犹胜齐剑仙的白衣青年,三十岁左右的山巅境武夫,曹慈。还有曹慈三位相熟之人,皑皑洲刘幽州,中土神洲怀潜,以及武夫郁狷夫。

怀潜似乎大病未愈,脸色惨白,但是没有什么萎靡神色。

一位自称来自倒悬山春幡斋的元婴剑修纳兰彩焕,如今是山水窟名义上的主人,只不过当下却在一座世俗王朝那边做买卖,她担任剑气长城纳兰家族管事人多年,积攒了不少私人家当。避暑行宫和隐官一脉,对她进入浩然天下之后的举动约束并不多,何况剑气长城都没了,何谈隐官一脉。不过纳兰彩焕倒是不敢做得过火,不敢挣什么昧良心的神仙钱,毕竟南婆娑洲还有个陆芝,后者好像与年轻隐官关系不错。

刚刚御剑来到扶摇洲没多久的周神芝问道:"我那师侄,就没什么遗言?"

齐廷济摇头道:"没有。"

周神芝说道:"窝囊了一辈子,好不容易做成了一桩壮举,苦夏应该为自己说几句话的。听说剑气长城那边有个比较坑人的酒铺,墙上悬挂无事牌,苦夏就没有写上一两句话?"

郁狷夫摇头道:"没有。"

周神芝有些遗憾:"早知道当年就该劝他一句,既然真心喜欢那女子,就干脆留在那边好了,反正当年回了中土神洲,我也不会高看他一眼。我那师弟是个死脑筋,教出来的弟子也是这般一根筋,让人头疼。"

郁狷夫沉声说道:"周爷爷,苦夏前辈其实从来不窝囊!"

周神芝立即展颜一笑,点头道:"毕竟是我的师侄,窝囊不到哪里去,只是我这师伯要求高罢了。这种话唯独我说得,外人敢瞎扯吗?自然是不敢的。"

刘幽州这次背着家族偷偷赶来扶摇洲,既战战兢兢,又雀跃不已。这趟背着爹娘出门,身上物件可半点没少带,三件咫尺物,装得满满当当的,恨不得见人就送法宝。别人安稳,他就安稳。可惜好哥们曹慈和朋友怀潜都没收,郁姐姐又是纯粹武夫,碍于面子,不好推辞,她就只是象征性拿走一件经纬甲穿戴在身,不然法袍什么的,刘幽州咫尺物里边还是有几件品秩相当不错的。

刘幽州小心翼翼瞥了眼怀潜,再看了眼郁狷夫,总觉得气氛诡异。

郁狷夫前些年从剑气长城返回浩然天下后,又破境了,跻身了远游境。

但是怀潜从北俱芦洲返回之后,不知为何却跌境极多,破境没有,一直停滞在了观海境。

果然北俱芦洲就不是外乡天才该去的地方,最容易阴沟里翻船。难怪爹娘什么都可以答应,什么都可以睁一只眼闭一只眼,唯独要他发誓绝不去北俱芦洲那边瞎逛荡。至于这次游历扶摇洲,刘幽州当然不会死守山水窟,就他这点境界修为,不够看。

曹慈率先离开山水窟祖师堂,打算去别处散心。

郁狷夫犹豫了一下,跟上曹慈。周神芝抚须而笑,瞥了眼那个病秧子似的怀潜,这小崽子打小就城府深、心眼多,周神芝打心底里就不喜欢。当年郁氏和怀家那桩亲事,老剑仙是骂过郁老儿鬼迷心窍昏了头的,只不过到底是郁氏家事,周神芝私底下可以骂几句,却改变不了什么。

怀潜向两位剑仙前辈告辞离去,却与曹慈、郁狷夫不同路,刘幽州犹豫了一下,还是跟着怀潜。

刘幽州轻声问道:"咋回事?能不能说?"

怀潜笑道:"聪明反被聪明误,一次性吃够了苦头,就这么回事。"

刘幽州小心翼翼说道:"别怪我多嘴啊,郁姐姐和曹慈,真没啥的。当年在金甲洲那处遗址,曹慈纯粹是帮着郁姐姐教拳,我一直看着呢。"

怀潜摇摇头:"我眼没瞎,知道郁狷夫对曹慈没什么念想,曹慈对郁狷夫更是没什么心思。何况那桩双方长辈订下的亲事,我只是没拒绝,又没怎么喜欢。"

刘幽州欲言又止。

怀潜说道:"郁狷夫在剑气长城那边遇到了什么人,经历了什么事情,根本不重要。"

曹慈那边。

郁狷夫笑问道:"是不是有点压力了?毕竟他也山巅境了。"

曹慈摇摇头,仰头望向南边,神采奕奕道:"十境分高下,我等他来问拳,我知道他不在乎输赢,但是当着心爱女子的面连输三场,肯定是想要找回场子的。"

曹慈转过头,笑望向郁狷夫。

郁狷夫正在低头吃烙饼,回了浩然天下就这一点好,她抬头疑惑道:"怎么了?"

曹慈问道:"你是不是?"

郁狷夫眨了眨眼睛,说道:"我不喜欢陈平安啊。我在剑气长城连输他三场,当然也想要找回场子。你想啥呢,真不像曹慈。"

曹慈说道:"我是想问你,等到将来陈平安返回浩然天下了,你要不要问拳。"

郁狷夫呵呵一笑:"曹慈你如今话有点多啊,跟以前不太一样。"

曹慈说道:"我会在这里跻身十境。"

郁狷夫点点头:"拭目以待。"

接连破碎金丹十二次之后,终于跻身了山巅境。

可跻身九境武夫之后,金丹破碎一事,神益武道就极小了,有还是有些,所以陈平安继续破碎金丹。待三次过后,金丹破碎变得全无神益,彻底无助于武道砥砺,陈平安这才收工,开始着手最后一次的结丹。

离真最后一次露面,丢了一本版刻精良的山水游记到这边崖头,之后就去了半座剑气长城的一端,再不现身。

陈平安结丹之后,闲来无事,盘腿而坐,横刀在膝,就开始翻阅那本含沙射影的山水故事,看得忍俊不禁,顾忓这个名字到底不如顾璨的那个寓意美玉粲然的"璨"字,至于开篇那些乡俗,倒是写得真好,让他想起了许多的陈年往事,可惜有些事情还是没有写到,也幸亏没写。陈平安丢了那本游记到城头外,任它随风飘摇,不知最终坠落何处。

陈平安双手按住那把狭刀斩勘,举目眺望南方广袤大地,书上所写的,都不是他真正在意的事,若是连有些事情都敢写,那以后见面碰头,就很难好好商量了。

比如书上就没写,陌巷当中有一个孩子曾经兴高采烈说了句"小的更好吃些"。

一袭鲜红袍子的九境武夫站起身,体魄稳固之后,再不是人不人鬼不鬼的模样了,他缓缓而行,以狭刀轻轻敲击肩头,微笑着喃喃道:"碎碎平碎碎安,碎碎平安,岁岁平安……"

第八章
破境不需要等的

凉风已厉，云低欲雪，人傍天隅，缥缈险绝。

远游不得他乡，家乡更是回不去。好可怜的一条丧家之犬。

流白望向对面城头上那个远去的身影，等到目力穷尽时，她才收回视线。

她只恨自己境界太低，无法亲手斩杀那个有着生死大仇的年轻隐官。

甲申帐剑仙坯子流白，是"天下文海"周密的高徒，但是当年那势在必得的围杀一役，拥有五位剑仙坯子、原本被寄予厚望的甲申帐，却让蛮荒天下大失所望，其中就数她流白下场最惨，被那陈平安硬生生拧断了脖颈，若非魂魄被渚滩拼命聚拢收回，那她事后就必须用上那盏本命灯，哪怕之后能够重塑体魄，重新温养出一把本命飞剑，也会止步于元婴境。如今流白虽说在托月山百剑仙的名次直线下降到了第五十九，不再是板上钉钉的大剑仙资质，但是将来跻身玉璞境，终究还有机会。

流白选择距离龙君最近的位置修行，所以每次离真来此寻衅陈平安，流白都看在眼里，听在耳中。

半座剑气长城被蛮荒天下收入囊中之后，托月山百剑仙，除去绥臣、斐然、背篓在内十余位剑修已经去往浩然天下，其余都在城头上温养飞剑。

龙君突然开口说道："你要是此后练剑，只是为了能够亲手斩杀陈平安，说句实话，你是绝对做不到的。陈平安要么因为守不住半座城头，被我一剑击杀，要么是用莫名其妙的法子逃脱远遁，哪怕你侥幸跟上他，不过是再次被他拧断脖子罢了，而且他出手，只会比上次更轻松。"

流白神色复杂道:"龙君前辈,难道没有第三种可能性吗?"

龙君摇摇头。

流白说道:"那我就亲眼看着他死在龙君前辈剑下。"

龙君说道:"你当下不是应该忧心自己的处境吗?既不能破境,又无法抓住一缕远古剑意,在这里枯坐做什么?看那陈平安破境再破境?我先前听说并非儿戏,有幸登上城头练剑的,如果到头来是个什么都抓不住的废物,那就不用去浩然天下丢人现眼了。到时候绶臣护不住你,你先生也懒得为你护道,因为是你自己求死。"

流白起身致礼:"谢过前辈指点。"

然后流白问了一个最好奇的问题:"龙君前辈,他既然都与半座剑气长城合道了,为何连一缕剑意都抓不住?是根本做不到吗?不然以他的性情,只会疯狂攫取剑意。"

龙君笑道:"关于此事,我也有些纳闷,你有机会问问你那位学究天人的文海先生,若有答案可为我解惑,我就为你指点剑术。"

龙君突然递出一剑,将对面一道如瀑布倾泻的磅礴拳意给击碎。

原来是那年轻隐官闲来无事,想要朝过境妖族大军来上一拳。

流白咬了咬嘴唇。别看龙君前辈那一剑递出十分轻描淡写,好像随随便便就将陈平安方才那一拳的拳意搅烂了,这可是一位王座剑仙的出剑!

对面崖畔,依旧是那极其扎眼的鲜红袍子,与这边龙君前辈的一袭灰袍,形成鲜明对比,陈平安跻身山巅境之后,哪怕是对他恨之入骨的流白,也不得不承认他大有拳高在天之气概。更不谈对方还是一位剑修,拥有两把本命神通极其诡谲的飞剑,这让她怎么杀?事实上,流白内心深知,如果不是龙君前辈守在这死死盯住那个陈平安,自己在此练剑极有可能转瞬即死。

但是她在此修行是先生的意思,先生说她未来跻身玉璞境的心魔定是陈平安,她想要成功破境,就要早早做好准备,好好修心才行。

流白竭力压下心湖涟漪,问道:"龙君前辈,既然出拳出剑都注定无功而返,他为何还要经常来此游历?"

流白对那位年轻隐官研究颇深,专门让甲申帐领袖木屐和师兄绶臣,向甲子帐要了一份关于陈平安的详细秘档,这个剑气长城的外乡人,心思极其缜密,行事极功利,尤其临阵厮杀,最擅长以伤换命,绝对不是一个喜欢摆架子抖威风的人物。

龙君笑道:"因为那条疯狗,不愿意真的变成疯狗。"

流白疑惑不解,却不再询问,重新坐地温养剑意。

陈平安一拳不成,身形就倏忽不见,瞬间远游别处。只当是无聊了来此散心,与龙君打声招呼而已。

陈平安在一处城头拄刀而立,抬头望向天幕,虽然视野模糊,但是凭借那份暂借而来的玉璞境修为,对于天地流转感知清晰,知道要下雪了。

陈平安确实期待着这场雪,只要下了雪,就不至于太过寂寥,可以堆一长排的雪人。到时候离得远些看去,会像依次停在一根低矮枝头上的鸟雀。

陈平安先前是在牢狱跻身的洞府境,成为了一位中五境神仙。跻身中五境,等于跨过一道天堑,此后观海境,龙门境,结金丹,势如破竹。因为这三道关隘,除了结丹别有玄妙,之前观海、龙门两境,功夫只在开辟窍穴一事上。

先前霜降要用十枚小暑钱来跟陈平安买命,换取离开牢狱的活命机会,一开始陈平安是为了让霜降暗中保护宁姚,再就是为远游剑修在第五座天下稍稍铺路,免得齐狩太过势大。因为齐狩担任新任刑官,是老大剑仙钦定的,其实陈平安一开始是想要让齐狩担任隐官,然后让董不得、徐凝这些旧隐官一脉剑修将其架空,高野侯手中那盏本命灯重新点燃,等到下一世的陈熙逐渐成长起来,齐狩哪怕到时候成为一位名正言顺的隐官,也注定折腾不出什么大意外。

因为从一开始,陈平安就没有想过要让宁姚成为第二个老大剑仙。下一任领袖,是那位兵解转世的陈氏家主,陈熙。

可既然老大剑仙选定了齐狩担任刑官,陈平安也有法子应对。在那第五座天下,起先刑官一脉看似势大,稳压隐官、高野侯两脉,但是将来非剑修、武夫不入刑官一脉,就是一个杀手锏,且是阳谋。失去了一座剑气长城,以后剑修注定会越来越少,即便纯粹武夫越来越多,刑官看似依旧势力庞大,却有捻芯这个二把手负责暗中牵制齐狩,刑官一脉自身就会分成两座大山头,姜匀、元造化那拨武夫坏子,注定会在第五座天下率先占据一份天时武运,而这拨孩子与隐官一脉,相对而言是最有香火情的。

可齐狩要是真有本事,能够让捻芯带着那拨孩子一起改换阵营,那就该齐狩力压陈熙,大权独揽,如果他有此心性和手腕,陈平安一样不介意野心勃勃的齐狩来负责开疆拓土。可作为刑官,要是连自家刑官一脉都无法服众、整合,齐狩又凭什么带领剑修,屹立于那座崭新天地?

说到底,陈平安不是有心针对齐狩,更不是与齐狩有什么私人恩怨,才如此刻意压制齐狩,而是陈平安担心齐狩行事太过极端,使得剑修们在第五座天下白白失去"先到先得"的诸多大好形势,随着三座天下的修道之人陆续进入其中,最后害得那座城池沦为众矢之的,四面皆敌。

只是没有想到,与霜降做生意还有意外之喜,陈平安如今才后知后觉,当初那笔生意,可能是自己这辈子当包袱斋以来做得最划算的一次。

比如陈平安手中这把上古斩龙台行刑之物——狭刀斩勘,就能够帮助他更快汲取天地灵气。

霜降还详细阐述过洞府、观海、龙门三境的修行秘事,以及大炼、中炼之物的搭配之法,比如将仿白玉京大炼为一件辅佐本命物,可以炼化人身小天地自行孕育而出的五行之气,还有如何将剑仙幡子中炼于山祠之巅,跻身龙门境之后,将分别篆刻有"渎""湖"二字的两把短剑中炼为水府龙湫内的蛟龙。

尤其是霜降还帮忙找出六座储君之山的本命窍穴,陈平安只需要按部就班"开山建府"即可。

与半座剑气长城合道之后,陈平安又是伪玉璞境界,居高临下,提纲挈领,所以修行一事,才能如此毫无阻滞。

对于结成金丹客一事,以及要不要一鼓作气冲击金丹瓶颈,争取成为一位元婴剑修,陈平安不是没有自己的考量。

最终选择碎丹,理由太简单了,如今他所在的半座剑气长城,在离真那个家伙的授意下,军帐下令所有妖族不许御风过境,一年到头,飞鸟难觅,真是什么都见不着的惨淡光景。如果说离真还是有点小算计,那个龙君就真是手段毒辣了,在陈平安所在的半座剑气长城之外,好像施展了一种大神通的障眼法,除去日月可见,山河皆模糊。

所以陈平安在这城头之上,天地茫茫,名副其实的孑然一身,有远游境的拳头,有伪玉璞的剑修境界,却无任何一个对手,故而成不成为战力暴涨一大截的元婴剑修,意义不大。

除此之外,应了那句老话,天底下少有只享福不吃苦的好事。

当下陈平安处于一个极其玄妙的境地,就像返回当初还是窑工学徒时的光景,心快眼快,唯独手慢。仿佛每一个念头,都已经走上了数十里的山水路程,但是落在实实在在的手脚上,却是极慢,比心思慢上无数步,脚下只能跨出一步,手上不过是微微抬起些幅度而已。

陈平安就只能眼睁睁看着自己那种好似老叟蹒跚的步伐,所以对他而言,牢笼不只是注定无法离开剑气长城,不然就要被龙君瞬间出剑斩杀,他武夫体魄也是一座苦不堪言的牢狱。所谓的度日如年,没有半点水分。

只有一种情况,能够帮助陈平安恢复如常,变得得心应手,那就是在半座剑气长城,以伪玉璞修为,一刻不停,缩地山河,身形跟随念头,转瞬即逝,疯狂乱窜。但是这种看似仙人御风逍遥一般的状况,后遗症极大,会让陈平安的魂魄与身体愈行愈远,心境与人身这座洞天福地越来越割裂。

托月山大祖当初拦阻那萧愻出拳的用意明显,自然是早早看穿了陈平安的困境。

只要没有外力帮着陈平安锤炼体魄,陈平安别说靠着练拳一步步跻身山巅境,想稳住远游境都极为不易。

而最让陈平安无奈之处,则是合道之后他彻底失去了心神沉寂、忘却形骸的可能性,老僧禅定,道人坐忘,陈平安都试过,完全没用。甚至陈平安连那半吊子的白骨观都用上了，手段尽出，一样没用。陈平安就算想要偷懒不炼气，都难以做到，不然根本无事可做。

离真打架确实不行，可脑子真是不错，加上龙君的那份手段，时日一久，陈平安很可能沦为历史上第一个不曾被重创，却自行跌境的纯粹武夫。

两把钝刀子割肉，一把割在武夫体魄上，一把是在消磨半座剑气长城。那些位于龙君身后的托月山百剑仙，无一例外，皆是天才剑修，他们的温养飞剑，砥砺剑道，不断获得远古剑意认可，一点一点汲取剑道气运。他们得到越多，陈平安就失去越多。这又是一份心境上的慢慢煎熬，好像只能等死一般。

对于这种处境，哪怕陈平安早有准备，早年在那避暑行宫，就开始独自一人，缓步而走，可人算终究不如天算，仍是小觑了与剑气长城合道之后的后果——像一只孤魂野鬼，在半座剑气长城，倏忽不定，四处飘荡。

既不能解决真正的问题，还会一点一点伤及武夫体魄。

可一旦站定或是落座，即便陈平安再喜欢复盘一事，三十余年的岁月光阴，走过山河再多，经历事情再多，见过故事再多，又哪里经得起几十遍的反复推敲细节，不断琢磨脉络？那些被陈平安刻在竹简上的文字，更是被陈平安反复背诵。陈平安曾经试图取出咫尺物，从里边拿出些物件来解闷，比如数数神仙钱什么的，但是差点被龙君一剑斩碎咫尺物。

除了修行，还是只能修行。

不然就这么待下去，在城头不过一年，对于陈平安来说，却好似度过了太过悠悠晃晃慢慢腾腾的甲子光阴。一年尚且如此，若是五年十年、百年千年呢？

会得失心疯的。

陈平安只能是凝神静心，专注于修行事，破境极快，可结丹之后，对于那个看似并不遥远的元婴境，那个距离剑仙只差一步的元婴境，陈平安却很难安心。

书简湖刘老成的遭遇，霜降的诞生，更远处那些化外天魔，都让陈平安忧心忡忡，归根结底，陈平安是真心不怕吃什么苦，唯独最怕自己。

于是陈平安开始涉险行事，好不容易修成个我辈金丹客，就开始碎金丹！

毕竟一个人总不能把自己吓死、憋死、闷死，自碎过一颗金色文胆，再碎一颗金丹又算什么？

金丹一碎，念头不念头的，根本无所谓，武夫体魄被迫遭殃，自行淬炼起来，如大道运转不由人。

但是每次自己炸碎金丹的那份煎熬，就好像早年在落魄山竹楼挨上崔前辈狠狠的一拳，而且死活都晕不过去，只能一点一点熬着，比平常更加度日如年。

先前连碎十二次，陈平安便咬牙吃疼了好像足足十多年。不过等到成功跻身山巅境之后,再碎金丹三次,就都要好受多了。

一想到那种持续极久的金丹稀碎、形销骨立之痛,这会儿陈平安自言自语道:"当下真是享福了。"

陈平安突然骂了一句娘。原来是那龙君出剑搅烂了半座剑气长城上空的天地气象,这场雪,是注定不会来了。

陈平安开始坐下,摊开手掌,高高举起,施展五雷法印,一次一次砸向城外。然后站起身,开始六步走桩,反正注定快不起来,那慢就慢吧,我倒要看看,到底能慢到什么极致,就当是跟自己较劲了。

陈平安没来由想起当年张山峰传授的那套拳法,便开始依葫芦画瓢,管他有无形似神似,反正是消磨光阴的小法子,一边温养金丹,一边练拳,再练他个一百万拳。

不但如此,陈平安直接从城头一端,打算就这么慢慢走到那处崖畔。

当陈平安终于来到崖畔,收起拳桩,望向那轻轻飘荡的一袭灰色长袍,问道:"雨龙宗如何了?"

龙君沙哑开口道:"这么好的脑子,何必明知故问,很无聊?"

陈平安笑道:"反正你我都无事可做,聊点无伤大雅的老皇历?"

龙君不再言语。

离真突然悠悠然御剑来到崖畔,飘然落地,相较于以往大大方方随便站立崖头,这次选择站在龙君身侧几分,满脸笑意。

陈平安双手笼袖,笑道:"你属狗的啊,鼻子这么灵,可惜我脚底板没踩到屎,你去龙君前辈那件袍子底下找找看,说不定能饱餐一顿。"

离真摆摆手,嬉皮笑脸道:"隐官大人不要逞口舌之快了,只是嘴上落了下乘,我又不在意的。我今天来是要告诉隐官大人三个好消息的:流白获得了周澄一脉的一份剑意,雨四则获得了吴承霈的一份剑意,我也有点小收获。唉,发死人财,说句实话,良心还是有些难受。"

对于这些机缘,陈平安其实没什么心境涟漪。剑修就是剑修,天地间道心最纯粹的远游客。

离真问道:"隐官大人,猜我得到了哪位战死剑仙的剑意?猜猜看,死了没几年,还是位大剑仙。"

离真祭出飞剑,心意微动,城头之外随之聚拢出一座云海。

陈平安脸色阴沉,攥紧手中狭刀,然后忍了又忍,最终破口大骂,却又突然变了脸色,懒洋洋笑道:"满意了?开心吗?"

离真问道:"你是怎么看出来的?"

姚冲道的本命飞剑神通能够连云起海,当然是离真请城头剑仙帮忙,故意来恶心陈平安的。

托月山百剑仙的名次，不以境界高低来排名，既有洞府境的少年剑修，又有绶臣这种成名已久的大剑仙。

陈平安扯了扯嘴角，道："老子用膝盖想事情，都比你用脑子想事情管用。你离真除了肚子里有半桶坏水晃荡，还能有什么本事？来我这边耍耍，我可以不出剑，不仅不以玉璞境欺负人，还要压境在远游境，如何？你要是没把握，没关系，我让你加上个流白，反正她跻身上五境的大道瓶颈肯定在我了，刚好借此机会斩却心魔，按照那本山水游记所写，我对待女子最是怜香惜玉。上次不小心拧断她的脖子，是我不对。"

流白只是静坐养剑，看似置若罔闻。

剑气长城两边，几乎是两个天地，所以陈平安未必能够洞悉流白心湖，离真却知道流白当下并不像表面那么镇定。

离真问道："在浩然天下那边，有没有谁告诉你，你一定会成为另外一个极端的陈平安？如果有的话，我一定要跟他成为朋友，因为他帮我说出了心里话。"

陈平安笑道："有的，清风城符南华。"

还真有，不过当然不是什么清风城什么符南华，而是李宝箴。

离真嗤笑道："清风城姓许，老龙城倒是有符这个大姓。"

陈平安点头道："你用屁股想事情比用脑子更好，以后换一换，还有记得吃饭也换个家伙什。"

逗一逗这个离真，算是难得舒心的一件小事了。至于离真介意不介意，陈平安又不真是他离真的祖宗，才不管。

离真不愿在这种事情上跟陈平安瞎扯，微笑道："就算侥幸被你逃回了浩然天下，哪怕运气再好些，在那之前，剑气长城历史上最后一任隐官的作为已经广为人知了，可山上修士心中对你陈平安的真正印象会是什么？任你百年千年做再多的好事，当再久的好人，陈好人始终是个出自文圣一脉的伪君子。"

陈平安忍住笑。

离真皱眉不已："可笑吗？"

陈平安望向龙君，道："劳烦龙君前辈，与这小傻子解释一下。"

龙君笑道："陈平安本来就是个被人骂大的泥瓶巷贱种，在乎这些做什么。文圣一脉就那么点香火，那么几个人，又有谁在意？崔瀺？左右？"

陈平安对那离真微笑道："最后教你一个道理，伪君子做的好事，终究还是好事。真小人做再多自己问心无愧的勾当，还是个小人。你呢，伪君子当不好，真小人没本事，也有脸与我问心？你配吗？"

陈平安朝离真伸出手，又轻轻握拳，道："不是亲爷孙，更要明算账。教你道理，以后记得拿命来还。"

如果不是有那龙君坐镇对面城头,只有那些托月山狗屁百剑仙在那边修行,陈平安早就杀过去了。

离真歪过脑袋,伸长脖子,伸手指了指,笑道:"朝这边砍?"

陈平安伸手一抓,将极远处搁放在城头上的那把斩勘驾驭在手,刀鞘留在原地,出鞘狭刀如同一道长虹飞掠而至。

陈平安一刀斩去,离真误以为龙君会帮忙挡住,所以不躲不闪,结果当场失去了一件护身重宝,重重摔在十数丈外,浑身浴血坐在地上,喊道:"龙君!"

龙君一剑将那陈平安"斩杀",陈平安身形显化在原地。

龙君每次出剑实在太过精准,对于陈平安的体魄毫无裨益。

离真站起身,震散法袍血迹,脸色惨白,眼神阴森,笑道:"陈平安,落魄山是吧?等我破境,就去宝瓶洲,只要是与你相熟的人,仇人我帮你杀,亲近之人,我更要帮你亲近亲近。"

陈平安身后蓦然出现一尊元婴法相,道:"破境需要等吗?"

离真急急倒掠撤退,宛如一头惊弓之鸟。

龙君无奈道:"假的。人家现在是玉璞境,弄出个法相很难吗?"

其实离真还好,至多虚惊一场,但是那个流白竟然开始微微颤抖起来,好像预先瞧见了自己的心魔。

陈平安转身大笑离去。

邵元王朝,国师府。

白衣少年林君璧脱了靴子,正坐在廊道独自打谱,返回家乡之后,林君璧就开始以闭关的名义,深居简出,自己先生更是帮着他闭门谢客。

林君璧回乡之后的一切,事事都如崔先生和年轻隐官的预料那般。

他不再只是邵元王朝国师一人的文脉子弟,不再只是邵元王朝的年轻天才第一人,而是被整个中土神洲的学宫书院视为当之无愧的读书种子。

同行剑修当中的蒋观澄,原本想要在京城为林君璧大肆渲染在剑气长城的丰功伟绩,不承想刚有个苗头,当晚就被脸色铁青的父亲喊到书房,劈头盖脸一顿呵斥,问他是不是想要被祠堂家谱除名,再被逐出师门祖师堂。父亲没有细说缘由,蒋观澄到最后也没搞明白自己错在哪里,明明是好心办好事,怎么就跟犯了死罪差不多?父亲只说了一句话,那严律在林君璧那边比你更狗腿,你看他有多嘴半句吗?

今天有客来访,是金真梦和朱枚。

朱枚在他乡那处战场上被金真梦救过,被林君璧救过。

这就已经不是什么患难与共了，而是真正生死换命一般的香火情。

那趟游历，朱枚对林君璧印象从好变成了极好。

当然没有什么男女之情就是了。但越是如此，有朱枚对林君璧发自肺腑的欣赏，在某些大人物眼中，林君璧的某些传闻就越是可信。

林君璧得知消息后，瞥了眼靴子，却没有穿上，就要光脚走向台阶去往小院门口，但是最后犹豫了一下，还是穿好了靴子，却只是站在台阶下，等到两人在门口露面，这才笑容灿烂道："稀客稀客。"

林君璧伸出手去，朝金梦真说道："按照约定，好酒拿来。"

平日里不苟言笑的金梦真竟是打趣道："堂堂金丹瓶颈剑修，你的地仙前辈，来看你是给你面子，该你拿出好酒待客才是。"

林君璧点头道："有酒有酒，童叟无欺的哑巴湖酒，独此一家，别无分号！"

朱枚很开心，大家都是邵元王朝同乡人，但是比起去往剑气长城的游历途中，他们之间的关系已是天壤之别，太不一样了。

所以朱枚也开玩笑道："君璧，郁姐姐帮你介绍的那个姑娘，棋术到底如何啊？好不好看啊？是想着赢棋忘了看她模样，还是光看姑娘模样下棋输了？"

林君璧微笑道："棋术不错，比你好看。"

朱枚竖起大拇指："君璧兄，实诚人！"

朱枚与林君璧、金真梦一起在廊道落座，环顾四周，道："此处风景真是不错，适合修身养性。"

林君璧指了指一处烟霞缭绕的等人高风水石，说道："这块从蜃湖底捞起的石头，直接让我家先生腰包瘪了。"

林君璧的这位先生，是浩然天下第六大王朝的国师，曾经与文圣一脉恩怨不小。

而邵元王朝的几位读书人，曾经千里迢迢赶去文庙所在的地方，亲手打砸了那座已经被搬出文庙的文圣神像，回乡之后，仕途顺遂，平步青云。只是几次投帖国师府，都未能被国师接见，倒是被那位写出《快哉亭棋谱》的弈林国手溪庐先生，亲自指点了棋术。

金真梦接过了林君璧从剑气长城带回的那壶酒，喝了一口之后，轻声道："哪怕返乡这么久了，依旧经常有恍若隔世之感。每次惊醒过来，飞剑已经祭出在身侧。以至于练剑进展极其缓慢，瓶颈难破，辜负了那缕得自城头的古老剑意。"

邵元王朝这拨天才剑修，在剑气长城那边得到剑意之其实不多，金真梦得到了一缕，严律也得到一缕，朱枚就没有这份机缘，但是林君璧一人就先后得到三缕，这还是林君璧后来以隐官一脉剑修的身份进入避暑行宫，出城厮杀机会不多，不然说不定还能再得到一缕纯粹剑意。

朱枚有些羞赧："我还好，就是偶尔做噩梦给吓醒，后来家里帮我购置了些清心凝神的山水香，就很少做噩梦了。"

林君璧抿了一口酒，说道："我之所以在此假托闭关，无非是一种坐收名望的手段，比较无趣。不过要我再去剑气长城厮杀，也真是不太敢了。"

金真梦松了口气，今天没白来，林君璧还是心中那个林君璧，这酒喝得就舒心了。金真梦仰头灌酒一大通，抹了嘴，大笑道："可惜郁狷夫去了扶摇洲，不然约好了要一起来看你的。"

朱枚小声道："那个整天笑眯眯乐呵呵的怀潜，好像也跟着我家的在溪，去了扶摇洲一个叫山水窟的地方。"

林君璧是最早离开避暑行宫的一个外乡剑修，邓凉、曹衮、玄参都要比他更晚离开剑气长城。

只是不知道他们返乡之时，是不是跟随同乡剑仙前辈一起离开的倒悬山，身边有无带着一两位剑气长城的剑仙坯子。

可惜每一位外乡剑仙，在返回浩然天下之后，都没有任何动静和言语，与他林君璧差不多，对于剑气长城那边的战事，选择只字不提。

林君璧打散心中思绪，也故意学朱枚压低嗓音道："那个大名鼎鼎的怀潜，模样到底如何，动不动心？"

朱枚晃了晃酒壶，嬉笑道："见多了林君璧，再看其他男子，相貌都一般般喽。"

林君璧笑道："等你见过了曹慈再说这话。"

朱枚果然不含糊，大为遗憾，惋惜道："可惜没见着，以后我非要拉着在溪一起去趟大端王朝，先见见那位白衣曹慈，再见裴武神！"

金真梦突然有些难为情，犹豫了半天，还是忍不住以心声问道："君璧，你知不知道司徒蔚然去往何处了？是第五座天下吗？若是可以说，你就说，可如果涉及避暑行宫隐秘，你就当我没问。"

林君璧摇头道："关于司徒蔚然的去向，我还真不太清楚，但是我可以帮你试着问问看。前不久先生提及过一事，陈三秋和叠嶂如今就身在中土神洲，刚刚拜访过礼记学宫。"

金真梦举起酒壶，与林君璧道谢。

朱枚说道："君璧，你们那个隐官大人呢？先前武运异象，动静太大，都说是奔着倒悬山旧址那边去的，所以现在有很多的传闻，有说是如今两座天下相互牵连，武夫想要以最强破境就越发困难了。那陈平安不是一位纯粹武夫吗？该不会是他吧？可这说不通啊，剑气长城都被攻破了。"

林君璧沉默许久，摇头道："不知道啊。"

桐叶洲中部上空,一艘价值连城的流霞宝舟上,坐着一位任劳任怨的元婴境姜氏供奉,和两位姿容皆美极的女子。

此外宝舟另外一头,还躺着个年轻面容的黑衣男子,名叫曹峻,据说做了很多年的大骊随军修士。

两位女子,是从书简湖真境宗赶来桐叶洲的隋右边,以及担任姜尚真侍女多年的鸦儿。

隋右边当下手持一把梧桐柄的油纸小伞,伞是崔东山亲手交给她的,还有一封密信,让她一起捎给姜尚真。

隋右边身边的鸦儿,是昔年藕花福地魔头丁婴身边的女子,她跟随周肥一起飞升离开福地。

这是一座莲藕福地的入口。

当年春潮宫簪花郎周仕和鸟瞰峰剑仙陆舫,等敲天鼓一响,就一起匆忙离开了南苑国京城,为的就是防止被那个谪仙人身份的陈平安记仇追杀。只是不知为何,春潮宫与鸟瞰峰犹在,如今周仕和陆舫却都不在福地当中了。

鸦儿先前已经重返故地数次,只是职责所在,她还需要时常离开,跟随姜氏供奉和隋右边一起打开福地禁制,收纳难民。

与她一起返回昔年藕花福地的同乡人,其实还有南苑国开国皇帝魏羡,如今就在京城,一直没有离开。

另外还有两个来自桐叶洲大泉王朝的江湖中人,一个很会察言观色的年轻瘸子,一个榆木疙瘩的老驼背,绰号三爷。

以及那个吊儿郎当的剑修,腰间悬佩长短两剑,长了一双很女相的桃花眸子,在鸦儿看来,这个叫曹峻的家伙,皮囊是不错,就是嘴贱了些。虽来自南婆娑洲,但追本溯源家乡却是东宝瓶洲的骊珠洞天,一口一个我家祖宅在那泥瓶巷,鸦儿都不明白出身泥瓶巷有什么值得说道的,她只听说真武山马苦玄是来自骊珠洞天杏花巷。

她私底下壮起胆子询问过魏羡,却无果。

对于鸦儿来说,魏羡、隋右边都是千真万确的"古人",更是历史上藕花福地的天下第一人,所以哪怕跟在姜尚真身边多年,依旧对两人难免心存敬畏。

他们一行人第一次到了莲藕福地后,跟随魏羡去了趟南苑国京城。

当时场面气氛之诡谲,可想而知。一个死了不知道多少年的开国皇帝,直接去了大殿,蹲在龙椅旁边敲敲打打,背对着隔了很多代的两位子孙。

魏羡、隋右边、鸦儿、曹峻,以及暗中为曹峻护道的一只古怪阴灵,加上那两个可以忽略不计的大泉人氏。此外,还有一批姜氏子弟,一起帮忙盯着浩浩荡荡拥入莲藕福地的两大拨难民。

逃难之人,先前被姜尚真分成了两拨,安置在莲藕福地当中。

一拨是只顾着疯狂往北迁徙的山下百姓,一拨是山上修士和他们的弟子、家眷。

前者进入福地避难,无需花一枚铜钱。后者就惨了,想要不用赶路,跨洲渡海去往东宝瓶洲,好说,给钱便是。一大笔神仙钱,先按照人头算,再按照境界算。下五境修士,一律一枚小暑钱,中五境神仙,人人上缴一枚谷雨钱,没钱就与人借,若敢硬闯福地,则先被玉圭宗和姜氏供奉打个半死再丢远。按照姜尚真的授意,这笔过路钱可是货真价实的买命钱,一位山上的修道神仙,还不值个小暑钱、谷雨钱?

但要是元婴修士,给再多钱,福地也不收纳。

此外,世俗王朝的封疆大吏、将相公卿,想要进入福地避难,也必须给钱,价格按照官场品秩计算。没有神仙钱?与山上神仙朋友借去。借不来,那就拿那些身外物去折算,姜氏子弟里边有那掌眼之人,古董珍玩、祖传字画、皇宫秘藏一样是钱。若是身份隐藏得太过分了,比如明明是那龙子龙孙、天潢贵胄,偏说自己是市井坊间的殷实门户,那么一旦被揪出,便直接丢出福地。当然,家当得留下一半,都让你游历福地一趟,饱览了大好河山,不用给钱的吗?

也有练气士,在得知那些山下蝼蚁进入福地竟然根本不用花钱后,便开始闹事。

但姜尚真最让人心寒的地方,在于得了钱却事先不说规矩,两位元婴供奉以及一批姜氏子弟是在斩杀了一大拨修道之人后,才开始宣布两条美其名曰入乡随俗的规矩。

第一条是任何练气士进入福地,活命之后就要惜命,别乱逛,谁敢越境离开,或擅自与福地当地人氏起冲突,不问缘由,全部就地处死。

第二条规矩则是,骂我姜尚真这个救命恩人的所有神仙老爷,那就是以怨报德了,如此不知好歹的,也要死。

还有一条不算规矩的规矩,要寻仇,来玉圭宗找我姜尚真,求你们来。

在那座莲藕福地荒郊野岭的两处僻静地带,姜尚真早早圈画出了两大块地盘,彼此距离遥远,并且让玉圭宗和姜氏两位供奉分别圈画山河,设立禁制,尽量隔绝天地,防止福地间的天地灵气被那些外乡练气士汲取,也尽量让进入其中的市井俗子少沾染些福地气数。虽说无法完全阻拦气运、灵气的流转,但是有了山水禁制之后,最少要比魏檗、米裕担心的那个最坏结果,要好太多。

其中南苑国秘密调动了一支万余人的精骑,负责巡游边境。魏羡亲自领军,不过对外的身份只是一位新任武将。

如今小小梧桐伞内,竟然容纳了百余万背井离乡的难民。

修道之人终究相对少数,加上跟随练气士的闲杂人等,总计不过六千余人。

在这个过程当中,如何在人命和神仙钱之间取舍,如何亲疏有别,种种人心之阴私,一览无余。

无论如何,姜尚真此举救了人,比崔东山在密信上的预期人数,还要多出三十万。不仅如此,姜尚真还凭借着杀富济贫的买路钱一项,使得位居中等福地的莲藕福地,非但没有跌为下等福地,等到将那批神仙钱炼化,哪怕在商言商,除去姜氏打造山水禁制的开销,福地灵气依旧可以增加一成。

不过姜尚真也没想着在商言商,钱太多也很烦恼,他的乐趣只在挣钱上。

至于那些藏头藏尾、隐匿于山上修士身侧的世俗贵人,搬家之后那是真有钱,许多个山下豪阀高门,不比某位金丹地仙的钱袋子逊色。再加上姜尚真的生财有道,路数五花八门:在莲藕福地落脚之后,想不想继续锦衣玉食?要不要下榻于神仙府邸?每天不来些山珍海味,对得起你们世代簪缨的显贵身份吗?再来几位能歌善舞的符纸美人解解闷?

所以这才是莲藕福地的收入大头,而且这拨人给钱还很爽快。

流霞宝舟上,鸦儿说道:"隋姐姐,咱们只要再去北边渡口转一圈,你就可以带着梧桐伞返回东宝瓶洲了。"

隋右边点点头。

船尾那个曹峻过来说道:"反正事情办得差不多了,我不去渡口,你们不用管我。"

隋右边说道:"随意。"

曹峻一步跨出流霞舟,御风远游,看大致方向,好像是去桐叶宗。

他之所以没有直接返回东宝瓶洲,反而选择与魏羡、隋右边他们分道扬镳,独自去往桐叶宗,是要去找那个让他剑心崩碎的罪魁祸首。

如果不是那个左右,曹峻作为南婆娑洲首屈一指的剑仙坯子,岂会一直停滞在金丹瓶颈?

曹峻的心湖,本有一番大千气象。剑心毁坏之后,曹峻很快沦为一洲笑柄,曹峻也就此消沉,万事不上心,隐姓埋名浪荡江湖,曾有后来居上的一位同龄剑修笑言一句,那左右不愧是读书人,还知道留得枯荷听雨声。

这种话,是当面对曹峻说的。当年曹峻听过之后,笑眯眯点头称是。

在那桐叶宗河畔茅屋旁,曹峻见到了那个据说刚刚从海上收剑返回的男子。

传闻整个西北部海岸线,被左右和一个不知身份的小姑娘打了个稀烂。好在除非桐叶洲一洲大地半数皆陆沉于海,否则那座三垣四象大阵就依旧存在。

曹峻看着那个男人,笑眯眯道:"左大剑仙,幸会幸会。"

左右问道:"你是?"

曹峻哑然,你他娘的当年打烂老子剑心,然后不记得我是谁了?

曹峻说道："南婆娑洲剑修，曹峻。"

左右想了想，记起来了，问道："有事？"

曹峻沉声道："左右，你别死了，我以后还要跟你问剑的。"

左右瞥了一眼曹峻，问了两个问题："敢不敢留在此地？想不想以剑仙身份返回南婆娑洲？"

曹峻犹豫片刻，点头笑道："有何不敢，为何不想。"

左右点头道："那就留下，总算有点剑修的样子了。"

曹峻咬牙切齿，忍了半天还是忍不了，大怒道："左右！你别总是这副云淡风轻的样子！老子被你坑惨了！"

左右又有两问："仗着没受伤，要与我问剑？我站着不动，你出剑不停，谁会先死？"

曹峻转身去往别处，眼不见心不烦。

刚好王师子和于心御剑来此，有事请教左右前辈。对这位来自南婆娑洲的剑修的身份，都有些猜测。

于心轻声说道："既然能够与左右前辈问剑，应该是位上五境剑仙吧？"

王师子点头道："照理说是如此，不过瞧着不太像，可能是那位前辈收敛了剑仙气象。毕竟不是随便一位剑修，就敢向左右前辈问剑的，一般来说，玉璞境都不敢，得仙人境起步，反正在剑气长城，哪怕作为巅峰十人候补的大剑仙，都不太敢出剑。"

曹峻这些年修心有成，好不容易没被左右气死，却差点给这两个王八蛋气死。

不过曹峻转过头望向那两人的时候，还是微微一笑。

剑仙你们个大爷！

等到曹峻离去，王师子与左右前辈说了事情，得到答案后就要立即离开，只是见那于心姑娘还站在原地，王师子以为还有遗漏之事，就一并留下。

于心看了他一眼，王师子出于礼数，报以微笑。

于心羞赧瞪眼，立即御风离去。王师子只得莫名其妙跟上。

左右看着那两个古怪的男女，会心一笑，多半是神仙眷侣了。

落魄山上，多出了一口从小镇搬迁而来的古井，暂时安置在那处竹楼后边的小水塘旁。

米裕站在井口旁，小米粒趴在井口上，朝里边嚷着：喂喂喂，有人吗？听得着吗？我叫周米粒，胆子贼大的周米粒，我是右护法副舵主，哑巴湖大水怪嘞，听不清楚是不是，那我再说一遍啊……

魏檗轻声道："崔东山只说这是大骊王朝对于解契一事给出的酬劳，勉强算是一座小洞天吧，等到那把梧桐伞返回落魄山，我试试看能否让洞天福地相互衔接，不过可能性不大,真的就只是试试看了。"

米裕笑道:"反正还是件好事。"然后米裕以心声说道:"至于那本用心险恶的山水游记,魏山君你帮忙盯着点,别被有心人传入落魄山。要是暖树和米粒俩丫头瞧见了,还不得哭得稀里哗啦,到时候我在一旁拦不住,估计都要忍不住出去砍人了。"

魏檗点头道:"当然。"

米裕说道:"但是裴钱那边,估计就没辙了。"

魏檗说道:"有李槐在裴钱身边,问题不大。"

南苑国京城,白云观附近。

一个丰神俊朗的白衣少年郎,一手持行山杖,一手牵着个孩子,大步走入那个鸡汤和尚所在的屋子。

老和尚笑问道:"怎么不脱靴子就进屋?"

崔东山盘腿而坐,双手握拳撑在膝盖上,身体微微前倾,笑道:"没穿靴子啊,你瞧见了吗?"

老和尚轻声道:"初念浅,转念深,再转念头深见底。此念渐深,见得人心,未必见得本心。"

崔东山抖了抖袖子,举起手,手中有三炷香。

与高僧问佛法,听者若是得了佛法,便是三香九拜的大礼;若是一无所得,半点不合意,那就一炷香都不点燃了。

崔东山微笑道:"参话头,用敲唱,默照禅,对我可无用。"

老和尚点头道:"你有此说,自有你的道理。"

崔东山哈哈大笑,点燃三炷香,松开手后,任其悬在空中,一时间屋内青烟袅袅。

眼前这个老和尚,对佛家各脉宗旨都很精通。如果不是当下形势,崔东山很愿意跟他聊几天。

老和尚看了眼那个孩子,点头道:"可以的。"

崔东山双手合十,低头行佛礼。

老和尚还礼。

崔东山伸出手去,老和尚掏出一粒银子,放在少年手上,道:"拿去。"

逛过了鬼蜮谷外边的奈何关集市,裴钱和李槐继续赶路,身边还跟着个沉默寡言的金丹女神仙,韦太真。

金铎寺、哑巴湖、槐黄国、宝相国,要去的地方很多,一路上要拜访的人也不少。

韦太真其实不太理解他们为何执意要徒步游历山水,从骸骨滩走路去往春露圃,也不近。

只是她真不敢说半个字。

这天他们离开官道,沿着小路转入一处深山老林,最后沿着一条地上划痕明显的小路,快步登山,裴钱轻轻挥动行山杖,道:"山君大虫突现身,不在深山拦我路。风高月黑阴森森,四野行人尽回步。怎么办?!"

李槐接话道:"麻溜儿跑路!"

"哟呵,还挺押韵。"

"过奖过奖。"

裴钱突然停下话语,轻轻跃上高枝,举目眺望上方道路,再飘落在地,道:"前边有人,不过瞧着像是一伙读书人,看他们脚步不像是练家子,也不是什么山精鬼魅。"

李槐说道:"那就是跟我们一样没什么钱,坐不起仙家渡船。"

裴钱再次停步,侧耳聆听。

韦太真有些疑惑,然后心中震撼,这个裴钱竟然比自己更早听闻山上那点动静?

韦太真虽然没把自己的金丹境当回事,总觉得自己就是个根脚不入流的狐魅,可是金丹境的敏锐感知,到底不是寻常武夫可以媲美的,所以就很没道理,只是韦太真再一想,好像没道理才是有道理的。她跟裴钱李槐相处久了,已然觉得若是不奇怪才奇怪。

裴钱对李槐说道:"山顶有樵夫砍树,不知道下边有人,大树沿路滑下,会伤到前边的人。你们也小心,躲去两边就是了。"

裴钱先回望一眼来时的滑木山道,确定无人之后,这才微微弯腰,脚尖一点,身形快若奔雷,却悄无声息,她很快来到那伙读书人身前十数步外,裴钱侧身而立,对着一根迅猛滑落下山的树干,脚尖递出,将那树干高高挑起,坠落在那伙书生身后的小道上,同时轻轻抖腕,以拳意虚托树干些许,轻轻落地,让那树干不至于因轰然砸地而磕碰太多,贱了价钱,此后不断有树干滑下,都被裴钱一一挑起,轻轻落地。

当最后一根树干来到裴钱身边,她用脚尖挑高之后,一个后仰腾空,站在树干之上,一同落在山道上,转瞬之间就消逝不见。

那拨好像在鬼门关转了一圈的读书人,一个个瞠目结舌,面面相觑。先是劫后余生,庆幸不已,然后只觉得一头雾水,那个姑娘,怎么飞走了,连个道谢机会都不给啊。

裴钱站在树干之上,一路滑到李槐、韦太真身边,轻轻一踩,止住树干去势,见李槐和韦太真在发呆,说道:"继续赶路啊!"

裴钱跳下树干,默念一声"走你",以行山杖轻轻一推,那根树干继续滑下山道。然后裴钱带着他们换了一条登山道路,不太愿意跟那伙读书人打照面。

李槐一向是裴钱说啥就是啥,走在裴钱身边。

韦太真忍不住问道:"裴姑娘,你是武夫几境?"

裴钱转头笑道:"比我师父差了十万八千里,如今才六境。"

剑气长城的城头上。

陈平安继续六步走桩,步伐极慢,出拳极慢。

冷不丁想起一事,他便有些笑意。

不知道自己那个开山大弟子,如今有无五境?

陈平安停下拳桩,转身望向城头之外。

百余丈外,有一位出人意料的访客,御剑悬停空中。

托月山百剑仙榜首,化名斐然,喜欢以青衫剑客形象示人。

斐然笑道:"好拳。"

陈平安点头道:"别偷学,要点脸。"

这个斐然,跟那绶臣是一路货色,半点剑修风采都不讲的。

斐然摇头道:"还真学不来。"

他先前跟随大妖切韵去往浩然天下,以军帐战功,跟托月山换来了一座芦花岛。斐然的选择令众人意外,以他的身份其实占据半座雨龙宗旧址都不难,所以不少军帐都猜测斐然是相中了芦花岛的造化窟,那多半别有洞天,还不曾被过路的左右发现,才给斐然捡了便宜。

陈平安看了眼斐然,视线偏移,距离城头数十里之外,一场鹅毛大雪尤为壮丽,可惜被那龙君拦阻,落不到城头上。

那斐然顺着年轻隐官的视线,转头看了眼大雪,回头笑道:"我年少时在周先生那边求学,喜欢翻阅那些来自浩然天下的青词绿章和游仙诗集,想象瑰丽,只可惜周先生眼高,编撰诗集,往往只取精妙语,不入眼者,一律删去。其中单独有咏雪诗一句:五丁仗剑决云霓,战死玉龙三十万。"

斐然以纯熟的浩然天下大雅言与年轻隐官言语。

陈平安笑道:"全诗为:五丁仗剑决云霓,直取银河下帝畿。战死玉龙三十万,败鳞风卷满天飞。你们那只通天老狐只取一半,问题不大,眼光未必多高,不低就是了。"

斐然点头道:"原来如此,受教了。"

早前一次战场上,陈平安跟斐然斗过一次,斗心斗力都有点,不过没分出胜负。况且双方不算真正意义上的捉对厮杀,当时各自都还藏着太多后手。

在陈平安心目中,斐然、绶臣之流,对浩然天下的潜在杀力是最大的,不单单是什么精通战场厮杀。经历过这场大战之后,陈平安真真切切感受到了一个道理,剑仙确实杀力极大,大妖术法当然极高,但是在浩荡大势裹挟之下,又都很渺小。

而斐然、绥臣只要他们自己愿意劳心劳力，就能够帮着蛮荒天下的那些各大军帐、王座大妖查漏补缺，甚至最终成功改风俗、移民情，让浩然天下被妖族侵占的版图，在深层意义上，真正地改换天地。现在陈平安最担心的事情，是各大军帐钻研、揣摩东宝瓶洲大骊铁骑南下的详细步骤，知道具体到底是怎么个缝补破碎山河、收拢人心，再转过头来，照搬用在桐叶洲或是扶摇洲。

就像那座甲申帐，不是什么剑修的少年木屐，却要比离真、流白几个剑仙坯子加在一起，更让陈平安起杀心。

境界不高的木屐曾经登上城头，站在龙君身旁，想要与隐官大人复盘整个战局，执晚辈礼，虚心求教，只不过陈平安没理会。有龙君在旁，杀是定然杀不成的，既然如此，有什么好聊的，言多必失，毕竟木屐志不在修道长生。

斐然拨转脚下剑尖，好像就只是陪着年轻隐官一起欣赏雪景。

陈平安开口道："那个周先生，被你们蛮荒天下誉为文海，只是有些运道不济了，偏与北俱芦洲一座书院山主同名同姓，听闻那位儒家圣人脾气可不太好，回头你让流白转告自己先生，小心周文海被周圣人打死，到时候周密打死周密，会是一桩千古笑谈的。"

斐然哭笑不得，摇头道："看来离真说得不错，你是有些无聊。"

一个儒家书院山主，打杀王座第二高的文海先生？当然如今是第三了，萧愻自作主张，将一张由井底飞升境大妖尸骸炼化而成的座椅，摆在了古井第二高位。只不过周先生和刘叉都没有介意此事。

陈平安缓缓而行，只是没有继续走桩出拳，斐然也御剑随行，脚下是两条不同的道路，只是方向相同。

陈平安随口问道："那通天老狐，真身是什么？避暑行宫秘档上并无记载，也一直没机会问老大剑仙。"

虽然周密在蛮荒天下被誉为通天老狐，但是陈平安确定那只王座第二高的大妖，绝对不会是什么天狐。

周密实在太像读书人了，所以陈平安其实一直想问他的真身真名，可是一直事多，后来便没机会问了。

斐然说道："为尊者讳。"

陈平安说道："又没问你周密的真名。"

斐然道："周先生肯定有某个弃而不用的真名真姓，却没有什么真名。"

陈平安回了一句："原来如此，受教了。"

当然对方也可能在随便瞎扯，毕竟斐然如果不无聊，也不会来这边逛荡。

陈平安问道："那个张禄有没有去扶摇洲问剑？"

扶摇洲是有一座剑修宗门的,人数虽不多,但是个个战力不小,历史上无一人赶赴剑气长城历练。

斐然摇头道:"张禄就一直待在大门遗址那边,整天抱剑打瞌睡。他跟萧愻、洛衫、竹庵这些剑仙的选择,还不太一样。"

陈平安点头道:"那还好。"

不然陈平安得心疼那些送出去的酒水。

斐然笑道:"龙君和托月山,都不会给你同时跻身武夫止境、剑修玉璞境的那个'万一'。我猜测在你山巅境后期,或是元婴境瓶颈,龙君就会再喊来一位境界相当的前辈,不是刘叉就是那头老猿,打砸你所在的这座城头,坏你体魄和剑心,总之不会让你破境太过轻松,更防止你万一真得失心疯了,舍得半座剑气长城不要,自顾性命逃亡蛮荒天下。所以,你是注定去不了老瞎子那的十万大山了。"

"不用猜,离真肯定已经这么跟甲子帐说了。我就奇了怪了,我跟他有什么仇吗,就这么死缠着我不放。离真有这脑子,好好练剑再与我问剑一场不好吗?"陈平安双手抱住后脑勺,微微仰头望向天幕,"至于武夫十境,算了吧,哪敢奢望。我如何跻身的山巅境,你很清楚。再说了,已经得了你们蛮荒天下两份武运,我一个来此做客的外乡人,心里边一直不得劲,恨不得还回去,可惜做不到啊。斐然你在蛮荒天下名气这么大,就没几个山巅境的武夫朋友?眼睁睁看着我在这里逍遥快活,你能忍?换成是我,真不能忍,即便不打架,也要来城下骂几句。"

斐然笑道:"还真没有九境的武夫朋友,十境的倒是有一个,不过去了扶摇洲。山水窟那边有一场恶仗要打,齐廷济、中土周神芝都守在那边,山水窟好像还有两个隐官大人的熟人,同龄武夫曹慈、郁狷夫。"

大概为了练拳,这位年轻隐官没有携带那把斩勘已久,只是发髻间的那根簪子,让人很难忽略。因为龙君都没办法将其彻底击毁,与陈平安身上那件鲜红法袍一样,好像都是大炼本命之物。

陈平安变成了双手负后的姿势,问道:"曹慈,是不是已经九境了?"

斐然笑道:"这我就不知道了,扶摇洲那条战线,我没怎么过问。"

陈平安点点头,扶摇洲的山上山下大战不断,在一个大体上的太平世道,可能不如死水一潭的桐叶洲显得安稳,可时逢乱世,人心反而远远比桐叶洲更稳固。

斐然取出一壶雨龙宗仙家酒酿,朝年轻隐官抬了抬。

陈平安摆摆手,示意斐然只管自己饮酒,然后抖了抖袖子,里边空荡荡的,上五境修士独有的袖里乾坤神通,陈平安只知道个粗浅,避暑行宫档案有些粗略记载。陈平安反正闲来无事,光阴长河在他身上流逝太慢,就很是用心地琢磨了一番,勉强有个雏形。只可惜陈平安身在城头,没什么物件可以拿来放置其中,不然连那活物都可以装入其中,故而袖里乾坤这门仙家术法与那掌观山河神通,是陈平安心心念念多年的两门仙法。

早先那场大雪,陈平安倒是收拢了好些积雪在袖中,跟过年吃上了顿饺子似的,有些开心。只是等陈平安在城头堆好了一排雪人,却由于离龙君不够远,给那一袭灰袍的一道剑光悉数搅碎了。早不来晚不来,等到陈平安用完了积雪家当堆完了雪人,龙君那一剑才到。

这个老王八蛋,千万别落在自己手里,不然非得炼杀了他全部魂魄,送给石柔穿戴在身,跟杜懋遗蜕做个伴。

陈平安抬起手掌,掌心顿时五雷攒簇,手心纹路即山河,笑道:"再不走,我就要送客了。我这根簪子,没什么主意好打的,你让甲子帐放心便是,没有暗藏玄机。"

斐然犹豫了一下,点头道:"我帮你捎话便是了。"

陈平安笑着说了"走你"二字,一道五雷正法丢掷出去。

斐然只是躲开,没有出剑。我有真心赠酒之意,你以五雷正法相送,好一个礼尚往来。

斐然还有心情跟年轻隐官道了一声别,缓缓御剑远游。斐然的脾气,一向是万事不急。

陈平安突然望向那斐然,问道:"在那本周密千挑万选的诗集子上,你有没有见过一首脍炙人口的游仙诗?一般来说,应该是要放在开篇或是尾篇的。"

斐然停下身形,笑道:"愿闻其详。"

陈平安双手笼袖,缓缓而行,大声吟诵了那首游仙诗。

"我住人间万古宅,大日高升在墙东。睁眼便觉扰清梦,敕令明月坠其中。挽留天隅一片云,常伴袖里溪边松。

"醉乘白鹿驾青虬,列仙遇我求醇酒。挂冠天宫桂枝上,手抓金乌作炭笼。悲哉仙人千秋梦,一梦见我误长生。"

斐然听过之后,神色古怪。

陈平安转过头,眼神真诚道:"愣着做什么,没听过就赶紧背下来啊。回头让那周文海先沐浴更衣,再好好抄录入册,作为天下游仙诗的压篇之作。"

斐然笑道:"这平仄是不是太不讲究了些?隐官大人可莫要欺负我不是读书人。"

陈平安一脸惋惜道:"浩然天下历史悠久,雅言官话方言何其多,你懂什么平仄韵脚、四声和韵。诗思如拳意,意思大者,气势汹汹,当头砸下,后世读书人,见诗如见拳,就像给劈头盖脸打了一顿。"

斐然笑了笑。

陈平安点点头,抬起手,轻轻晃了晃,道:"看来斐然兄还是有点学问见识的,没错,被你看穿了,世间有那集字联,也有那集句诗。我这首游仙诗,如我掌心雷法,是攒簇而成。"

斐然御剑远去。

陈平安趴在墙头上,继续翻阅那本山水游记,当时丢出城头后,他很快就后悔了,赶紧施展缩地山河神通,去往城墙中的一个大字笔画当中,将那本随风飘荡的书籍抓回手中。整部书籍已经看了个滚瓜烂熟,倒背如流都没问题。

因为咫尺物属于这半座剑气长城的外物,所以只要陈平安敢取出,哪怕是在距离龙君最远处的城头一端,依旧会招来一剑。所以陈平安没有纸笔,想要在书上做些注解批注,就只能是以一缕细微剑气作笔,在空白处轻轻"写字",哪怕不是什么玉璞境修为,凭借陈平安的眼力,那些字迹也算清晰可见。

每翻一页,就换一处看书的地方,或者坐在城墙大字笔画中,或者行走在墙上,或者身形倒悬在城头走马道上,或者转瞬御风至城头上方天幕处,只是如今天幕实在不高,离着城头不过五百丈而已,再往上,龙君一剑过后,飞剑的遗留剑气,就可以真正伤及陈平安的体魄。

不知为何,龙君对这本与咫尺物一样是外物的书籍,没什么兴趣,任由陈平安翻书看书解闷,从无剑光赶来。

陈平安便螺蛳壳里做道场,偷偷摸摸做了一桩小事,从书上炼字到书外,小心翼翼将书中每一个文字都先小炼,然后收入袖中,所以陈平安今天再来翻阅此书,书上其实已经被剥离出两千余个常用文字,使得书页上的内容,空白较多,断断续续,好像一个个被迫搬家的小家伙,被陈平安拽着衣领,哭哭啼啼,咿咿呀呀,被迫从家乡远游别处了。

一些个单独出现的生僻文字,暂时没有被陈平安赶着搬家。

可惜没能凑成一部百家姓,也未能拼出一篇千字文。

这般小炼文字,当然无甚实在用处。哪怕整本游记的三十万字,都给陈平安小炼了,使得一本游记书页全部变成空白,无非是袖里乾坤多些无生气的古板小家伙,陈平安终究学不来裴钱和李槐,能说些什么麾下三十万兵马。不过真要无聊透顶了,陈平安也会将那些小炼过后的文字排兵布阵,抖搂出袖,落在城头上,分作两个阵营,字数不多,"兵马"就少,每次至多也就是二三十个,而且都是些游记上犹有多处出现的常用文字,免得龙君哪天脑子进水,再来一剑,又给一锅端了。

陈平安会让那些如穿黑衣的小家伙,落在城头上,身形晃来荡去,脚步慢悠悠,好似市井街巷的两拨顽劣稚童,扭打在一起,力气都不大。

今天陈平安突然炼字极其勤快起来,一鼓作气将书上那些"陈凭案",小炼了数百个之多,一千五百个小炼文字炼化一个,收起一个。

然后陈平安小心翼翼从袖子里边抖落出两个文字。

再将那些"陈凭案"敕令而出,密密麻麻拥簇在一起,每三字并肩而立,就成了一个陈凭案。

于是就有两个字,一个是宁,一个是姚。

是宁姚。

好像她一个人,与这些可惜不是陈平安的"陈凭案"在对峙。

然后"宁姚"向前跨出一步,五百个"陈凭案"就开始摇摇晃晃,最后一个个醉酒似的站不稳,哗啦啦倒地不起。

陈平安蹲在城头上,双手笼袖,看着这一幕,灿烂而笑。

一袭鲜红袍子铺在地面上。

今天的年轻隐官,不太孤单,他也是第一次不再觉得光阴长河流逝得太慢太慢。

从另外那半座城头上,龙君祭出一剑,而且这一剑,不比以往的点到为止,声势极大。

哪怕那道剑光已经刹那之间在自己城头上掠过数十里,剑意极重,剑气极长,从崖畔龙君祭剑处一直蔓延开来,陈平安依旧恍若未觉。

等到那道剑光在城头掠过一半路程,陈平安才站起身,开始以九境武夫与剑问拳。

一次次身形崩散,一次次在去往那些文字小人儿的剑光之前,凝聚身形,再次出拳。

最终陈平安以山巅境武夫的双拳彻底打烂那道剑光,而且来到崖畔,双脚重重踩地,施展出一尊高如山岳的玉璞境剑仙法相,凝聚四方天地灵气作一剑,双手持剑,朝那边崖头一袭灰袍劈砍而去。

一双金色眼眸的巨大法相,朗声大笑道:"为我长拳意,当重谢龙君!"

龙君一挥手,将那一旁温养剑意、稳固剑心的年轻女子推到百余丈外,来到崖畔边缘地带,不见祭剑,不见出手,对岸那尊法相手中的长剑便崩碎,法相随之轰然倒塌。

剑仙法相再现,长剑又朝龙君当头劈下。整整一炷香工夫,龙君始终岿然不动,法相长剑却都无法近那一袭灰袍的身。

自有天地间的无数剑气与那年轻人对敌。

最后一次法相崩碎后,陈平安终于停下毫无意义的出剑,一闪而逝,回到原地,收拢起那些小炼文字。

流白惴惴不安来到崖畔龙君身侧,轻声问道:"他真的长了一分拳意?"

山巅境武夫与十境武夫的差别,就像那剑气长城纳兰烧苇、岳青、米祜之流的大剑仙,与那几位飞升境老剑仙的差异。

"他是说给脚底下那些妖族修士听的,没长半点拳意,只是信口胡诌,故意恶心我罢了。"

龙君有些无奈,对身边这个其实脑子很聪明、唯独牵扯上陈平安就开始拎不清的小姑娘,耐着性子解释道:"在山巅境这个武道高度上,武夫心境都不会太差,尤其是他这条最喜欢问心的疯狗。我要一剑坏他好事,他生气恼火是真,心中武夫意气,却是很难提到更高处了,哪有这么容易百尺竿头更进一步。担任隐官后,亲眼见过了那些大战场面,本就是他的武道牢笼所在,因为很难再有什么大悲大喜,所以他的心路其实早就先于境界、体魄,在武夫断头路尽头不远处了,只有生死战可以强行砥砺体魄。"

流白轻轻点头,深以为然。

一袭鲜红袍子毫无征兆地重新出现在崖畔,这次带上了那把狭刀斩勘,双手轻轻抵住刀柄,笑眯眯道:"流白姑娘,你觉得咱们这位龙君前辈,是话多的人吗?既然不是,为何如此絮叨?大有深意,你要好好思量一番啊,练剑不修心,要跌境走一遭的。"

流白嗤笑道:"你倒是半点不絮叨。"

陈平安一本正经道:"这不是怕流白姑娘,听了龙君前辈欲盖弥彰的解释,嘴上哦哦哦,神色嗯嗯嗯,实则心中骂他娘的龙君老贼嘛。"

陈平安自顾自摇头道:"山上神仙,只要将信将疑了,猜测一起,便暗鬼丛生,我这是帮助龙君前辈撇清嫌疑,这都想不明白?流白姑娘,真不是我说你,咱们若是文斗,我都怕你自己拍烂脑袋,拧断脖子,龙君前辈拦都拦不住。今日龙君助我长拳意一事,卖我一个面子,别去跟周密兄乱嚼舌头了。"

流白眼神逐渐坚毅起来,竟是向前跨出一步,越过了那一袭灰袍,她微笑道:"不管你说什么、做什么,与你言语都不起半点正反心思,什么都不计较,就可以了。你不用谢龙君助你长拳意,真心道谢也无所谓,但是我却要谢你助我修缮剑心,真心实意!"

龙君轻轻点头,早该如此了。

陈平安沉默片刻。

其实流白有此心,是对的。但是有用吗?

对她未必有用,对陈平安自己还真有点用处。

陈平安笑道:"那你知不知道,心魔已经因我而起,剑心又被我修补几分,这就是新的心魔了,甚至心魔瑕疵更少。信不信此事,问不问龙君,都随你。"

龙君叹了口气:"流白,换一处练剑去,他在以你观道悟心魔。"

难怪此人明明眼中无流白,根本不视为对手,却故意次次来此,在她心中留下些许心路痕迹。

陈平安瞥了眼那一袭灰袍。那么多的王座大妖,偏偏留了这龙君在城头。

龙君笑道:"疯狗又要咬人?"

流白已经黯然离去,她没有御剑,走在城头之上。

陈平安竟是坐在了崖畔,俯瞰脚下极远处的那道妖族大军洪流,然后收回视线,后仰倒去，以斩勘做枕，自顾自说道："到家应是，童稚牵衣，笑我白发。"

龙君笑道："我没有这份愁绪，你更是无法返乡。"

陈平安咦了一声，立即坐起身，疑惑道："你怎么听得懂人话？"

龙君不以为意，反问道："知道为何不隔绝此处视野吗？"

陈平安点头道："与那先后两场大雪差不多，由俭入奢易，由奢入俭难，其实等你很久了。"

龙君大笑道："等着吧，至多半年，不但连那日月都见不得半眼，很快你的出拳出剑，我都无需阻拦了。如此看来，你其实比那陈清都更惨。"

原来陈平安已经无法看到龙君那一袭灰袍，事实上，对面城头的所有景象，都从视野中消失了。再低头望去，那些蜂拥而去浩然天下的妖族，也看不见了。

陈平安转头望去，远处大雪缓缓落，还依稀可见。

哪怕以后瞧不见了，又有什么关系呢。

小小忧愁，米粒大。更何况江湖相逢吹牛皮，江湖重逢道辛苦，江湖路远，总有再见时，肯定会有人说师父辛苦了，先生辛苦了，小师叔辛苦了，陈平安辛苦了。

陈平安扬长而去，大袖飘摇，大笑道："辛苦个锤儿。"

斐然和离真一起来到龙君身旁，离真问道："是不是真疯了？"

龙君反问道："问你自己？"

斐然笑问道："那个曹慈，竟然能够连赢他三场？"

龙君点头道："竟然。"

第九章
先 问 三 拳

裴钱一行人走过了北俱芦洲东南部的金光峰和月华山,这是一对罕见的道侣山。

金光峰有那灵禽金背雁偶尔出没,只是极难寻觅踪迹,修士要想捕捉,更是难上加难。而月华山每逢十五的月圆之夜,常有一只大如山峰的雪白巨蛙,带着一大帮徒子徒孙汲取月魄精华,所以又有打雷山的绰号。

按照他们三人的赶路法子,不但故意绕开仙家渡口,而且跋山涉水全靠走,李槐好像根本不着急去狮子峰,裴钱也不着急返回东宝瓶洲。

用李槐私底下的话说,就是裴钱希望自己回家的时候,就可以见到师父了。

李槐不是不想早些去狮子峰山脚小镇见到爹娘,只是有些时候想一想裴钱的处境,也就算了,一个字都不忍心多劝。

不忍心之外,关键还是不敢。裴钱不是李宝瓶,后者揍人还讲点道理,李槐可知道裴钱藏着好多的小账本,据说几乎人人都有,还是每人单独一本的那种。李槐总觉得自己的那本账簿,极有可能是最厚的一本。

韦太真不介意走得慢,但是她再见怪不怪,古怪还是一个接一个的来。

例如裴钱专门拣选了一个天色晦暗的天气,登上森森怪石相对立的金光峰,就像她不是为了撞运气见那金背雁而来,反而是既想要登山游览,偏又不愿看到那些性情桀骜的金背雁。这还不算太奇怪,奇怪的是登山之后在山顶露宿过夜,裴钱抄书、走桩练拳。先前在骸骨滩奈何关集市,她买了价格极便宜的披麻宗的《放心集》和春露圃的《春露冬在》两本书,经常拿出来翻阅,每次都会翻到关于玉莹崖和两位年轻剑仙的描述,便会有些笑意,好像心情不好的时候,光是看看那段篇幅不长的内容,就能解忧。

裴钱也会与李槐问些学问上的疑惑,李槐就得硬着头皮帮忙解答,只是裴钱每次得了李槐从圣贤书上照搬而来的答案,都不太满意就是了。

韦太真笃定他们会空手而归,见不着金背雁,毕竟这等山上灵禽只在大日照耀下,才会百年一遇。

不承想夜幕沉沉,韦太真拣选一处假装神仙炼气,自告奋勇要守夜的李槐点燃篝火,闲来无事,拨弄着枯枝,随口说了一句"有些笼中雀是关不住的,阳光就是它们的羽毛"。

片刻之后,漆黑云海处便如天开眼,先是出现了一粒金色,愈加璀璨光明,然后拖曳出一条金色长线,好像就是奔着韦太真所在金光峰而来。

韦太真作为名义上的狮子峰金丹神仙,主人的同门师姐,前些年里曾作为贴身丫鬟,跟随李柳到此处游历。

韦太真身为宝镜山地界土生土长的山中精怪,其实成形已经殊为不易,此后破境更是奢望,可是遇到主人之后,韦太真几乎是以一年破一境的速度,一直到跻身金丹才止步。主人让韦太真缓一缓,说是打破金丹瓶颈试图跻身元婴招来的天劫,她帮忙拦下没有问题,但是韦太真拥有八条尾巴之后,姿容气质,越发天然,难免太过狐媚了些,担任端茶递水的侍女,容易让她弟弟读书分心。

她跟随主人李柳见识过太多的世面,只说那歇龙石捕鱼仙,就是一位玉璞境行宫胥吏,而那座飞升境大妖坐镇的渌水坑的辛苦炼化之物,只是主人昔年的一处避暑之地而已,那宫装妇人与她韦太真一个小小金丹,言笑之间竟然还有些诏媚的意思,还有那位中土神洲的白帝城城主……所以韦太真不至于畏惧一只境界不高的金背雁,主人在骸骨滩现身之前,早早给了韦太真攻伐、防御重宝各一件,用主人的话说,只要使用得当,韦太真可与剑修之外的元婴修士随便换命。只是主人弟弟的这张嘴,是不是太……其他山上仙师多年的辛苦所求,李槐一句莫名其妙的无聊话语,就能够招来一只金背雁的现身?

裴钱从睡梦中猛然清醒过来,比那韦太真更早察觉到异象,迅速背好竹箱,手持行山杖,瞥了眼那只气势汹汹的金背雁,立即让韦仙子帮忙带着李槐离开,说咱们这是占了人家的地盘,打架不占理,赶紧挪窝给人家腾地方。

韦太真不敢违逆裴钱,连忙御风带着李槐离开金光峰,至于裴钱,更干脆利落,后撤十数丈,面朝山崖一路狂奔,高高跃起,直接跳崖而走。

韦太真低头瞥了眼那个急急下坠的身影,六境武夫,既非金身体魄,又不是远游境,裴钱真的没事吗?

裴钱这一跃出,就是五六十丈的极远距离,乍一看颇有远游境武夫的宗师风范了。

裴钱在砸向大地的途中，突然有些恼火自己的行事不老到，因为她想起师父教诲，行走江湖第一要务，是"问拳之前，先跌两境"。所以她现在是丢人现眼的武胆境瓶颈，那就该以四境武夫的架势，小心翼翼行走江湖，然后在某些"危险关头和情急之下"，最多不小心露出五境武夫的马脚，如此一来，再不得不与人问拳，她就等于白白占了一分先机。

所以裴钱有了个亡羊补牢的决断，从气定神闲，到故意让自己呼吸紊乱几分，变成手脚乱挥，由于担心摔坏背后书箱，她最终只好以脸朝地，在月华山山脚处，砸出一个尘土飞扬的大坑。

一声声哎哟喂，开始蹦蹦跳跳，崴脚跑路。

其实裴钱在跑路途中，对自己的拙劣伎俩还是有些愧疚，若是师父在旁，自己估计是要吃栗暴了。

李槐双眼紧闭，汗流浃背，腾云驾雾的感觉，真不咋的。

半炷香后，韦太真带着李槐缓缓落下身形，裴钱腿脚利索几分，掠上月华山附近一处山头的古树高枝，神色凝重，眺望金光峰方向，松了口气，与李槐他们低头说道："没事了，对方脾气挺好，没有不依不饶跟上来。"

金光峰之巅，那只金背雁飘然落地后，金光一闪，变成了一个身姿婀娜的年轻女子，好似身穿一件金色羽衣，她眼神有些哀怨。怎么回事嘛，不过是赶路匆忙了些，自己都有意敛着金丹修为的气势了，更没有半点杀意，只是像一个着急回家招待贵客的殷勤主人而已，哪里想到那伙人直接跑路了。在这北俱芦洲，可从没有金背雁主动伤人的传闻。

李槐双脚落地后摇摇晃晃，擦着额头汗水大为后怕，心有余悸道："不当神仙了，打死都不当了，每天飞来飞去，做人多不踏实。"

裴钱瞪了眼李槐，提醒他身边还有位餐霞饮露的神仙中人韦仙子。

李槐赶紧赔礼道歉。韦太真只得说没事，比李槐还心虚。

裴钱虽然恪守师门规矩，不对一切亲近人"多看几眼"，但是总觉得这个性情婉约的韦仙子，太怪了些，金丹地仙的境界，兴许是真，可真实身份嘛，悬乎。不过既然是李槐的家事，毕竟韦太真是李柳带到李槐身边的，裴钱就不去多管了。反正李槐这个二愣子，傻人有傻福呗。

过了金光峰，再去月华山，裴钱就没敢上山了，在一个月圆夜，离着那座打雷山有几十里山路。果不其然，一大堆鸣鼓蛙盘踞山上，对着天上明月，打雷震天响。裴钱睁眼仔细望去，月华山本身仿佛就是一座能够聚拢月色的风水宝地，犹有那粗细不一、丝丝缕缕的月魄落在山上，被鸣鼓蛙们吞咽入腹。

此夜此景此山月色多，只是裴钱觉得到底不如自家的好。

李槐轻声问道:"蛮荒天下,真有三轮月?"

裴钱点头道:"有的,三个大月饼高高挂,跟秀秀姐的糕点差不多,瞧着馋人。"

裴钱取出一本册子,以笔圈画了"月华山鸣鼓蛙"一栏,前边是金光峰金背雁,再下边则是银屏国随驾城火神庙,此后还有类似槐黄国拂蝇酒、玉笏郡金铎寺、宝相国黄风谷哑巴湖、兵家鬼斧宫,等等。

李槐凑过去瞥了几眼,裴钱倒是没拦着他偷看,李槐问道:"看样子,咱们离着小米粒的家乡不远了?"

裴钱合上书籍,放回书箱,点头道:"是不远了。"

李槐问道:"拂蝇酒是仙家酒酿?是要买一壶带回去,还是当礼物送人?"

裴钱笑道:"不是什么仙家酒水,是师父当年跟一位高人见了面,在一处市井酒楼喝的酒水,不贵,我可以多买几壶。"

师父曾经说过,关于人间功德一事,那位高人的一番长远谋划,让师父多体悟了几分。

月华山一处神仙洞府门口,一个身穿雪白衣裳的肥胖少年,笑问道:"金凤姐姐,这就是那伙不知趣的家伙?其中一个,好像与咱们境界相当,气息收敛极好,只是瞧着狐媚狐媚的,观她一身气息极正,不像是山下拜月炼形的寻常狐魅,莫不是位证道悟真的仙门狐仙?"

来自金光峰的那个女子没好气道:"玉露道友,你若是对那狐媚子心动了,不妨出山试探一番。"

被女子称呼为"玉露"的肥胖少年摇头道:"山上炼师,手段多端,机关百出,说不得是故意诱骗我出山,好切断我与山根的牵连,伺机搬走月华山,给他们当仙府后花园的赏景假山。我可不像金凤姐姐,牵挂不多,山上儿孙都需要我照顾,不然沦为东宝瓶洲的那处狐国,就太惨了些。"

女子犹豫不决。

真身是那鸣鼓蛙老祖的肥胖少年笑道:"金凤姐姐这是红鸾星动了?"

女子皱眉道:"先前是突然起了一份道心涟漪,总觉得机缘已至,冥冥之中,好像抓到了一丝破境契机,但是我不敢确定,担心福祸相依,我与你差不多,实在是怕极了山上人的心性。"

肥胖少年正色道:"金凤,那我为你护道一程?金光峰与月华山互为道侣山,你我又各自在此证道炼形,大道根本一体,你要是能够破境,记得以后同样帮我护道一回。立下山水誓言就免了,我不信那套,咱俩也不需要。彼此性情如何,最是心知肚明不过了。"

年轻女子咬牙道:"好,赌一赌!"

少年突然愕然，随即略带愧疚，反悔道："金风姐姐，算了算了，我是打死都不敢离开山头了。"

金风问道："怎么了？"

玉露指了指自己的眼眸，再以手指敲击耳朵，苦笑道："那三人所在地界，终究还是我月华山的地盘，我让那不是土地公却胜似山头土地公的二蛙儿，趴在石缝当中，偷看偷听那边的动静，不承想给那少女瞥了足足三次，一次可以理解为意外，两次当作是提醒，三次怎么都算威胁了吧？那位金丹女子都没察觉，独独被一位纯粹武夫发现了，是不是太古怪了？我招惹不起。"

金风知道玉露生性谨慎，也不为难对方，点头道："我舍了机缘捷径，安心修行便是。"

只是那玉露又改口："说不定可以尝试一下。"

金风无奈道："玉露，你到底怎么回事？"

少年双手使劲搓捏脸颊，道："金风姐姐，信我一回！"

裴钱朝某个方向一抱拳，这才继续赶路。

李槐好奇问道："这是？"

裴钱轻声说道："进寺三炷香，入山拜山头，这是规矩。"

李槐也想要学裴钱拜一拜，结果挨了裴钱一行山杖，教训道："心不诚就干脆什么都不做，不知道请神容易送神难吗？"

李槐哦了一声，觉得确实有道理。

随后一行人在那银屏国，绕过一座近些年开始休养生息、闭门谢客的苍筠湖。

苍筠湖湖君殷侯，是一国水神魁首，辖境一湖三河两溪渠，按照当地烧香百姓的说法，这些年各大祠庙不知为何一口气换了好些河神、水仙。

李槐就问裴钱为何不去各大水神祠庙烧香了，裴钱没说理由，只说先去那座换了城隍爷的随驾城。赶在夜禁之前入了郡城，裴钱问了路，直奔那座祠庙重建、金身修缮没有太多年的火神庙。

夜幕中，庙祝刚要关门，不承想一个汉子就走出金身神像，来到大门口，让那个老庙祝忙自己的去。

祠庙门口，那汉子看着两个挂行山杖、背竹箱的男女，开门见山笑问道："我是此地香火小神，你们认得陈平安？"

李槐一愣，心中大为佩服，真是未卜先知的神仙老爷啊！

裴钱抱拳笑道："我是师父的大弟子，姓裴名钱，见过火神庙老爷！"

汉子点头笑道："能喝酒？"

裴钱赧颜摇头道："师父不让喝。"

汉子笑道："无妨，我让庙祝备上一桌饭菜。晚上就住这儿，托你师父的福，如今小庙不小了，大香客倒是真的大，修建了不少待客屋舍，你们只管住下。"

裴钱再次抱拳，说道："那就叨扰火神庙老爷了。"

李槐学裴钱抱拳，韦太真施了个万福。

既然是裴钱师父的朋友，韦太真哪里敢不当回事。

这一路上，裴钱和李槐一直在为一事争吵，裴钱说自己都六境了，师父如今肯定是十一境了，跑不掉的，板上钉钉的。李槐说交情归交情，你师父如今肯定只有十境！赌就赌，赌输了，我让我姐跟你裴钱姓！

韦太真听得那叫一个惊心动魄，最少是十一境……肯定是十境……让主人更换姓氏……

汉子与那年轻书生和幂篱女子一一还礼，虽然说那个头戴幂篱的女子境界极高，颇有地仙气象，但是他根本不在乎，反正就一个道理：都是陈平安的朋友，上五境来了，也是朋友，下五境来了，还是朋友。

然后汉子望向裴钱，玩笑道："倒是比那灵均兄弟拘谨些。"

好你个陈灵均，出门在外，还敢这么不见外，都敢跟师父的朋友称兄道弟了。

裴钱在心中默默给陈灵均记下一笔账。

不过裴钱还是小声问道："陈灵均还好吧？"

汉子点头道："好得很，说离开这里就要去春露圃。当晚苍筤湖那位湖君大人，都专程赶来陪他喝酒了，你师父的面子还是大。不过灵均兄弟还是很有分寸的，你放心吧。"

裴钱嗯了一声，道："陈灵均比较心大，可能不太计较繁文缛节，火神庙老爷多担待些。"

在饭桌上，裴钱问了些附近仙家的山水事。

汉子有一说一，说这十数国版图，在陈平安离开后，大为古怪，有了翻天覆地的变化。灵气大量涌入，鬼斧宫、宝峒仙境在内的不少仙家山头，好几位年纪轻轻的修道天才纷纷破境，例如晏清就又再次闭关了，只是不知为何那黄钺城城主叶葙，连同何露在内，彻底销声匿迹，何露与晏清原本可是山上出了名的一对金童玉女。还有不少山精鬼魅，也开始来此游荡，不过没闯下什么大的祸事，湖君殷侯自有手段，加上宝相国众多僧人的护持，世道还算太平。至于这座曾经惹来天劫降落的随驾城，更是没有任何鬼魅邪祟胆敢来此造次。

说到这里，汉子痛饮了一大碗酒水，然后与裴钱问道："你师父怎的不来？"

裴钱说师父又出门远游了，但是以后一定会亲自来这边喝酒的，师父最念旧了。

汉子笑着点头，只见那少女已经低头扒饭，便没有多问。

几人在火神庙住了一晚。

裴钱其实一宿没有睡，就站在廊道里边怔怔出神，后来实在没有睡意，就去墙头那边坐着发呆。倒是想要去屋脊那边站着，看一看随驾城的全貌，只是不合规矩，没有这么当客人的礼数。

清晨时分，与火神庙老爷道别，继续赶路，去往槐黄国玉笏郡，师父说在那妖魔作祟的金铎寺，曾经遇到过两个年纪不大、心地善良的江湖侠女。

裴钱对她们很是憧憬，不知道是多好的江湖女子，又有多高的拳法，才能够被师父誉为女侠。

逛过了恢复香火的金铎寺，在槐黄国和宝相国边境，裴钱找到一家酒楼，带着李槐吃香喝辣的，然后买了两壶拂蝇酒。

韦太真是到了槐黄国，通过裴钱和李槐的闲谈，才知道原来主人的家乡小镇，如今刚好命名为槐黄县。

临近黄风谷哑巴湖之后，裴钱明显心情就好了很多。家乡是槐黄县，这儿有个槐黄国，小米粒果真与师父有缘啊。黄沙路上，驼铃阵阵，裴钱一行人缓缓而行，如今黄风谷再无大妖作祟，唯一美中不足的事情，是那水位原来不增不减的哑巴湖，变得跟随天时旱涝而变化了，少了一件山上谈资。

裴钱他们与商贾驼队在哑巴湖水边休歇，裴钱蹲在水边，心想这里就是小米粒的老家了。

小米粒与陈灵均那是一个天一个地。陈灵均以往总喜欢逮着个人就唾沫四溅，掰扯他在御江的丰功伟绩，当然陈灵均大概是自己都说烦了，越到后来，就越不爱提及御江的江湖事。小米粒却只与裴钱和暖树私底下说自己在哑巴湖的些许往事，说她当年在家乡贼有名气，桃枝国青磬府一帮修为比天高的神仙，浩浩荡荡好多人，数都数不过来，闹出一场比天大的阵仗，就为了抓她一个，其中有个叫毛秋露的武夫，是个不错的大姑娘，凶是凶了点，心是好的嘛，要请她去牵勾国当个河婆，结果那个牵勾国国师就给了青磬府一枚谷雨钱，看来那位国师是真穷啊。然后金乌宫有个姓什么叫什么都给忘了的家伙，要花钱买下她，哪怕翻一番，也才两枚谷雨钱，抠抠搜搜的，山上神仙的豪气是半点没有的。

然后她跟好人山主就遇上啦，好人山主花重金从青磬府那边买下了她，于是她就跟着好人山主离开哑巴湖，一起走江湖去喽。他们俩可了不得，一出门就一起打杀了那只天下无敌的黄风老祖，可惜知道这桩壮举的人不太多唉。不过又有什么关系呢，她又不是那种计较虚名的大水怪，不知道就不知道呗，反正好人山主答应过她，总有一天，好多人都会从书上看到她的故事……

那会儿，小米粒刚刚升任骑龙巷右护法，跟随裴钱一起回了落魄山后，喜欢反复唠叨这些,裴钱当时嫌小米粒只会反复说些车轱辘话,倒也不拦着小米粒兴高采烈说这些,至多是第二遍的时候,裴钱伸出两根手指,第三遍后,裴钱伸出三根手指,说句"三遍了",小米粒挠挠头,有些难为情,后来就再也不说了。

那是暖树姐姐第一次生气,偷偷找到裴钱说不可以这样,小米粒愿意说,就听着好了,又不耽误我们什么事情,小米粒离家那么远,跟咱俩多说几遍又怎么了,你要是真不爱听,就说你要抄书练拳去了,哪怕当面直说自己听烦了,也好过这么说小米粒,那多伤人啊。

裴钱一开始没当回事,没怎么上心,只是嘴上应付着破天荒生气的暖树姐姐,说晓得嘞,以后自己保证一定不会不耐烦,就算不耐烦,也会藏好,憨憨傻傻的小米粒,绝对瞧不出来的。只是第二天一大早,当裴钱打着哈欠要去竹楼练拳,又看到那个早早手持行山杖的黑衣小姑娘,她肩挑骑龙巷右护法的重担,站在门口为自己当门神,风雨无阻、雷打不动很久了。见着了裴钱,小姑娘立即挺起胸膛,先咧嘴笑,再抿嘴笑。

裴钱直到那一刻,才觉得自己是真错了,便摸了摸小米粒的脑袋,说以后再想说那哑巴湖就随便说,而且还要好好想想,有没有漏掉哪些米粒事儿。

小姑娘当时屁颠屁颠跟在裴钱身旁,使劲摇头说,不说了不说了,自己之前是怕裴钱和暖树姐姐忘记,才多说两遍的。想事情可费劲了。

最后小米粒还叮嘱裴钱,要是以后忘记了,千万记得跟她说啊,到时候她就再说一遍。

夜幕中,裴钱伸手掬水,明月在手。

在落魄山上,她们仨喜欢一起躲在被窝里边说悄悄话,被窝给三颗脑袋拱起,像个小山头。

李槐坐在不远处的篝火旁。

韦太真轻声问道:"李公子,为何不催促裴姑娘稍快些赶路?"

她到底是李槐的婢女,还是要为这位李公子考虑几分。

李槐受不了"李公子"这个称呼,只是韦仙子坚持,几次劝说无果,他只能别扭受着,就当是狮子峰那座仙家山头,与家乡小镇一般民风淳朴了,李槐替姐姐感到有些高兴,在这种地方修行,想必不至于受欺负。他姐实在脾气太好,模样太柔弱了,在家乡那么多年,吵架都学不会,笨是笨了点,随他们爹。不像自己,脾气随娘亲,出门在外不容易被欺负。

听到这个问题后,李槐笑道:"不着急,反正都见过姐姐了,狮子峰又没长脚。何况裴钱答应过我,要在狮子峰多待一段时日。"

先前在奈何关小镇过家门而不入的韦太真,轻轻点头。先前问话,不能不说,但是也不能多讲,不然有搬弄是非的嫌疑。

离开了哑巴湖，裴钱带着李槐他们去了趟鬼斧宫，听师父说那边有个叫杜俞的家伙，有那江湖切磋让一招的好习惯。

可惜杜俞不在既是师门又是家的鬼斧宫，按照山门修士的说法，杜公子常年在外游历。

那位鬼斧宫修士吃不准三人的境界、家世，只想着既然能够与杜公子相熟，怎么都该与杜俞父母的那对道侣祖师禀报一声，不承想那个少女已经告辞离去，说以后有机会再来拜访。

之后在拥有一大片雷云的金乌宫那边，裴钱见着了刚刚跻身元婴剑修没多久的柳质清。

柳剑仙，是金乌宫宫主的小师叔，辈分高，修为更高。哪怕是在剑修如云的北俱芦洲，柳质清这个如此年轻的元婴剑修，也确实当得起"剑仙"的客气话了。

据说这位柳剑仙在山顶静坐多年，是在闭关，直至雪夜起身破境。

柳质清是出了名的性子冷清，但是对陈平安的开山大弟子裴钱，笑意较多，裴钱几个没什么感觉，但是那些金乌宫驻峰修士一个个跟见了鬼似的。

柳质清让一些婢女退去，亲自煮茶待客，在裴钱他们落座后，柳质清取出一套茶具，手指画符数种，以仙家术法拘来山中清泉，再以形若火龙的三昧真火符缓缓煮水，无中生有，正是神仙手段。

柳质清询问了一些裴钱的游历事。

裴钱一一作答。

双方问答，自然而然，柳质清如同外出做官的某位家中长辈，而裴钱就像是出门游学至此的晚辈。

柳质清不觉得自己多此一举，裴钱更不觉得柳剑仙多管闲事。

柳质清这些年以心洗剑大成，大道裨益极多，不但顺利跻身元婴，并且依稀感觉到未来的元婴破境，瓶颈不会太大。这都要归功于陈平安早年在玉莹崖的那个建议。所以看待好朋友的开山大弟子，从无什么嫡传弟子的柳质清，当然会将裴钱当成自家晚辈，仿佛半个嫡传。

如果说裴钱胆敢不领情，或觉得不耐烦，最怕麻烦的柳质清，说不定还要不怕麻烦地训斥几句。好在裴钱的表现，让柳质清很满意，除了一事比较遗憾，裴钱是武夫，不是剑修。

韦太真虽然已经见过不少云遮雾绕的山巅大人物，但是面对一位大道可期的元婴剑修，还是有些忌惮和敬畏。一是柳剑仙太年轻，再者这位与裴钱师父关系极好的柳先生，确实长得太好看了些。

柳质清飞剑传信金乌宫祖师堂，很快要来了一些金乌宫秘藏的善本孤本书籍，都是出自北俱芦洲历史上书院圣人之手，经传训诂皆有。柳质清将之赠予李槐这个来自东宝瓶洲山崖书院的年轻读书人。

李槐瞥了眼裴钱，裴钱点头，李槐便笑着致谢收下了。

饮茶间隙，柳质清还亲自查阅了裴钱的抄书内容，说："字比你师父的好。"

结果裴钱急得直挠头。

韦太真越来越好奇那位落魄山的年轻山主到底是何方神圣，竟然一次外乡游历，就能够让柳质清如此"不见外"。

韦太真至今还不知道，其实她早早见过那人，而且就在她家乡的鬼蜮谷宝镜山，对方还误伤过她，正是她爹昔年嘴里那个"弯弯肠子最多、最没眼光、最小气"的读书人。

这跟陈平安没有跟裴钱聊太多鬼蜮谷之行有关，涉及高承、贺小凉，以及杨凝真、杨凝性这对兄弟，都隐晦避过。

最后，柳质清在破境后首次离开金乌宫，亲自护送裴钱去往春露圃。

金乌宫有一条炼化雷云作舟身、篆刻九九八十一道雷法符篆的祖传渡船，所以这是裴钱到了北俱芦洲后第一次不再徒步，而是乘坐仙家渡船。裴钱也不好意思让柳前辈陪着他们在山下，风里来雨里去。

金乌宫宫主亲自为小师叔送别，其独子晋乐也在送行队伍当中，因为柳质清说此次出门，会在外远游多年，会登门拜访浮萍剑湖、太徽剑宗在内的大小剑修门派，或求道或问剑。不过晋乐他那位身为大山君之女的娘亲却没有露面，主要是妇人心知肚明，自己与柳师叔合不来，来了也是自讨没趣。以前柳质清是金丹瓶颈的时候，她还能依仗着山君父亲的威势，在金乌宫肆意妄为，这些年就收敛许多了，就怕柳质清虽不找她的麻烦，但直接去大篆王朝找她那位山君父亲讲理。

所以柳质清离开金乌宫，她才是最开心的那个。

裴钱神色自若，李槐忍住不去看那剑修晋乐。因为他听裴钱说过，陈平安早年因为小米粒，与这金乌宫晋公子有些恩怨，不过大致两清了。

柳质清离开之前，对那师侄宫主颁布了几条新山规，说谁敢违背，一旦被他获悉，他会立即赶回金乌宫，在祖师堂掌律出剑，清理门户。

晋乐听得心惊胆战，小师叔祖以往几乎从不在师门事务上插手。

柳质清最后以心声与师侄言语道："金乌宫以后借助我剑，晋升'宗'字头是有几分希望的，你清楚我对这些不感兴趣，但你这宫主却不一样，所以给我牢牢记住一句话，升为'宗'字山头，不全是好事，有好有坏。好处是你能重振师门，成为金乌宫祖师堂历史上的最大中兴功臣；坏处就是我到时候会秋后算账，所以趁着我暂时还是元婴境，你多补救，说不定有些人算账也可活。"

柳质清拍了拍那师侄宫主的肩头，道："与你说这些，是知道你听得进去，之后好好去做，别让师叔在这些俗事上分心。如今整个大篆王朝都要主动与我们金乌宫交好，一个北岳山君都不算什么，何况只是山君之女？"

宫主点头，道："谨遵师叔教诲。"

这条金乌宫渡船风驰电掣，其间遇到一大片电闪雷鸣的雨云，渡船穿梭而过，柳质清掐诀画出一道引雷符，招来诸多声势惊人雷电轰砸，然后一一融入渡船，使得渡船符箓越发金光熠熠，金乌宫渡船的最大奇异处，便是可以当作一件攻伐法宝。只是这番场景，吓得韦太真这只狐魅脸色惨白，世间精怪鬼魅，先天最是畏惧雷电，不然以韦太真的金丹修为，不至于因为这些雷电就变了颜色。

柳质清这才记起"狮子峰韦仙子"的根脚，与她道了一声歉，便立即驾驭渡船离开雨云。远离雨云、天地清明后，柳质清与裴钱随口说道："太徽剑宗齐宗主，虽是剑仙，但其实精通符箓，我仰慕他已久。"

裴钱小声道："柳叔叔，我师父与刘先生也是至交好友。哦对了，刘先生，就是齐宗主。"

有无"也"字，天壤之别。李槐有些佩服裴钱的心细。

韦太真则是惊讶于那位年轻山主的交友广泛。她如今很清楚裴钱的脾气了，少女对自己人不会说半句大话，所以至交好友一语，千真万确。

先有柳质清，后有刘景龙。

都是北俱芦洲年纪轻轻、就好像已经凝聚气运在身的得道之人。

柳质清笑着点头道："如此最好。"

裴钱又一本正经说道："柳叔叔，刘先生喜好饮酒，只是与不熟之人抹不开面儿，柳叔叔哪怕与刘先生素未谋面，可也不算陌路人啊，所以记得带上好酒，多带些啊。"

柳质清想了想，其实自己不喜饮酒，只是能喝些，酒量还凑合，既然是去太徽剑宗登门做客，与一宗之主切磋剑术和请教符箓学问，这点礼数还是得有的，何况只是几大坛仙家酒酿罢了。柳质清点头道："到了春露圃，我可以多买些酒水。"

裴钱又说道："刘先生暂时只有一个嫡传弟子，名叫白首，劳烦柳叔叔帮我捎句话，就说下次回乡，我会路过太徽剑宗，到时候再去翩然峰找他。"

裴钱说完之后，自顾自呵呵一笑。

柳质清答应下来。

渡船到了春露圃那座繁华热闹的符水渡，裴钱带着李槐他们直奔老槐街的蚍蜉铺子。

这可是自家铺子，是师父在他乡攒下的一份家业。

裴钱之后独自去拜访春露圃祖师堂金丹修士宋兰樵的师父，那是个慈眉善目的老嬷嬷，在春露圃是屈指可数的"竹"字辈祖师，只不过宋兰樵这些春露圃"兰"字辈修士，谨遵谱牒规矩,在名字当中嵌"兰"字,"竹"字辈修士倒是没这讲究,当初春露圃草创之初,各自多用上山初期的真名,例如山主就叫谈陵。

名为林嵯峨的老妪,见到了登门送礼的裴钱,格外高兴,所以还礼很重。

如今她与弟子宋兰樵同唐玺结盟,加上跟骸骨滩披麻宗又有一份香火情,老妪在春露圃祖师堂越来越有话语权,她更是在师门山头每天坐收神仙钱,财源滚滚来,所以自身修行已经谈不上大道可走的老妪,只恨不得少女从自己家中搬走一座金山银山,尤其听闻裴钱已经是武夫六境,大为惊喜,便在回礼之外,让心腹婢女赶紧去祖师堂买来了一件金乌甲,将那枚兵家甲丸赠给裴钱。裴钱哪里敢收,老妪便搬出裴钱的师父,说自己是你师父的长辈,他几次登门都没有收回礼,上次与他说好了攒一起,你就当是替你师父收下的。

年轻剑仙陈平安也好,他的开山大弟子裴钱也罢,每次造访春露圃都不去见山主谈陵,反而次次主动拜访自己,之后才会去照夜草堂坐一坐,此事最让老妪舒心。师徒二人,都讲规矩懂礼数重情谊,故而对那东宝瓶洲落魄山,老妪是印象极好极好的。老妪经常与弟子宋兰樵念叨,若要游历别洲,她定是去那落魄山做客。

所以在春露圃以脾气古怪、言语刻薄著称的老妪,在裴钱那边自然是慈眉善目得很了,拉着小姑娘的手一起闲聊,不舍得裴钱早早离开。

裴钱好不容易才能够下山的时候,还有点懵。老嬷嬷真的是太和蔼太热情了。

老妪一直送到山脚,牵起少女的手,轻轻拍打手背,叮嘱裴钱以后有事没事,都要常回来看看她这个孤苦伶仃的老婆子,她会早早准备好裴钱跻身金身境、远游境的礼物,让裴钱最好快些破境,莫让老嬷嬷久等。

裴钱有些难为情,说估计怎么都得三两年才能破境,老妪笑得合不拢嘴,连说好好好。

少女不知自己这番"以诚待人"言语的分量,老妪则是又震惊,又开怀。

裴钱去了照夜草堂,不过仙师唐玺不在山头,去了大观王朝出席一场庙堂宴席,此外还要参加一场山水夜游宴。

因为照夜草堂与大观王朝铁艨府魏家已经联姻,春露圃财神爷唐玺的嫡女唐青青,与魏家公子成为一对山上道侣,皇帝陛下都亲自参加了婚礼。在春露圃山主谈陵的默认下,唐玺与大观王朝的生意往来,越来越频繁紧密。

裴钱这才返回老槐街。

柳质清独自留在了蚍蜉铺子,翻看账簿。如今的柳剑仙,对于世俗庶务,并不排斥。

铺子代掌柜,知晓柳剑仙与陈掌柜的关系,所以丝毫不觉得坏规矩。

毕竟两位年轻剑仙,在那玉莹崖饮茶问道,是春露圃最近十年以来,最被附近十数国山上修士津津乐道的一桩美谈。

铺子代掌柜,是个出身照夜草堂的年轻修士,叫王庭芳,如今还多出了一个年轻伙计,早年与陈剑仙做了笔篆刻玉莹崖玉石印章的小买卖,后来就干脆被王庭芳拉拢过来,毕竟遇到修行瓶颈的王庭芳,不可能一年到头都守着铺子,偶尔也需返回照夜草堂潜心修道。

先前作为镇店之宝的两样物件,一枚篆刻回文诗、拥有"水中火"气象的玉镯,还有一把"宫家营造"的辟邪古镜,又都已被王庭芳以溢价极多的高价卖出。

铺子不大,生意不小;顾客不多,挣钱不少。

听闻柳剑仙重返春露圃,铺子生意立即好得一塌糊涂,不到半个时辰便人满为患,多是女子,个个出手阔绰,拿钱不当钱。

她们瞧过柳剑仙一眼,没过瘾,那就再买一件山上物件,好多瞧几眼那位俊美得不讲道理的柳剑仙。反正物件都不贵,价格还算公道,老槐街店铺那么多,在哪里花钱不是花钱? 再说了,这蚍蜉铺子好些山上物件,一向精致讨巧,脂粉气比较重,对山上女修十分友好。

难道只许男子欣赏美人,不许她们多看几眼柳剑仙? 又不是白看的。

柳质清每次来蚍蜉铺子闲坐,事后都会后悔,今天也不例外。

被裴钱撇下的李槐,跑去看那万年槐了,韦太真当然一路护送。

柳质清突然在铺子里边起身,一闪而逝,来到老槐树那边,出现在一个年轻女子和一个肥胖少年身后,直截了当问道:"你们不好好在金光峰和月华山修行,先是在金乌宫地界徘徊不去,又一路跟来春露圃这边,所为何事?"

这两只精怪离着李槐和那韦太真有些远,好像不敢靠太近。

金风和玉露转身见到了柳质清后,不得不承认,柳质清这种神仙风采,光看相貌就可以猜到名字的。何况老槐树这边先前女子们多窃窃私语,说那金乌宫柳剑仙重返春露圃了。认出了柳剑仙的身份后,金风赶紧施了个万福,玉露更是低头抱拳,不敢擦拭额头汗水。

金乌宫剑修下山杀妖除魔,是出了名的手段狠辣。尤其是柳质清,在金丹时,就已经为自己赢得一份赫赫威名。

玉露赶紧壮起胆子,以心声与柳剑仙解释道:"金风先前看到那个登山游历的外乡书生,感觉到了一丝大道契机,等她返回金光峰,对方却已离开,所以这才一路尾随,还望柳剑仙不要将我们俩当成居心叵测之辈,我们绝对不是的,不然在书生进入金乌宫之后,我们就该知难而退了,大道机缘再好,终究不比性命更珍贵。"

柳质清点头道:"我听说过你们二位的修行习俗,一向隐忍退让,虽说是你们的处世之道和自保之术,但是大体上的性情,还是看得出来。若非如此,你们根本见不到我,只会先行遇剑。"

金风和玉露赶紧致谢。柳质清的这番言语,等于让他们得了一道剑仙法旨,其实是一张无形的护身符。

只要柳剑仙今日现身,却又不驱逐他们这两只精怪,那么以后再有对金光峰和月华山觊觎之辈,出手之前,就该好好掂量掂量柳剑仙出剑的分量了。

都听说金乌宫柳质清不是不好说话,而是几乎根本不与山外修士客套,只出剑。所以今天柳剑仙难得说了这么多,让两只精怪既庆幸又忐忑,还有些惭愧形秽。

柳质清说道:"你们不用太过拘谨,不用因为出身一事妄自菲薄。至于大道机缘一事,你们随缘而走,我不拦阻,也不偏帮。"

柳质清知道了真相过后,便再次一瞬间凝为剑光,缩地山河,不去嘈杂喧闹的蚍蜉铺子,而是去了那座已经卖给陈平安的玉莹崖。

老槐树下,李槐驻足许久。

韦太真轻声道:"先前有两只精怪鬼鬼祟祟,好在被柳先生问话了。"

李槐说道:"既然柳剑仙都亲自出面了,那我们就放宽心。"

反正行走江湖有裴钱,轮不到他李槐咸吃萝卜淡操心。

这一路走来,韦太真越来越佩服李槐的心大,因为李槐是真的可以不在乎很多事情。但是李槐每天得闲,便会用心背诵圣贤书内容。不过韦太真也看出来了,这位李公子真的不是什么读书种子,治学勤勉而已。

李槐当然不知道自己竟然能够让韦仙子高看一眼。他只是在这棵好让人重返故乡的老槐树下,没来由想起很多小时候的事情。

以前在小镇最西边的家里,每次爹稍稍挣着了点钱,娘亲就可劲儿在油盐上下气力,好些饭菜反而不如平常的好吃。别说荤菜,每次李槐夹起一筷子炒青菜,都像是从油缸、盐袋子里边拽起个可怜家伙,姐姐是个没嫁人就好似委屈小媳妇的,李槐每次问她咸淡,她次次都只会说还好。

还好个屁,李槐可不受这委屈,次次站在长凳上造反,娘亲不敢与他说重话,便要怨儿子不会享福,然后埋怨没两句,便开始心疼,哪里舍得多说宝贝儿子的不是,就要转头去埋怨自家男人没出息,既在桌上摔筷子又在桌底下踩男人脚背,怨李二害得儿子过惯了苦日子,竟是连油水都半点受不得了,再然后就要苦口婆心与女儿李柳碎念,以后一定要找个家底殷实的好人家,要找个手上能过钱的男人,主要还是可以帮衬你弟弟,你更要长点心眼,偷偷多往娘家贴补,可别嫁出去的闺女就是泼出去的水,昧良心要遭天谴的……絮絮叨叨的,反正都是李槐和他娘亲在言语,油盐多得吓人的一顿饭就那么吃完了,最后总是他爹和姐姐收拾碗筷。

日复一日,年复一年,就那么过着安稳平淡的日子。只要娘亲不出门跟街坊邻居吵架吵输了,逢年过节不受娘家亲戚的气,没见着哪个婆姨又穿金戴银花里胡哨了,其实家里就没什么大事。

小时候李槐最怕他爹去学塾那边找自己,因为觉得很丢人。

他爹是出了名的没出息,没出息到李槐都会怀疑是不是爹娘要分开过日子的地步,到时候他多半是跟着娘亲苦兮兮,姐姐就要跟着爹一起吃苦。所以那会儿李槐再觉得爹没出息,害得自己被同龄人瞧不起,也不愿意爹跟娘亲分开。哪怕一起吃苦,好歹还有个家。

李槐当年宁可姐姐去学塾那边喊他回家,因为姐姐长得还凑合,偷偷惦念姐姐的人,其实不少的,比如林守一和董水井就很喜欢他姐,李槐每天上学不上心,小小年纪,就只能瞎琢磨这些有的没的,可李槐小时候其实一直想不明白,喜欢李柳做什么,好看吗?没有吧。你们真要把我姐娶回了家,她是能多拎几桶水还是多砍几斤柴啊?不能够啊。

后来跟随李宝瓶他们一起远游到了山崖书院,爹娘和姐姐一起来看他,那一次,李槐再没有觉得有半点丢人,哪怕那会儿的书院,其实有钱人更多。

所以李槐打心底里佩服陈平安,因为从陈平安身上,李槐学到了很多。

不是陈平安说了什么,而是陈平安一直在做什么,李槐其实一直看在眼里,记在心里。但是那会儿要李槐嘴上说个"谢"字比天难,哪怕心知自己做错了事情,可要李槐道个歉也一样难。对外见谁都是李槐他大爷,只有窝里横天下第一。

而随着求学生涯的时间推移,李槐所有的朋友都早已不是什么孩子了。

李宝瓶学问越来越大,去了中土神洲,会跟随茅山主去往礼记学宫。于禄早就是金身境武夫了,不客气如今也重新拾起了一份修道心气,相信以后成就不会太差的。林木头更是被大隋京城的富贵门户争着抢着要招为女婿,只是他好像还是喜欢着自己的姐姐,虽然喜欢跟董水井暗地里怄气,却也没耽误林木头越来越像一位神仙。

好像就他李槐一个,还是比较不务正业。愁啊。

李槐收起思绪,带着韦太真一起返回蚍蜉铺子。

柳剑仙不在铺子了,女子还是很多。

裴钱正在跟代掌柜商量着一件事情,看能不能在铺子这边贩卖壁画城的廊填本神女图,如果可行,又不会亏钱,那她来跟壁画城一座铺子牵头。

李槐就又无事可做了,坐在蚍蜉铺子外边发呆。

第二天,跟柳质清道别后,裴钱他们继续徒步离开春露圃。

裴钱先去了师父与刘景龙一起祭剑的芙蕖国山头。不承想那处灵气稀薄的寻常山头,如今竟然成了数位剑修结茅的修道之地,来此游览胜景的练气士,更是隔三岔五就有一拨,主要还是因为刘景龙比林素、徐铉更早跻身玉璞境,以新剑仙身份,被白裳在内三位剑仙先后问剑三场,再去往剑气长城,返回后又一举成为太徽剑宗宗主,加上刘景龙早早跻身年轻十人之列,又获得了水经注卢穗、彩雀府府主孙清两位仙子的青睐,刘景龙不过刚刚百来岁,实在太过具有传奇色彩。

所以他与那位不知名剑仙朋友的共同祭剑处,成为一处引人入胜的仙迹,合情合理。

接下来裴钱就开始走一条跟师父不同的游历路线。一行人不再去济渎入海口的绿莺国,而是转去了大篆王朝京畿之地,裴钱要看那武夫顾祐、剑仙嵇岳两位前辈的问拳问剑处。

在那边,裴钱独自一人,手持行山杖,仰头望向天幕,不知道在想什么。

李槐和韦太真远远站着。李槐突然有些迷糊,好像裴钱真的长大了,让他有些后知后觉的陌生,她终于不再是印象中那个矮冬瓜黑炭似的小丫头。记得最早双方文斗的时候,裴钱为了显得个儿高,气势上压倒对手,都会站在椅凳上,而且还不许李槐照做。如今大概不需要了。好像裴钱是突然长大的,而他李槐又是突然知道这件事的。

四下无人。

裴钱摘下书箱,将行山杖放在书箱上。以六步走桩起步,演练撼山拳诸多拳桩,最后再以神人擂鼓式收尾。

从头到尾,裴钱都压着拳意。所以只像是轻轻敲个门,既然家中无人,她打过招呼就走。

游历以来,裴钱说自己每一步都是在走桩。

李槐相信此事。

随后裴钱去了趟已经封山的猿啼山,在地界边缘地带,裴钱攥紧手中行山杖,高高提起,抱拳致礼,就此别过。

这段大篆京畿与猿啼山之间的山水路程,裴钱话语极少,所以李槐有些无聊。

这天大雪,李槐才意识到他们已经离乡三年了。而他们也到了青蒿国州城,一条叫洞仙街的地方。

见到了李宝瓶的大哥李希圣,还有一个名叫崔赐的少年书童。

李希圣送了李槐一本不厚的圣贤书籍。再送韦太真一张云纹符箓,依稀有四字,却非篆文,好像是读书人自行造字一般,所以韦太真不认识此符。

那个温文尔雅的读书人,与韦太真笑言以后若是破境,祭出此符,兴许有些用处。

因为符箓四字,实则为"五雷避让"。青冥天下白玉京首脉掌教,道老二和陆沉的大师兄,亲笔手书。

隔了一座天下又如何?

法旨就是法旨,破境随便破境。

李希圣却没有送裴钱任何东西，裴钱依然开心，与李希圣聊着与宝瓶姐姐相逢与重逢的种种趣事。李希圣一直笑脸和煦，耐心听着少女的讲述，还相约一起看过了大日初升和明月高悬。

一行人离开青蒿国，去往狮子峰，在裴钱的那本小册子上，已经没有必须要去的地方了。

而李希圣在城中找到了那金风、玉露，将他们留在了身边。其实裴钱早已察觉，但是始终假装不知。

趴地峰距离狮子峰太远，裴钱不想绕路太多，虽然李槐不催，但这不是裴钱可以过分绕路的理由。

朝夕相处数年之久，韦太真与裴钱已经熟络，所以有些问题，可以当面询问她了。

例如，为何裴钱要故意绕开那本册子以外的仙家山头，甚至只要是在荒郊野岭，往往见人就绕路。遇见许多山精鬼魅，裴钱也是井水不犯河水，各走各路即可。

裴钱直说自己不敢，怕惹事，因为她知道自己做事情没什么分寸，相比师父和小师兄差了太远，所以担心自己分不清好人坏人，出拳没个轻重。既然怕，那就躲。反正山水依旧在，每天抄书练拳不偷懒，至于有没有遇到人，不重要。

裴钱还说，自己其实对走江湖没什么喜欢不喜欢的。

韦太真就问她既然谈不上喜欢，为什么还要来北俱芦洲走这么远的路。

裴钱犹豫了半天，才笑着说家里有好几位纯粹武夫，自己不太想在那边破境了，只因为师父很喜欢北俱芦洲，她才来这里游历。

这是一个说了等于没说的含糊答案。然后裴钱又说了一句让韦太真更摸不着头脑的言语，说师父喜欢这里，她其实这会儿开始后悔了。

韦太真觉得自己越问，裴钱越答，自己越如堕云雾。只是裴钱当时又开始走桩练拳，韦太真只好让自己不去多想。

李槐如今习惯了守夜一事，见那韦仙子一头雾水，便望向裴钱，问了句"可以说吗"，裴钱继续走桩，轻轻点头。

李槐这才为韦仙子解惑："裴钱已经是第七境了，打算到了狮子峰后，就去皑皑洲争一个什么最强来着，好像得了最强，可以挣着武运啥的。"

韦太真好像挨了一道天雷。

李槐笑道："我也不知道裴钱是怎么破境的，并不是故意瞒着你，她先前一样没跟我打招呼，是后来离开了青蒿国，她才主动与我说的。还说如今每天练拳，意义不大了，类似这会儿的走桩，将身上拳意一分为二，相互打架什么的，不过是习惯成自然，不然她闷得慌。再就是练拳得武运一事，当徒弟的，没道理比师父更威风，武运这东西，吃多了其实没啥滋味，对她来说未必是好事。"

裴钱在远处收拳，无奈道："说多了啊。只让你说七境一事的。"

然后对韦太真说道："韦姐姐，别介意，不是真心瞒你，只是好些事情，根本不值得拿来说道。"

有师父高高在上，还有崔爷爷在前。吃苦练拳，习武破境，天经地义。

韦太真苦笑点头，不然她还能如何。

好在韦太真对于武道一途，虽知道些，却所知不多，毕竟在修行路上，韦太真自己就是一路破境蹿到金丹境的，所以还不至于被裴钱的破境、武运之类的吓破胆。韦太真只是震惊于裴钱对武学境界的那种淡漠态度，与她的年纪太不符了。而且武道攀登，要比修道之人更加讲求一个脚踏实地，要说裴钱是因为资质太好，才如此破境神速，好像也不全对，毕竟裴钱每天都在练拳，练得还怪，什么走路练拳，什么拳意打架，什么武运没滋味，都是韦太真没听过，也全然无法想象的事情。

在那之后的山下远游，哪怕裴钱再躲着人和事，他们还是在一个偏隅小国，遇到了一场山上神仙殃及山下江湖的风波。

一个领衔江湖的武林宗师，与一位地仙老爷起了争执，前者喊来了数位被朝廷默认离境的山水神灵压阵，后者就拉拢了一拨别国邻居仙师。明明是两人之间的个人恩怨，却牵扯了数百人在那边对峙，那个古稀之年的七境武夫，以江湖领袖的身份，呼朋唤友，号令群雄，那位金丹地仙更是用上了所有香火情，一定要让那不知好歹的山下老匹夫，知道天地有别的山上道理。

裴钱当时路过的时候，大战其实已经落幕，胜负已分，竟是山上仙师狼狈逃窜，原来朝廷安插了许多供奉仙师和军中高手，好像对那位很喜欢对帝王将相指手画脚的地仙，看不顺眼多年了。在惨烈的战事中，还有一位本该是挚友的龙门境老神仙，背叛了金丹好友，酣畅大战之时，阴了一手，打得那位作威作福惯了的金丹地仙措手不及，最后被一位嫡传弟子亲手打烂金丹，就此陨落。

一座四分五裂的仙家山头，兵败如山倒，反正一场鲜血淋漓的风波中，山上山下、庙堂江湖、神仙俗子、阴谋阳谋什么都有，兴许这就是所谓的麻雀虽小五脏俱全。所有的对错是非，一团糨糊，都在生死中。

哪怕裴钱第一时间就要撤离是非之地，依旧慢了一步。小国朝廷伏兵四起，不断收拢包围圈，如同赶鱼入网。

一伙山上仙师逃到裴钱三人附近，然后擦肩而过，其中一人还丢了块光彩夺目的仙家玉佩在裴钱脚边，只是被裴钱脚尖一挑，瞬间扔了回去。

随后一大帮人蜂拥而至，不知是杀红了眼，还是打定主意错杀不错放，有一位身披甘露甲的中年武将，一刀朝裴钱劈来。

裴钱不避不闪，伸手握住刀，说道："我们只是过路的外人，不会掺和你们双方的恩怨的。"

那武将加重手上力道,只是刀仍然纹丝不动。裴钱轻轻一推,武将连人带刀,踉跄后退。

在裴钱身后远处,又悄然出现了一位守株待兔的武学宗师,将那拨山上漏网之鱼一一打杀,只余下了几人活命。

裴钱环顾四周,然后聚音成线,与李槐和韦太真说道:"等下你们找机会离开就是了,不用担心,相信我。"

韦太真刚想要与裴钱言语,说自己可以帮上忙。李槐对她摇摇头。

真要遇到了棘手事情,只要陈平安没在身边,裴钱不会求助任何人。道理讲不通的。裴钱骨子里,不愿意欠除她师父之外的任何人一点半点。

所以李槐来到韦太真身边,压低嗓音问道:"韦仙子可以自保吗?"

韦太真点头道:"应该能够护住李公子。"

李槐说道:"那我们就找机会逃,争取不让裴钱分心就行了。"

韦太真面有难色,以心声说道:"李公子,如此一来,裴钱不会对你心有芥蒂?"

李槐摇头道:"韦仙子想多了。"

裴钱轻轻摘下竹箱,放下行山杖,与迎面走来的一位白发魁梧老者说道:"事先与你们说好,敢伤我朋友性命,敢坏我这两件家当,我不讲道理,直接出拳杀人。"

那个浑身浴血的白发老者嗤笑道:"小女娃儿年纪不大,口气不小,只要交出那块玉佩,饶你不死。"

裴钱卷起袖子,说道:"我站着不动,吃你三拳,之后便让我们三个离开,如何?"

身披甘露甲的武将,瞥了眼那少女毫发无损的手掌,与老者轻声提醒道:"师父,这丫头片子不太简单,先前握刀不伤,体魄坚韧,不同寻常。"

老者笑道:"大军包围,插翅难飞。"

然后老者好整以暇地望向那幂篱女子,笑问道:"这位姑娘,可是元婴神仙?"

韦太真不言语。

老者问李槐:"书院君子贤人?"

李槐说道:"希望是。"

老者最后问那身材瘦弱、言语吓人的少女:"总不会是传说中的御风境武夫吧?"

裴钱说道:"还差点。"

老者放声大笑道:"那我就站着不动,让你先问三拳,只要打我不死,你们都得死。"

裴钱沉声道:"恳请前辈好好商量,不要逼人太甚,给一些不是选择的选择。"

老者收敛笑意,拧转手腕:"好啊,那就打你三拳,三拳过后,只要你倒地还能起身,就让你们三人都活。"

裴钱大步前行,道:"出拳。"

李槐突然说道:"我们来自狮子峰。"

老者笑道:"很好,我是那位天君府上的座上宾。然后呢? 有用吗?"

裴钱双膝微屈,一脚踏出,拉开一个起手拳架。

老者哈哈大笑:"认得认得,是那顾祐废物的撼山拳,一个纯粹武夫,竟然有脸以符箓术坑害嵇剑仙。老废物不收弟子,只留下一本人人可学的废物拳谱,误人子弟,害人不浅!"

这魁梧老人瞬间来到那少女身前,一拳砸在后者脑门上。

裴钱只是身形一晃,一步不退。按照江湖经验,原本裴钱应该倒飞出去,晃荡起身再受第二拳。可此时此地,面对此人,裴钱不愿退。

武道金身境的魁梧老者怒喝一声,一鼓作气递出两拳,一拳在那少女面门,一拳在她脖颈。

三拳完毕。老人闪电后撤,与那武将并肩而立,脸色阴沉。

裴钱只是站着不动,缓缓抬手,以大拇指擦拭鼻血。

老人看到三人背后,走来一位气定神闲的同道中人,这才松了口气。

对方与他同样是七境大宗师,不过对方年纪更轻,拳法更高,只因与皇帝陛下是早年好友,这次才破例出山帮忙。

何况在北俱芦洲,拳杀山上修士,有几个纯粹武夫不乐意?

裴钱吐出一口血水,转头望向那个呼吸绵长的中年男子。

那人笑问道:"小姑娘,你也是金身境,对不对?"

裴钱默不作声。

那人说道:"小姑娘你无法御风远游,你两个朋友就算可以御风远遁,有先前对付一个金丹地仙的那张天罗地网,我们无非是再施展一次,又有何难? 你与傅凛前辈求饶吧,求个活命就行,留下所有东西,我只能帮你们到这一步。但是武夫会不会被废去武功,修士会不会被打断长生桥,我不敢替你们保证。我终究是个外人。"

李槐无奈道:"这种话别信。"

裴钱点头道:"你倒是不傻。"

李槐咧嘴一笑。

韦太真有些无言。一个比一个不怕。她已经做好最坏的打算,祭出主人赠送的那两件攻伐、防御重宝,拼了性命也要护送两人离开此地。

那人突然说道:"你要是能挨我两拳,我就让你的朋友们先行离开。"

李槐说道:"也别信。"

裴钱说道:"一个没吃饱饭,一个占尽优势还要跟晚辈耍心机,你们真是武夫吗?"

裴钱自问自答道:"我觉得你们不配。"

裴钱再不管身后那中年男子,死死盯住那个名为傅凛的白发老者:"我以《撼山谱》,只问你一拳!"

老人脸色阴晴不定。他先前递出三拳,这会儿整条胳膊都在吃疼。

裴钱蓦然之间,一身磅礴拳意如日月高升齐齐在天。气机紊乱至极,韦太真不得不赶紧护住李槐。

裴钱向前缓行,双拳紧握,咬牙道:"我学拳自师父,师父学拳自《撼山谱》,撼山拳来自顾前辈!我今天以撼山拳,要与你同境问拳,你竟敢不接?!"

以裴钱为圆心,方圆百丈之内,大地震颤,如闷雷轰动,尘土飞扬,武卒一个个握刀不稳,铁甲颤鸣。

那个中年男子有意无意后退数步。而裴钱面对的那个白发老者,脸色铁青,欲言又止,众目睽睽之下,与一个外乡少女低头认错,以后还怎么混江湖?!可要说安然无事地接下对方一拳,老人又完全没有把握。

"你想不明白,那就别多想。"裴钱一脚踩地,瞬间不见踪迹。人人身形各有不稳,韦太真下意识就要扶住李槐肩头,却发现这位李公子竟然根本无需她去搀扶,很稳当,双脚如山岳矗立一般。而李槐太过担心裴钱,对此浑然不觉。

韦太真凝神望去,惊骇发现李槐衣袖四周,隐约有无数条细密金线萦绕,无形中抵消了裴钱倾泻天地间的充沛拳意。

白发老者所站位置,如同响起一记重重播鼓声。

傅凛横躺在地,应该是被那少女一拳砸中额头,因出拳太快,刹那之间又更换了出拳角度,才能够一拳过后,就让一个七境宗师直接躺在原地,而且挨拳最重的那颗脑袋,微微陷入地面。

裴钱一个拧转身形,开始面朝那个已经生出退意的中年武夫。她身形微微低矮几分,以种夫子的顶峰拳架,撑起朱敛传授的猿猴拳意,为她整条脊柱校得一条大龙。

裴钱突然望向李槐,似乎有些询问意思。

李槐点头沉声道:"只管对他出拳,此人心思甚坏,打个半死都可以,将来你师父如果因为这件事骂你,我跟他一哭二闹三上吊去。"

裴钱眼神死寂,却咧嘴笑了笑。李槐的言语,她应该是听进去了。

韦太真觉得这一幕画面真瘆人,很可怕。

裴钱递出一拳神人播鼓式。只是一拳,都不用后边十拳二十拳,那中年男子就毫无还手之力地倒飞出去数十丈,重重摔在地上。

裴钱站在原地,环顾四周,道:"都来!"

除了李槐、韦太真所处位置,方圆百丈之内,地面翻裂,拳意乱窜,冲天而起。

裴钱眼角余光瞥见天上蠢蠢欲动的一拨练气士。

突然拔地而起，如同一道剑光离开人间。

一个巨大圆圈，如空中楼阁，轰然倒塌下沉。

李槐以迅雷不及掩耳之势，赶紧一把抱起裴钱的书箱和行山杖。万一摔坏了它们，裴钱事后还能找谁算账？不找他找谁。

裴钱悬在空中，伸出并拢双指，点了点自己额头，示意那拨修道之人只管施展仙家术法。

韦太真忍不住颤声道："李公子，不是说好了裴姑娘才金身境吗？"

韦太真再不知晓武道，可这裴钱才二十来岁就远游境了，让她如何找些理由告诉自己不奇怪？裴钱终究不是那个中土神洲的武夫曹慈，只是个每天都在韦太真身边背竹箱晃荡的纤弱少女啊。

李槐轻轻放下竹箱，仰头望向裴钱，想了想，挠头说道："我又不是陈平安，他说啥裴钱就听啥，裴钱做了啥就说啥。"然后李槐忍住笑，"不愧是咱们的新任盟主大人。韦仙子，你要是愿意，我可以帮你引荐。"

韦太真看了眼李槐。李公子还是一如既往的心大。

裴钱御风远游，身形飘忽不定，几次站在了山上神仙背后或者身侧，既不言语，也不出拳。最后双脚虚踏，天上激荡起一大圈不断四散的惊人涟漪，再不见少女身形，她好像要去往天幕最高处。

等到裴钱飘然落地，大地上那些人，早已作鸟兽散去。

裴钱一言不发，背起竹箱，手持行山杖，说道："赶路。"

又一年后，终于到了狮子峰。

韦太真如释重负，她总算不用提心吊胆了，只是主人没在山头。

裴钱在山上待了足足半年，偶尔下山一趟。

半年之后，裴钱独自离开，与李槐分道，李槐会重返东宝瓶洲，她却要孑然一身，去往浩然天下最北方的皑皑洲。

理由是师父对那个大洲印象很一般，所以她要去那里跻身山巅境，但是这一次快不了，前边两境破境得太随意，隐患不小，接下来得慢慢来了，境界停滞个八年十年都是有可能的，不然很难再在下一境站稳脚跟。

裴钱在狮子峰山脚铺子吃的最后那顿饭，李柳回来了，李家人加上裴钱，同桌吃饭。

妇人觉得儿子眼光不算太好，但也不错了。

李槐瞧着娘亲看裴钱的眼神和娘亲脸上的笑意，满头汗水。先前一次，娘亲私底下说起此事，在家里从来天不怕地不怕的李槐，差点没当场跪地，只求娘亲千万别有这个心思，不然他就离家出走了，反正即便他留在家中，多半也会被裴钱打死。

裴钱离开山脚小镇的时候，李二只是对少女点点头，没有出门送行。

妇人使眼色，李柳推了一把弟弟，李槐原本没什么，只是有些离别的伤感而已，结果一下子变得战战兢兢，腿脚不利索地跟上裴钱。

走在大街上，裴钱说道："那本被你藏藏掖掖的山水游记，我见过了。我没事。"

李槐无言以对，叹了口气，嗯了一声。

裴钱说道："别送了，以后有机会再带你一起游历，到时候我们可以去中土神洲。"

李槐点头道："就这么说定了。"

裴钱大步前行，背对李槐，轻轻挥手。

李槐停在原地与她挥手告别，好像裴钱又不跟他打招呼，就偷偷长了个子，从一个微黑少女变成一个二十多岁女子该有的身段模样了。

裴钱在一处僻静地方，蓦然拔高身形，悄悄御风远游。

落魄山上老厨子是远游境，而东宝瓶洲武运有限，已经有了师父和宋长镜，还有李二前辈其实也算东宝瓶洲人氏，所以裴钱除非破境跻身山巅境，否则不会太早回去。

不管自己怎么喜欢给朱敛记账，那也是自家落魄山的老厨子，自己跟谁争武运，都不会跟老厨子争。老厨子更不会与她争，可他是大管家，得护着落魄山走不远，所以裴钱愿意走远一点，去过了北俱芦洲，再去皑皑洲。反正师父一时半会儿不会回家。什么时候听说师父从剑气长城返回浩然天下了，她再回去，师父这些年教了她很多很多，但是喂拳还只有一次，这怎么行？

师父不止裴钱一个弟子，但是裴钱，就只有一个师父。

在师父回家之前，裴钱还要问拳曹慈！

第十章
天下第一人

　　青冥天下的三千道人，井然有序进入第五座天下，其中白玉京占据最大份额，有千余人之多，此外玄都观、岁除宫、仙杖派、兵解山等，都是第一流大门派，两百到三百位道人不等。再下一等的仙家，人数依次递减。可不管出身什么门派，大多都属于青冥天下的正统道官，因为道牒制度，通行天下。此外还有三千佛门子弟。以及疯狂进入第五座天下的流徙难民，开门两年，就已经近千万之多。

　　元婴修士之下，三教九流皆有，山上修道之人，山下凡夫俗子，鱼龙混杂，经历过劫后余生的大悲大喜，众生百态一览无余。他们分别来自东南桐叶洲和西南扶摇洲，不过扶摇洲和桐叶洲人数极为悬殊，扶摇洲不过是东部沿海地带的迁徙而已，桐叶洲却是举洲逃难。

　　两位大剑仙负责开辟出两道大门：以剑开门者，剑气长城老剑仙，齐廷济；文圣一脉，左右。

　　这两位剑仙，除了负责开门，还要守住大门，不被大妖摧破。

　　三千道人大致方位在东，白玉京道士已经合力打造出一大片云海，紫气浩荡，降下一场场雨露甘霖，润泽大地。

　　云海高低不平，一切高出云海的山头，都是白玉京和其他道士的争抢之地。有些山头，离地不远，有些山头，空有高度，依旧无法高过云海，灵气、运数多寡使然。

　　白玉京道士按照五城十二楼、各自师门大同小异的授意，尽量拣选相邻的五座山头，篆刻五岳真形图，分别以法宝压胜山头，聚拢灵气。每当五岳生成，就是一个大王朝或是藩属小国的雏形,此外还有妙用,浩浩荡荡的天地灵气被"拘押"至山岳山头附近,五岳地界内众多隐匿踪迹的天材地宝,往往就会藏掖不住宝光异象,一旦被白玉京道士循着蛛丝马迹,就可以立即将其搜罗,有点类似涸泽而渔的手段,事实上却不损灵气半点,反而还能将零散气数凝为一股股气运,萦绕五岳,或者驱逐到大江大河之中再稳固起来,作为未来山水神灵的府邸选址。

但是玄都观的剑仙一脉,最是让白玉京道人恼火,只占据几座灵气尚可的山头,便开始专门来拆台,做那明摆着损人不利己的勾当,每次只等白玉京道士辛苦篆刻好四幅五岳真形图,玄都观道士这才偷偷画上一幅自家道观的剑仙指路图,五岳图少了一幅,就算是全废了,等临了再去另外选址某座新山岳,何其不易,损失之大,不可估量。

玄都观剑仙一脉的失心疯手段,使得岁除宫在内几大顶尖仙家,大有意外之喜,纷纷缔结契约,大致圈出各自地盘,尽量减少不必要的冲突,一切只为赶在白玉京之前,尽可能多地将那些拥有洞天福地资质的风水宝地,速速收入囊中。

总之,三千道人,各有各的长远谋划,大大小小的冲突不断。

三千僧人位于西方。

扶摇洲逃难之人,涌入北方。

桐叶洲流徙难民,涌入南方。

剑气长城剑修占据的那座城池,居中。

宁姚是独自御剑先去的东方,遥遥见到那片道意盎然的紫色云海后,略作思量,她便直接往南而去。

山水迢迢,天地寂寥。但是咫尺物当中,又多出了两颗古怪头颅。

只是厮杀却远远不止两场。这当然意味着至今暂未命名的第五座天下,凶险极大。

天门那边,陆沉伸出一根手指,搓着嘴唇,笑眯眯道:"孙道长,如此伤和气,不太合适吧?我回了白玉京,很难跟师兄交代啊。差不多就可以了。我那师兄的脾气,你是知道的,发起火来,喜欢不管不顾。到时候他要去玄都观,我可劝不住。"

小师弟山青站在一旁,神色凝重。斜背着那只斗量养剑葫的小道童,有些幸灾乐祸,巴不得陆沉跟孙道人相互挠脸。

孙道长愧疚道:"贫道这些徒孙,个个不遵祖师法旨,跟脱缰野马似的,年轻人火气还大,做事情没个分寸,贫道又有什么办法?要么贫道坏了规矩,去帮你劝劝,当个和事佬?"

一直竖起耳朵偷听对话的小道童,只觉得这孙道长真是会睁眼说瞎话,自己得好好学一学,以后再遇到那个老秀才,谁骂谁都不知道呢。

孙道长又笑道:"不过陆道友得事先与儒家圣人打好招呼,总不能让贫道坏了不出大门百丈的规矩,毕竟是礼圣亲自与咱们双方订立的规矩,贫道对礼圣还是很敬重的。陆道友你不一样,不仅胆儿肥,还有那么个好师父当天大的靠山,可贫道就不巧了,玄都观开山老祖早走了,贫道就是最能打的,再要与人打架输了,找谁哭诉去?"

陆沉无奈道:"小道与那礼圣不太对付,孙道长会不清楚?"

孙道长哈哈笑道:"年纪大了,容易忘事。"

小道童佩服佩服。

山青皱紧眉头。再这么被玄都观搅和下去,牵一发而动全身,一步慢步步慢,二掌教师兄那桩通过第五座天下凑足五百灵官的谋划,极有可能要比预期推后数百年之久。

陆沉抬手摩挲着那顶莲花道冠,笑着安慰这个双脚在地、心却忧天的可爱小师弟:"每一个大大小小的结果,都是万千大道之显化。顺其自然,旁观便是。"

陆沉是真不在乎那些白玉京道士和玄都观剑仙一脉的冲突,但是有些事情,好歹得说上一说,以后回了白玉京或是莲花小洞天,与师兄和师父都能敷衍过去。可在小师弟眼中,事情近在眼前,就是他自己的事,说坏不坏,说好却也绝对不好。

陆沉蹦跳了两下,使劲眺望南方,道:"小牛鼻子,你该办正事了。我可以帮你将那枚铁环和养剑葫,一并交给儒家圣人。"

小道童勃然大怒:"陆掌教,你说话给小道爷客气点!"

这个观道观的烧火小道童,在陆沉这一直比较守规矩。他自己其实是半点不怕陆沉的,但是师父去往青冥天下之前,与自己交代了三件事,其中一事,就是不要与陆沉结仇。再就是取出其中一座藕花福地,搁放在这第五座天下某处,那处地盘如今暂时尚未有人迹。

桐叶洲有一座雄镇楼,是一棵岁月悠悠的梧桐树,名为镇妖楼,与那镇白泽差不多的意思,读书人做点表面文章罢了。

老观主并未去动镇妖楼的根本,但是没有那枚属于老道人的铁环作为大阵枢纽,这楼就意义不大。所以这其中,可以多出一笔功德买卖来,若是再加上斗量养剑葫,就是两笔。按照小道童自己的猜测,师父若是不小心与道祖论道,吵输了,好歹还能凭借这两桩功德,让礼圣老爷帮忙说情,师父和自己就可以重返浩然天下,不用留在青冥天下看人脸色。至于师父到底是怎么打算的,最后到底会怎么做,小道童无所谓,反正他已经习惯了与师父相依为命。

而陆沉叫他小牛鼻子,就是骂人,还一骂骂俩,连他那位上了岁数的师父一并骂了。当徒弟的当然不能忍!

陆沉说道:"小牛鼻子,老观主好不容易为你攒下点香火情,都快被你用完了,悠着点。"

小道童疑惑道："怎么讲?"烧火道童一向以观主首徒自居,只是老道人却从不将小家伙视为什么嫡传,这也是人生无奈事。

陆沉笑道:"藕花福地一分为四,将桐叶伞赠送给陈平安,是算准了陈平安的心路脉络,一定会放心不下,肯定要在那边结茅修行,修道观人问心,然后遇上无数对错是非难明的琐碎困局,事如鹅毛,堆积成山,搬迁起来,可比搬运同等重量的山石要难多了,到最后陈平安就发现,修道一事,原来只此本心一物可以照顾好,由大及小,由繁入简,由万变一。那时候的陈平安,还是陈平安,又不是陈平安,因为与老观主成了同道中人,离儒家道路便远了些。你如今随身携带其中一座藕花福地,就是老观主在提醒我,对你要忍着点、让着点。"

小道童点了点头,恍然道:"有点道理。"

孙道长笑道:"一个敢瞎说,一个敢装懂,你们俩倒是绝配。"

陆沉不以为意。

小道童右手探入左边袖子,里边有张梧桐叶,正是其中一座藕花福地所在。藕花福地一分为四,老秀才的关门弟子带走了一座。一个被观主丢入福地的年轻道士,失去记忆,然后与南苑国京城一位官宦人家的游学少年,在北晋国相逢,少年当时身边还跟着一只小白猿。

陆抬占据其一。

松籁国俞真意,藕花福地历史上第一个真正意义上的修道之人。他所在的福地,如今被观主师父带去了莲花小洞天。那个得了道祖一句"小住人间千年,常如童子颜色"天大谶语的俞真意,必然是有大气运傍身的了。小道童都要羡慕几分。

小道童犹豫了半天,从袖子里又摸出一枚铁环,交给为人、做事、言语、修行都不太正经的陆沉。要知道这个陆沉,可是浩然天下出身,"离经叛道"第一,连那至圣先师都被陆沉在自己书中假借寓言骂过。

小道童跟老秀才关系是不错,可跟文庙半点不熟,所以不太愿意跟那些印象中古板迂腐的圣人打交道。而且听陆沉说,这座天下古怪不多,但是极大,独自远游要小心被那些古怪当作果腹的口粮。

陆沉手握铁环,双膝微蹲,摆出一个气沉丹田的武把式,然后身形旋转一圈,一脚踩地,一脚翘起,身体前倾,将那铁环使劲丢掷出去,铁环化作一道璀璨虹光,破空去往儒家圣人坐镇的天幕处。

小道童伸长脖子,提醒道:"可别丢歪了,害得儒家圣人一通好找。"

孙道长笑呵呵道:"不是应该担心此物砸得儒家圣人一头包吗?读书人最要脸面,到时候文庙追责下来,虽是陆沉丢的铁环,但铁环却是你的,所以你跟陆道友各占一半过失,他可以撂挑子跑路,你带着那座福地跑哪里去?"

小道童尴尬干笑道："不至于不至于。"眼却使劲瞪着陆沉。

陆沉点头道："心稳手准,指哪去哪,绝无半点出纰漏的可能。"

孙道长点头道："指哪打哪。"

小道童越来越心虚,看了眼帮自己做事的陆沉,再看了眼帮自己说话的孙道长,有些吃不准。

孙道长摇摇头。这个烧火道童真是个小傻子。铁环掠空远去,一去千万里之遥,光是那条路线上的遗留气息涟漪,就足够让陆沉更加精准地推衍山河万物了。

这让孙道长很是怀念在北俱芦洲遇到的那个陈道友,那才是个真正愿意动脑子多想事情的,也确实当得起东海老观主的那份长远算计。遥想当年,山上相逢,双方各自以诚待人,患难之交,关系莫逆,所以才能够好聚好散。

"陈道友,做人要厚道。"

"孙道长,买卖要公道!"

此时孙道长抚须而笑,这般脑子灵光的年轻人,还是很讨喜的嘛。就是所过之路,太过寸草不生了些。好在离别之际,最后一句心诚的"道长道长",就都补救回来了。

一直沉默的山青突然问道："小师兄,我想要独自远游,可以吗?"

陆沉一拍额头,苦笑道："同辈师兄弟,问这些做什么。难不成不在青冥天下,你就走不出百丈之地了?"

孙道长抚须而笑道："陆道友,可喜可贺啊,找了个好师弟。"

山青朝小师兄和孙道长打了个稽首,然后转身一步跨出百丈外,御风之际,便已经破境跻身玉璞境。

几乎同时,西方一位佛子亦是破境。

陆沉点点头,抖了抖手腕,道："还好还好,差点没忍住。"

孙道长微笑道："陆道友何苦为难自己,下次与贫道说一声便是,一巴掌的事情,谁打不是打。"

小道童忧心忡忡问道："陆掌教,你怎知我以后要将斗量葫芦暂借文庙?师父亲自施展了障眼法,你又不知桐叶洲之事……"

陆沉笑道："身居高位,每天无事,可不就是只能胡思乱想,猜东猜西,想南想北。"

小道童伸手摸了摸身后的巨大金黄葫芦。

陆沉说道："这枚斗量,经老观主、你、此地圣贤、中土文庙、东宝瓶洲绣虎、杨老头一路辗转,最终是要送到一个姓李的姑娘手上的。"

小道童皱眉道："又是陆掌教瞎猜的?"

有些舍不得这场离别,哪怕这枚斗量葫芦最后肯定会还回来。

陆沉笑道："有没有想过,七枚养剑葫,最早出自谁手?"

一根藤蔓,结出七枚养剑葫,归根结底,就是浩然天下的某个一。七条脉络流转,合二为一。

道祖闲来以此观道,与那坐看一池莲花的花开花落,水滴落何处,是同理。

道祖虽道法通天,却又不会真如何,文庙自然没有理由打断这些扎根浩然天下的脉络。

小道童说道:"当然,然后?"

孙道长微笑道:"对牛弹琴,鸡同鸭讲。"

这可就是一骂骂四个了。

陆沉无奈道:"孙道长,我还是很尊师重道的。"

孙道长疑惑道:"说啥?贫道老糊涂了,耳朵也不太灵光。"

陆沉一笑置之,反正师父自己都不在意,当徒弟的就不要多管闲事了。

只剩下个脑子一团糨糊的小道童,他只知道道祖亲手种植的那根葫芦藤,结果之后,就是天底下最好的七枚养剑葫。

倒悬山春幡斋,剑仙邵云岩那棵"得天独厚孕育而出"的葫芦藤,自然远远无法与之媲美。

小道童背后这只金黄大葫芦,作为天地间最珍稀的七枚养剑葫之一,名为"斗量",装了无数的东海之水,传闻整个东海水面都下降了数尺。只是观主师父没让他养剑,转而用来捕蛟、养蛟,尤其是飞升青冥天下之前,老观主也悄悄做成了件大事。

当初李柳和顾璨在海上歇龙石重逢,上边竟然没有一条蛟龙之属布雨休歇,便是此理,因为桐叶洲两边的海中水蛟,几乎都被老道人捕捉殆尽,其他海域的水蛟,也多有主动进入"斗量"之中。而位于倒悬山和雨龙宗之间的那条蛟龙沟,疲蛟无需中途停靠歇龙石。

儒家圣人当初没有阻拦此事,当然有文庙自己的考量。

此外,六枚价值连城的养剑葫,养剑数量最多的那枚,名为"牛毛"。虽然名字不佳,但是品秩和威势都很吓人,也最能帮助主人挣取山上剑修、剑仙的人情。

本命飞剑坯子成形最快的养剑葫,名为"终南山路"。资质越好的剑修,本命飞剑越多,一旦拥有此枚养剑葫,最是相得益彰。

温养出来的飞剑最坚韧的养剑葫,名字也怪,就一个字,"三"。

最锋芒无敌、剑修一剑破万法、葫芦中剑又可破万剑的养剑葫,名为"心事",心想事成的心事。

飞剑最小最细微、出剑最快、可以炼化到真正无形、无视光阴长河的养剑葫,名为"立即"。

而最能够反哺主人体魄,适宜装酒,修士饮酒就是在汲取剑气,并且毫无隐患的养剑葫,名为"美酒"。寓意人间美好事,饮醇酒第一。

　　总计七枚养剑葫,不知为何都遗留在了浩然天下。

　　小小东宝瓶洲,洪福齐天,拥有两枚,正阳山那枚紫金养剑葫"牛毛",曾经给了一位被师门寄予厚望的女子剑修,苏稼。那当然不是正阳山的祖传之物,正阳山还没有那样的底蕴,只是半路而得。

　　风雪庙也有一枚雪白养剑葫。被四十岁就跻身上五境剑仙的魏晋早早得到。小道童猜测正是那枚"美酒"。

　　此外,中土神洲白帝城城主的大弟子,获得一枚"三"。

　　北俱芦洲北地大剑仙白裳,获得了那枚"终南山路"。

　　但是"心事"和"立即",这两枚最适宜剑修捉对厮杀、最具攻伐的养剑葫,却一直不知所踪。

　　小道童想要找回场子,于是嬉皮笑脸道:"陆掌教,要不要见见某位陆氏子孙?"

　　陆沉见陆抬,让人想一想就有趣。

　　陆沉笑道:"一个在倒悬山都没办法点燃三清香火的孩子,就不用见了吧。"

　　孙道长举目远眺,啧啧称奇,好一个山青,还是有点意思的。嘴上说远游,竟是直奔一处玄都观新占的山头,看架势,是要杀绝元婴之下的所有玄都观一脉道人?

　　陆沉哎哟一声,跺脚道:"不像话不像话,真不怕小师兄给孙道长打死吗?"

　　孙道长点头道:"赶狗入穷巷,是要狗急跳墙的。"

　　孙道长自己都这么说了,那陆沉就无话可说了。

　　孙道长随即嗤笑一声,道:"理是这么个理,可真有那么好杀?身上宝物茫茫多,战力修为加一境,又如何?贫道的玄都观剑仙一脉,比不得白玉京老小仙人们富贵钱多,可这打架嘛,还是有点本事的。"

　　西方一位少年僧人,几乎与山青同时破境。

　　玄都观一位年轻姿容的背剑女冠,稍慢一些破境。仗剑迎敌山青,有一战之力,虽说肯定难以获胜,但是拖住山青片刻就行。

　　玄都观修道之人,下山行事,要么和和气气任人打骂,不轻易与人打架,要么直接动手,而且一定往死里打。

　　此外玄都观道士还……最喜欢喊同门喊朋友,一起围殴敌手。

　　所以玄都观的下五境道士,往往都是见过天大场面的。当然,跻身上五境之后,就别如此光明正大行事了,按照老祖师的说法,就是传出去不好听。

　　至于不那么光明正大的私底下如何,孙道长常年在外游历,看不见听不见,当然管不着。

　　"贫道收弟子,弟子收徒孙,只管传授道法、剑术,以后下山游历,给玄都观长脸还是丢脸，你们自己看着办。"

事实上，孙怀中一向小事不管，因此有句口头禅："贫道修道有成，所以心平气和。"

老观主只管大事，所以又有口头禅："贫道此生习剑勤勉，是为了跟傻子讲理吗？"

陆沉其实在第五座天下新开两道大门后，就经常掐指心算。

孙道长问道："就那么挂念浩然天下？"

陆沉微笑道："在骊珠洞天摆了多年算卦摊子，难免牵挂几分。"

孙道长抖了抖袖子，抬手后掐指如飞，咦了一声，说道："又巧了。不承想陆道友远游他乡没几年，因果却如此之深。更没有想到咱俩各走各路，从无碰头，竟然还有那么点因果交集。不过贫道是善缘，陆道友却是恶果，贫道替你揪心啊。"

陆沉附和道："是揪心啊。"

毕竟曹慈如今才山巅境。当年陆沉重返故乡天下，在那小镇摆摊子给人算命，可惜他身边只有一只勘验文运的文雀，若是再有一只武雀，齐静春的障眼法就不管用了。

陆沉抖了抖袖子，不再掐指推衍演化。

孙道长还在袖中掐指，笑道："陆道友这就撑不住了？"

陆沉没好气道："观主少在那边装模作样。"

孙道长大笑着抬手抖袖，哪怕做做样子，也算赢了你陆沉一场。返回玄都观，就与嫡传弟子聊一聊，还要"叮嘱"他们，这种小事就莫要与徒孙们念叨了。

陆沉感慨道："这座天下开了门，五座天下一气贯通了。"

浩然天下、青冥天下和莲花天下，都与这座天下以大门打通，而蛮荒天下又与浩然天下开门相通。

孙道长收敛笑意，点头道："算一最难。"

两两沉默。外加一个听了道法等于白听的烧火道童。

陆沉随口说道："可惜无法去见一见那位霜降道友的道侣，真是不小的憾事。"

"撑死了也就是霜降道友的半个道侣。"孙道长叹息道，"世人只是为情所困，霜降道友反其道而行之，以此困住心上人，痴情且心狠。外人都没办法讲对错。"

岁除宫历史上最负盛名的修道巨擘，宫主吴霜降，几乎是以一己之力，硬生生将一个二流门派，拔高到青冥天下最拔尖的大宗门。在他站稳脚跟后，才有守岁人在内的一大拨天之骄子纷纷崛起。

而吴霜降本人，曾经位于青冥天下十人之列，排名虽然不高，可整座天下的前十，还是有点能耐的。此人明明能够打破飞升境瓶颈，却依旧闭关不出。因为吴霜降实在太久没有现身，所以在数百年前，跌出了十人之列。

小道童对这种山巅内幕最有兴趣，好奇问道："那个吴霜降，若是敞开了打，放开手脚，术法尽出，打得过你们两位吗？"

陆沉微笑道:"修道法,不就是为了不打架吗?"

孙道长点头笑道:"不该只为打架。"

小道童嗤之以鼻,白玉京道士和剑仙道脉,两帮人这会儿在干吗?

陆沉踮起脚尖看这方天地的气运流转,没来由说道:"第一无悬念了?"

孙道长说道:"你应该庆幸不是陈道友来到此地,不然将来一场问剑,两座天地相撞都是有可能的。"

陆沉笑道:"错了,他要是来了这里,只会越来越束手束脚,大道止步矣。"

孙道长抚须点头:"倒也是。"

小道童小声嘀咕道:"你们俩能不能聊点我听得懂的。"

陆沉说道:"难。"

孙道长说道:"极难。"

在这座天下的中央地带,坐镇天幕的两位儒家圣人,一位来自礼圣一脉的礼记学宫,一位来自亚圣一脉的河上书院,皆是文庙陪祀圣贤。

一人将所见所闻一一记录在册,一人盯着东西大门,以防上五境修士潜入此地,不准南北两门闯入元婴修士。

两位圣人各自带有一位本脉弟子,皆是学宫书院君子身份。

其中一位君子,悬佩有一把长剑"浩然气",是早年游历剑气长城,朋友赠送的。

两位君子,因为圣人的关系,能够坐观山河,遍览天下,奇人趣事颇多。

例如三千道人当中,一个身为符箓派祖庭之一的大道门,领头之人是元婴境界,名叫南山。

作为死对头的采收山,则同样有一位元婴修士,女子名为悠然。

这对男女,不但同年同月同日生,就连时辰都一模一样,毫厘不差。

在这之外,两位君子也知晓了许多关于青冥天下的事情,以往圣贤书上可不记载这些。

浩然天下有十种散修,缝衣人、南海独骑郎在内,被定义为人人得而诛之的歪门邪道。

而青冥天下,也有十种修士不受待见,分别是那米贼、尸解仙、卷帘红酥手、挑夫、抬棺人、巡山使节、梳妆女官、捉刀客、一字师、他了汉。还不至于沦为过街老鼠,但是绝对不敢擅自靠近白玉京地界就是了。

此次三千道人进入崭新天地,除了大宗门的份额之外,还有数百位青冥天下的山泽野修,因缘际会之下,福缘深厚,各自得到了白玉京颁发天下的一枚通关玉牌。

而剑修那座城池内外,在宁姚跻身玉璞境之后,哪怕宁姚刻意远离城池,独自远游,仍是使得那些剑气长城的元婴剑修,包括齐狩在内,被天地大道给稍稍压制了几分。尤其是齐狩,作为最有希望在宁姚之后破境的元婴瓶颈修士,因为宁姚不但破境,并且在玉璞这一层境界上进展神速,就使得齐狩的破境反而要远远慢于山青、西方佛子和玄都观女冠这些天之骄子。

天地初开,诸多大道显化,相对影响深刻,且显露明显。再往后,就会越来越模糊浅显。

不过以齐狩出类拔萃的资质,以及担任刑官一脉领袖的潜在馈赠,他肯定会成为头个十年内的第二拨玉璞境修士。

所谓的第一拨,其实就是宁姚一个。

此后就是山青、西方佛子、齐狩在内的第二拨,人数不会太多,至多十人。

之后在九十年内跻身上五境的各方修士,是第三拨。

桐叶洲和扶摇洲修士还是不会多,因为比起东西两道大门,南北两处进入第五座天下的两洲修士,除了屈指可数的几位元婴修士,都不会放元婴来到崭新天下。而那一小撮元婴修士,之所以能够成为例外,自然是他们所在宗门功德和修士本人心性,都得到了中土文庙的认可,例如太平山女冠,剑修黄庭。连她在内,无一例外,都是被各自师门强压着赶来此地,而他们师门自然是做好了师门覆灭人人战死、只凭一人为祖师堂续上一炷香火的准备。

当下已是嘉春五年的年关时分了。

在这之前,年号是选定为嘉春,还是用文庙建议的那个,就有一场不小的争执,最终选嘉春为年号,其实是前不久才真正敲定下来,所以在那之前,一直是两种说法并用,老秀才用一个,文庙用一个,谁都不服谁。当然用老秀才的说法是,白也兄弟难得不当哑巴,破天荒金口一开,说他觉得"嘉春"二字美极了,寓意更是美好,每天拿剑架在自己脖子上,自己一个破落秀才,不敢不从。

除此之外,元年到底是哪一年,是将老秀才和白也一起进入崭新天地之时,还是将剑气长城那座城池落地之时定义为元年之始,又吵了一架。

当然又是老秀才一人,和文庙一帮人吵。

最后老秀才两场架都吵赢了,嘉春年号一事,白也先是仗剑开路,加上后来剑开天地的那桩造化功德,实在太大。在这其中,老秀才自然也没闲着,可谓任劳任怨,做成了许多,比如底定山河。所以文庙算是答应了老秀才,"咱们好歹卖白也一个面子"。可其实傻子都心知肚明,白也哪里会在年号一事上指手画脚,还会拿剑架老秀才脖子上?谁提剑架谁脖子上都难说吧。

而嘉春元年,之后最终放在城池落地的时辰,一样是争执不休的后定之事。老秀才离开第五座天下没多久,便得意扬扬去了趟文庙,走路那叫一个鼻孔朝天,趾高气扬,两只大袖耍得飞起,原来老秀才从白泽那边偷来了那幅天下搜山图的祖宗画卷。其实一开始,文庙还是希望嘉春元年定在老秀才和白也进入新天地之初,但是老秀才一来舍了自己全部功德不要,也要为那座城池换取一份大道气运庇护,再加上一幅搜山图,老秀才依旧自己不留,而是给了南婆娑洲,文庙那边才无话可说。

当时文庙关起门来,先是老秀才与文庙副教主、学宫大祭酒和那拨中土书院山主,大吵一场。后来亚圣到了,甚至连礼圣都到了。

老秀才直接说,咱们读书人,不但得关起家里大门吵架,而且要再关书房门,不然我是不怕有辱斯文,各位都是斯文宗主,可不能让晚辈们看笑话。所以最终除了亚圣、礼圣和老秀才三人,都离开文庙大门,乖乖站在外边广场上等着消息。

反正到最后,两位副教主、三位大祭酒和十数位书院山主就看到一幕,三位圣人联袂走出那座文庙,原本老秀才与亚圣走在礼圣两侧,不承想老秀才一个行云流水的放缓脚步,挤开亚圣,大摇大摆居中而行,所幸礼圣微笑,亚圣不怪,就这样由着老秀才逾越规矩一回了。但老秀才依旧是老秀才,没有恢复文圣身份,神像更不会重新搬入文庙,不会陪祀至圣先师。

最后人人散去。只有老秀才一人坐在台阶上,好像在与谁絮絮叨叨,说些家长里短。

老秀才与人诉苦,从无愁容。何况老秀才这一天,诉苦不少,显摆更多。

一位被奉为至圣先师的老者,就坐在老秀才一旁。

老者倒是想要离开忙事情去,只是被老秀才死死攥着袖子,没法走。他只得轻轻扯了扯袖子,示意差不多就可以了。

老秀才便直接侧身而坐,单手变双手扯住袖子,道:"再聊会儿,再聊会儿!这才聊到哪儿,我那关门弟子怎么去剑气长城找的媳妇,都还没聊到呢。老头子,你是不知道,我这关门弟子,是我这一脉学问的集大成者,找媳妇一事,比之先生、师兄,更是青出于蓝而胜于蓝矣!"

老者无奈道:"白也那一剑,算是比较客气了。"

最南边那道大门之内,儒家设置有两道山水禁制,进了第五座天下,以及过了第二条界线,就都只可出不可返。

宁姚御剑悬空,来到千里之外,远远望着那道屹立天地间的大门。

只要以剑劈开禁制,就可以跨过大门,去往桐叶洲,但是宁姚最终又改变主意,收剑入鞘,背剑在后,落在了大地之上。

她身穿法袍金醴,背一把剑仙,打算找几个桐叶洲修士询问最新形势。

一拨十数人,御风远游,越来越远离大门,俱是龙门、金丹境修士。

从逃难路上的惊魂不定,到了这边之后,相互结盟,同气连枝,所以一个个只觉得因祸得福,从此天高地阔,道理很简单,附近连元婴修士都没一个了!

而且此处天下,再无上五境!

三金丹,九龙门,杀个元婴难吗?

其实还真不简单,毕竟纸面实力皆是虚妄,真要被元婴先斩一两人,杀得人人胆寒怯战,再各个击破,最后是众人围杀一人,还是被一人追杀众人,还真不好说。

可是如今天大地大,已无元婴矣。

什么观海境洞府境,根本没资格与他们为伍,那三十几个各自仙家山头、王朝豪阀的帮闲修士,正在大门口为他们聚拢势力。

这十二人,先前已经谈定,要打造出最大的一座山上"宗门",争人争地盘争大势争气运,争权势争天材地宝,什么都要争到自己手中!

在这之后,哪怕修行资质有限,那就用堆积成山的神仙钱砸破各自瓶颈便是,只要十二人当中有人率先跻身元婴境,一份铁打的千秋大业,就算彻底稳当了。

然后他们就看到了那个在地上行走的背剑女子。

所有人略有惊讶,她胆子这么大,敢独自游历?

他们再仔细一看,各自起意,有相中那女子姿容的,有看中女子身上那件似乎品秩不俗的法袍的,有猜测那把长剑价值多少的,还有纯粹杀心暴起的,当然也有怕那万一、反而小心翼翼、不太愿意招惹是非的。当然也有唯一一个女修,金丹境,在怜悯那个下场注定可怜的女子。救她?凭什么?没那心情。在这天不管地不管只有修士管的乱世,长得那么好看,如果境界不高,就敢单独出门,不是自寻死路是什么?

宁姚抬头望去,见他们没出手的意思,就继续前行。

十二个桐叶洲逃难修士,御风悬停,高高在上,俯瞰地面上那个暂时不知身份的漂亮女子。片刻之后,那个金丹女修心中恼火,这帮大老爷们个个是清心寡欲的正人君子不成,一个个就没点动静?

她微笑开口道:"我见那女子姿色尚可,你们别与我争抢啊,我身边如今缺个丫鬟,就她了。"

她这一开口,便立即有个眼神灼热的壮汉,伸手扶住她的纤细腰肢,嘿嘿笑道:"当丫鬟好,当通房丫鬟更好,哥哥这就帮你拿下那个撞大运的小娘们。玉颊妹子,说好了,赶紧找个黄道吉日,你我速速结为夫妻,说不得咱俩就是这座天下第一对道侣,万一有那玄之又玄的额外福缘,岂不是好事成双……"

言语之间,汉子同时以心声与两位好友说道:"记得帮我压阵,除了你们,包括玉颊这个骚婆姨在内,我谁都信不过。"

汉子取出一枚兵家甲丸,一副神人承露甲瞬间披挂在身,这才御风落地,大步走向那背剑女子,笑道:"这位妹子,是咱们桐叶洲哪里人,不如结伴同行?人多不怕事,是不是这个理?"看似言语轻佻,其实汉子早已攥紧手中长刀。

宁姚神色淡然道:"人多不怕死?"

宁姚用的是比较蹩脚的桐叶洲雅言。在言语天赋一事上,确实还是陈平安比较好,他会说三洲雅言、各国官话和许多地方方言,会故意以轻描淡写的神色,用她听不懂的言语,说些话。

但是她知道他在说什么,因为她会看他的眼睛。

汉子哈哈笑道:"小娘子真会说笑话……"

话音未落,那汉子从眉心处起始,从头到脚,莫名其妙就一分为二了。一副神人承露甲,外加金丹兵家修士的体魄,竟是比一片薄纸都不如。

那个名叫玉颊的女修心知不妙,同样被一条无形剑气拦腰斩断,一颗金丹被魂魄裹挟,滴溜溜旋转,刚要远遁,砰然炸碎。

宁姚瞥了眼天上。十位修士争先恐后,一个个恨不得自己笔直一线砸入大地,好第一个觑见那位女剑仙。

倒不是他们看出了对方是剑修,其实根本不知道她是如何出手的,可既然她背着剑,就当是一位剑仙好了。管她是本命飞剑惊人的金丹剑修,还是什么天上掉下来的元婴剑修,都算剑仙! 反正杀他们都如菜刀剁死一群鸡崽儿。

宁姚突然懒得去问桐叶洲形势了,他曾经与她说过在桐叶洲的山水游历,她一直带在身上的那本书,其实也有写。

但是宁姚知道,没有来到这座天下的桐叶洲修士,才是应该来的。

所以宁姚转身就走,打算走上一段路程。来时路上,不远处有座山头,盛产一种奇异青竹,宁姚打算打造一根行山杖。

她转身之时,那汉子先前以心声言语的两个朋友,当场毙命。

当着一位玉璞境瓶颈剑修的面,在各自心湖自以为是地窃窃私语,不够谨慎。

一个年轻面容的剑修飘落在地,皱眉道:"这位道友,是不是杀心过重了?"

剩下那七个修士各怀心思,因为这位剑修,名气极大,是桐叶洲仙卿派公认的继承人,名为蹑云,百岁金丹,关键还是剑修。

之所以一眼辨认出此人身份,在于他腰间那把佩剑尸解,实在太过瞩目,剑鞘外有五彩霞光流溢不定,是一件自行认主的半仙兵! 而他的那个名字,也是自幼被护道人带入师门后,由仙卿派祖师亲自取的,寓意此子将来有望腾云飞升。

宁姚置若罔闻。

年轻剑修与那女子拉开一段距离,并肩而行。

宁姚说道:"眼睛瞎,耳朵聋,境界低,少说话,去远点。"

蹑云笑道:"你是说我不识人心好坏? 并非如此,只是除了徐焘、玉颊两个金丹修士,另外两人罪不至死,教训一番就足够了。只要不是大奸大恶之辈,我们桐叶洲修士,都应该摒弃前嫌,潜心修行,各自登高,说不定很快就会遇到扶摇洲修士,甚至是剑气长城那拨最喜杀伐的剑修蛮子……"

先前他还不觉得,走近了看这女子,原来真是动人。自然不是什么垂涎美色,对于一位剑心纯粹的年轻天才而言,只是觉得她让人见之忘俗。

宁姚始终目视前方,说道:"不听劝的毛病,跌境以后改改。"

蹑云正要言语,却瞬间倒飞出去,一颗金丹破碎大半,整个人七窍流血,拼命挣扎都无法起身。

他视线模糊,依稀只见那女子背影,缓缓远去。

其余七人,面面相觑。是顺水推舟,杀人夺宝,趁势抢了那把尸解,还是救人,与仙卿派结下一份天大香火情?

仙卿派除了两位元婴祖师之外,几乎所有供奉、客卿和祖师堂嫡传,都已经进入这座崭新天下。据说连那祖师堂挂像、神主都被蹑云携带在身,放在一件祖传咫尺物当中。

有人一咬牙,心声言语道:"什么香火情,都他娘的是虚头巴脑的玩意儿,如今还讲究这个?什么谱牒仙师,当下哪个不是山泽野修?得了一件半仙兵,咱们当中谁率先破境跻身元婴,就归谁,咱们都立下誓约,将来得到尸解之人,就是坐头把交椅的,此人必须护着其余人各自破一境!"

又有人提醒道:"那尸解是件认主的半仙兵,谁敢拿?谁又能炼化?蹑云若是死了,还好说,可是蹑云没有死。"

一人轻声道:"蹑云跌境,不也没见那尸解出鞘,认主一说,多半是仙卿派有意为蹑云博取名声的手段。"

也有几个不愿涉险行事的谱牒仙师,只是当下不太愿意说话。山上拦阻机缘,比山下断人财路,更招人恨。

不料在众人都不敢率先出手的时候,那蹑云坐起身,佩剑尸解自行出鞘,悬停空中,他伸手握住剑身,不伤掌心分毫,好似被佩剑搀扶起身。

蹑云眼神阴沉,望向那些王八蛋,哪怕他真是个聋子,也终究没有眼瞎,看得出那些家伙的脸色和视线!

蹑云松开半仙兵尸解,摇摇欲坠,却半点不惧众人,咬牙切齿道:"一帮废物,就敢杀我夺剑?"

蹑云突然低头凝视着那把心爱佩剑,泪流满面,伸手捂住心口,哽咽道:"你先前为何装死,为何不自行出鞘,为何不护住我金丹,即便不杀她,护住金丹也好啊……"

长剑颤鸣,如泣如诉,似乎比跌境的主人更加委屈。

它不敢出鞘,怕主人会死。

只是世间半仙兵,往往如未开窍的懵懂稚童,不能开口言语,不会写字。不然这把尸解就会明白无误地告诉蹑云,那个女子,极有可能是被这座天下大道认可的第一人。

那七人终于意识到半仙兵尸解,是完全可以自行杀人的,所以毫不犹豫,立即各施手段,御风逃遁。

蹑云却没有追杀他们的意思,一来遭此劫难,心思不定,二来跌境之后,意外太多,他不愿招惹万一。

已经记住了七人容貌衣饰,还知晓数位修士的大致根脚,青山不改绿水长流,以后终有重逢叙旧的机会。

这位承载师门所有希望的年轻天才,抬头望向那女子远去方向,猛然醒悟,她来自剑气长城!

宁姚到了那青山竹林,四处寻觅,终于拣选一棵苍翠欲滴的小竹,做了一根行山杖,拎在手中。

见四周无人,宁姚便开始学那人持杖走路,想象他少年时带头开山,想象他及冠后独自游历,想象他喝酒时醉醺醺,想象他走在山水间,瞪大眼睛看那风景,然后一一写在书上……

走到后来,宁姚恢复如常,站在了青山之巅,以行山杖拄地,轻轻喊了一个名字,然后她用心聆听那风过竹林萧萧声,好似作答声。

先前她刚刚来到崭新天下,元婴破境之时的心魔,正是她心中的陈平安。

对于宁姚而言,心魔只会是如此。可只是一个照面,宁姚使劲多瞧了几眼后,心魔很快就被她斩杀了,故而破境只是一瞬间。

理由既复杂至极又简单纯粹,宁姚当时只是瞬间明了一事,她眼中心中的那个陈平安,永远比不得真正的陈平安,天大地大,陈平安就只有一个,真真正正。

中土神洲,礼记学宫。

一场隆冬大雪,趁着学宫夫子士子正在问道做学问,茅小冬独自坐在凉亭赏雪,轻轻搓手,轻轻默念一篇脍炙人口的散文小品,天云山水堤各一白,亭舟渔翁酒客皆一粒。

茅小冬当下心情并不轻松,因为山崖书院重返七十二书院之一,竟然拖了这么些年还是没能敲定。如今东宝瓶洲连那大渎开凿、大骊陪都的建造都已收官,好像他茅小冬成了最拖后腿的那个。如果不是自己跟那头大骊绣虎的关系实在太差,又不愿与崔瀺有任何交集,不然茅小冬早就写信给崔瀺,说自己就这点本事,明摆着不济事了,你赶紧换个有本事的来这边主持大局,只要让山崖书院重返文庙正统,我念你一份情便是。

只不过茅小冬很清楚,写不写信,没什么意义,崔瀺那个王八蛋,做人根本不会念旧,万事只求一个结果。既然崔瀺选了自己带队远游,此后却又不再过问,应该是他早有计较。

崔瀺可以等,茅小冬却急得嗓子眼快冒烟了。相较于扶摇洲与妖族大军在沿海战场上的各有胜负,尤其是扶摇洲那些上五境修士,都会尽量将战场选择在海外,免得与大妖厮杀的各种仙家术法,不小心殃及地上的各大王朝屯集兵马,除了和上五境修士有此胆识有关之外,也和齐廷济、周神芝,还有扶摇洲一位飞升境修士的联袂突袭,大有关系。

一开始就只采取据守态势的桐叶洲,战局简直就是糜烂不堪。从山上仙家到世俗王朝,处处一触即溃,如今只能靠着三大书院和那些"宗"字头仙家苦苦支撑,玉圭宗只能说是守势稳固,桐叶宗和扶乩宗则稍有乱象,尤其是临海的扶乩宗,辖境地界不断收缩,唯独太平山,最让人刮目相看,在那座攻守兼备的山水大阵庇护下,竟然能够有一千修士联袂杀出宗门、斩获颇丰的壮举,原本已跌一境的太平山老天君,在一洲三垣四象大阵与自家阵法的双重加持之下,法相巍峨,手持大镜,如仙人手托一轮明月,莹澈四方,月光所照之下,太平山修士进退自如,杀敌如麻……

茅小冬恨不得卸掉副山主职务,去老龙城那边守着。与其待在这边每天干瞪眼,还不如做点实在事情。

茅小冬带着一大帮书院学子跨洲远游至此,他这个当副山主的,既要护着学子们潜心读书,尽量不要与学宫士子起冲突,还要争取为山崖书院讨回一个文庙七十二书院之一的头衔,所以茅小冬这些年并不轻松。最关键的是,大骊绣虎没有告诉茅小冬成事之法,而到了礼记学宫,大祭酒也未与茅小冬说如何才能通过考评,只让茅小冬等待消息,茅小冬只能让李宝瓶在内的三十多位读书种子,静下心来,好好读书。

茅小冬其实有些愧疚,因为能否晋升七十二书院之一,最重要的一点,就是山主学问之高低、深浅。

以前师兄齐静春在世时,山崖书院要获此殊荣,茅小冬半点不觉得困难,等到他来当家做主,就倍感无力。既然重返文庙书院,自己这个山主靠不住,照理说就只能靠学生了,可是在生源一事上,无论是大骊京城的山崖书院,还是搬迁至大隋的山崖书院,其实一直都争不过观湖书院。搬迁之前,山崖书院与观湖书院都属于七十二书院之一,但是东宝瓶洲第一等的读书种子,还是喜欢先去观湖书院碰碰运气,若是无法通过,才退而求其次,去往当时的大骊山崖书院。其实关于此事,连同茅小冬几位副山主和大骊先帝在内,都颇有怨言,唯独齐师兄始终随意且从容,不管书院来什么样的士子学生,让夫子先生们只管用心教一样的学问。

在齐静春担任山主之时,山崖书院每年都会从地方州郡、县学选取一拨寒族子弟,哪怕这些人的学问底子极差，书院依旧年年收取，齐静春会亲自为他们传授学问。所以东宝瓶洲许多天资聪颖、家世极好的拔尖读书种子，之所以不太愿意来山崖书院求学，很大程度上也和不愿与这拨寒庶学生同窗为伍有关。

茅小冬记得很清楚，大骊先帝曾经莅临书院，对师兄有过暗示，表示大骊京学愿意收纳这拨寒族士子，保证不会亏待、耽误这些读书人，不但如此，大骊官场还一定专门为他们开辟出一条顺遂仕途，齐先生和书院就不用劳心了，以齐先生的学问，大可以拣选书院最好的读书种子。

师兄直接笑言一句，大骊宋氏就算要忘本，也太早了些。

此事才不了了之。

所以在去往骊珠洞天之前，山主齐静春没有什么嫡传弟子的说法，相对学问根基深的高门之子亲自教，来自市井乡野的寒庶子弟也亲自教。

茅小冬自己对这礼记学宫其实并不陌生，曾经与左右、齐静春两位师兄一起来此游学，结果两位师兄没待多久，将他一个人丢在这边，招呼也不打就走了，只留下一封书信。齐师兄在信上说了一番师兄该说的言语，指出茅小冬求学方向，应该与谁求教治学之道，该在哪些圣贤书籍上下功夫，反正都很能宽慰人心。左师兄却在信的末尾，要他茅小冬放心，给人欺负了，与师兄知会一声，记得不要劳烦先生，因为师兄很闲，先生很忙。

这让茅小冬怎么能够放心？茅小冬除了涉及先生学问之外，哪敢随便与左右喊冤诉苦。左师兄每次不出手则已，一出手哪次不要先生亲自收拾烂摊子？再者礼圣一脉，一向与自家先生友善，所以当年茅小冬只能硬着头皮放心，在此治学数年。

茅小冬走出凉亭，在阶下看那楹联。

事需身历，再去言之有物。

字与心融，才觉书中有味。

茅小冬转头望去，看到了手持行山杖、身穿红棉袄的李宝瓶。

等李宝瓶走到身边，茅小冬轻声笑道："又翘课了？"

李宝瓶点点头，又摇摇头，道："事先与夫子打过招呼了，要与种先生、叠嶂姐姐他们一起去油囊湖赏雪。"

种秋和曹晴朗当初离开剑气长城后，与崔东山、裴钱分开，后者返回东宝瓶洲，他们却游历了南婆娑洲的醇儒陈氏，再来到中土神洲，负笈游学，一走就是数年之久，最终来到了礼记学宫，听闻茅山主和李宝瓶刚好在学宫求学，就在这边停步。

在此期间，陈三秋和叠嶂又来到礼记学宫，陈三秋已经成为学宫儒生，叠嶂却是要等个人，不凑巧，叠嶂要找的那位朋友，据说跟随圣人去了第五座天下。

茅小冬笑道："那油囊湖有什么可去的，马屁湖才对，大手笔个什么。"

然后又小声道:"宝瓶,这些一己之见的自家言语,我与你悄悄说,你听了忘记就是了,别对外说。"

李宝瓶说道:"我不会随便说他人文章高下、为人优劣的,哪怕真要提及此人,也当与那崇雅黜浮的学问宗旨一并与人说了。我不会只揪着'油囊取得天河水,将添上寿万年杯'这一句,与人纠缠不清,'书观千载近''绿水透迤去',都是极好的。"

茅小冬笑着点头:"很好。治学论道与为人处世,都要这般中正平和。"

李宝瓶犹豫了一下,说道:"茅先生不要太忧心。"

先前她是远远看见茅先生独自赏景,才来这边打声招呼。

茅小冬笑道:"忧心难免,却也不会忧心太过,你不要担心。"

李宝瓶告辞离去,与一起去油囊湖赏雪的种秋、曹晴朗,还有叠嶂姐姐重聚。

陈三秋如今是学宫儒生,不好逃课。再就是他虽然在剑气长城那边看书不少,但是真正到了学宫求学,才发现追赶不易。而且陈三秋是莫名其妙成为的学宫儒生,刚到了礼记学宫,就有一位神色和蔼的老先生找到了他,一起闲聊赏景,陈三秋是后来才知道对方竟然是学宫大祭酒。陈三秋求学勤勉,因为在从南婆娑洲到中土神洲的游历途中,跻身了元婴境,所以比起许多都不算修道之人的学宫士子,陈三秋也有自己的优势,白天夫子传道,晚上自己读书,还可以同时温养剑意,不知疲倦。

叠嶂依旧是金丹瓶颈,倒也没觉得有什么,毕竟陈三秋是剑气长城公认的读书种子,飞剑的本命神通又与文运有关,陈三秋破境很正常,何况叠嶂如今有一种心弦紧绷转入骤然松散的状态,好像离开了厮杀惨烈的剑气长城后,她就不知道该做什么了。

一想到某天与那位儒家君子重逢,叠嶂就会紧张。而第五座天下,又需要百年之后才开门,到时候她和陈三秋才能去那个异乡、家乡难分的地方,见宁姚他们。

所以李宝瓶才会经常拉着叠嶂姐姐闲逛散心。

茅小冬望着他们离开的方向。红棉袄李宝瓶,还有那个青衫书生曹晴朗,都习惯性手持行山杖出游。

茅小冬抚须而笑,比较欣慰。心中积郁,随雪落地。

不管如何,自己这一文脉的香火,终究不再是那么风雨飘摇、好似随时会消失了。

茅小冬对曹晴朗印象很好,而曹晴朗又是小师弟陈平安的嫡传弟子。

按辈分,得喊自己师伯的!事实上,曹晴朗与自己初次见面,便是作揖喊师伯。

茅小冬如何能够不高兴?

因为某些事情,小宝瓶、林守一他们都只能喊自己茅山主或是茅先生,而茅小冬自己也没有收取嫡传弟子。

小姑娘裴钱终究是陈平安的拳法弟子,所以到最后,文圣一脉最为名正言顺的第三代弟子,暂时就只有一个曹晴朗。

这位高大老人转身离开凉亭,打算回住处温一壶酒,大雪天开窗翻书,一绝。

不料身后有人笑着喊道:"小冬啊。"

茅小冬一下子就热泪盈眶,缓缓转身,立即作揖,久久不愿起身,低头颤声道:"学生拜见先生!"

老秀才等了会儿,还是不见那学生起身,有些无奈,只得从台阶上走下,来到茅小冬身边,几乎矮了一个头的老秀才踮起脚尖,拍了拍弟子的肩头,道:"闹哪样嘛,先生好不容易板着脸装回先生,你也没能瞧见,白瞎了先生好不容易酝酿出来的夫子风范。"

茅小冬赶紧直腰,又微微佝偻,牙齿打战,激动不已,又毕恭毕敬称呼了一声先生。

自己已经百多年,不曾见到先生一面了。

自己这位先生,个子不高,学问却地厚天高!

老秀才点点头:"事不过三,可以了啊。小冬啊,真不是先生埋怨你,每次瞧见你作揖行礼,先生都要心慌,当年就觉得是在给走了的人上香拜挂像呢。"

茅小冬愧疚道:"是学生错了。"

老秀才无奈道:"错什么错,是先生太不计较礼数,学生又太重礼数,都是好事啊。唉,小冬啊,你真该学学你小师弟。"

茅小冬不知所措,只好又认了个错。

老秀才带着茅小冬走入凉亭,茅小冬始终低了先生一台阶。

最后与先生相对而坐,茅小冬挺直腰杆,正襟危坐。

老秀才也不怪这学生没眼力见儿,就是有些心疼。

老秀才突然站起身,跳起来朝外吐了一口唾沫,道:"一身学问天地鸣,两袖清风无余物,油囊取得天河水,口含天宪造大湖……我呸!"

老秀才对茅小冬和小宝瓶先前议论之人,观感尚可,只是对后世那些以诗词谄媚此人的士子,那是真恨不得将诗篇编撰成册,丢到某国地方文庙里边去,再问那个被追谥为文贞公的家伙,自己脸红不脸红。不过此人在世时的制艺、策论之术,确实不俗。

茅小冬眼观鼻鼻观心,纹丝不动,心如止水。反正先生说什么做什么都对。

老秀才坐回原位,说道:"油囊湖的烂熟酒倒是真好喝,价格还公道,就是君子贤人买酒一律半价的规矩,太不友善,秀才咋了,秀才不是功名啊。"

茅小冬一言不发,只是竖耳聆听先生教诲。

老秀才等了半天,也没能等到学生主动提及最近的文庙争论一事,大为遗憾,这种事自己起话头,就太没劲了。

茅小冬只是端坐对面,由衷觉得自己先生不拘小节,却做遍了天下壮举。

老秀才笑道:"早些时候,在剑气长城酒铺那边,与左右和你小师弟一起喝酒。陈平安说你教书传道一事最像我,醇厚平和,还说你小心翼翼治学、战战兢兢教书。"

茅小冬赶紧起身，道："弟子愧不敢当。"

老秀才缓缓道："若是弟子不如先生，再传弟子不如弟子，传道一事，难不成就只能靠至圣先师事必躬亲？你要是打心底里觉得愧不敢当，那你就真是愧不敢当了。真正的尊师重道，是要弟子们在学问上，别开生面，独树一帜。我心目中的茅小冬，应该见我执弟子礼，但是礼数完毕，就敢与先生说几句学问不妥当处。茅小冬，可有自认辛苦治学百年，有那高出先生学问处，或是可为先生学问查漏补缺处？哪怕只有一处都好。"

茅小冬起身之后就没有落座，愧疚万分，摇头道："暂时还不曾有。"

老秀才竟是也没有生气，反而神色温和道："知己不知是知也，也不算全然无用。再接再厉便是。"

老秀才停顿片刻，微笑道："毕竟你先生的学问，还是很高的。"

茅小冬站在那里，一时间有些两难，既想要落座，免得高过先生太多，不合礼，又想要束手而立，听先生传道，合乎礼。

老秀才抬头望向茅小冬，笑道："还没有破开元婴瓶颈啊，这就不太善喽。不该如此的，以你茅小冬的心性和学问，早该破境了才对。"

茅小冬又是愧疚。

老秀才问道："礼之三本为何物？"

茅小冬刚要说话。

老秀才伸手指心："自问自答。"

身材高大的茅小冬站在凉亭当中，怔怔出神。

老秀才好像自言自语道："亭如人心休歇处，有些世道如这风雪，怀揣着几本圣贤书，知晓几个圣贤理，走出凉亭外，便能不冷了吗？"

老秀才一样是自问自答："我倒觉得真就不冷了几分，可以让人走多几步风雪路的。"

茅小冬望向凉亭外的大雪，脱口而出道："君子之学美其身，礼者所以正身也。口能言之身能行之，学至于行之而止，君子德至极也。"

老秀才一拍大腿，道："善！"

亭外风雪随之静止。茅小冬缓缓落座，雪停时分，就已经跻身玉璞境。不但如此，亭外楹联那些文字，熠熠生辉，大雪这才继续落在人间。

老秀才突然问道："凉亭外，你以一副热心肠走远路，路边还有那么多冻手冻脚直哆嗦的人，你又当如何？这些人可能从未读过书，酷寒时节，一个个衣衫单薄，又能如何读书？一个自身已经不愁冷暖的教书匠，在人耳边絮絮叨叨，岂不是徒惹人厌？"

茅小冬陷入沉思，甚至对于自己先生的悄然离去，都浑然不觉。

老秀才与身边那位学宫大祭酒笑呵呵说道："怎么讲？"

大祭酒说道:"崔瀺在信上说过,只要茅小冬破境,即刻起,换他崔瀺来当山崖书院的新任山主。"

老秀才笑道:"别忘了让山崖书院重返七十二书院之列。"

后者作揖行礼,领命行事。

老秀才突然说道:"跟你借个'山'字。你要是拒绝,是合情合理的,我绝不为难,我跟你先生许久没见了……"

大祭酒原本还有些犹豫,听到这里,果断答应下来。

老秀才拍了拍对方肩膀,赞叹道:"小事不糊涂,大事更果决。礼圣先生收弟子,只是略逊一筹啊。"

堂堂学宫大祭酒,一时间无言以对。

与文圣问道求学,以及与老秀才闲聊,那是一个天一个地。

李宝瓶一行人刚刚走出礼记学宫大门。

李宝瓶突然笑道:"文圣老先生。"

只对他们现出身形的老秀才,摆手示意众人不用与自己打招呼,免得让旁人一惊一乍,不过言谈无忌。

种秋、曹晴朗和叠嶂也就不再行礼致意,曹晴朗只是喊了一声师祖,老秀才点点头,笑开了花。

老秀才与他们结伴而行去往油囊湖,一路上无人注意。

李宝瓶他们踩在雪地里,咯吱作响。唯有老秀才在行走间,飘荡无踪迹。

合道天地之后,得山河之助,受天地之重。

读书人一贯如此,老秀才对自己的著书立传、收取弟子、传授学问、与人吵架、酒品极好等事,一向自豪毫不掩饰,唯独对于此事,不觉得有任何值得称道的地方,谁夸谁骂人,我跟谁急。

老秀才走在小宝瓶和曹晴朗之间,左看右看,满脸笑意。

我文圣一脉,需要人很多吗?老秀才大手一挥,去他娘的人多势众。

李宝瓶轻声道:"文圣老先生,听说你合道天地了,真是顶天立地大丈夫,个子很高了。"

老秀才又立即笑得合不拢嘴,摆摆手,说哪里哪里,还好还好。

小宝瓶的夸赞,还是要收下的。

曹晴朗说道:"师祖辛苦了。"

先生的先生,便是自家师祖。

老秀才笑道:"小事小事,你们年纪轻轻就游学万里,才是真辛苦。"

曹晴朗犹豫了一下,问道:"师祖,关于制名以指实,我有些想不明白的地方。"

老秀才点点头，笑问道："在询问之前，你觉得师祖的学问，最让你觉得有用的地方在何处？或者说你最想要化为己用的，是什么？不着急，慢慢想。不是什么考校问对，不用紧张，就当是我们闲聊。"

一旁的种秋有些期待曹晴朗的答案。

曹晴朗显然早有定论，没有任何犹豫，说道："师祖著作，逐字逐句，我都反复读过，有些理解尚浅，有些可能尚未入门，依旧懵懂，不过一个最大的感受，就是师祖阐述道理，最稳当。所说之理，深远，说理之法，却浅。故而某个道理所在，像那视野远处依稀可见之绝美风景，可后人脚下所行之路并不崎岖，大道直去，平坦易行，故而让人不觉半点辛苦。"

老秀才使劲点头道："对喽对喽。"

李宝瓶轻轻点头，补充道："小师叔早早就说过，文圣老先生就像一个人走在前边，一路使劲丢钱在地，一个个极好却偏不收钱的学问道理，像那遍地铜钱、财宝，能够让后世读书人'不断捡钱，用心一也'，都不是什么需要费劲挖采的金山银山，翻开了一页书，就能立即挣着钱的。"

老秀才听得越发神采飞扬，以拳击掌数次，然后立即抚须而笑，毕竟是师祖，讲点脸面。

老秀才甚至觉得自己弟子收取的学生们，很青出于蓝而胜于蓝嘛。

所以老秀才最后说道："宝瓶、晴朗，当然还有种先生，你们以后若有疑问，可以问茅小冬，他求学，不会学错，当先生，不会教错，很了不得。"

种秋笑道："听闻油囊湖有烂熟酒，我来出钱，请文圣先生喝。"

老秀才搓手笑道："这敢情好。"

落魄山上，陈暖树拎着水桶，又去了竹楼的一楼，帮着远游未归的老爷收拾屋子。

书桌永远纤尘不染，仔细擦拭过了桌上砚台笔筒镇纸等物，陈暖树瞥了眼叠放整齐的一摞书籍，抿了抿嘴唇，伸出双手，看似整理书籍，其实书籍反而歪斜了些。

等到陈暖树跨过门槛，轻轻关上门，粉裙女童的一双眼眸里都是笑意。

等到陈暖树去往二楼，屋内地面立即蹦出个莲花小人儿，沿着一根桌腿爬上桌子，它开始跑来跑去巡视书桌，发现前天是桌上镇纸微微斜了，昨天是多宝架上的物件没放好，今儿书籍又不小心歪了，小家伙咯咯而笑，然后赶紧捂住嘴巴，蹑手蹑脚走到书旁，从踮起脚尖到趴在桌上，仔仔细细帮着暖树姐姐将那些书籍堆好，莲花小人儿犹不放心，绕着这座小书山跑了一圈，确定没有丝毫歪斜了，它才坐在桌上，心满意足，庆幸自己今儿又帮了暖树姐姐一点小忙。

莲花小人儿最后坐在桌子边缘，轻轻摇晃着双腿，它很想要再次见到那个白衣少年,询问对方,自己是不是可以主动跟暖树姐姐、米粒姐姐打招呼,不会烦她们的,几天一次,一句或是每月一次也都可以啊。但是他好久没来了,少年的先生,就更久没回家了。

所以闲来无事的小家伙,又起身跑去笔筒那边,用仅剩的一条小胳膊擦拭着筒壁。

竹楼外,今天有三人从骑龙巷回到山上。长命道友去韦文龙的账房做客了,而张嘉贞和蒋去一起来竹楼这边,如今他们已经搬出拜剑台,只有剑修崔嵬依旧在那边修行。

如今骑龙巷热闹了许多,除了负责草头铺子的贾晟师徒三人,隔壁压岁铺子的掌柜石柔,手底下也有了张嘉贞和蒋去"两员大将"。外加一个名叫长命的女子,时常去两座铺子帮忙。

不知为何,张嘉贞和蒋去都很敬畏那个喜欢笑的女子,她不知道哪来的钱,在骑龙巷台阶上边些,一口气买下了两座院子。

蒋去每次上山,都喜欢看竹楼外壁,说上边写满了文字,画了许多符,但是张嘉贞却什么都瞧不见。

蒋去今天还是站在那边观摩文字符箓,张嘉贞则坐在石桌旁,与米裕剑仙一起嗑瓜子。

米裕笑问道:"羡不羡慕蒋去?"

张嘉贞点头道:"羡慕。"

蒋去要比自己开朗和聪明太多了,在骑龙巷那边已经混得很熟,还喜欢一个人出门,每次返回铺子都有各种收获。张嘉贞就做不到,只能是石柔掌柜交给他做什么事情,就守着一亩三分地做什么。

米裕随口道:"没什么好羡慕的,各有各命。"

张嘉贞说道:"陈先生说过,我没有修行资质,练剑习武都是。"

米裕来了兴致,道:"是很郁闷,还是不信隐官大人的眼光?"

张嘉贞笑着摇头道:"很信,也不郁闷。所以我想以后有机会,跟韦先生学点算术,让自己有个一技之长。可哪怕是学了粗浅的算术、入门的记账,我估计自己也只能做点死脑筋的事情,争取以后当个市井铺子的账房先生,只与金银、铜钱打交道,可能这辈子都见不着神仙钱,但是也好过我每天无所事事,根本不知道能做什么。"

米裕不以为意,跟女子打交道,是他擅长的,但要说跟孩子谈心,米裕是真不擅长,也不感兴趣,毕竟自己又不是隐官大人。

张嘉贞也不敢打搅米剑仙的修行,告辞离去,打算去山顶那座山神祠附近,看看落魄山四周的山水风景。

蒋去依旧瞪大眼睛看着竹楼那些符箓。

张嘉贞在半路上碰到了那个大摇大摆的黑衣小姑娘,她正肩扛金扁担巡视山头。

张嘉贞笑着打招呼:"周护法。"

小姑娘笑眯起眼,然后客气道:"喊我大水怪就可以了。"

听张嘉贞说要去山顶看风景,周米粒立即说自己可以帮忙带路。

周米粒刚转身,就看到了那个独自散步的长命道友,个儿高高,身穿一袭雪白的宽大袍子,一天到晚面带笑意。

周米粒赶紧喊了一声姨,长命笑眯眯点头,与小姑娘和张嘉贞擦肩而过。

周米粒站着不动,脑袋一直随着长命缓缓转移,等到真转不动了,才瞬间挪回原位,与张嘉贞并肩而行,忍了半天,终于忍不住问道:"张嘉贞,你知道为啥长命一直笑,又眯着眼不那么笑吗?"

张嘉贞摇摇头,说不知道。

周米粒嘿嘿笑道:"没事没事,暖树姐姐一样不知道,落魄山上,就只有裴钱脑壳儿比我灵光嘛,你听没听过一个见钱眼开的成语? 没听过吧,裴钱就带着我出门散步,经常能够捡到一枚铜钱的。我一笑,裴钱就说我是见钱眼开,哈哈,我会是财迷? 我是故意装样子给裴钱瞧的嘞,我才不会见钱眼开,别人丢地上的钱,我眼睛都不眨一下……"

周米粒话说一半,只见前边路上不远处,金光一闪,周米粒瞬间停步瞪眼皱眉头,然后高高丢出金扁担,自己则一个饿虎扑羊,抓起一物,翻滚起身,接住金扁担,拍拍衣裳,转头眨了眨眼睛,疑惑道:"走啊,地上又没钱捡的。"

张嘉贞忍住笑,点头说好的。这就是陈先生所说的哑巴湖大水怪啊。

周米粒突然又皱起眉头,侧对着张嘉贞,小心翼翼从袖子里伸出手,摊开手心一看,不妙! 钱咋跑了? 本来她都打算捡了钱,就去跟暖树姐姐邀功的。如今落魄山可真没啥钱了,上次她跑去问魏山君啥时候举办下场夜游宴,魏山君当时笑得挺尴尬。

周米粒突然一动不动,按照裴钱的说法,就是有杀气!

原来身后有人按住了她的脑袋,笑眯眯问道:"小米粒,说谁见钱眼开啊?"

周米粒皱着脸,摊开一只手,转头可怜兮兮道:"姨,天地良心,我不晓得自己梦游说了啥梦话哩。"

"再看看手心。"长命松开手,眯眼而笑,转身走了。

周米粒发现自己手心多了一枚金灿灿的铜钱。

周米粒咬了咬,有点硌牙,立即转身跟长命大声道了一声谢。

而那位未来的落魄山掌律人,轻轻挥手,示意喊自己一声姨的小姑娘不用客气。

周米粒蹦蹦跳跳,带着张嘉贞去山顶,不过眼睛一直盯着地面。

裴钱不在身边,自己都好久没捡着钱了!

竹楼石凳那边,魏檗现出身形。

这位魏山君还真没想到,蒋去没有剑修资质,竟然还能学符。

符箓一途,有无资质,立分鬼神。成就是成,不成就是万万不成,乖乖转去修行其他仙家术法,与能否成为剑修是差不多的光景。

米裕一手持酒杯,另一只手手肘斜靠石桌,望向蒋去的背影,撇撇嘴。

蒋去这个同乡孩子,就算有修行符箓的资质,但是先天根骨、气府景象等等问题,作为有幸登山的修道之人,自己还是要讲一讲的。而且这个岁数再来修行,问题很大。

米裕毕竟是个剑仙,当然看得出这些轻重、深浅,估计蒋去以后结个丹要比登天还难,更可能,是止步于观海境,运气好点,撑死了就是龙门境。

魏檗看了这位剑仙一眼,笑着摇摇头。

米裕立即笑道:"是我错了,必须改!"

落魄山确实从不讲究这个资质不资质的,修为高不高的。

来我落魄山中,谁谈境界谁最俗。

"米剑仙,别嫌我一个外人多嘴,像我们这些可以算是当长辈的,一句无心之语,一个自己没在意的眼神,可能就会让某个晚辈挂念很久,所以我们还是慎重点。还真不是传道授业、打打骂骂那么简单的事情。"

在别处仙家山头,哪里会计较这种鸡零狗碎的小事。

米裕端正坐姿,点头道:"放心吧,道理我懂,隐官大人说过,小事不省力,大事可省心。我就是好些个天生的臭毛病,一时半会儿比较难改。以后魏兄记得多提醒我。我这人,不太要脸惯了,只有一点好,晓得自己几斤几两,分得清人心好坏,念人好,听人劝。"

魏檗打趣道:"这可不是'只有一点好'了。"

米裕竖起大拇指,大笑道:"以诚待人,以诚待人!"

见到了米裕和魏檗,长命抱拳行礼。

魏檗点头还礼,喊了一声长命道友。

长命来到落魄山,其实就数魏山君最轻松。因为一个"钱"字,魏檗的名声都已经烂到北俱芦洲了。

米裕赶紧起身道:"长命姐姐难得来山上做客,坐下说话。"

长命道友却没有理睬米剑仙,她直接走到了崖畔,望向红烛镇方向,那边财运不是一般的浓郁,好像可以牵引几分到自家山头,除了披云山和那座杨家药铺之外,神不知鬼不觉。

太徽剑宗,翩然峰上。

白首一个人坐在竹椅上,闷闷不乐,他跟翩然峰之外的几位祖师堂嫡传,还有两个据说极有可能成为自己师弟和师妹的,原本关系都还不错,然后有了一场争执,谈不上大是大非,所以不至于怄气记仇,就是让人有些憋屈。

起先就真的只是件小事,对方开了个小玩笑,白首随便说了句顶回去,然后对方就莫名其妙发火了,彻底吵开了后,好像一下子就变成了好些烦心事,直到吵架结束,白首才发现原来自己不在意的,他们其实真的很在意,而他们在意的,自己又全然没上心,这越发让白首觉得束手无策,对错各自都有,也都小,却一团乱麻。

最后白首主动认了错,才作罢。

如果就这么再见面假装不认识,犯不着,太小家子气,可再像以往那般嘻嘻哈哈,又很难,白首自己都觉得虚伪。

这个时候,白首其实挺想念裴钱的,那个黑炭丫头,她记仇就是明摆着记仇,从不介意别人知道。每次在小账簿上给人记账,裴钱都是恨不得在对方眼皮子底下。这样相处,其实反而轻松。何况裴钱也不是真小心眼,只要记住某些禁忌,例如别瞎吹牛跟陈平安是拜把子兄弟,别说什么剑客不如剑修之类的,那么裴钱还是不难相处的。

刘景龙从骸骨滩海外,一路北归,御剑返回祖师堂,再回到翩然峰,就看到了长吁短叹嚷着要喝酒的弟子。

刘景龙笑问道:"怎么了?"

白首便大致说了一遍,最后道:"姓刘的,你道理多,随便挑几个,让我宽宽心。"

在翩然峰,白首可以喊姓刘的,此外还是要喊师父。

刘景龙坐在一条竹椅上,说道:"谨记一点,对错不能增减。"

白首等了半天,结果啥都没了,恼火道:"这算什么宽心!"

刘景龙笑道:"那就再说一个,给他人一些不讲我之道理的余地。"

白首白眼道:"你赢了。"

刘景龙开始闭目养神。

白首问道:"受伤没?"

刘景龙摇摇头,道:"还好。"

白首说道:"你在山头的时候,我练剑可没有偷懒!"

刘景龙睁开眼睛,点头道:"看出来了。"

白首挥挥手:"你赶紧养剑养伤啊,跟我这个得意弟子说话,哪来这么多规矩。"

刘景龙笑了笑,闭上眼睛,继续温养剑意。

过了几天,翩然峰来了个客人。刘景龙听说过对方,但是从来没有打过交道。

来人正是金乌宫刚刚跻身元婴的剑修柳质清。

原来柳质清没有立即去往太徽剑宗拜访刘景龙,而是先沿着济渎走了一趟,水龙宗、浮萍剑湖、大源王朝崇玄署在内"宗"字头仙家,或路过或拜访,这才来到翩然峰。

白首御剑去往山脚,听说对方是陈平安的朋友,就开始等着看好戏了。

随后柳质清就看到了那位太徽剑宗宗主,都落座后,刘景龙笑问道:"柳道友,你与陈平安相识于春露圃玉莹崖?"

柳质清说道:"其实更早就见过面了,但是成为朋友,确实是在玉莹崖。"

然后从方寸物当中取出一坛、两坛、三坛酒。

白首咳嗽一声,说道:"柳剑仙,我师父一般不喝酒的。"

柳质清点点头,说知道,然后开始自己喝酒。

白首憋着笑,轻轻伸手拍打肚子。

刘景龙深吸一口气。

先是云上城徐杏酒登山做客,二话不说就开喝,自己劝都劝不住。

再是去往剑气长城,莫名其妙就有了个"酒量无敌刘剑仙"的说法。

如今又来了个找自己拼酒如拼命的柳质清。

白首幸灾乐祸提醒道:"姓刘的,道理呢,你以前说过亲近人如何相处的道理。"

柳质清越发摸不着头脑。交情不够,酒量来凑,继续喝酒。

刘景龙没办法,只好与柳质清说了关于陈平安在喝酒一事上的毫无人品。

得知真相后,柳质清无奈,有其师必有其徒。

柳质清记起一事,对那白首说道:"裴钱让我帮忙捎话给你……"

不料柳质清刚起了个话头,白首就一个蹦跳起来,道:"别说别说,我不听不听!"

柳质清越发一头雾水。裴钱的那个说法,好像没什么问题,无非是双方师父都是朋友,她与白首也是朋友。

刘景龙笑道:"说吧。听不听是白首的事情,别管他。"

柳质清这才说道:"裴钱说回家路上,会来翻然峰做客,找白首。"

白首抹了把脸,犹不死心,小心翼翼问道:"柳先生,那裴钱说这话的时候,是不是很真诚,或者很漫不经心?"

柳质清想了想,如实说道:"呵呵一笑。"

原先还心存侥幸的白首,已经快要崩溃,硬着头皮追问道:"她的眼神视线,是不是稍稍带那么一丢丢的偏移?!"

柳质清点点头,当时没在意,被白首这么一提,好像裴钱当时还真有那么点意思。

所以柳质清觉得白首与那裴钱,两个晚辈应该交情很好才对,不然白首不会这么熟悉细节,如亲眼所见一般。

可白首当下这副表情又是怎么回事?照理说两人师父交情如此好,而且还都最喜欢讲理,那么弟子之间,应该不会有太大的矛盾。

刘景龙忍住笑。他倒是难得有点想要主动喝酒了。

白首一屁股跌回竹椅,双手抱头,喃喃道:"这下子算是扯犊子了。"

刘景龙到底没能忍住笑，只是没有笑出声，然后又有些不忍心，敛了敛神色，提醒道："你从剑气长城返回之后，破境不算慢了。"

在那剑气长城甲仗库，大概是这个嫡传弟子练剑最专一最上心的时光。哪怕回到太徽剑宗翩然峰之后，其实也比游历之前，勤勉不少。

白首瞬间挺直腰杆，一拳砸在膝盖上，哈哈大笑，然后笑声自行减少，最后底气不足地安慰自己："尽量还是文斗吧，武斗伤和气，我再不提剑修剑客那一茬就好。实在不行，我就搬出她师父来当护身符，没法子啊，谁让她找师父的本事比我好，只有师父找徒弟的本事，姓刘的比陈兄弟好多了……"

柳质清看了眼刘景龙，好像这位太徽剑宗宗主，对此早已习以为常了。

之后柳质清留在了翩然峰，每天与刘景龙请教剑术，刘景龙自然不会藏私。

白首也从裴钱会做客翩然峰的噩耗中，好不容易缓过来了。

这天，狮子峰飞剑传信太徽剑宗，飞剑再立即被转送翩然峰。

刘景龙收到密信后，嘴角翘起，然后看了眼好不容易恢复几分生气的弟子。这下子刘景龙是真不忍心道破真相了。

白首瞥见师父的脸色，他双臂环胸，强自镇定道："大不了明天裴钱就来找我呗，怕什么，我会怕?"

刘景龙笑道："好消息是，信上说裴钱暂时不会来翩然峰，因为她去了皑皑洲。还有个更好的消息，要不要听?"

白首笑得合不拢嘴："随便随便。"

刘景龙说道："裴钱已经是远游境了，唯一可惜的是，她舍了两次最强二字破的境。"

白首火烧屁股般站起身，抓心挠肝地跺脚道："不是最强，她破的什么境啊?! 对不对，师父? 师父!"

情急之下喊师父，一遍不行多几遍。这可是陈平安教给他的杀手锏。

柳质清愣了愣，道："远游境?"当时在金乌宫，裴钱才是六境武夫。

刘景龙笑着点头，然后将密信交给柳质清，道："裴钱在信上，关于喝酒一事，与你我一并道歉了。"

柳质清接过密信，扫了几眼，交还给刘景龙后，柳质清会心笑道："裴丫头，不愧是陈平安的开山大弟子，真是什么都有样学样。"

刘景龙感慨道："其实早年陈平安并不希望裴钱学拳。"

柳质清说道："是陈平安会做的事情，半点不奇怪。"

两人相视一笑。朋友的朋友未必是朋友。但是刘景龙和柳质清，都觉得双方可以是朋友。何况柳质清还一直很仰慕刘景龙的符箓造诣。

不过在认识陈平安之前，柳质清对于刘景龙那种处处道理、事事讲清的传言，觉得终究有一点"好为人师"的嫌疑。一是当时柳质清不觉得同样身为剑修，如此行事便好，既然是剑修，万事一个道理在剑上。再者也担心是某种养望手段的道貌岸然，毕竟山上修士，一旦算计起来，什么花样没有？

不过等到自己耗费多年，如同一个半死之人，枯坐山巅，远远看遍金乌宫细碎人事，以此洗剑心之时，柳质清就明白了想要真正讲透某个小道理，比起剑修破一境，半点不轻松。

道理很多时候不在道理本身，而难在一个讲理的"讲"字上。

山上和山下，讲理传道和说法，都难。

甚至还要不得不承认一事，有些人就是通过不讲理、坏规矩而好好活着的。

柳质清已经打算在元婴瓶颈之时，选一处比金乌宫更热闹的山下市井，或江湖或官场，一看数十年甚至百年的人心。

柳质清扬起手中酒坛，笑问道："怎么说？"

刘景龙大笑道："走一个！我玉璞怕你个元婴？！"

白首蹲在竹椅旁，抬起头，眼神幽怨道："师父，我也想走一个。"

刘景龙对柳质清笑着点头，柳质清便丢了一壶酒给那白首。

柳质清除了第一天拿出的三大坛酒，还准备了许多壶仙家酒酿。

白首喝着酒，喝着喝着就笑了起来，不是什么苦中作乐。裴钱接连破境，竟然已经是远游境的纯粹武夫了，虽说对自己而言，好像不是啥好事，极有可能下次见面，她又是一个不小心的鞭腿，自个儿就要躺地上半天，可其实还是好事啊，怎么会不是好事呢？

白首坐在竹椅上，突然龇牙咧嘴，他娘的，酒这玩意儿真难喝。姓刘的不爱喝，果然是对的。

柳质清以心声说道："你这弟子，心性不差。"

刘景龙点头道："理所当然。"

柳质清沉默片刻，问道："两洲合并一事？"

刘景龙神色凝重道："并不轻松，当时有蛮荒天下的三只王座大妖，突然一起现身，分别是曜甲、仰止、绯妃。火龙真人和一位渌水坑飞升境宫装妇人，还有白裳前辈，都与对方大打出手了。翻江倒海，绝非虚言。我们这些玉璞境剑修，其实很难真正牵制住这类厮杀。柳兄，此外还有些内幕，暂时不宜泄露，但请谅解。"

当时龙泉剑宗的阮秀，不知施展了何种术法神通，竟然能够让方圆百里之内瞬间黯淡无光，凝聚为一粒声势惊人的光亮，直接将一只试图袭杀她的仙人境大妖拘押其中。

然后狮子峰李柳将那粒光亮投入大海，最终被渌水坑那位飞升境的宫装妇人吞咽入腹,一只仙人境大妖就那么不明不白地死了。

柳质清点头道:"理解。可惜我境界太低,就算提前知道了这个消息,都没脸去帮倒忙。"

刘景龙突然开怀笑道:"在剑气长城,只有一个洲的外乡修士,会被当地剑修高看一眼。"他伸出大拇指,指向自己,"就是我们!"

白首很少看到自己师父如此意气风发。姓刘的,其实一直是个很内敛的人。出了名的外柔内刚。好说话就太好说话,偶尔不好说话,又太不好说话。

柳质清神采奕奕,二话不说,他仰起头,喝了起来。

痛饮过后,柳质清就看着刘景龙,反正我不劝酒。

刘景龙无奈道:"不是这么个意思。"

柳质清眉毛一挑,刘景龙只得学他喝酒。

白首喝了一小口,说道:"其实剑气长城对东宝瓶洲的印象,也不差的。对于别洲,那边剑修只认某位,或者某几位剑仙、剑修,不认一洲。东宝瓶洲是例外。"

刘景龙揉了揉额头。实话是实话,可这会儿说这个,真不合适。喝酒之前,喝酒之后,随便你聊。

果不其然,柳质清又开始了。只是这一次他只是喝了一口,并未多饮。

刘景龙反而喝得比柳质清要多些。

柳质清突然觉得陈平安和裴钱,可能没骗人。刘景龙只要喝开了,就是深藏不露的海量?

刘景龙无奈道:"我酒量真不行,今天是例外。"

白首学那裴钱呵呵一笑,柳质清也是。

刘景龙心情郁闷,喝了一大口酒。

不是因为想起了陈平安所以郁闷,而是想起了这个真心爱喝酒的朋友,可能很久很久都要喝不上酒。

北俱芦洲,郦采重返浮萍剑湖后,就开始闭关养伤。

用这位女剑仙的话说,就是打架不受伤,打你娘的架。

出关之后,与在剑气长城新收的两位嫡传弟子聊聊天,郦采斜靠栏杆,喝着酒水,看着湖水。

陈李忍不住问道:"师父,北俱芦洲的修士,心眼怎么都这么少?"

其实少年的言下之意,是想说师父你们浮萍剑湖的修士,怎么都这么不动脑子。就荣畅师兄稍微好点,勉强能够与自己聊到一块去。

少年对于整个浩然天下的第一个,也是最大的印象,就是那位他最佩服、最神往的隐官大人。而陈李在一场场实打实的出城厮杀过后，有个小隐官的绰号。这既是别人给的，更是少年自己挣来的。

高幼清倒是觉得浮萍剑湖的同门师兄师姐们，还有那些会毕恭毕敬喊自己师姑、师姑祖的同龄修士，人都挺好的啊，和和气气，明明都猜出他们俩的身份了，也从没说什么怪话。她可是听说关于那位隐官大人的怪话，收集起来能有几大箩筐呢，比大剑仙的飞剑还厉害。随便捡起一句，就等于一把飞剑来着。她那亲哥高野侯就对此言之凿凿，庞元济往往微笑不语。

只是在陈李这边，高幼清一直不怎么敢说话，她其实很信任陈李，觉得陈李实在比自己聪明太多，学什么都快，如今别说北俱芦洲雅言，连那东宝瓶洲雅言和大骊官话都很娴熟了。至于练剑，更不用多说，陈李好像还在剑气长城，这可不是高幼清自己觉得，而是师父亲口说的。而且师父一向不拘小节，直言不讳，说谢松花那个皑皑洲出剑挺快的娘们，还有流霞洲为人确实比较硬气的蒲老儿，都带了人离开剑气长城，你们好好学剑，最少要比那帮孩子高出一两个境界，给师父长长脸！以后与他们重逢叙旧，师父才能扯开了嗓门大声说话！

皑皑洲女子剑仙，谢松花，同样从剑气长城带走了两个孩子，好像一个叫朝暮，一个叫举形。

郦采听到少年言语后，晃了晃酒，笑道："不是他们心眼少，是那个陈平安心眼太多。"

说到这里，郦采气得一把将空荡荡的酒壶丢入湖，道："他娘的连老娘最心爱的弟子，你们那师姐，都给他拐跑了！最气人的你们知道是什么吗？"

郦采坐好后，伸手按住一旁高幼清的脑袋，轻轻一推，道："去去去，别喜欢我，求你别喜欢，陈平安就是这样的。然后你们那个傻师姐，反而更喜欢他。"

高幼清微微脸红道："我可不喜欢隐官大人。"

陈李嘿嘿笑道："对对对，你只喜欢庞元济。"

陈李做了个手握木牌的姿势，自言自语道："庞，高。元济，幼清。齐青离别，水畔重逢。"

郦采眼睛一亮，道："幼清，可以啊，咱们这儿就是浮萍剑湖，又有那一叶浮萍归大海，人生何处不相逢的说法。北俱芦洲就有济渎，湖水又青青，齐对济，青对清。好你个小妮子，心思百转千回啊，不错不错，随师父！"

高幼清瞬间涨红了脸，扯了扯师父的袖子。

然后郦采咳嗽一声，对少年瞪眼道："小王八蛋，别拿喜欢当笑话！找抽不是？"

陈李哀叹一声："行吧行吧。师父说什么都对。"

刚才师父你不也挺乐和，比徒弟还兴高采烈。

郦采微笑道："陈李,以后咱们浮萍剑湖拐骗别家仙子的重任,师父就交给你了啊,把这担子好好挑起来!"

陈李立即起身朗声道："谨遵师命! 在所不辞!"

高幼清突然开心道："咱们隐官大人,可从不会拈花惹草。"

你陈李不是小隐官吗? 那么这个学不学,能不能学?

陈李想了想,有道理,少年立即落座,神色无比认真,一本正经道："师父,我做不来这种事了。"

郦采轻轻拧着少女的脸颊,气笑道："傻妮子。"

高幼清腼腆一笑。

郦采心情转好,大步离去。

师父离去之后,陈李突然说道："师父很难很难跻身仙人境了。"

少年有些伤感。哪怕见多了生生死死,可还是有些伤心,就像一位不请自来的不速之客,来了就不走,哪怕不吵不闹,偏让人难受。

高幼清立即红了眼睛,低头轻轻嗯了一声,双手握拳。

陈李沉声说道："所以我们两个,比任何一位浮萍剑湖的修士,都要更加勤勉练剑,要更能吃苦,一定要剑术更高,破境更快! 高幼清,除了你被外人欺负之外,我什么事情都可以不管你,但是你要是哪天敢练剑懈怠了,我一定骂你。咱们师父再护着你,我都要骂。"

高幼清抬起头,使劲点头。

陈李缓了缓语气,对她轻声道："等你结丹了,我们一起去隐官大人的家乡看看。"

北俱芦洲。

鬼蜮谷羊肠宫,一只看门的老鼠精,还是会趁着自家老祖不在家的时候,偷偷看书。

一个出身鬼斧宫的兵家修士,依旧喜欢独自一人闯荡江湖,每次战战兢兢做完了一桩不大不小的侠义之举,他至多就是与人自报名号"杜好人",而早年陈剑仙赠送给自己的那两张符箓,一直好好收起,杜俞把它们看得比姜尚真送的那件金乌甲,还要珍贵。

一对曾经在金铎寺斩妖除魔差点跌大跟头的姐妹,依旧相依为命,在山下游历四方,到了冬天,那个妹妹还是会两腮酡红,比涂抹胭脂还要好看。

一个手持行山杖、背竹箱的青衣小童,又遇到了新朋友,是个年轻马夫,陈灵均与他相当投缘,陈灵均还是信奉那句老话,没有千里朋友,哪来万里威风!

在走江之前,陈灵均与他道别,只说自己要去做一件比天大的江湖事,只要做成了,以后见谁都不怕被一拳打死。

那个朋友便祝他一路顺风顺水,陈灵均当时站在竹箱上,使劲拍着好兄弟的肩膀,说好兄弟,借你吉言!

东宝瓶洲,梳水国剑水山庄。宋雨烧按照老江湖的规矩,邀请好友,办了一场金盆洗手仪式,算是彻底离开江湖,安心养老了。

不同于当年那场竹剑鞘被夺的风波,心气一坠难提起,老人这一次是真的承认自己老了,也放心家里晚辈了,而且没有半点失落。

平日里指点山庄弟子们剑术,偶尔去小镇吃火锅,喝个小酒儿,去山水亭那边坐一坐,闲暇翻书,日子悠哉一天又一天。

昔年梳水国四煞之一的绣花鞋少女,笑哈哈道:"瞅瞅,有趣有趣,陈凭案,陈平安。书上写了,他对咱们这些红粉佳人和胭脂女鬼,最是心疼怜惜了。"

一只担任侍女的艳鬼,瞥了眼篝火旁某个位置,心有余悸,因为当年那少年就是坐在那边,暴起杀……鬼。

书上说那位年轻剑仙什么,她都可以相信,唯独此事,她打死不信,反正信的已经被打死了,还是一手拽头、一手出拳不停的那种。

昔年阴气森森的鬼宅,如今山清水秀的府邸。

夫妇二人,年年酿酒,酒水越来越多,可惜一直没能等到喝酒的那个人。

在大骊陪都外城墙的墙根道路上,正骑着高老弟瞎逛荡的崔东山,颇感意外地见到了那个从北俱芦洲赶回的老王八蛋。

他本以为老王八蛋会留在大骊京城,或是干脆在最北边,盯着那条新开辟出来的道路。

崔东山大笑道:"哟,瞧着心情不太好。"

那崔东山心情就很不错了。反正东宝瓶洲和北俱芦洲两洲的大势走向,谍报上都有,问题不大,都在预期内。

崔瀺默不作声。

崔东山没打算就这么放过老王八蛋,道:"这都升任书院山主了,还不开心啊?放眼整座浩然天下,才七十一位山主,多稀罕!"

崔瀺这个老王八蛋,为何鬼迷心窍主动跟文庙讨要了个书院山主,崔东山真没想到一个合理解释,觉得老王八蛋是在往他那张老脸上糊黄泥巴,到底图个啥?

至于桐叶洲,生死随意,自找的下场。崔东山早早说过,占了便宜,就偷着乐,别咋咋呼呼,迟早都是要还的。

如今宋集薪从老龙城藩邸,来到了旧朱荧王朝,全权负责陪都建造事宜,不过这是名义上的,在陪都建造之初,藩王宋睦不过就是露了个面,如今再来收尾。真正做事的,是墨家巨子,以及从齐渡督造官升任大骊工部右侍郎的柳清风。

崔瀺说道:"高承马上会南下东宝瓶洲。"

高承没得选择,一座披麻宗兴许拿鬼蜮谷没办法,他崔瀺虽然是外乡人,高承却知道轻重利害。

崔东山说道:"老和尚也一样。"

稚圭已经开始沿着开凿完毕的齐渡走江,中途绝对不会有任何意外,一旦走江成功,她就会立即从玉璞境跻身仙人境,毕竟是身负气运的真龙,至少可以当大半个飞升境看待,她负责镇守东宝瓶洲中部大渡,绰绰有余。

那座仿造白玉京,已经顺利搬迁到崔东山身后这座大骊陪都当中,墨家游侠许弱,坐镇其中,五岳山君皆可持剑杀妖。

所有沿海地带的藩属小国,从山上修士到山下兵卒,早已悉数收编进入大骊军伍,在这之前,大骊驻守文武官员,更是早已驱使百姓筑造出一条条沿海防线。

一洲腹地所有藩属,皆需出兵一半,赶赴大骊指定处据守屯兵。其余修道之人、山水神灵,本该全部前往沿海,不过可以让藩属君主代为缴纳一笔神仙钱,而且绝对不是什么小钱,一旦发现有任何疏漏,大骊直接问罪藩属君主。

出人出力,还要出钱,最不济也要出人心,都有事可做。所谓人心,就是将来许多藩属小国的御用文人,会用笔杆子,为以后前线轰轰烈烈战死之人,写些既不昧良心又能为自己、为他人皆挣着好处的道德文章。

除此之外,崔瀺还与一位以桀骜不驯著称于世的中土儒家圣人,借来了一个本命"水"字。借成的原因很简单,对方虽然脾气极差,但是他这辈子只佩服一人,正是崔瀺。对方当然不是仰慕崔瀺的离经叛道、欺师灭祖,而是由衷欣赏崔瀺的学问。

别管崔瀺在几大文脉当中如何声名狼藉,其实仰慕崔瀺之人,当真不少。

只需看那《彩云谱》,以及被山上神仙奉若至宝的随笔字帖,就知道崔瀺是何等博学多才了。

崔瀺突然冷笑道:"你那先生,好像不太聪明。"

言下之意,文圣一脉的关门弟子,还是不够聪明。

文脉也好,门派也好,开山大弟子与关门小弟子,至关重要。

崔东山立即收敛笑意,正色道:"如何补救?"

根本不问缘由为何,只求结果。

事功学问,存在着三条根本脉络,一条是尽可能从根本上,减少自相矛盾和制造额外矛盾的土壤,不在人性善恶这类大问题上过多纠缠,留给道德君子、讲学家去慢慢解释,读书与否,不再成为学问门槛。

一条是出现问题之后,解决方案必须有据可依,行之有效,立竿见影。

最后一条,就是学问本身,能够不断自行完善规则,不因世风、民情、人心转移而被逐渐摒弃。

事功之大规矩,如一条条河床稳固的江河,能让后世自然而然逐水而居。哪怕被各凭喜好剥离出去的某些小规矩,也要能够如那溪涧、水井,让人汲水而饮,与市井烟火长久相伴。

崔瀺摇头道:"无法补救,只能自救。"

这位大骊国师沉默片刻,道:"想到了,未必能够立即摆脱困局,但是可以帮他赢得更多时间。"

崔东山神色凝重起来,道:"是那本瞎编乱造的山水游记?"

在试探性询问之时,崔东山就开始心思急转。刹那间,就等于已经一字不差地翻过数遍书籍。

最终崔东山在排除掉三个方向后,落定一个选择。

三十万字的山水游记,总共二十四章回,开篇第一章,提及年少"陈凭案"在家乡上山砍柴之时,有过"峭壁巉岩"的山势描述。

第四章,有那"间关黄鸟,瀺灂丹腮"。

第六章,写到"湖水瀺灂,鱼龙俱惊"。

第十一章,又有"巨壁崔巍"一语。

而"间关黄鸟"此语,是照搬引用一首诗,在诗篇原文当中,又有那"得哉字"的一点小说法。

所以那本书上,"巉"只出现一次,"瀺"则出现两次,而且"瀺灂"一语重复。

崔瀺本来想过将"山水巉巉"穿插在某个章回名当中,只是很快就放弃,那也太小觑蛮荒天下的大妖了,尤其是那位在蛮荒天下自号老书虫的读书人。

一,四,六。加在一起就是十一。

书中唯一一个"崔"字,又出现在第十一章。

有这几个提示,足够多了。

再多,那本书连送到陈平安手里的"万一"都会失去。

崔东山双手使劲一拍脸颊,清脆作响,苦笑道:"扪心自问,有几个人,能够聪明到这个份上? 你我在那个年纪,能够想到吗?"

崔东山开始转去双手使劲挠头,埋怨不已:"但凡是个脑子没病的,都根本想不到这一茬啊! 就像我,如果不是你提起线头,会想到这个吗? 你就算打死我我都不会想到啊!"

崔瀺说道:"当聪明到一个份上,就要赌一赌运气了。他跟你不一样,你看过就算了,可是在剑气长城,只要看到这本书,以他的性子和处境,一定会反复翻阅。"

崔东山从孩子背后跳下,蹲在地上,双手抱头,道:"你说得轻巧!"

崔瀺站在原地,与那个孩子说道:"你先入城。"

孩子立即作揖离去,撒腿就跑。

崔东山抬起头,好奇道:"难不成那本书,是你亲笔撰写?"

崔瀺摇头道:"开篇数千字而已,后边都是找人捉刀代笔。但是'巉''瀺'两字具体如何用,用在何处,我早有定论。"

崔东山喃喃自语:"为什么做这个。"

是个问题,崔东山却不是询问的语气。

崔瀺淡然道:"最好的结果,我可以将一座蛮荒天下玩弄于股掌之间,那很有意思。最坏的结果,我同样不会让陈平安身后那个存在,将天下大势搅得更乱。"

崔东山突然笑了起来,道:"刀子嘴豆腐心?这就很不崔瀺很不我了。"

崔瀺在跻身飞升境后,还得到了一个本命字:瀺。

难怪崔瀺要更进一步,成为文庙正统认可的书院山主、儒家圣人,借用浩然天地的山水气运。

而那剩下半座剑气长城,如今依旧属于浩然天下。

所以,只要先生从那本山水游记上炼字,炼出了"崔瀺"二字,然后再稍稍起念,兴许那本山水游记,就可以是一封密信,可能是一道大门,可能是一门跻身上五境之法,总之有了千百种可能。

不过崔东山却没有询问答案。

崔瀺说道:"写此书,既是让他自救,这是东宝瓶洲欠他的,也是提醒他,书简湖那场问心局,不是承认私心就可以结束的。齐静春的道理,兴许能够让他安心,找到跟这个世界好好相处的方法。我也有些道理,就是要让他时不时就揪心,让他难受。"

"我现在听不得这些,你别烦我。"崔东山蹲在地上,一直伸手在地上随便乱写,嘴上说道,"我知道不能苛求你更多,不过生气还是生气。"

憋了半天,崔东山十分别扭道:"你愿意做这些,已经很不容易。"

崔瀺瞥了眼地上歪歪扭扭的"老王八蛋",看着少年的后脑勺,笑了笑,道:"总算有点长进了。"

崔东山一巴掌拍在地上,然后起身,恼火道:"老王八蛋,你少用这种长辈语气跟老子说话!"

崔东山突然哑口无言。崔瀺犹豫了一下,转过身。

一位穷酸老先生也沉默许久,才开口笑道:"时隔多年,先生好像还是囊中羞涩。"

大骊国师绣虎,昔年文圣首徒,崔瀺,后退一步,作揖答道:"六跪二螯的螃蟹,其实滋味也很好。"

这一年,月儿弯弯照九洲,天下共在一个秋。

崔东山一个人坐在城头,喝着酒。

曹晴朗在礼记学宫,挑灯夜读书。

赵树下到了北俱芦洲彩雀府,月色下,已经练拳一百万。

裴钱还在跨洲远游,不再御风天上,而是在海面之上狂奔。

作为陈平安的小弟子,郭竹酒在第五座天下,陪着终于再次返回城池的师娘一起想念师父,郭竹酒问师娘,是扶摇洲离着师父近些,还是桐叶洲离着师父近些。宁姚说其实都不近。郭竹酒就抽了抽鼻子,说怎么那么远啊。

宁姚自言自语道:"再等等,还差一境。"

图书在版编目(CIP)数据

剑来24：新酒等旧人 / 烽火戏诸侯著. —杭州：
浙江文艺出版社,2021.10（2025.6重印）
ISBN 978-7-5339-6625-6

Ⅰ.①剑… Ⅱ.①烽… Ⅲ.①长篇小说—中国—当代
Ⅳ.①I247.5

中国版本图书馆CIP数据核字(2021)第189954号

选题策划　柳明晔
责任编辑　张　可
营销编辑　宋佳音
封面绘图　温十澈
责任印制　吴春娟

剑来24：新酒等旧人

烽火戏诸侯　著

出版　浙江文艺出版社
地址　杭州市环城北路177号
邮编　310003
电话　0571-85176953（总编办）
　　　0571-85152727（市场部）
制版　浙江新华图文制作有限公司
印刷　杭州杭新印务有限公司
开本　710毫米×1000毫米　1/16
字数　332千字
印张　16.5
插页　2
版次　2021年10月第1版
印次　2025年6月第12次印刷
书号　ISBN 978-7-5339-6625-6
定价　48.00元